山脉与穹隆

——张炜论九章

赵鹤翔 著

作家出版社

图书在版编目（CIP）数据

山脉与穹隆：张炜论九章／赵鹤翔著．-- 北京：作家出版社，2023.5

ISBN 978-7-5212-2143-5

Ⅰ．①山… Ⅱ．①赵… Ⅲ．①中国文学 - 当代文学 - 文学评论 - 文集 Ⅳ．①I206.7-53

中国版本图书馆 CIP 数据核字（2022）第 248575 号

山脉与穹隆：张炜论九章

作　　者： 赵鹤翔
责任编辑： 兴　安
助理编辑： 赵文文
装帧设计： 付儒佳
出版发行： 作家出版社有限公司
社　　址： 北京农展馆南里 10 号　　**邮　　编：** 100125
电话传真： 86-10-65067186（发行中心及邮购部）
86-10-65004079（总编室）
E-mail: zuojia@zuojia.net.cn
http://www.zuojiachubanshe.com
印　　刷： 河北京平诚乾印刷有限公司
成品尺寸： 152×230
字　　数： 276 千
印　　张： 20.75
版　　次： 2023 年 5 月第 1 版
印　　次： 2023 年 5 月第 1 次印刷
ISBN 978-7-5212-2143-5
定　　价： 56.00 元

生命的绽放

张期鹏

我是赵鹤翔先生晚年才认识的一位“朋友”，他称我为“忘年交”。我很惶恐、不安，因为他是文坛名家，德高望重的长者，在一些公开场合这样向他的朋友介绍我，让我脸红心惊。我很惭愧，也不敢高攀。我对那些热衷于攀附名人的人，内心里还有一点腹诽和不屑。

因此，当他这部《山脉与穹隆——张炜论九章》初稿完成之后，说让我写序，着实吓了我一跳。我记得当时是在他家，他就盘腿坐在对面的沙发上，笑眯眯地看着我，我却紧张得连话也说不成溜儿了。因为不论是与赵老的交往，还是对张炜的研究，能写这篇序言的名家、专家、教授、学者何其多也，我哪有这个资格呢？

但赵老就是认定了我，并且表现了一个老年人的“固执”。他不仅专门将书稿打印了给我，还不断催促。我不敢说“行”，也不好意思说“不行”；时间一长，连他的面也不敢见了。我没有办法，只好在这惶恐不安中一拖再拖，一直拖了一年多。我多么盼望能有一个更合适的人选，来免除这场对我的“考验”与“折磨”。现在看来，那已经永远不可能了。

就在前天，赵老以九十岁高龄在兖州仙逝，人生画上了句号。得到消息，我一边默默流泪，一边也更加不安起来，因为我没能在他生前完成他的嘱托，了却他的心愿。这可是一位老人的嘱托和心愿啊！

现在想来，他之所以看中我，并非我真的能写会写，更大程度上还是他有意提携后辈，助我成长。赵老对后辈的关爱，是有口皆碑的。

如今，这篇还未动笔的序言，像一块巨石压在了我的心尖；加上疫情阻隔造成的时空“断崖”，我和许多朋友都无法前去见他最后一面，更让我心神不宁，坐立难安。我无法喘息。我看着窗外昏暗的天空和飘零的黄叶，憋得头痛欲爆，恨不能大喊几声，震碎这玻璃和窗框。我想，这篇文章我必须完成，如果不能，我将无法面对赵老那双一笑就会挤成条缝的眼睛，无法面对他两手的温热，无法面对他的手掌抚在我肩膀上的那份嘱托，甚至无法面对他出门时常戴的礼帽和随手不离的手杖。他的礼帽与手杖，不是一种装饰和姿态，而是一种文人的风骨和风范，热爱生活，又睥睨一切。这样的文人，于今已经十分少见，我必须十分珍惜。

赵老晚年，有十多年旅居加拿大，在他的一个女儿家里；他断续回国，但居留的时间并不长。这两年因为年纪渐大，他才回来定居，不再挪动了。他活过了王鼎钧先生讲的动物的岁月、植物的岁月，进入矿物的岁月了。不过，他虽然长在异乡，对国内尤其是济南的文坛状况，关注和熟悉程度并不亚于我们。他有微信，我们是微信好友，我经常可以看到他发表的一些评论，偶尔也写点诗。他所评论的一些文坛人物、文坛现象，很多都是我不知道的。有时月夜静坐，我就默想，我每天行色匆匆，在路上的时间比在家里还长，也不知道忙活了一些什么；对很多人与事，竟还不如远隔重洋的赵老反应及时、敏感。我想其中必有原因。红尘飞扬、弥漫，一个人即使大睁着双眼，有时也不过是两个空空的黑洞而已。我觉得我在很多时候就是这样悲哀，且不自知。

最近四五年，因为我与凤珍专心写作《张炜研究资料长编》和《张炜评传》，从二十世纪八十年代初期就与张炜有着很多交往，对张炜喜爱有加、赞赏备至的赵鹤翔先生，就经常与我通过各种方式交流。

他热情地给我提供资料，与我畅谈看法，深化了我的一些肤浅认识，纠正了我的不少错误理解。《张炜评传》关于张炜二十世纪八十年代和九十年代前半期的书写，很多都得益于他。我们在其中所用的不少重要资料，也是赵老费心费时费力、无私提供的。

因为文学讨论与交流的增多，我们的感情也日渐加深。因此，他一回到国内，我们就取得了联系，并且经常见面。有时我去他家拜访、请教，他或者斜躺在沙发上，或者盘腿坐着跟我闲谈，常常一谈就是几个小时。他谈文坛，谈往事，滔滔千里，激情飞扬，并时有愤激之辞；我也曾邀请他到垂杨书院做客、聊天，他在那里还留下了不少墨宝。我陪同他参加各种各样的文学活动，请他亲临文学讲座，每次他都会发表真知灼见，有时还讲得很长。他的声音有些尖细，但很动听，很有乐感。他的每次讲话，都会给人留下深刻的印象，并且引发长久、热烈的讨论。尤其是他对美的欣赏与理解，对女性的赞美、尊崇与爱，既给人一种“老小孩”的天真，又切切实实抓住了文学艺术的真谛。讲座现场轻松愉快，笑声不断，所有听讲的人似乎都忘记了他已是一位九旬老人，都与他像同龄挚友一样畅谈无忌。他的如火的生命热情，深深地感染了我。有时几天不见，我就觉得落寞，好像生活的天空缺少了很大的一角。有机会就找赵老聊天，几乎成了我的一种习惯。

有时我想，成就一个人的关键可能不是什么责任意识，不是才能，不是勤奋，而是热情。一个人的责任意识，常常与职业和职责有关，工作要求使然，一旦离开那个岗位，也就弃之脑后了；才能固然重要，但得看他愿不愿意用，用在什么地方；而勤奋，不过是很多人都具有的一种普遍品质而已。但是热情，却不是每个人都有的。这是一个人的内在气质，是一个人发自生命本源的生命热力，甚至是一个人的生命属性。它不是来自某种理性选择，而是源于生命本身；不是来自某种“自觉”，而是源于下意识、潜意识或“不自觉”。这是一种生命的最为内在、真实、自然的状态。它曾经普遍地存在于人的童年时期，是人类童心的真实表达，但会随着岁月风霜的侵蚀，各种名缰利锁的缠绕，慢慢地让所谓的现实“理性”和“自觉”掩盖、取代，最终化为乌有。一个人“成熟”了，他的“本来”也就消失了，纸面代替了肌肤，假象变成了常态。在有些人那里，甚至连步态、身形、手势，笑容、表情、语速，都有了固定的模式。人生如戏，大概说的就是这个意思。

但在赵鹤翔先生那里，从来就没有将人生当作一场戏来看待，他拒绝甚至厌恶表演，既不会假戏真做，也不会真戏假做。他始终童心不泯、热情如火，如果用一个戏词来说，应该就是“本色当行”。这样的人，千万人中亦难觅一个，而且越来越难寻找。因此，我在他的身边，总有一种被烘烤被烧灼的感觉，总有一种万事“不能等”的冲动。是的，冲动。这不是我这个年纪的人应有的表现，也常被他人视为幼稚、不成熟，但冲动一来，还是阻挡不住的，既不会考虑得失成败，也不去担心流言误解，因为热情之火已经把“自我”焚烧，哪里还有时间瞻前顾后、左顾右盼呢？因此，我跟赵老在一起，真有说不完的话、做不完的事。他虽九十高龄，依然有自己的梦想和写作计划；我们的各种文学活动，也还等着他来引领和推动。其中的“张炜读书会”，已经给他安排了讲授张炜的《古船》一节。他是一团火，他用生命的烈焰点燃、照亮了我，也点燃、照亮了很多人。

张炜先生说，一个人八九十岁也要保持一颗童心。童心是真挚的，更是热情的。在张炜笔下，那些让人长久记忆的人物都是童心未泯、热情似火的。像长篇巨著《你在高原》中的宁珂，经历了多少人生磨难，遭受了多少精神痛苦，但却始终不失生命的热情。在顺境中，他烈焰升腾；困厄时，则变成地火在岩层中滚涌。他要燃烧，要爆发，不在燃烧、爆发中新生，就在燃烧、爆发中毁灭。而毁灭，无疑是最后的燃烧，是最为壮烈和伟大的新生。他以燃烧来完成了自己、塑造了自己，并将这烈焰凝固，化作永恒。这是《你在高原》中的宁珂，也是张炜众多作品中的“父亲”形象。我想，这也正是赵鹤翔先生留给人间的一抹最亮丽的霞彩。他的有限的生命结束了，无限的生命正在绽放。

所以，赵鹤翔先生虽然比张炜大了二十多岁，但他是一个走进了张炜生命内里的人，一个走进了张炜作品深处的评论家，他的童心与张炜一起跳动，热情与张炜一同激荡。这样，他对张炜的理解就抓住了根本。甚至不是简单地“抓住”，而是内心的深度联结，精神世界的热情拥抱。

这样一位评论家写出的张炜评论，就杜绝了那些死板的、机械的、教条的、僵硬的解析，放下了一切“学院式”的公式与概念，也对那种标签式的论说、饶舌式的术语不屑一顾。他是以心比心，以心对心，以心写心。我们会从中发现，世间所有的距离，没有比人与人之间的距离更远的，也没有比人与人之间的距离更近的，关键看是否心灵相通。正如作家、文学评论家王延辉先生所说，赵老是最了解张炜的，是与张炜的心靠得最近的一个人。这些，我们都会在他的这本书中深切地感受到。

两天来，面对这位九旬老人留下的这部遗著，我一字一字重温，好像在一片文字的火海中，洗浴我的灵魂。我记起了别林斯基的那句话：“时间之后，一切各归其位。”赵老会去哪里？他当然会化作天上的一颗星辰，不停地对我们眨着眼睛，继续放射他的光芒。我也记起了列夫·托尔斯泰的那段话：“记住，一切将会消失——国王和皇冠，盖世的家产和亿万钱财，将会化为乌有，一切都在变化，我们自己、我们的儿孙，也不留任何痕迹，我们的骨头也将化为尘土，但如果我的作品能含有哪怕一丁点真正的艺术，它们就会永远活在人间。”赵老和他的艺术，将会永活人间。

掩卷长思，我在泪眼中又看到了他，看到他正从火光中向我走来。他戴着礼帽，穿着藏青色大衣，手杖点地，铿锵作声。在火光中我也看到了我，就在他的身边。他的手掌抚在我的肩头，灼热、沉重。他好像要对我说点什么，但终于没有开口，只是用手杖指了指远方。

眼前的景象消失了，手机屏幕在闪烁，是兖州好友发来的信息。他说刚与赵老告别，正在回家的路上。他说赵老躺在鲜花丛中，神态安详，眼角似有笑意。他说赵老不能再睁开眼睛看看我们，看看这个世界了。他说赵老不用睁开眼睛，也会看到我们，看到这个世界上的一切……

2022 年 11 月 10 日于垂杨书院

目录

contents

——

第一章

山海之子少年行

生命是一条河，条条都有它的源头。他从哪里走来?

他的童年花朵和少年歌唱留给了森林溪畔。

整个胶东半岛的山山水水用蒙太奇的闪回联袂，记录了这个少年在胶东半岛的浪迹生涯。

他的父辈——

外祖父：一个悬壶济世的行医人，一个令人神往的民主革命斗士，在枪声和血光中倒下，他虽未亲见，那响声和血光却留在他幼小的心灵之壁。

父亲：虽然与其相拥的日子并不多，一个倍具耐力远行者的身影，忠于信托的毅然决然，忍辱负重的沉默者的形象，像一座山横亘在他的胸膛。

叔父：一个教书的先生，还有不便为人所知的身份，父亲受他委托挽救过匪狼之穴被法办的囚者。

父辈们综合构成给他以阳刚毅然、韧性，默默地忠于心灵的神圣驱使。

他的母辈——

外祖母：一个大家闺秀，虔诚的基督徒，在民间为稀有的灵眼看穿事物者。

是她养育了他的母亲，是她看大了他的大姐。

这三人综合构成的神圣母性光辉给予作家以不同层面的全方位多侧面多棱角的折射，给予了作家洁净、亲和、空灵的人格。

张炜之做人为文，此为源头活水。

翻开世界文学史，特别是著名作家的评传，共同证明了一个不争的事实：每位成功作家的背后，都离不开他们的家庭出身、生命构成、人之初的启蒙和活动天地、人间的爱情和苦情的烙刻，当然更与后天的学养和勤奋密不可分。

他们所写出的作品，其中所涉猎的生活场景，笔底人物意象的生成和成长，故事的发生和拓展，以及他们的作品之所以能够在文学史上留下美名，就中的奥秘，你绕过他们的“人之初”是很难探究的。

走进张炜的作品，如果就文本读他的近两千万言的作品，这不单是对读者嗜书兴趣浓烈度的考验，更是对读者意志强弱和韧力的考验，当然也是对作品的艺术魅力的逮力与住力的双重考验。

走进张炜的作品，如果说有什么捷径的话，最好的办法，就是让我们先走进他，走进他的童年和少年。

1980 年代上半叶，张炜写出“芦青河系列”和《古船》，作为“丰碑”在中国当代文学史上树立起来的这个期间，笔者曾去过张炜出生地两次，访问过张炜令尊大人、慈母、姐姐、弟弟和堂兄。

下面的文字，一些是我从他们的口述得来的，一些是我看到的，更多的是张炜提供的。

更要说明的，笔者长张炜二十三岁，十五岁参加工作由苏北到山东。1953 年做《大众日报》记者，便开始了在山东大地的行走。张炜出生前三年以及以后的多年，我曾多次采访过张炜出生地和他少年时浪迹的胶东半岛上的那片由大海环抱的起伏群山和大河沟壑。当然，那时那一方的政治和经济以及人群的生存状态也是知道的。

早在日本帝国主义侵华战争之前的大革命时期，胶东半岛的昆嵛山区就有中共地下党领导人理琦领导的反抗军阀的斗争。斗争虽然失败了，理琦离开了胶东，却在胶东地区播下了革命火种。

新中国成立之初所提出的政治经济任务是，发展生产，医治战争创伤。本人就曾把每月的津贴送给一户人家一起度日。之后不久，全国范围内进入“发展生产，繁荣经济，公私兼顾，劳资两利”的农业、手工业、资本主义工商业的社会主义改造阶段。

对于张炜来说，转机得益于这样两个口号：一个是“要复课闹革命”；一个是“恢复高考”。

张炜在这两个口号下，才上了小学和读了大学。在这个层面上，他既是命运的苦孩子，也是时代的“幸运儿”！

我在古老的齐长城踱步思索，又在稷下学馆的墙根寻觅，打捞那许多美好。屡屡令我怅惘：失踪的岂止于颓垣断壁，废圮瓦砾，书声琅琅，争鸣话语。还有那些殉道者，蒙冤的殉道者，及其对亡灵的诠释、注解和演绎。解说员的那些陈词滥调，在失序的框架里却言之凿凿。古老的齐长城内外，绿树成荫。齐鲁青未了的古国，繁花铺地，比不上脚下踢出的一片龙山文化蛋壳陶。因为它真实。谎言的全能，及恐惧的手段掩盖了真相。这是历史长河的病疴，在裹满泥浆的文字里，掩盖了血和泪的酷烈。

我以笨拙的秃笔去描绘，去寻找，在平和的白描和直线的勾画中，那些神秘而又实实在在的人物又会一个个来到我的笔下，他们一个个或由意象到具象，或由具象升华到意象。我只有不断地回转身去，他们才会一个个地清晰显现，他们再也不被泥浆裹挟。

爱因斯坦曾这样称他所热爱的印度圣雄甘地：“在未来的时代，极少有人相信，这样一个血肉之躯曾在地球上匆匆走过。”

圣雄人物也好，普遍被人们口树丰碑的人物也罢，他们曾经这样风流倜傥，也曾经一度被愚妄泼污。但雾霾毕竟一天天廓清，良知一天天回归，一些人物的本来面目让人们看得更为清晰。

给张炜生命强力支撑的三个伟丈夫。

外祖父

——悬壶济世，望浮桑梓

张炜称他的外祖父为他的“至尊”，并且在他的生命中是主枢式人物。张炜在文字中这样描述他的外祖父：“我无数次想过他的形象：文静的男人，颀长的身材，许多时候穿一件干净的灰布长衫；有时戴眼镜，有时不戴；挺挺的鼻梁，温和深邃的眼睛，多情而肃穆。他从很小的时候就去了北方一个大都市，从那里起步，先后抵达域外；他回到半岛港口小城时，已经是一位中西医术兼备的良医了。这时候美国南方浸信会的一个分支已经在半岛登陆，建起了北方最早的教堂和学校，还有一座相当规模的西医院，它就是比洛克菲勒基金会在北京建成的协和医院还要早二十年的怀麟医院。因为与这所医院的频繁往来，他也成为一个虔诚的基督徒。这所医院不知挽救过多少生命，已成为半岛人心中的圣地。它与学校和那座大教堂合而为一，成为北方声名显赫的存在。当时外祖父已在小城南郊有一处诊所，这对他既是济世之所也是修行之地。”

张炜成人之后，经常听到母亲讲述她童年时期的生活场景，就是她童年生活过的大院。那是当年港城龙口人人津津乐道的地方。那是一座悬壶济世的诊所，还是一座小型的动物园。外祖父早年间爱动物成癖，在这里养了牛、羊、骆驼、鹿、獾、猫、狐狸和狗以及能够留得下的比方各种候鸟，还有各种各样的羊。为了满足两只羚羊喜爱登高的习性，外祖父还在院落中堆起一座小型的假山。北方没有水牛，东方没有骆驼，它们都被驯服后从外地引进来。

听母亲说他的外祖父特别喜欢驴，因为在所有的家畜中它是最为温顺的。古老的希伯来文有记录耶稣骑着毛驴传道。张果老倒骑驴同八仙过海，诸葛亮六出岐山羊肠小径骑驴代步。张炜听母亲说，他外祖父认为温驯美丽的驴子是最可爱的。

这所院落的动物园里还有一匹硕大的枣红马。外祖父与这匹枣红马几乎能够灵通互动，他几乎能够从它的每一个昂首踢蹄和喷鼻乃至嘶鸣中，领会它这位异类伙伴的心中所思所念。他和它经常行走在乡间小道，或送诊，或赴道场，都是由这匹枣红马驮负或伴行——

在港城龙口，当年张炜的外祖父收到许多尊爱之称。当年，张炜母亲听到最多的话语是：

"先生骑着枣红马出去了！"

"先生骑着他的枣红马回来了！"

"先生又把一个快要瞎眼的人治好了！"

"先生又得到一只可爱的什么……"

作为精通医道的外祖父，深知我国那道名贵的中药材阿胶，那是味保护东方女性产后康复的圣品。这味名贵的中药材就由驴皮熬煎制成的。

张炜的外祖父作为一个虔诚的基督徒，深深认识到：万物和人都是神创造的，神爱世人也爱万物，是博爱的源头活水，人类和万物都应该是相爱，而不是相仇，更不是相杀。

张炜外祖父给张炜的生命讯息传递是：心灵的大爱和柔美，对人的生命体恤以及对所有生物生命灵性的自然融会和贯通，构成了他的生命的基本面。

张炜外祖父不仅是教会和医院的常客，而且和同盟会的革命党人打得火热。1906 年徐镜心受孙中山派遣从日本回国，在半岛成立了北方支部，下辖直隶、东北三省及热河的革命党人。归国的徐镜心和同党在半岛创办新学，酝酿起义，终成熊熊烈焰之势，为清廷最为痛恨之人。

晚清时期的半岛为清廷重点围剿之地，徐镜心等革命党人发起大小战事不下十余次，战斗无数，牺牲无数，一次次陷于逃亡的险境。

他去关外发动起义，联系新军，复又潜回，来去匆促，直到最后被袁世凯杀害于北京，年仅四十一岁。而后半岛土匪蜂起，至抗战初期，自立为司令的土匪队伍即有十五支，他们在整个地区往复劫掠，无恶不作。张炜外祖父生前与徐镜心和革命党人的交往已无史料记载，它们来自母亲和外祖母的叙说。她们直到逃离小城，在临海荒野里搭建一座茅屋艰难度日时，还保存了一顶礼帽。他至今记得那是一顶白色的帽子，有一圈黑色饰带，他不知从哪儿找出来，戴上玩，被外祖母严厉地制止。母亲收起那顶帽子，说这是一位客人的，要等他来取。母亲告诉他：那个人不会来了，他是一位革命党人，是你外祖父最要好的朋友，已经牺牲了。

笔者从这里看到，中外反抗帝制的民主革命的先行者的斗争是可歌可泣的。孙中山先生领导的推翻帝制的斗争名垂青史，黄花岗七十二烈士的血洗羊城，擦亮了多少不愿做奴隶人的心呀！林觉民烈士赴义前的《与妻书》其英勇赴死的慷慨悲歌，激励着一代代知识分子的自由民主人权的情怀。俄罗斯叶卡捷琳娜女王统治时期，著名文学家车尔尼雪夫斯基在他著名作品《怎么办》中，塑造了一位革命先行者——拉赫美托夫这一英雄人物。他预想（二月）革命可能遭到的失败必然要蹲班房和流放，遭受皮肉之苦是必然的。为此，他去做遭受皮肉之苦的准备，而去睡自己打制的“钉板床”。

张炜从他外祖父的壮行上，特别是从那顶打着黑箍的白色礼帽所获得的反抗黑暗统治的教育是鲜活而良久的。

抗战开始后，半岛上的各种抵抗力量与日寇侵略者进行了顽强的斗争，发生了无数次大小战斗。而盘踞在这里的土匪与日寇既合作又争夺，还不断与抵抗组织发生摩擦，没有任何道义可言。外祖父的声望使各派势力惧怕，他们对他发出各种威胁。当时的诊所只能勉强维持，主人的精力主要用于抗战事务。他把大量积蓄用来购置枪支弹药，以至于断绝了那些心爱动物的口粮。羚羊饿跑了，老水牛被一个村民牵走，乌龟也失踪了。只有那匹枣红马和他在一起，是他的忠实的伙伴和坐骑。关于这匹马的故事，张炜母亲和外祖母讲了不知多少次，已经印在他的心中。那是一个催人泪下、真实而又难以置信的故事。

抗战的第三个年头，从属教会的怀麟医院落入日寇手中。土匪司令们经常火并，惨案频发。整个半岛进入最黑暗的时期。几支土匪队伍与外敌媾和，敌对势力日益壮大，其中最大的一支土匪武装头领任保安司令，自称“半岛王”。也就在这样的一个秋天，大约是立秋后的第十日，母亲和外祖母正在大院里晾晒东西。下午五点多，太阳还没有落山，西天彤云如血。好像传来了马的嘶鸣，它越来越近。外祖母手里的笸箩掉在地上，那匹大红马撞开了院门。“啊，怎么你自个儿回来了！”外祖母叫着，它跳了一下，扑向木头台阶，前蹄一下下磕打起来。母亲觉得怪异。她们的手碰到鬃毛时沾上了红色。大红马往外跑去，两人紧紧跟上，出了大街，往西往南。高秆农作物被马蹚出一条小路，再往前就是一片沙冈，是稀稀落落的黑松。大红马在松林里站住，磕蹄，引颈长嘶。

外祖父的血洇红了一小片沙丘，人已经没有气息。这就是外祖父之死。抵抗的队伍来到大院里，已经是几天之后。他们是外祖父的友人，说几天前先生还在城里救治伤兵，三天三夜没有休息，又和朋友一起运送弹药。他是返回家中的半途遭遇土匪陷害的，“半岛王”早就对外祖父恨之入骨。当时姨母住在稍远一点的地方，那是港城隆华区，当她和家人赶来时，外祖父已经安葬了。父亲对噩耗一无所知，他正受另一个人的差遣，从水路赶往一座北方城市。

悲伤、惊恐笼罩了一座院落。诊所关闭，主人的动物走失大半。那头可爱的驴子等不来主人，郁郁而死，被葬在一棵白玉兰下。那匹大红马跟在外祖母和母亲身边，直到最后的日子。整个港城落于“半岛王”手中，后来被另一支更大的队伍接收，抗战随之结束。可是这里非但没有迎来太平，反而陷入了更大的混乱。所有土匪消失不见，或加入官军或编入其他队伍。港城南郊的这所大院已经被残兵流匪多次洗劫，大部财物荡然无存。外祖母和母亲最珍惜的大红马几次遇险，最后幸亏一位姓郑的老人救下。这是后话。

张炜对自己家史回忆来到这里，虽不至于哽咽，却陷入良久的沉思。这是为什么？

张炜下面的话，足以让我们窥斑见豹。他深情地写道：

“我的回忆总是在红马脱险的地方停顿下来。这个至美生灵与我们家族命运紧密相连，是不得不说的一个奇迹。每每想起这个未曾谋面的生灵，就生出深深的敬意与感激。我将把它写入族史。我在无比孤单的童年时期，在一路游荡的少年青年时期，与各种动物结下的诸多友谊，它们给予我的援助，许多时候是无法替代的。外祖父深知物性之别和纯稚之美，所以护恋和养育它们。试想一下，如果没有这匹红马，外祖父就成了死无葬身之地的游魂。”

外祖母和母亲

——两位圣洁女性对张炜生命的双重塑造

张炜的外祖父与外祖母自小便有婚约（山东许多地方叫作娃娃亲）。

当年，张炜外祖父跨海北上，从那座大都市，然后再到异域。在这些日子里，他的外祖母逐渐成长为一位沉默寡言的少女。

张炜的外祖母因为父母英年早逝，便一直住在外祖父的祖宅里。

多年以后，她终于等到了一位高爽英挺的男子，两人毫无悬念地完婚。后来有了俩女儿，小女儿就是张炜的母亲。

外祖母在当时这座港城的大家望族成长，首先是因为外祖父的悬壶济世的行医惠及一方，她也被一方人等称为“贤内助”“先生大人娘子”。

是因为夫唱妇随的传统美德，还是因为在信仰上的“灵命相通”？她也随着丈夫成为一名虔诚的基督徒。

基督徒们都会遵照规定去拜读古老的希伯来文由牛皮纸到石刻，又由石刻到纸印的“智慧书”。想来，张炜的外祖母也理所应当是这样的。

张炜在完成他的《我的原野盛宴》之后，曾在一篇创作谈的文章中，深情地引证了外祖母的一番“智慧说”。

“我一遍遍想着外祖母的话：‘茅屋这儿是我和你爸爸妈妈找到的，人这一辈子啊，都会找到自己的地方，你也一样，你找到的应该更好。’”

余生也晚。我虽然两次有幸地拜见过张炜的高望老母，却未曾拜见过他的外祖母，但能从张炜母亲的气质谈吐，看到外祖母给予他母亲的生命禀赋和投影。

外祖母的亲切叮咛，对张炜的影响是巨大的。

外祖母对张炜的嘱语的含金量，即智慧！

这位老祖母却有着她的来处，古老的希伯来文中说道：

“智慧的价值无人能知，在活人之地无处可寻；

“深渊说，不在我内；沧海说，不在我中。

“智慧非用黄金可买，也不能凭白银为它的价值。

“俄斐金和贵重的红玛瑙并蓝宝石不足与较量。

“珊瑚水晶不足论；智慧的价值胜过红宝石。

“因他鉴察到地极，遍观普天之下。

“要为风定重量，又度量海水。

“他为雨露定命令，为雷电定道路。

“他对人说：敬畏主就是智慧，远离恶便是聪明。”

外祖母给张炜最为宝贵的就是渴慕知识财富，一心向善。向善就是远离恶，远离恶便是聪明，而聪明便是智慧的通说。

张炜的母亲就是在前文记述的那所圈有小型动物园的大院里出生长大的。

及近能够上学的年龄，进了革命党人徐镜心在半岛地区创办的女子学堂，名为“坤元女校”，离外祖父的诊所约有五里之遥。这所学校的教育宗旨当然是反帝反封建、提倡妇女自由解放的。这所学校不久被清廷当局取缔。几经摧折，不断改换名称转移校址，方得以存续下来。

张炜母亲被外祖父送入这样一座新校，成为她一生中最为重要的人生经历。

张炜回忆说：“母亲到生命的最后阶段，仍能清晰地记起一些同学的名字，以及学校多次的解散和重建的经过，如数家珍。这些新学女子都是革命党的骨干。后来纷纷离家奔赴新区。”

张炜外祖父遭暗杀不幸离世后，母亲因为要陪伴外祖母而未能离开这个家。母亲及至晚年，仍念念不忘她送走的女伴，记得那诸多依依不舍的情景。

笔者与张炜慈母谋面两次，加起来不足一周。老人家慈眉善目，谈吐文雅洁净，举止端庄大度，即是从她母亲身上得来的，她同时也把她的这些美好很自然地给了张炜。由于生活日趋难以测度的多变，老人家具备更多的隐忍和坚毅，能撑起那个家，把儿女拉扯成人，而其中的张炜，更成为她老人家的杰作，不朽丰碑上的花朵。

父　亲

——一个在漆黑的夜间捋一下头发就能噼噼啪啪
爆出蓝色火花的人，一个大胆旦行者

张炜是这样描述他的父亲的：

我的“一根筋”遗传于不幸的父亲。血缘的力量就是如此强大。每次从头回想谜一样的父亲，都让我深深地惊叹。在家族史中，父亲一章比外祖父还要繁复。我不断地猜测和寻觅一个清晰的形象，又不断地迷惘。在几位亲人中，他与我相处的时间最短，却在最大程度上左右了我的命运。我因为他而逃离，也因为他而担惊受怕受尽屈辱，最后却为他感到了深深的自豪。我做不成他那样的人，从世俗的意义上看也比他幸运；未来却不得而知。他一生最大的幸福是遇到了母亲，而他最大的不幸是遇到了另一个人。那个人道貌岸然，俘获了他的心。

父亲的家族前溯三代还是阔绰门第。每到祭扫的日子，父亲这一族就要翻山越岭去一个神圣的地方。大家族因为避乱分成三支，其中一支逃入南部山地。父亲出生在一个不算充裕的家庭，因为长辈不善经营，剩下的房屋土地已经不多。我从未见过爷爷，母亲说那是一个奇怪的人：常年游手好闲，每年出门做一次生意，然后就待在家里消磨时光。父亲却说爷爷这个人“了不起”：下一手好棋。连环马用得好，没有敌手。母亲苦笑：“人也不能靠下棋活着啊。”她说爷爷实在是一个怪人，在全家艰难糊口的日子里，他一天到晚忙着下棋。这个家主要靠奶奶打理。

父亲十几岁时遇到了第一个、也是唯一的贵人。那是他的本家叔叔，当时正在一座海滨城市做大营生。他在许多方面都像洛珈的外公，仪表堂堂，周旋于各个场合，具有很高的资望。他在一次回乡探亲中见到了父亲，觉得这个身体单薄然而双目黑亮的男孩，一生就要耽搁了。他提出将父亲带回那座城市，一边读书一边做些杂事。奶奶一百个高兴。爷爷却哼哼着：“你能教会他‘连环马’？”这样问，最后还是一扬手打发了儿子。

这一去即改变了父亲的一生。不然他就是一个会下棋的山民。他在本家叔叔的商号做事，业余跟一位先生读书。本家叔叔将其视为己出，一些重要的事情都交由他做。我常常想象父亲当年的模样，因为没有留下照片之类，我把他视为一个装束时新、内向而热情的青年。母亲说到父亲与她走到一起的样子：“多数时间穿制服，只在必要的时刻才穿浅灰色长衫。永远是皮鞋，一头短发浓黑。他独身走夜路，穿过野地或土匪横行的路段都不害怕。他在漆黑的夜里捋一下头发，噼噼啪啪爆出蓝色的火花。”最后一句让我惊讶，但又不能不信。后来我在大学时写过一首小诗，上面有一句“少年的闪电”，就来自母亲对父亲的描述。

可能就因为父亲具备独行的胆量，叔叔把一件天大的事情交给了他。这事重大而又危险，一生只可以做一次。可悲的是他不出所料地完成了重托，却不幸地缠在了这件事情上，竟然一辈子未能解脱，直至死亡。那是抗战即将走到最后的困难时期，无论是日寇还是官军和其他势力，都到了拼死冲决的阶段。一支土匪武装两次归顺官军，复又倒向敌军，再后来又与第三方合作。这个土匪司令先后收编了其他两支武装，被任命为半岛保安司令，称“半岛王”。这个嗜血魔王被传为身怀异术的不死之人，几次单枪匹马冲出火阵而毫发无损。就是这样一个强悍的匪首，在一场大战前夕，抗敌战区迎接的一位重要人物不幸落入他的手中。被俘者对于几派政治势力的博弈都太重要了，其生死存亡牵动许多人的心。自其被捕先后经过了宪兵队和保安队的关押，不久将解押南京。这期间战区动用各种力量营救全都失败，从中周旋的人士不仅未能如愿，还被“半岛王”杀掉。

本家叔叔于最后阶段参与援救，动用半生积累的重要人脉。本城及南京的几位有分量的人物都伸出援手，这使他看到了几分希望。他与父亲彻夜长谈，让这个同样沉默淡定的年轻人看过了所有文书，嘱其藏好写给“半岛王”的几封信札。“那是一个胸无点墨的狡猾之徒，喜怒无常，机灵善变，所以并非无懈可击。此行关系重大，务必抱定决心，如韩愈只身叛营，舌战群顽。”他特意谈到古代文武兼备的韩愈出使藩镇得胜而归的故事，用以激励父亲。

大战在即，“半岛王”总部设在莱山之南的一座危城，从东部城市去那里要突破三道封锁线。父亲星夜出发，一路历尽艰险，于第四天凌晨抵达城防要隘，在守兵押护下进入敌营。等待营救的那个重要人物被称作“仁公”，这是父亲记了一辈子的名字。出于特别的禁忌，那个人从来没有告诉他真实的姓名。这是后话。父亲初入敌营，“半岛王”并没有给他“舌战群顽”的机会，而是没收所有信札，将其关入黑暗潮湿的铁屋中。一连三天审问，父亲一直保持重要信使的庄严之貌，沉着应对，最后不忘提醒一句：面见“半岛王”和“仁公”。直至第五天，那个杀人不眨眼的魔王终于现身。父亲事后对母亲说起那一刻的诧异：走进来的人干瘦，中等个子，额上有触目的青筋，两眼上眯着，好像永远在笑。他说话声音很低，有些沙哑，一边说一边摘下帽子在剃过的光头上搔痒。父亲对要说的话不知揣摸过多少次，暗自预设过各种场景，唯独没有想到要面对这样一个孱弱不堪的家伙。他试着怎样说出“点穴”之言：危乱激变之局，狡兔何止三窟，时下良机唾手可得，何乐而不为？父亲相信类似言辞前番必定说过，重蹈覆辙未必奏效。他反向溯源，说此人几经危难皆能化险为夷，何也？究其实不过是人人得知背景，宁可放虎为患也不愿铸成大憾，说白了不过是故意送到贵司令口中，既除大患，又未结怨。这家伙把帽子戴上，哼一声：“你说的？”父亲说是自己叔父，那个人与您虽未谋面，但早已惺惺相惜。“半岛王”笑了。父亲这才看到他有尖利的犬牙。这是唯一的一次惧怕。

“半岛王”与父亲简谈三次，时间很短，话语不多。最后是决定的时刻，“半岛王”眯着眼说：“我会放掉这人，不过你和他都跑不出防区，不会活着走开。”父亲不知道他的意思，听下去。“放走你们，我也不会活过半年。”父亲不动声色，问：“你的办法？”“那个嘛，我的卫兵会押送你们出城，在十里外开火。你俩或被乱枪打死，或逃过一劫。”父亲问：“你料定会是哪种结局？”“半岛王”又笑出了犬牙：“凭你这个机灵的小子，会被打死？”父亲谢过，他又说：“不过出城之前先要委屈你一下，你们要关在一起，至少三天。”父亲与之讨价还价，最后成交：关押两天。

父亲救人心切，恨不得立刻与那个人见面并一起出城。他被押到一个看守严密的囚房，铁门打开，扑面而来的是一股腥臊气。黑屋里铺了麦草，那上面蜷坐了一个稍胖的人。此人即大名鼎鼎的“仁公”。两人就此结识。两天两夜，交谈不可谓不多。这是父亲终生难忘的两个昼夜。他后来无数次说起见面的印象：四方圆脸有些虚胖，很白，一对眉毛黑而短；很奇怪的口音，很乐观的性格；肩膀塌着，手很小。父亲说除了对方的一双小手让自己不适，其他方面都没有失望。“那对小手被我紧紧地箍在手心里。可我怎么也想不到，就是这样的一对小手，后来拨动了乾坤。”父亲没有夸张，后来，十几年后，如果父亲的眼神没有错的话，这位“仁公”确是极重要的人物。

他们促膝而谈。“仁公”见过的世面比谁都大，早在年轻时就出过国。他对父亲谈了许多，中外古今，天下大势，主要是特别的“义理”，父亲说他一生中的所有疑难都被这个人扫除了。他看到了真正的希望。他觉得人生太难太苦，他熟悉的这个半岛血流成河，人人伤绝惧怕。这位“仁公”谈吐质朴自然，有理有力一针见血，诚恳切近，绝无疏阔之风，给人以无畏从容之感。“这是我一生所见最用心用情的好人，长大见识。”父亲在年迈体衰遍体鳞伤时这样回忆。他从心里感激本家叔叔交给的至艰至险的任务，从未后悔。两天时间过得太快，有人在铁门外大喊“送你们上路”。天刚蒙蒙亮，他们被解开锁链，在一个小队的押送下走过长廊，走入高墙围起的院落。在跨出院子的一刻，父亲停住，回身看这座铅灰色的建筑。在一扇小小的窗户上，他看到了一个瘦长的光头闪了一下。

他们走在前边，一小队全副武装的士兵走在后面。出了营地继续往前，过了几道门卡，跨过铁轨，就是稀稀落落的房屋。前边是旷野，影影绰绰可以看到纵横的壕沟，看到堆起的沙袋之类。后边有人喊叫："走快些走快些，再不走就来不及了。"父亲和"仁公"加快脚步，突然听到有人拉着长音叫道："准备！"父亲回头一看，只见这队士兵端起了枪。他毫不犹豫地将"仁公"按伏在地。与此同时枪声响了。硝烟散去，他们抬起头，士兵已不见踪影。他们爬起来就跑，不顾一切地跳蹿，钻入空荡荡的壕沟。

他们跑了整整一天，直到天黑才敢停步。在一个山坡村边，他们找到了一个玉米秸垛子，就钻了进去。太阳还没出来，他们重新上路。又跑了半天，实在太饿，小心地走进一个小村，发现几乎是空的，问了问才知道所有青壮都被抓走，只剩下老弱病残。这里已是防区边缘，往东北方向走二十余里就是各种杂牌军的地盘，那里紧挨抗敌武装区。他们讨来一些地瓜面窝窝，又讨了一个装满水的大葫芦，匆匆赶路。他们不止一次躲过零散的土匪，穿过最后一段里程，总算抵达目的地。"仁公"在这里有无比的权威，他们受到了盛隆的接待。多年之后父亲回忆那一天还念念不忘，说自己亲眼见到了"仁公"何等受人爱戴，"在那些人眼里，这个人就是神灵啊。我是搭救他的人，所以那些人把我看成天下第一功臣。他们有发报机，'仁公'得救的消息很快报给了更远的总部。在这个喜庆的日子里，他们杀了一头猪来款待我们，还用当地老乡自酿的酒把我们灌醉。这一餐终生难忘。"

父亲在那个地方待了两天，不得不离开。本家叔叔不知道他的死活，更不知营救成功与否。"仁公"恋恋不舍地陪他走了一程，后面十几米远是一个护兵。"仁公"问他是否愿意和自己一起做点什么？这正是父亲的心愿，他紧握对方的那双又小又软的手："我怎么找你？""仁公"告诉父亲，两个月之后他将出现在东北的一座大城市里："我会在那里等你。"父亲毫不怀疑这个约定，说："那时我会把一切准备好，把叔叔那边的事情打理完。""仁公"说："一言为定。"他们紧紧握手。

父亲很幸福，回到城里马上把这幸福分给了叔叔。这位体面的绅士说："孩子，这是你办下的一件大事。好好安下心来，不会再让你冒险了。"可父亲的心已不在商号和银庄上面了，一直想着那个约定。他暗暗做着告别的准备，想在一切料理得差不多，在离开的前几天再告诉叔叔。但要瞒住太难了，叔叔问父亲到底想干什么？父亲流出了泪水，说自己永远不会忘记叔叔的再造之恩，但男人要走更远的路，总有一天会离开长辈。父亲说得泪水纵横，最后一抹眼睛，等待叔叔的裁决。叔叔看了他一会儿，说："明白。不过孩子，这条路太远太难了，比你去见'半岛王'还要凶险。你要想好。""我想了太久，我全想好了。"叔叔不再作声，最后问他启程的日子，他说了。叔叔说："我在关外和直隶一带都有生意要打理，你顺路把这些事务一起办理吧。忙不过来就另做打算，我再想办法。"

父亲全都答应下来。直到很久之后，他才明白叔叔的良苦用心：为其留下一条退路。因为叔叔深知这个倔强刚直的男儿一旦在路上走失，是很难回头的。父亲带了叔叔送予的盘缠上路。这是一生悲凄的开篇。多么冷的冬天啊，关外的枯冷让他这个半岛人没有想到。幸亏叔叔为他备下了一件狐皮坎肩。他对母亲说："我那时才得知关外的冬天多么冷！如果没有这件狐皮衣服，我踏上那边就得被活活冻死。"他一直挂记那位"仁公"，心想这么冷受得了吗？他甚至想买一件棉衣，见面时把这身火热的狐皮送给"仁公"。这样想着，找啊找啊，抵达了约定的地点。一栋三层楼，也是常见的浅灰色。他一踏入就觉得不对，因为里面的人怪模怪样，从穿戴到说话。那种古怪的鸟语让他诧异之极。后来他还看到了黄头发高鼻梁的异邦人。他一边嘀咕着"老毛子"三个字，一边小心地问着"仁公"。所有人都看他，摇头说：没听说有这样的“公”。他坐在大门台阶上，看着洋车穿来走去，各色人等。他初步的印象是，这座关外大城除了枯冷，还有怪异。

父亲一连三天去那个地方，结果相同。他失望而又不甘，好在叔叔在这里有商号买卖，他就耐心地住下来。一个月之内去那个地方多次，无不空手而归。他后来琢磨：“仁公”肯定是特殊之地的别名，真实的名字一定是个秘密；但他认为某些范围内应该是知道的，而且对方绝不会让自己扑空。他在后来的一天深夜惊醒，猛地坐了起来：好像看到了一个湿淋淋的背影。这背影出现在梦中，洇出了红色。他捶了一下自己的太阳穴：“‘仁公’牺牲了！”这个想法固执地缠住了他。是的，只有牺牲一个原因，才会让一位有约有信的人从人间蒸发。

张炜行文至此，笔者不得不在这里插上几句话了。

张炜的父亲称呼的“本家叔叔”，按照中国农村传统宗族规矩，应该是五代人同一位祖宗的，俗称“五服人”。

张炜的这位远房爷爷，在半岛上是百里数得着的大生意人。从他身上那高贵的貂狐围领就足以说明。

张炜笔下的这位“仁公”，到底是什么人物？他与本家爷爷是什么关系？为什么要费尽心机动用本家精明的侄儿（张炜父亲）去狼群虎穴救那位神秘人物“仁公”？张炜这位本家爷爷又是谁？

笔者二十岁开始做山东省委机关报《大众日报》记者，跑遍了山东大地。在全国性的“社会主义教育运动”中，做山东省阶级教育展览会的编辑，对山东省的阶级斗争形势有所了解，又曾做过中共山东省委办公厅综合室的文字秘书，凭我对阅世、阅读、阅人的理解：

张炜的这位远房小爷爷，应该是一位隐藏很深，只能维持“单线联系”的中共地下党。

那位隐姓埋名只能被叫作“仁义之人”的“仁公”更是他也未曾谋面的更大一些的中共地下党。

在文字和语言学上，隐秘、秘密、神秘、奥秘、猜疑、误解往往都被就近堆放在一起，不然就无法理解张炜父亲下边的故事。

张炜父亲遵照本家叔叔的派遣，为生意的事去到遥远的北方某大城市。按照文中有“老毛子”说法，那应该是苏俄移民聚居地的边城哈尔滨。

他知道，曾被他在狼群虎穴中助力营救的那位“仁公”也到了这座边陲城市。

“仁公”这一名称的巨大诱惑力，对他来说，就像茫茫黑夜中一盏灯火，让他不知疲倦地追逐和寻找。

按照中共地下党的保密原则，即使这位“仁公”来本城，在没有暗线指定下，任何个人都不得与其接触联线的。张炜父亲的美好渴望是见到这位神神秘秘的“仁公”，而这位“仁公”总是隐蔽得深之又深。

张炜父亲就在办过了他叔叔交办的事情后，回到了他的故乡胶东半岛。

张炜在一篇未发表的文章中是这样记述他父母走到一起的——

> 一天下午，有人搀进一个瘦削的男子，他就是害着眼疾的父亲。因为焦虑的跋涉，他一到港城就病倒了，而外祖父是有名的眼科医生。这似乎是上苍最完美的一次安排。父亲眼疾很重，不得不住在大院诊所边厢，双眼蒙着厚厚的棉纱，由人引导走路。外祖母和母亲为他熬药，有时还要牵着他的手。七天之后，眼上的棉纱摘掉了。
>
> 他第一眼就看到了站在面前的母亲。他就此知道一双温热柔软的手、轻轻地呵护他的原来是这样一位女子。他不愿离开这座小院、这里的医生，还有那些动物。他从来没有在一个地方产生过这种留恋，迟迟不愿上路。可他还要离去。行前他去街头买来一大束鲜花，放在了母亲的窗前。他离开，刚过十几天再次返

回。这次不是眼睛，而是心，一颗心再也不能沉稳地跳动了。外祖父为他把脉，下药，由母女俩煎药，喂他喝下。这一次他有机会和外祖父谈许多话，从半岛的局势说起，说到关外。外祖父惊喜的不仅是小伙子清晰的谈吐，还有自己年轻时过往的一些城市对方也都去过。父亲小心地隐去“仁公”两个字，却说出了叔叔的名字，外祖父兴奋地拍腿：“我见过，那是个谦谦君子。”

这一年春天，白玉兰在大院里开得很盛。父亲和母亲举行了婚礼。外祖父和外祖母没有儿子，只有两个女儿，大女儿已经成家，住在港城东边的隆华街上。小女儿的婚姻是他们牵挂的大事，所以这个春天是混乱不堪的岁月里的至大安慰。就在这一年深秋，外祖父遭到了伏击。这令父亲一生愧疚和悲痛：当时他正在奉天，没能与母亲和外祖母一起追赶那匹红马。就从这个秋天开始，半岛战事到了最后阶段。港城一带为兵家必争之地，不同的势力轮番角力，城区不断易手。说不清番号的武装分别占据码头和海关一带，郊区和更远的边缘又分属其他队伍。白天和夜晚归附不同的强人，恶性事件找不到确切的施暴者。外祖父的诊所大院遭到洗掠，那些令当地人着迷的动物前后失散。这座为人称道和自豪的宅邸成为危险的地方，主人利用一切机会搬出尽可能多的物品，寻找喘息和立足之处。外祖母携他们暂时搬到隆华街，住到了大女儿家。三个人挤进一幢平房小院，除了随身携带的大小包裹，还有那匹红马。

母亲后来说，你父亲在最艰难的时日，并没有像一个男子汉那样待在家人身边，“他本来会那样的，可是刚在姨母家住了七天，就急火火地出关了。他不知从哪儿看到了一张报纸，上面有一张照片，立刻喊了一声‘仁公’！那是我第一次听到这个名字。”母亲的眼睛盯着天空，仿佛往事正在那儿飘逝。“你父亲说这是他，原来他还活着。他过去一直认为那人牺牲了。他的脸涨红了，在院里急急走动，说再也不能停了，他马上要走，还说自己很快就会回来。就这样，他离开了。”母亲眼里没有泪水，她已经习惯了漫长的煎熬和等待。命运是不可改变的，它妥妥地为每个人安排好一生的关节。

父亲匆匆而去，原说七八天归来，可拖了一个多月才转路回到港城。这其中原因颇多，除了曲折无比地寻找那个影子，辗转中一次又一次失望，再就是急转直下的战局了。直隶地区已经变天，港城也是同样。官军大败，那些服装齐整武器簇新的队伍开始溃退。所有大船都被征用，从奉天到港城的航路早已封闭，这是父亲未能按时回返的缘由。港上的中大型船只都用来运兵，它们开到东边那座城市会合待命，然后去更远的地方。外祖母和母亲栖身的姨母家离城区稍远，可这儿也混乱到极点，一度就要断炊。好在外祖父的一个姓郑的朋友为她们送来一些杂粮，这才让一家人勉强活下来。

又是一个春天。港城的运兵船全部开走，新的武装占领了城市。残留的官军逃兵以及散匪正被肃清，城区及四周乡村常有枪声响起。零散的枪声渐停，稀稀落落的花儿就开了。母亲还记得那天下午：她正在郊区沟畔剜菜，抬头看到一株荠菜和飘飘的蝴蝶，马上想到了生死未卜的父亲。她携着半篮野菜往家走，心里有些高兴，因为晚餐可以做一锅咸菜糊糊了。还没进门就听到了红马兴奋的嚏声，加快步子推开门，一眼看到了站在院里的男人：破衣烂衫的父亲。

喜极而泣的一家。母亲说饥困的父亲一口气喝了三大碗野菜糊糊。“他的眼凹了。顾不上细说这一路，只是吃东西，大口喘气。直到第二天他才讲寻人不遇、逃窜、断航，讲坎坎坷坷。你父亲这一辈子就两个词可以概括：寻人，被困。他一直在跑路，跑过一站就被困住，然后再等下一站。”母亲说得没错，父亲一生就是如此。他已经奔跑了太久，从关外到关内，从直隶到港城，跑完了长路，就该被困住了。大约在父亲返回的第三天，几个穿制服的人带着士兵开始街区登记：所有居民都要上花名册。他们是港城军管会的。这些人在小院里逗留了一会儿，对那匹大红马特别感兴趣。

平静的日子是极短的。一些吓人的消息从街区传来：隐下的残匪和其他坏人被搜捕，他们有的企图逃走，被当场击毙。大量图谋不轨者、犯有前科者、身负恶名者，都被缉拿归案。郑叔叔有一天神色慌张来到小院，绷着脸：“街上正追查给官家当值的人，也就是区长。”“找到了？”“没。军管会从留下的名册上找不到人。可区长一定有的。”母亲问：“找到会怎样？”郑叔叔一抹脖子：“这样。”全家都不怀疑。“他们不该滥杀啊。”父亲说。郑叔叔摇头：“杀。”第二天一早，一个面色发青的人来了，身后是带枪的士兵。他们一进来就把小院的门关了，问父亲：“你为什么要逃走？”父亲不解，说要处理紧急业务，然后说出了叔叔的名字。穿制服的人在本子上记了，抬头说：“这个人知道。这个人半月前在大沙河被镇压。”父亲的脸唰一下白了：“镇压？”“就是枪毙。”

父亲被他们押走了。他一路上来不及问自己的事情，只不停地叫着叔叔。这怎么可能，这只能是谣传。但是到了一个大院里他才明白，一切都是真的。他坐在桌旁，有人翻着纸夹，从中抽出一张照片，往桌上一拍。天哪，是叔叔。他伏在了桌上。所有的辩护都没用。他不断地嚷叫，诉说叔叔怎样营救“仁公”。他们不听，只问他区长一事。父亲站起：“区长？什么区长？”“伪隆华区区长。你因为惧怕才逃窜的，现在归案了。”父亲一下跌坐在凳子上，像问自己：“伪区长？他在哪儿？”审讯者拍拍他的肩头：“就是你，阁下。”

接下去的几天都在审讯。父亲彻底明白了：这是一场天大的误会。他认为没有比这件事再容易说清楚的了，因为他以前压根就没听说这个词儿。他内心深处极为震动和难过的，是本家叔叔的冤死。天哪，他欲哭无泪，只有伤绝。他甚至因为悲痛和怀念，无心为自己辩护。这样拖了几天，审问者冷冷地告诉他：一些敌伪人物和其他隐匿的敌人，都先后镇压了，你属于哪一批还说不准。父亲这才梦醒一般明白过来：自己正面临杀身之祸。他终于想到了为自己辩污是刻不容缓的大事。一经振作，头脑变得如同当年深入敌营时的清晰和强健。他从头说怎样找到“半岛王”，怎样突破三道防线；怎样周旋和营救；怎样抵达抗战区；怎样与“仁公”约定关外。说完了，静静等候。审讯者脸色肃穆，在屋里踱步。这时父亲突然浑身颤抖起来，说：“我的棉衣！我缝在棉衣里！”“什么东西？”“证据！”

父亲说的是那张指引他急急离去的报纸，那上面有一张半侧的照片，就是“仁公”。审问者立刻派人去小院，取来了那件棉衣，果真从里面拆出一张发黄的报纸。父亲伸出食指按住那个有些模糊的照片：“就是他，是他。找到他，你们什么都会明白的。”审讯者抬头看了他很久：“你没有搞错吧？再好好看看。”他将报纸对在眼上看啊看啊，点头：“十有八九就是。方脸，很白，两只眉毛又黑又短。口音怪，不南不北。”审讯者把报纸收起：“你等着吧，我们很快会搞清楚的。”

父亲满怀希望地等待。半月之后，审讯者再次将他叫到那间小屋，严厉地说：“你说的人是我们的首长！你认错了，他根本就不知道你！还有，我们从半岛战区查证，从来没有什么‘仁公’！你最好不要骗我们，这帮不了你！”父亲急了，双眼圆睁：“‘仁公’这个人也是假的？绝不可能！当年为了营救，多少人冒着生命危险！他不会无影无踪！”审讯者一直盯着父亲：“说下去！全说完！还有什么理由？”父亲痛苦地闭上了眼睛，泪水洇出：“最后的、最吓人的理由，就是‘仁公’真的牺牲了。”

父亲记得那是最长的一次申辩。除此之外没有更多申诉的机会。事情就此耽搁下来，既没有认定他是“伪区长”，也没有说他清白无辜，更没有足够的证据表明他是一个功臣。但半年拖下来，他既没有关到监狱中，也没有接受严惩的迹象。罪大恶极的各色人等一批批受到审判。父亲继续关押。他从忧愤中努力解脱，告诉自己："仁公"既是实实在在的人，真相就会大白于天下。他在耐心等待中变得鬓发斑白。

一年后的一个深冬，父亲被叫去谈话。谈话者没有重复太多，只是说隆华街的案子查无实据，但也找不到相反的证据，这是最大的问题。父亲提出一个郑重的请求：请给我一些时间，我会千方百计找到证人。对方不予采纳，说："查找一个人是有关部门的事，而不是嫌疑人自己的事。等待吧。""可我实在等不得了。妻子和岳母为我操碎了心，我必须见她们一面了！"谈话者总算笑了笑："你的案子告一段落，今天说的就是这个。你基本上自由了，不，你还要接受传唤。总之这对你是好事。"父亲没有听明白，但"好事"两个字是清清楚楚的，于是就感谢起来。那人看看手表说："你将随大队人马开赴水利工地，那是一个重大工程。开拔前你有三天假期，准备一下行李。回来一次不容易。"

父亲喜忧参半，发疯一样跑回小院。家里所有人都惊呆了，哭了。只有父亲一个人没哭。"终于放回了，你啊！"母亲说。父亲告诉：放回了，不过只能待三天，然后就随大队人马进山，去一个水利工地。全家沉默了。父亲走到那匹大红马跟前，把脸贴在它的额上。他发现大红马瘦了，问外祖母："它怎么了？""它想主人，一到黄昏就向西南扬着头，那是出事的地方。"在团聚的三天里，父亲不止一次表达了这样的意思：一个人总要做些事情，那个大型水利工程肯定是重要的。他不惧劳累，唯一让人惋惜的是没有时间去找"仁公"了。母亲问："真有这个人？"父亲暴怒，青筋鼓起，后来才平息下来，摸着母亲的脸说："再不要这样讲。如果连你都怀疑他的存在，那就真的没有指望了。"

母亲答应他，不过最后还是说了一句："'仁公'不仁！你拼死拼活找他，差点丢了性命，他倒藏在暗处不吭一声。"父亲再次正色："如果他已经牺牲了呢？"

父亲上路了。临别叮嘱母亲一件事：自己离开山地就很少回去，那里除了父母就是一个弟弟了，希望母亲能去看看他们。

今天看：张炜父亲这桩不了了之的悬案，虽然是悬在他和家人头上的那把达摩克利斯之剑，一度存在不得不失去自由的恐怖，类似遭遇的又何止一人一家呀！

至于去南部山区修理水利工程，那是张炜出生五六年前的全国全省性的伟大壮举。在1950年代初的三个年头里，笔者就参加了济宁地区的治理泗河、洸府河以及当时属于山东藤县地区的沛县微山湖湖腰扩大工程。还参加过张炜岳父工作所在地的临沂郯城的导沭整沂的工程。

张炜父亲在当地这样的大军里，既没有被划为什么分子，戴上什么帽子，已不属于被惩罚的成员了。只能算作当时"以工代赈"的光荣劳动者，是第一批为祖国的社会主义国民经济的发展打下了雄厚基础的人！

但是，张炜对他父亲在山里的遭遇却有另样的说法，就令人匪夷所思了！

张炜说道：

我相信父亲走向那片死亡之谷的时候满怀欣悦，他什么都不知道。在集合的港城东郊小广场上，他发现队伍中都是神色沉郁的人，他不想多问，只想早些抵达山地。各种车辆塞满了物资，汽车和马车，还有小推车。队伍跟在车辆后面，一会儿罩在暴土中，一会儿又被后面的车辆超越。就这样走了一天，天黑就在原地宿营。这里实行军事化管理：吃饭睡觉都要吹号，做饭的炊事员就像以前在战区见过的那样，扎着围裙，在路边支上大锅，一会儿烧得烟气腾腾。睡醒了就走，走黑了就睡，饿了就埋锅造饭。这样行走四天才进入山地。父亲目测了一下，发现山势一再加高，队伍还要登坡向前。工地在大山深处。

一片片的帐篷和简陋的窝棚就是宿营地。这个水利工程大到无边无际。不知有多少“小队”编成“大队”，究竟有多少“大队”也难以知晓。这里管束严格，从工地返回驻地甚至连吃饭也要排队，由一个光头队长指挥。父亲他们的主要工作是凿山，用钎子铁锤，两人一组。有专门的技术员指导他们放炸药，炸开碎石再运到远处。领头的给大家训话，告诉他们这是江北数一数二的大工程，要将大小水库用石洞明渠连接一体，还要修建更大的水库。这个工程一旦完成，大山里外的梯田和平原都将得到灌溉。父亲听得兴奋，觉得参加这样的工程是一辈子的大事。他想到了那个苦寻不见的人：那个人知道了也会高兴的。只有在劳苦一天后躺在窝棚里，他才会想母亲和外祖母、山里的亲人。他不敢想本家叔叔，不信自己的恩人说没就没了。

工地上危机四伏。进山不到半年，父亲所在的大队就死了七个人。他们死于塌方、哑炮、激流和疾病。后来父亲知道，还有人是自尽的。父亲越来越强烈地思念家人，向队里提出探家的事，表示只需七天：用两天时间跑完三天的单程，日夜追赶，就能在家里待上三天。领导不允。他又央求：五天吧。领导再次拒绝，说每年只有一个假期，可选春节或中秋。

除了随时遭遇死伤之危，再就是糟糕的伙食。多么繁重的体力劳动，开饭时每人一个掺了粗糠的地瓜窝窝、一碗菜汤。人饿得直不起腰，半夜蜷着呻吟。所有人都瘦得皮包骨头，脸色发青。有人实在熬不住，去水库边捉小蟹小虾，结果跌落溺亡。还有人在山野吃一些不知名的果子中毒，险些丧命。一个小队只有三分之一的人勉强能够出工，父亲就在其中。领头的让他们勒紧腰带干活：“这是国家最缺粮的时候，能吃上一口就不错了！”父亲听了立刻挂念起母亲他们，山外的消息已经断绝。

终于盼来了中秋节。父亲一直瞄着这一天，好像就为了看到最大最圆的月亮，他才没有死去。他一想到与家人相聚就嗵嗵心跳。为了缩短路上的时间，他凌晨启程，然后就急急追赶。他用一根宽布带将腰扎紧，把鞋子绑牢，快一阵慢一阵地奔走，准备用两天时间赶完这条长路。往北大致是下坡，好像有一只大手在后面推拥，稍稍停脚就会一个跟头栽到地上。他背上有一块干粮，实在忍不住才啃上一口。走了一天，半下午时分觉得两腿漂浮，试着伸出一只脚触到结实的地面，再抬起另一只脚。可是一阵黑雾从头顶罩下，他慌起来，突然明白：自己遇到了“黑煞”。半岛人都知道，一个赶路的人遇到它必死无疑。父亲倒在了路上。

关于这次历险，他生前讲得不多。母亲说父亲命不该绝：一位过路的好心人搭救了他。“那是一个串乡药匠，他从布袋里摸出一个药瓶，又把人扶到路边一座空棚子里，喂下药和水。你父亲的干粮只剩下一口，那人就留下了一把救命的东西。”我一直记住了，它是那个年代海边才有的奇特之物：一束焦干的带鱼尾巴。平时这细细的鱼尾是要扔掉的，但饥馑之年就舍不得。它们晒干后系成一束，赶路人带在身上。父亲一路嚼着细丝似的带鱼尾巴，踉踉跄跄扑进港城。

他在天黑前摸到了隆华街的小院，这里已经半空。原来外祖母她们等不来人就搬走了，去了几十里外的海边丛林。父亲看一眼天上的月亮，反身跑出了小院。

笔者有幸曾与张炜令尊大人有过几天相处的时间。

他一米九的细高挑身个儿，四方长脸，满头黑发仍然茂密，眉宇紧锁着，好像那里面藏着许多往事。

当时，我与老人家没有约定早晨村外散步，在一片长满灌木丛的田间小路上不期相遇。

我们放缓了脚步，有时停顿下来。

我主要向他夸奖张炜的才华，我们这次来，主要来熟悉一下他童年和青少年生活环境和家庭情况。对于他的出身和人生经历只字未提。因为当时我想，见面就问一位陌生老人的过去是不礼貌的。他的谨言让我看见他的城府深厚，他的不多打听我这个来访者，又表现出他很有修养。他给我的总体印象不是一个两腿黄泥没了脚脖的“农哥们儿”。

看过张炜的描述，方知道他是个侠肝义胆的行者，不知疲倦的行者，一个敢走天涯海角的勇者，一个追求人伦圣洁美好的信仰者，一个知恩图报的义人。他身上葆有着诸多粲然闪光的中华民族的传统美德。

笔者认为，他给张炜的生命传递最可宝贵的是坚韧和毅然前行的意志力，应对不测风云变幻的沉着和稳健，在可能的危难临身时的坦荡和从容。

张炜写道：

> 小时候的那条渠水，长满了芦荻、芦苇、菖蒲和蒹葭。渠水一直清旺，日夜不息地在我们茅屋边流淌，赶往大海。我躺在水边，听到外祖母呼喊了，这才爬起来。几乎每到这时都有一只水鸟被我惊起。我往茅屋那儿跑去。母亲不在，外祖母正把盛满东西的瓷碟端出，迎着跑来的我说：“找你妈去。”
>
> 母亲在茅屋后面的小果林里忙着。那儿有大大小小的梨树和苹果树，还有一棵大山楂树、一棵樱桃。这是我们四口人小心呵护的宝贝。郑爷爷不在，他出门买东西了。郑爷爷就像亲爷爷一样，不，他比那个人要亲得多。我从来没见过那个住在大山里的爷爷，他已经过世了。我只从母亲和外祖母那儿听过他的故事。

我对他好奇中透着畏惧，如果当年见了他一定会害怕的。郑爷爷是无比和善的人，当年是外祖父的徒弟和帮手，所以当外祖父离世后，就全心全意地帮助我们了。我们就像一家人。

说到那幢救命的小茅屋、小果林，还要感激郑爷爷。母亲和外祖母不愿说起那段血泪岁月，可永远不会忘记。外祖父遭到土匪伏击，惨死在小城西南郊的松树下，那儿的白沙被他的血染红了。从那一天起，那个远近有名的诊所大院，饲养了无数动物的乐园就再也不得安宁。骆驼被人牵走，大龟和羚羊都失散了。匪兵和其他武装不断袭扰院落，外祖母和母亲只好搬到城东的姨母家避难。她们在郑爷爷的帮助下逃出来，特别牵来那匹曾经寸步不离外祖父的大红马。父亲远去关外，归来不久又蒙冤离家。外祖母和母亲在城东的临时居所里苦苦等待父亲，等来的却是更坏的消息：他即将奔赴南部水利工地，归期遥遥。她们没有离开，在这里苦等。

大约是一年之后，父亲为了赶上中秋节，用两天时间跑完了三天的路程。这是他一年里唯一可用的几天假期。他一头扑进海边那个避难所，感激得眼泪汪汪。原来郑爷爷一直在为苦难的诊所主人、先生遗下的家人找一处新的住所。他走遍了港城及周边街区，发现没有一个可以喘息的角落。那个年代烽烟刚熄，危机四伏，整个城市和郊区都像浸在翻涌的泥汤中。老人不得不远程跋涉，穿过近海的一些沼泽，去河口一带的沙堡岛，再进入没人涉足的荒野。在一座大沙岗下，他惊喜地发现了一棵生长茂盛的山楂树，还有一棵大李子树，再看四周，有高高矮矮的榆树、钻天杨和白杨，还有望不到边的橡丛、荆棘、混生的杂树。最难能可贵的是有一条长流不息的水渠从沙岗中间穿过。

老人做出了规划：在岗下大李子树旁搭一座茅屋，可能的话还要掘一口水井；在南部一片不大的空地上植树；开垦一小片播种的田垄。他到处打听荒岗的主人，最终买到了二十余亩，拿出了全部积蓄。郑爷爷牵着大红马，驮着一点家当，和母女两人一路往北进入荒原。那时候这里是真正的僻远之地，除了偶见一个猎人或采药人，几乎没人踏入这里。他们在地界周边架好篱笆，又植树墙；在山楂树的前后左右栽种果树，在大李子树旁植另一些树。

一家人无比爱护这匹红马，让它自由来往在林子里。大家发现它常常驻足远眺遥远的港城，那是诊所的方向。它从不离开茅屋太远，总是环顾四周。父亲回来的第二年大红马就死去了，先是枯瘦，最后不再进食。全家人流着泪水，把它葬在大山楂树旁边。

屋子前后的树木结出果子时，我就出生了。从此小茅屋里有了四口人。我是吃着甘甜的果子、听着各种故事长大的。我从他们嘴里知道了外祖父，还有另一些我从未见过、对我至为重要的人和事。爷爷和奶奶没见过，他们过世了。奶奶没有离开大山，爷爷却来过沙岗下的茅屋。外祖母和妈妈知道他挂念不幸的儿子，所以才长途奔走，好不容易找到了这里。“爷爷是什么样的人？”我十分好奇。外祖母让母亲说，母亲拢拢头发，回忆着，尽可能说得逼真：“你爷爷不胖，偏瘦的体形，比你爸爸矮一点。他头发花白，肩不宽，两条胳膊比一般人长，看上去没有多少力气。他一辈子没好好干庄稼活儿，喜欢吃，喜欢下棋，走这么远的路来找儿子，还带着一副象棋。”我觉得爷爷是个有趣的人，虽然外祖母和母亲都不喜欢他。我问过郑爷爷，老人这样评价爷爷：“棋下得好。酒喝不多，愿意喝两盅。”

在母亲嘴里爷爷大致是一个游手好闲的人，虽然家道衰落逃进了大山，可是到了他这儿，竟然还多少保留了一点纨绔子弟的流习。当他得知儿子从东部城市一路走来，去关外，奔直隶，来港城，最后又到西南部大山的水利工地受苦时，只哼了一声。每说到这里母亲就一阵不快：“他手拿一个长杆烟斗和十分考究的荷包，望着一个地方出神，咕哝着：‘这腌臜不腌臜死个人！’这句话并没有具体内容，只是个口头禅。为了接待他，我们到处找吃的东西，那时什么都没有。我们发现了渠边的香蒲，就采来嫩茎做成蒲菜汤，还用蒲根酿酒。他喝得脸红了，让郑爷爷和他下棋。郑爷爷不会，他就不高兴。有一天林子里来了个扛枪的猎人，这人懂一点，你爷爷就好好显示了一把棋艺。那个猎人后来一直夸，说这老头儿‘连环马’使得真好。”

从母亲他们的只言片语中，我觉得爷爷是一个好玩的人。说到他的好吃，外祖母讲了一个例子：他想吃豆腐，可这儿没有，好在郑爷爷学过，就用仅有的一点豆子做了几方豆腐。剩下的豆渣母亲舍不得扔，掺上林子里的野菜炒了一盘。炒豆渣端到爷爷面前时，他皱着眉头躲开，说这东西牲口都不吃。后来他可能被香气吸引，就夹了一筷子。结果一大盘被他抢吃了大半。我笑了。外祖母说：“他吃过就睡，躺在树阴下打挺儿。最不高兴的是没人陪他下棋。如果谁夸他的‘连环马’，他就高兴。那是什么时候啊，一家人好不容易活下来，他还到处找人下棋。”

爷爷的事情就知道这么多。他如果遇到我，也许会谈得来。我觉得他尽管贪玩，但极有可能是一个‘异人”。那总是好的。外祖母说：“你出生前几年，最缺的是粮食。这里的沙地不长玉米麦子，只长一点红薯和土豆。我们试着在周边的树丛里种一点豇豆和扁豆，把它们装在罐子里。要用果子去村里换一点粮食，可村里人也常常挨饿。你妈妈和郑爷爷就推着果子去港城卖，这条路不好走，要从一大早走到正午，一车果子卖掉返回就是半夜了。一趟辛苦只换来一点玉米，维持三口人的日子。”她擦着眼睛：“孩子，你妈妈的脚上打满水泡。她从小娇生惯养，怎么受得了这样的苦！你姥爷生前最呵护的就是这个小女儿，所有人都说先生的女儿啊，天仙一样！你妈妈真是长得好看。”

我不知道自己长得像母亲还是父亲。可能眼睛像母亲，性格像父亲。外祖母叹息，说到往事就长吁短叹。那是母亲从多次解散的女子学堂出来的最后一次：许多同学和女伴都要去革命新区，不再待在家里。可是大人怎么舍得让好生生的女孩去外面，一天到晚看着她们，防止跑开。母亲整天和女伴合计出逃的事，只是舍不得外祖母。她没有离开，可能成为一生最痛苦的事。如果她真的走开，就不会有这座小茅屋，不会遇到父亲，更不会有我。我一想到这儿，就觉得世上的事情好奇怪啊。

我能记事后不断地缠着母亲讲故事。我问她当年逃往新区的尝试。她说有好几次，有一次已经到了港城东北边的村子里，再往东走一天就抵达另一个天地了，可还是回来了。她不忍把满头白发的人遗下。她说了一个特别令我难忘的事件：有一天她和女伴约定了正午出逃，那是七月的一天，天热得出奇，所有人都躲在一个地方。她们走得急，没有带足够的水。几个人先是往北，穿过草丛灌木，钻进一人多高的柳窠和紫穗槐窠。往前有一些稀稀落落的小村，再走一程，就踏上去东部城市的大路了。有人会在城郊的某个地方接应她们。

时隔二十多年，母亲还清楚地记得那个灼热的夏天。她说一行七人，年纪都在十七八岁。她们全都打定主意走到底。走啊走啊，衣服湿透了，头昏脑涨，两脚像灌了铅。大家实在走不动了，就躺在了柳窠下。母亲担心再也爬不起来，拉着她们，咬着牙往不远处的小村走去。村边上有几个男孩赤条条的，其中一个手提罐头盒改成的小桶跑来跑去。大家倒在了沙滩上。母亲喊着，向孩子们扬着手。他们跑过来。母亲指着提小桶的孩子，说："水、水。"桶是空的。孩子们跑开，一会儿领来了一个老奶奶，她提着一罐热水。小男孩的小桶里是刚刚从井里提上来的凉水。母亲接过热水又推开了，觉得心里的火苗儿都快蹿出来，她伏在凉凉的小桶上畅饮起来。女伴们有的喝了热水，有的喝了凉水。谁都想不到这是决定生死的选择。

“那些喝凉水的都活了，喝热水的都死了，活了四个人。”母亲说。她说那是最后送走的一批同学，这些人都不知下落，有的过了长江去了更远的地方，有的还在北方，不过全都失去了联系。母亲牢牢记住了一件事：人在热天晕厥时不要喝热水，要喝凉水。她这样叮嘱我。我对母亲的亲历毫无怀疑，所以在后来一个人上路游荡的日子里，有过多少焦渴难耐的时刻，我都选择了凉水。我们大沙岗下的茅屋旁有棵巨大的李子树，它就像神灵一样守护着这一家，它的下边就是那口甘甜的水井。我一个人在灼热的夏天奔跑，在丛林中穿行，浑身湿淋淋地归来，立刻提起一旁的小桶，它也由罐头盒改成，去井里提出凉凉的甜水，一饮而尽。

小茅屋里的人有一个共同的心事，就是等待日夜敲击大山的父亲。我常常爬到最高的树上，看远处的山影。我再长大一点，就会去山里找父亲了。当时茅屋最缺的是粮食。到后来到处都没有粮食了，小村没有了，港城没有了，一些背枪的人窜到林子里，找到了我们的茅屋。外祖母说到母亲，告诉我：“孩子，她一个人守在门口，想挡住那些寻找粮食的男人。他们铁青着脸，搜过了村子又进林子。他们以为林子深处的人家会藏下粮食。你妈挡住他们，喊着，让我们有个防备。郑爷爷把剩下的一点麦子藏在缸里，埋在了山楂树的一边。树的另一边是大红马。搜粮的人翻遍了所有坛坛罐罐，把土炕也挖开。你妈说：‘这是睡觉的炕啊，怎么会藏粮食？’那些人把地上的旮旯翻遍，又用铁锹往地下捅。有一次捅到了什么，挖出来是一块瓷片。搜了半天，两手空着，最后盯着树梢上挂着的几只干豆角，说：‘你们饿不死！’有人从外祖母盛书的箱子里翻出了一只小口袋，里面是一点豇豆。领头的人说：‘还藏了什么？’你妈喊：‘这是留着来年的种子！种子拿走，以后什么都没有了！’那个领头的从口袋里摸出几十粒，数了数扔在地上。搜粮的人走了。”

我们小茅屋是幸运的。小村里的人饿死了多少，谁也不知道。我们在林子里找到一些干枣、野核桃，还有渠里的螺蛳。外祖母有一天坐在渠边发呆，看着蒲叶中长出细细的蒲棒，饿得发慌，就折下来塞到嘴里。啊，那么清香甘甜。她折下一大束抱回家，说我们有救了。这是了不起的一天。我们一家永远感激这条渠和这些香蒲。日后我们还得到了富含淀粉的香蒲根和鲜嫩的蒲芯，那叫蒲菜。一块块蒲根就像生姜的模样，它们放在火中烧烤一会儿，逼人的香味就冒出来。我们有了对付饥饿的宝贝，这是从小就被告知的秘密。

这一年中秋节父亲没有从南山回来。他们那群凿山的人死活不知。外祖母说你爸大概没有力气上路了。她说得对，后来父亲说起那些日子，说那时连爬的力气都没有。“还能凿山吗?”“能。喝一碗糊糊，躺着一下下凿。”“后来呢?”“后来我还是爬起来。我不能躺下。”“为什么?”父亲的一句话让我难忘：

“我要活着，去找‘仁公’。”

母亲回忆这段日子，说一看到南边的山影就想起你父亲。她不知他的死活。她要准备一点蒲根和一点干枣上路。郑爷爷和外祖母死死拦住她：“孩子，最好的办法还是在茅屋里等。”他们担心她一上路就再也回不来了。他们是对的。就在苦等的日子里，郑爷爷在深冬里死去了。外祖母说：“他本该走在我的后边，他为这一家人操碎了心。他生前常做一个梦：一个人穿了灰布长衫站在松树下，对他说，我有要紧事先走一步，好好照看她们。他一直照着这个梦去做。”外祖母哭得伤心，对母亲说：“如果没有老郑，咱娘俩还不知会怎样。”老郑爷爷葬在了大沙岗上，在高处看着茅屋里的一家人，不远处睡着那匹大红马。

郑爷爷去世后的春天，刮了一场大风。这是几十年未曾出现的呼啸，直刮得昏天黑地。家里没有一个男人，只有外祖母和母亲，她们经历了那么多，也还是有点害怕。大海在北边七八里远，它的咆哮就像响在耳边。我们关门闭户蜷在炕上，过了一天一夜。大风停下来，出门一看愣住了：天哪，靠近沙岗的果树埋到了梢头，连那棵大山楂树都埋到了半腰。整片小果园埋了大半。她们在绵绵的沙子上坐了一会儿，开始铲沙。

“如果这样铲下去，我们大概要干二一年才能解救这些果树。”母亲后来说起这场大风，“我们干到第三天已经累得走不动了。第四天傍晚来了救兵，算是老天有眼：你叔叔出现在小院里！几年不见他长这么高了，那张脸比你爸要窄一些，眼神一模一样！原来他听说你爸在大山里，就去找他。水利工地太大了，谁也不知道他要找的人。这样找了两天，最后一直找到海边荒林来了。他见了差点被沙子埋住的茅屋和果树，二话没说就干起活来。我从来没见这么强壮的男人，一手提一个筐子。说起来没人信，他不停地往外提沙子，绷着嘴不说一句话，第三天一早沙子全搬走了。”母亲擦着眼睛：“孩子，叔叔搬走沙子又不停地栽树，这四周的青杨就是他栽出来的。”

我们的茅屋、园子、无边的丛林和哗哗奔流的长渠，经历了那么多。大自然把无限的往昔用浓浓的绿色遮掩起来。我行走于大沙岗、岗下的林野，在密密的杨树和柞树、柳树、钻杨与合欢树、洋槐和大叶枫中间流连或迷路，听咕咕嘎嘎的各种鸟鸣，压根想不到悲凉的故事化成了枝枝叶叶。

张炜外祖父在战乱年代遭暗杀之后，这户人家作为港城龙口的著名诊所便不复存在了。

深谋远虑的外祖母意识到：港城虽为繁华闹市，毕竟不是我们这样的人家能在这儿坐吃山空的。

这时的郑爷爷，在这家生活的长剧中走上了前台。

张炜口称的郑爷爷，从外祖父对他的信赖看，他们之间的主仆关系和友情应该到了一种天衣无缝的地步。因为他怀有甘为义者鲜血未干的忠勇，有为朋友可以“两肋插刀”和“老嫂比母”的古训在身边回响。更因张炜父亲在这个家庭中是个团聚少离散多的角色，所以这位郑爷爷被这一家的生活涌流顺理成章地推到前台。

在这一家，作为主心骨、勇敢者和担当者，郑爷爷把这个家搬到了离港城龙口二十里之遥另一处滨海林边，生活上深得大自然的慷慨惠予。

张炜动情地写了郑爷爷为这家尽了仁义肝胆殁去之后，把他葬在离外祖父外出行医和从事革命活动的坐骑那匹枣红马不远的高冈上，那是肝胆相照的明烛，那是士为知己者死的宣言，那是人间自有深情在的东方文明的煊赫，那是对一切“人不为己天诛地灭”的唾弃和鞭笞。

张炜在对自己的家史叙述中，不但历数了亲情、爱情、友情的大爱之美，也历数了自然界的大海、森林、田野那些野生的万物的惠予。

他写到了吃菖蒲的棒棒充饥的细节，可以统称那不止张炜一家在饥馑年代所得到的大自然的惠予。生物学家研究发现，菖蒲的细嫩叶片可入全国各大菜系的膳房和宴席，成为一道可使两颊生香的美食。它的嫩棒可生食亦可熟食。蒲棒成熟后，饱孕十五万颗种子，借着风的翅膀可以飞到所有的沼泽和湿地，去美化洁净那片土地，去喂养那一方啼饥号寒的苦民。

张炜从命运给他安排的这一切特定的家庭和生活环境，深深地懂得了人间和自然给他的大爱。

这大爱活化了他的生命灵性，大约又能让我们窥见他全部作品的电光石火的燃点是怎么被撞击而又发出光华的。

张炜在胶东半岛的少年行

张炜少年时段，他作为生活浪花一朵，被生活的激湍抛向十万大山和小河长流，在风雨人情的遭际中开始读懂了那部写人间和高山大河的人生大书。人间苦难、人情冷暖、爱恨情仇，对这一切的切身感受以及被灵性派生的意象审美，对所有真正的作家来说太重要了。

现在来看张炜的记述，他是怎样读这部生活大书的。

一

父亲还在大山里，那时的夜晚只有我和外祖母。母亲去园艺场做临时工。海潮和林涛灌满了茅屋。我们许久没有看到有人走进林子了，只有野物日夜呼叫。这片林野没有人烟，凡有人背枪进来，外祖母都会小声说一句："土匪。"她说大股队伍追得土匪四散奔逃，他们跑进了山里，跑进海边的荒林水汊。林子里早就没了老虎，也没有熊和豹，最后连狼都没了。能够伤人的只有蛇和蜘蛛，不过小心绕开就行。背枪的人才是最可怕的，他们有的散在四周村子里，眼神和别人不一样。外祖母能辨认这种人。

外祖母教我读书识字，从一个木箱中找出各种书。我看不明白，抱着这些宝贝去林子里，装模作样读给树上的鸟儿听。有些鸟儿熟悉我，和刺猬一样接近我。我胡乱编一些故事说给它们。后来我真的认得了一些字，开始大声朗读。

入冬后，外祖母和母亲把木栅门修好，糊上窗户。这个冬天好冷，母亲从外面抱回一摞枯枝，生起一个大火炉。这个铸铁火炉是郑爷爷从外祖父的诊所搬来的。这个冬天幸亏有外祖母的故事。这是我在她身旁度过的最后一个冬天。接着就是春天，寒风没有减弱，进林子采药的人戴着翻毛皮帽和大棉手套。有个老人说了吓人的消息：北边很远的地方，有个叫“大欣”的山地，出了一件惊天动地的大事，“啊啊，吓死人了。”他吐着舌头，一瞧我就不再说什么。

她们听了老人的话，脸色好难看。春天迟迟不来。风不那么冷了，可空气里有些奇怪的腥味儿，不像大海的气味。后来刮起了漫天沙尘：鸟儿和各种野物全躲起来。大风过去的第二天黄昏，一个采药的老人气喘吁吁进来，一坐下就说：“不好了，北边大山里出了‘血煞’。”

我这回听得清楚，相信就是前些天另一个老人的口信。他说：“这是真的，它是一股雾气，罩住一个地方，人就得发疯，撕啊咬啊，一天一夜就没了几十口人。它这会儿正从北往南，说不定什么时候飘到咱这儿。”老人脸色铁青，牙齿磕响了。这一夜真长。我蜷在外祖母怀里，怎么也睡不着。猫头鹰叫了，吓人的声音响了一夜。一连多少天外祖母和母亲都不爱说话。有一天我看到外祖母两手合在胸前，低头站在大沙岗前说着什么。母亲说：“你姥姥有心事就会这样，她说给郑爷爷和大红马。”

“血煞”离我们越来越近。母亲和外祖母商量事情，故意躲开我。又过了几天，我看见外祖母在灶上烙锅饼，母亲忙着找出一些衣物。风变冷变大，全是风的声音。沙子打在窗上，树枝啪啪落地。天亮出门一看到处是枯枝败叶。桌上摆好早餐，一溜小碟里盛了小咸鱼、鹌鹑蛋、蘑菇和甜糕。这些只有过节才能吃的好东西全端出来了。她们变着法儿做好吃的，鱼汤、丸子、开花大馍、花卷儿、榆钱饭、鸡蛋蒸蟹酱、煎刀鱼、萝卜馅儿包子。外祖母说：“孩子，吃饱了才能上路。”我心里咯噔一声。

傍晚，妈妈把我叫到一边。“你还记得那场大风吗？”我说记得。“就是那场三天三夜的大风，茅屋被沙埋掉一半，屋后小果园差不多全埋了。”“是叔叔赶过来，一手提一只筐子，把沙搬走。”“好孩子说得一点不差，就是叔叔。他住在南山，年纪大了，你愿和他住在一起吗？”我跳起来：“我不想离开！”妈妈脸上流下两道长泪：“孩子，‘血煞’眼看就要来了，再不走就来不及了。”她这样说时，大风吹来的黑云正掠过树梢，外祖母头发蓬乱从门外进来搂住我：“孩子，这是真的。你要赶紧往南。”母亲扯扯我的衣装，拍拍我的肩膀：“孩子，男人大了都得出门，你要一路记住，自己是呼家店南边大沙河方家店人。”我点头。我记住了。

第一次知道林子这么大。黎明鸟被惊起，四蹄动物左右蹿跳。它们要送我一程。到处都是呼呼哒哒、唰唰嚓嚓的声音。林子变得稀疏，前边是旷野，连绵无边的荒草和一条条小路。晨雾里有远近的村庄，玉米和高粱刚抵双膝，一条大狗昂首挺胸看着我。

母亲说我将在天黑前走近那条大沙河，趁着天光踏上一座木桥。我想着叔叔：总是笑，瘦窄的脸，一双眼睛像父亲。我记住母亲的叮嘱，如果迷了路就打听：“呼家店怎么走？”过了呼家店就问：“大沙河怎么走？”外祖母讲过大沙河的故事：里面有一只好心的大鳖，它一天到晚守在湍急的水流里，有人落水，它就把他平平安安送到对岸。前边的山不高，有一道豁口，一条不宽的路就从那儿穿过。我明白：过了这里就算正式进入山地了。

整整走了一个上午才看到呼家店。我不敢走进街巷，远远绕开，去找那条大沙河。走啊走啊，山更高了。这些山从远处看是蓝色的，走近了才知道是黄色的。稀稀的树木长在半腰山，山顶全是石头。山上有雾，雾里有各种鸟儿在吵。我又听到了熟悉的杜鹃声，这和海边林子一模一样。太阳西斜，老野鸡叫了，它呼唤黑夜。我加快脚步，顾不得吃东西，只喝了一点葫芦里的水。太阳眼看就要下山了。面前横起了一条大河，啊，宽宽的全是白沙，这是一片大沙滩啊！脚下响着沙子，走了半里才听到水声。好不容易才找到那座小桥：石头上搁了几根粗木头。我小心地走上去，木头又滑又颤，随时都会掉进水里。好不容易过了桥，又踏上绵软的沙滩。从沙子上穿过，天就黑了。有人背着柴捆走过，我问哪里才是方家店？他伸手指指前边：“往南，往西，过了一条不大的河就是了。”

走了不远，真的再次来到河边。河心是细细的水流，踏着几块石头就过去了。一股热乎乎的风吹在身上，风里有熟悉的艾草气味。烟气和灯火混在一起，一座黑乎乎的村子轮廓出现了。我差一点哭出来，在心里喊着：“叔叔，我躲‘血煞’来了！”

街上行人很少。我打听着，拐过又弯又长的小巷，终于找到了一座小小的石头屋：在黑影里踞着，一点声音都没有。

二

夜晚有些冷，山里的夜晚就是这样。我睡的大炕很热。睡前叔叔添了许多柴火，说：“孩子好好睡一觉，这一路啊。”叔叔和许多年前险些不是一个人：又黑又窄的脸上满是皱纹和斑点，身上没有多少肉，只留下更强韧的筋骨。这无比单薄的身躯有着不可思议的力量：搬起大石坨，轰一声扔在一个地方；将一大捆远超自己体量的柴捆扛起，从山坡一直扛进院里；担起两个盛得满满的大筐，一口气攀上梯田。婶婶胖胖矮矮，两手合在胸前微笑，不停地叫着“孩子啊孩子啊”，一会儿伸手摸一下我的额头，呵气一样说：“孩子啊不怕，咱这里没有‘血煞’。”她指了指屋角的一杆土枪：黑苍苍的木头枪杆，长长的筒子。这是看山人防狼用的。我好奇地看它，抚摸它。叔叔说已经多年没有狼了。我说“血煞”不怕枪，那是像雾气一样的无形妖怪。叔叔像听一个神话，仰着头，小孩那样半张着嘴巴。

我们的石屋这样小，后面却有一个大园子，里面长满果子，还有一些兔窝鸡窝，有大鹅和鸭子。我钻进这个大园子半天不愿出来。所有的兔子和其他动物都在短短的时间里认识了我，提防的眼神很快变得和气，试着用头和爪子触碰我。大鹅昂起脖子比我还高，亲我的头发，在下巴那儿蹭着。鸡啄我的衣服和手。鸭子看着我喊："呱呱、呱呱。"兔子跳到膝上，那柔细温暖的皮毛好生可爱：它们夜里很少睡觉，所以一双眼睛熬红了。婶婶指着这片园子说："这是祖上老宅，一点一点塌掉，剩下的一把火烧了。小石头屋只是当年一个边厢，只它留下来。"我吃惊了。婶婶又说："你爷爷一天到晚下棋，奶奶一个人管不了老宅，眼瞅着荒塌了。"

我没见过爷爷，不过我想自己也许和他玩得来，没准还能学来高超的棋技。闲下来我打开包里的书，先是默读，然后高声朗读。婶婶和叔叔笑眯眯的。叔叔说："孩子，你得上学了，不能荒废这件大事。"他们一遍遍合计，叔叔出门一天，回来说："孩子去学校吧，那里有个远房亲戚，会对你好。"我真想哭一场。我想念母亲和外祖母，紧紧咬着牙关。

学校就在大沙河边上。那是一片黑乌乌的树林，林子里有许多房子，用石头和砖垒成，屋顶长了许多瓦松。这在过去是一座河神庙，里面住了大沙河的神灵。这使我惊讶：一条河是有神灵的，它的住处被人占了，会不会发怒？远房亲戚是一个四十多岁的长络腮胡子的人，他接过我的东西，领我到有一排地铺的屋子。这儿的人全是山里腔调。"你怎么不说话？"老师问。我说："嗯嗯。"我出了林子就不爱说话了，在林子里跟无数的树和野物说话，离开它们就不知道说什么好。"你要多说话。"老师说。我点头。老师故意在上课时提问我，为了听我说话。我的声音是来自海边林子的，所以一开口大家就瞪起眼睛。我口吃，闭上眼睛，等待一阵热辣辣的感觉像潮水一样退落。老师说："你的嗓子像一种鸟。"

回到叔叔家可以睡长长的觉。这时恍惚回到海边林子，风声和海涛声混在一起从枕边掠过。第二天又要去学校，每次从颤颤的小桥踏过，都提心吊胆。我发现学校教给我的字，还没有随身带的书上多。不过这里教算术。我不喜欢算术，只喜欢故事，而书上有许多故事。我真想离开这座黑乌乌的学校。

冬天来了。大雪纷飞的日子，突然又听到了“血煞”两个字。这消息传到了山里。叔叔和婶婶都慌了。一连三天大风刮得昏天黑地，风停了，重新回到学校，跨进大门才发现到处一点声音都没有。我进了空空的屋子，天哪，桌子和窗子全都破了，满地纸屑碎片。所有屋门上方的雕花和彩绘都砸烂了，那是以前河神庙留下的。所有人都不知跑到了哪里。我蹑手蹑脚去了地铺，胡乱装好书和杂七杂八的东西。出门时遇到几个慌慌张张的人，他们顾不得理我。我一直往大沙河跑去。雪停了，风大了，大沙河中间的水流冻住了。

整个冬天我都藏在小石屋里。外面的风大极了，北风。北风多吓人哪，我一想到那个在风中移动的无形妖怪就周身发抖。叔叔往炕洞里塞了更多柴火。我还是颤抖。春天来得十分缓慢，就像那个海边的春天一样，花儿开了又败，寒风阵阵割脸。天空雾蒙蒙的，落叶和杂屑飞到半空。一群不知名的鸟儿掠过，向更远的山里飞去。傍黑，叔叔脸色煞白地回家了，一进门就和婶婶关在了里屋。

第二天凌晨，叔叔不再隐瞒。我估计得不错，这回“血煞”真的要来了，它已经抵达山地北部，那里已经死了很多人。我知道动身的时候到了，天亮前就要出门。婶婶像外祖母和母亲一样，早在几天前就为我准备了上路的东西。“只要风声过去，赶紧家来！”婶婶说。叔叔叮嘱那句最重要的话：“记住，咱是‘呼家店南边大沙河方家店人’。”我用力点头。天快亮了。鸡在打鸣，园子里的动物发出嘈杂。

出门后两脚生风，一直盯住天上的星星。向南，去北风吹不透的深处。我摸了摸身上的水葫芦，它紧贴腰侧。太阳升起来了，山雾被呼呼点燃，东边的山影映出一道金边。林梢在跳动，从那里传来大鸟的叫声："嘎啦啊呀，沙啦啊啦！"我一直未敢放慢脚步，脚上很快起泡了。哪里才是尽头？我往山坡攀去，心里突然涌起一个念头：去水利工地寻找父亲！

新的想法让心跳加快。我朝着西南方向走去，时而打听。路上的人指点重重大山："工地嘛，就在大山后面，那里有隆隆炮声。"我侧耳倾听，听不到。天黑下来就寻住处，草垛、空屋、看山人小窝，只要能过夜就行。走了七天，不知到了哪里。我问路上的人，他们就说："是'老鸦川'吧？山那边进来一帮开山人，黑老鸦一群群飞来，就叫'老鸦川'了。"我继续往前。随着山坡变陡，乌鸦真的出现了，它们像石头一样压在树丫上。我听到了炮声，沉沉的。"爸爸！"我叫了一声，眼泪涌出。

循着炮声往前，终于看到了帐篷和泥屋，看到了升起的炊烟。一些破衣烂衫的人端着碗从泥屋进出，一边喝汤一边走。我不再害怕，鼓起勇气走进那些人中间。一些戴了柳条帽的人围在一起，我问这儿有没有父亲，他们说光报名儿白搭，"哪个连哪个排？几营几班？"我什么都不知道。他们指着前边："从这儿出去全是工地，你怎么找得到？"

我饿坏了。开山的人勉强填饱肚子，谁都没有多余的东西。好不容易分到一碗稀溜溜的玉米糊、一块黑硬的瓜干饼。晚上，我爬到一个空铺子上睡觉，那是前天刚刚空下的。不断有人死在炸药掀起的石头下，塌方的事经常发生。我在工地上蹿着，最后引起了一个黑脸人的注意，他把我交给一个矮矮的汉子。后来才知道这人外号叫"半个人"。他用手电照着翻遍了我背囊里的每一件物品，把两三本书捏在手里。这手真脏。他说一句"跟我走"，把我扔在一间屋里。这里除了一团麦草什么都没有，夜里冻得跺脚。天亮后有人砰砰砸门，扔进一个拳头大的窝窝。门外有一队老人站了一溜，我给推进中间。背囊和书还在"半个人"

手里。这队人给领到一堆石头跟前，每人发一只锤子。砸一天石头，晚上再次押回那间冰冷的小屋。我趴在小窗上喊：“我是呼家店南边大沙河方家店人。”没人理睬。

半夜门开了，进来的是“半个人”，拎着背囊。我再次喊出那句话，他蹲下看着，突然揪住了我的耳朵。“从哪蹿来？从哪儿？”他的手指狠狠抠在我的颌下。一阵钻心的疼痛让我叫出来。“看我怎么治你这只小貔子！”他踹了我几脚走开了。一夜又疼又冻，几乎没有合眼。我想起母亲和外祖母的叮嘱，明白犯下了大错：我只该一路往南。一遍遍想着怎样脱身，天亮前将背囊藏进麦草。天阴得乌黑，这天收工时，我藏在了一丛灌木中。一直等到满山灯火熄了，我才小心地接近那座小屋。啊，麦草中的背囊还在。

整整一夜都在狂奔，身上的创痕在风干，发出阵阵痒痛。我现在知道：什么都别留恋，赶快一路向南再向南。

2021 年 12 月 30 日

第二章

新时期的文学清流

一、不太遥远的序曲

海之见——珍珠的母亲
它合抱着大海的精魂
精魂的青绿湛蓝包孕了亮晶
它慷慨敞开心怀
吐出了大大小小的珍珠
这是最大的一颗
亮晶而璀璨

1980年代初期，我主动要求离开省委办公厅综合室秘书的岗位，与我1950年代由山东《大众日报》文艺副刊《丰收》接衔，调作《泉城》文学月刊副主编。

就是这时，我与张炜开始了相识相交，过从密切。

当我的文学审美灵性被他的文学才华紧紧钳住的时候，我也就旺长着探究他、研究他的极大兴趣和动力。

于是便有了第一次探访张炜出生地的成行。

这次出行我访问了张炜接受高等教育的学院——烟台师范专科学校，后来的烟台师范学院，如今的鲁东大学。

当时，张炜的中文系教师、主任，后来的副院长肖平，也是我省著名作家。他的获奖名篇小说《墓场与鲜花》誉满文坛。当时他接受了约两个小时的关于张炜的采访。差不多又在半年之后，我与山师院中文系一位教授相约，在济南南部一家宾馆共进午餐，进行了关于张炜的二次采访。

这两次采访，关键的资料是张炜在校的学习情况和文学社团活动的热腾与火爆，又把胶着点放在他们文学社团创办的用硬笔在蜡纸上刻印的不定期文学刊物《贝壳》上。

这也是近水楼台先得月吧。临海的烟台师专的学子们，他们张开了审美灵性的双眸，看到的不只是大浪滚雪、潮汐进退，还有留在海滩上的数不清的贻贝，贻贝的壳。

不知这个中文系《贝壳》文学刊物是谁起的名，问题摆在了肖平的教案桌上，首先得到了他的首肯。因为“艺海拾贝”一词早已有之，如果幻化移植未尝不可。

恢复高考之后不久，这所学府的办学宗旨，是以培养中学老师为主要目的。这些学生的来源，一是刚刚从高中毕业的学生，二是正在从事教学的中小学教师，三是上述之外的闲散人员，或者说一部分社会上没有固定职业的人。其中有些人已超过张炜十岁以上，有的已成家立业。

张炜时年大约二十岁。听肖平介绍：张炜是《贝壳》文学杂志的主要撰稿人、编辑、组稿人和发行人。他的第一篇文学作品是一首字数不少的长诗。

张炜浓密的黑发覆盖着他的前额，有时手肘托腮，像罗丹的雕塑《思想者》。

肖平说，我校图书馆现存的文学书籍中，张炜的差不多都有了。

张炜读书有个好习惯，就是记读书笔记，记录了大量的读书卡片。这是一条治学的正路。

肖平介绍说，《贝壳》这个文学社团的凝聚力，基本已经形成一团长久的发酵面团。他们有助于全校的教学搞活，激励同学们对文学的热爱，一度成为我们学校的潮流，是我们学校当时的一道风景线。而张炜就是这个文学风潮中潇洒靓丽的弄潮儿。

资料显示，从这个文学社团走出来的文学爱好者、作家、诗人、评论家有：马海青、滕锦平、矫健、冷丽华、李曙光、黄志毅、苏洪泰、徐世国、李建元等。

就专论《贝壳》这个文学社团的刊物，第二期改为院校出资由电脑打字印刷发行。肖平曾为此撰文《贝壳的启示》，该校中文系教师王志强为《贝壳》著文《贝壳与珍珠》。师生彼此肝胆相照，《贝壳》更具风采。

张炜曾用笔名宁伽在《贝壳》上发文《当我走上讲台的时候》。当时未曾料想，他的“宁伽”这个笔名竟然成为他未来的大部头著作《你在高原》的中心人物。这说明，宁伽的被酝酿不是一时半月了。此是后话。

笔者认为：当时所有的大专院校中文系师生们自发创办的文学社团所刊发的，都不能算作真正的文学作品，特别是研究一位作家的文学创作史，应该看他的第一篇作品是在哪一家出版社或报刊社上公开面世的。

既然所有的参天大树，都是由稚弱的幼苗长起的，那么，文学的参天大树也都是由稚弱的幼苗长起。

我由衷赞美，当年烟台师专中文系师生创办的《贝壳》这方文学幼苗的苗床上，已长成了一棵参天大树，高耸蓝天，蓊郁而葳蕤。他就是张炜。

是的。真正称得起张炜的文学之树的，是他的《达达媳妇》。

张炜的《达达媳妇》在烟台师专毕业前夕写成，发表在《山东文学》1980 年第 3 期上。在烟台师专校园引起轰动。

张炜的同学马海青在一篇文章中记录了《达达媳妇》发表之后在校园中引起的反响：

“也是在临近毕业这段时间里，一个消息在校园里传开：张炜发表作品了。作品发表在《山东文学》1980 年第三期上。《达达媳妇》是张炜正式发表的第一篇小说。样刊收到得晚，在同学们手中一个接一个地争着传看，都纷纷向他表示祝贺。他用稿费请了一些文学社的朋友，在就近的世回老饭店，用饭碗喝白酒，有的都喝醉了。他还买了糖果带进教室，随便放在前排的课桌上，谁路过就随手拿一块。我还收到了他的一份礼物，是一本崭新的《现代汉语词典》，这在当时那可是价值不菲，定价四元五角。后来我才想到，他一定是用他的稿费买的吧。这本辞典我一直用着，看着已磨损得发旧了，便收起来，和《贝壳》及一些信件存放在了一起。”（见 2015 年《昆嵛》第 1 期）

二、芦青河的涓涓流淌

《达达媳妇》的悄然亮身，似乎是他勤苦地挥起耘锄，在芦青河畔滴下香汗，开掘了一条清冽冽的涓涓长流，是为青鸟黄鹂润喉；那些林塘住的白云是为邀来彩霞做伴；那摇曳欢跳的叶片是为大地新谱的舞曲……

1979 年，以党的十一届三中全会为契机，被启碇的历史巨轮来到新的历史时期。

在这个时期的头一个十年里，直到当代文学丰碑《古船》的出版，文学评论界对张炜此前的作品统称为“芦青河系列”。

“芦青河系列”中短篇小说，以叮咚的脚步声，清脆婉转的歌喉，青绿湛蓝的色彩，清新而别致的款款身影而亮相中国文坛。

我国儿童文学作家、原山东作协副主席邱勋在《他的琴》的序中指出：“芦青河是张炜的河。这不是一条喧哗的河，而是一条安静的、水底滚动着巨大涌动的河。这不是一条浅浅的溪流，潺潺地作响，用它娇嫩的歌喉逗弄着河边的杂草树木；而是一条奔腾的巨川，用它宽大的脊背负载着来往的舟楫。这不是一条清澈见底的河，它映照着蓝天白云，娴静而又温柔；而是一条杂色纷呈的河、浑浊的河，它的流水中融进了人民的、民族的丰富的历史。它流泻着、滚动着，婉转曲回，登高攀险，相信它会不断掀起一场场春汛、山洪和凌汛，最后扑向碧波万里、浪涛汹涌的海洋。”

山师大中文系教授、文学评论家宋遂良在他给《芦青河告诉我·序》中评论道：“……他没有赶上前两年思想解放和文学创作（在经过长期的窒息后）比翼齐飞的那一股涡流，他不像这个时期涌现的大多数青年作者那样以写‘问题小说’崭露头角，他不追求重大的题材，也没有迎合时下流行的一些艺术习尚，他铺开一张白纸，独自魅心魅意地去写他熟悉的动过感悟的生活。他歌唱美的自然、美的心灵，让我们感到生活的芬芳、人间的淳朴。”

宋遂良在看过这个系列的诸多作品之后评论道：“张炜的一些优秀作品，常常引起我关于人生的那种旷渺久远的遐想，和感悟上的升华。像青夜高空中的一声雁鸣，使我萌动一种开拓的、向上的力量……张炜的全部作品，都程度不同地让我感到生活的可爱。”

在山东文学评论界不才的我，对于“芦青河系列小说”的跟进评论，大约在时间和总字量上是为时较早的、为数最多的。综合评论有《文学语言的审美特征》《论张炜的幽默—— 一以贯之的幽默风格》。单篇评论的计有：《〈声音〉艺术特色试探》《向生活的深层开掘——〈古井〉艺术特色简析》。

下边，根据行文的便利，笔者愿意把这些仍然觉得新鲜的文章放在这里。

文学语言的审美特征

（论据仅留张炜作品部分）

古今中外全部的文学史雄辩地证明，名著之所以成其为名著，大师之所以成其为大师，无一不是得益于语言，文学大师故称为语言大师。新时期以来，文学挣脱了极“左”的桎梏，作家的思想、文学自身，获得了前所未有的“自由度”。作为文学的符号系统的语言机制，当然也在最大可能范围内获得了新变和发展。新时期文学的成就，似乎可以说是语言的成就、语言的发展。

但是，有的作家的作品，展卷阅读，掩卷思之，并没有多少富有魅力的语言恒久地浸润在人的心扉上，撩拨得人神魂不宁，感奋得人不能自已。这样的作品，政治上没有问题，意蕴还属健美，它也写了，或者说主要写了曲折生动的故事，在框架结构上和情节剪裁上还算得上匀称；人物形象行为轨迹也还能清晰可辨，但只局限于这些，还难以称得上是艺术品——美的文学，更难以攀得上艺术精品——艺术珍品的“品位”。浩如烟海的文学，我们从祖宗那里继承下来的，现代人和当代人能把自己的作品流传后世一领风骚历代的，恐怕将是不多的。

有些作者——乃至专业作家，从事文学创作的岁月不算短了，有的五十年代发轫，但一花开后却没有引来百花发，也可能那压根儿就不是文学本质意义上的花朵，故很快被读者淡忘，他们苦恼写不出像样的、突破性的文学作品，埋怨风风雨雨耽误了行程，嫉恨文学发展的迅疾，诅咒“先锋派”们的“胡作非为”，搅乱了单一化的格局，幽怨编辑先生们的顾此失彼。他们陷入欲罢不忍、再干无勇的两难之中。迷惘和困扰的原因，固然有审美主体方面的隔膜，对生活客体美进行幻化、变形、再造的功力有限；全面的知识素养底气不足；结构布局——情节剪裁难能“水佩风裳”等等。但我认为，这症结恐怕还在语言上。我们应该重新认识语言在文学中的价值规律。

（一）语言的极端重要性

语言对文学来说，其重要程度不言而喻。没有文学语言就没有文学，这近于大白话。但也许正因为这是大白话，故不太被一些弄文的人注意，他们的注意力和劲头使在别的方面，自己在走着弯路，却不愿意倾听大师们的谆谆教诲。

文学是语言的艺术。高尔基认为“文学的第一要素是语言”；他同时还把语言赋予“工具”“材料”的含义，足见语言的极端重要性。

文学语言的重要性，在于它的特殊性。语言，这一交流思想感情的工具，除了哑者，人人都说都用，但会说会用（包括会使用它的符号系统）并不就能写出文学作品——成为文学家。

文学语言的特殊性，法国诗人瓦莱利曾有过这样一个形象比喻，他认为文学语言与非文学语言的区别，就像跳舞和走路的区别，一个是审美的，一个是实用的。这个比喻虽有唯美主义之嫌的“跛脚”，但正确理解它，却能引导我们走上真正意义上的艺术审美之路，使我们作品中的“走路”——“实用”语言尽量少些；使我们作品中的“跳舞”——“审美”的语言尽量多些再多些。

文学是语言的艺术。一切艺术无不具备它们特有的“感性特征”。它们各自使用特有的艺术“词汇”去把握世界，认知世界，反映世界和表现世界，通过审美中介，对审美接受者发挥着或教育，或认识，或审美的功能。音乐艺术运用的是旋律声音；舞蹈艺术运用的是“手之舞之，足之蹈之”的连续美的动作；绘画艺术运用的是线条和色彩；雕塑艺术运用的是形态美的瞬间恒定；建筑艺术则被誉为凝固的音乐——不动的律动，不声不响的音乐。

文学的艺术语言，是特殊的符号系统，是信息的载体，是作家审美感觉、审美情趣、文学理想的负荷者。它区别于以上所述其他艺术的特质，就是它是语义学、心理学和美学共同组成的网络。有些文学作品中，不可避免地要写到有关党政文件、哲学议论、科学技术，在使用这些语言符号时，它们不可能以别的替代，在这儿又存在着共义、抽象、规则、固定等共同质，但总的看，作家必须在作品中赋予他的语言以感性的审美特征。不如此，密密麻麻的黑字印在白纸上，何令读者或哭或笑，或恼或恨，或愉悦或悒郁，或感奋或消沉，五味俱全，百感交集，乃至于死去活来？！

（二）文学语言的审美特征

作家和诗人认识和把握世界，写成作品，表现和再现世界，是由审美客体的生活美到审美主体（作家、诗人）的心灵美的综合艺术传达，这是它们之间的神圣同盟，这个神圣同盟的付诸实现，要经过巨大复杂的乃至神秘诡谲的系统工程。

建筑营造这个工程，最终作用人的视觉、触发灵动和神魂的，便是语言。高尔基认定语言是文学的要素、工具、材料，是再精当不过的。

语言的要素、工具、材料职能的综合品格便是它的审美特征。

1.情境性和氛围感

文学作品，不论它是长篇、中篇、短篇乃至小小说，都有它的特殊的规定情境。规定情境既有它外部世界的宏观观照，也有它内心世界的微观探测，既有“这一个”个性人物与他人所发生的人际关系所产生的特定的心理机制，也有突然事变对人物心理激起的遽变和畸变。人物的性格成长、行为轨迹、心理机制，都在特殊的规定情境——氛围中存在着和发展着，这是其一；其二，作家、诗人在作品中所描绘的一切，都是经过充分的、真切的、深刻的内心体验的，他描绘的所有形象，都是浸透了内心情绪的形象，当创作冲动涌来，这种基于宣泄、释放、表达、外化的语言活动，总是离不开一定的表象和情绪流动，语言活动中的情绪流动愈是激烈，心理表象就愈是丰姿多彩。作家和诗人们只有当他们从内心里看见、听到、嗅到、触到要描绘的对象时，才有可能把它写好。只有如此这般地写好，才能传达给读者，使他们也能在内心看见、听到、嗅到、触到。

一个青年作者写乞丐讨钱，道："他把一个小钱投到乞丐手里。"陀思妥耶夫斯基给他这样修改："他把一个小钱向乞丐投下，钱落在地上，叮叮当当地滚到了乞丐的脚边。"这么一改，变静止苍白为形象为鲜活，钱的律动感、音响感强烈了，当然能触发读者。

除了蛮荒，一切的自然都是经过和正在被加工改造着的自然，故曰"人化的自然"。作家诗人笔下的自然，既是"人化的自然"，也是"自然的人化"，是"人的无机的身体"，是"能动地、现实地复现自己，从而在他所创造的世界中直观自身"（马克思:《1844 年经济学哲学手稿》）。世界上的一切物象、景象、世象，在作家、诗人笔下，都是经由客体—主体的审美创造过程，只有画面的鲜活、质感的形成、感性特征的确立，方能进入读者的灵府，触发灵动和移情。这种进入是"随风潜入夜，润物细无声"的进入，抽象直白的说教，为文学大忌。

文学语言的情境性和氛围感，与文学中的环境描写紧密相关。离开环境描写，就很难写出情境性和氛围感来。茅盾指出，所谓环境，是"指故事发生的社会背景，这可称为大环境；又指书中人物活动的场所，这可称为小环境。无论大小，都服务于整个故事的发展或人物性格的发展，而不是可有可无的装饰品。小环境的具体描写，如室内的装饰布置，应当尽可能表现主人公的性格、爱好和内心活动"（《漫谈文艺创作》）。

有些文学作品，离开规定情境和应该具有的氛围，轻而易举地搬用大量现成用语，大大减弱乃至取消了它们的审美魅力；有的文学作品，一味追求和长篇累牍地描写香艳的味、闪亮的光、响亮的音、奇崛的险、美妙的姿、绮丽的色，倒反而让人生腻、生厌。宋朝有个苏易简论美食道：“物无完味，适口者珍。”这美食之论，亦可在这儿借用论文。“适口”为恰到好处，这也最难。

2. 暗示性和空白点

所谓暗示性和空白点，就是通过语言、表情和手势等方式，使读者不假思索地接受某种心理影响。

文学作品所表现的生活内容——外宇宙、内宇宙，是相当丰富复杂的，现代语言难以穷形尽致；在特定的环境和场景下，有些语言不能和不便直白地说，故必须以暗示性的语言对读者施加心理影响。读者依据自己的生活体验和情绪记忆，通过再创造去填补那“暗示”给的“空白点”，咀嚼品味，备具韵致。《复活》中玛斯洛娃受审，庭长问她做什么工作？她说：“我在一种院里。”另一个戴眼镜的法官厉声问道：“什么院？”玛斯洛娃微微一笑，道：“你自己知道那叫什么院！”她是妓女，那法官逛过妓院，在这里全被暗示出来。

张炜有个短篇《夜莺》，写的是少男少女由两小无猜到萌发爱情的过程：

“垛子这么大哟，我看像一张老大老大的床。”胖手儿不作声。他又说：“就咱俩躺在床上……”胖手儿还不作声。他伸手抓过她的胳膊，放在眼前看着说：“真是一个‘胖手儿’，呀！……”说着把这只手送到自己头下枕了，在暗影里盯着她闪闪发亮的大眼睛说：“以后咱俩就好起来吧！”

胖手儿抽出胳膊，一翻身坐起来说：“不好。”

金壮也坐起来：“偷给你多少黄瓜吃呀，还不好！”

“吃了黄瓜就得好吗？谁还敢再吃！”

金壮失望地躺下了。胖手儿也躺了下来。她不满地咕哝说：

“去年也没这么多毛病，真是的！”

这“毛病”——就是爱情。

张炜的另一个优秀短篇《三大名旦》中，大苹因抗洪负伤，被她的追求者在水中救出，躺在她心爱的人儿怀里，“含着泪花笑，拉着哭音说：‘快点吧，我都伤成这样了，你还磨磨蹭蹭！’……”她的“含着泪花笑”，他的“磨磨蹭蹭”，作家给读者营造了一个很大的想象空间。如果要把他们的这种关系写得如何如何，细致刻画他们各自的心理感受，那就破气了，跑味儿了。

如上所述，暗示性和空白点，就是不言、少语，言此喻彼，借此状彼，读者自会去意会那许多的“不可言传”，这真是不着一字，尽得风流。

“知白守黑”——是中国国画理论的要点之一。为了更好地营造“空白”，必须把暗示的笔墨——“黑”，做够。如果齐白石那幅画上山溪间没有游动着的小蝌蚪，哪里有“十里蛙声出山泉”的空白境界呢！所谓“不可言传”，是通过“言传”的媒介——中介，诱发出意会出那许多“不可言传”。

3. 贴切性和模糊感

文学语言与会议文件、社论、科技语言相比，一个是感性特征，一个是理性特征；一个是主体形象的，一个是抽象明晰的；一个是作用于人的感情的，一个是作用人的理念的。文学语言不讲求一般意义层面的准确性和精确性，倒要求一定程度的模糊性。所谓模糊，也不是一锅黏粥没有豆儿，而是要求与被描写的生活状貌和事理的贴切。在这里模糊是手段，贴切是目的。达不到目的的手段分文不值。贴切和模糊，在文学语言上只有辅成性而无排他性。当人们的主体审美意识对客体美的观照和捕捉时，在人的大脑屏幕上一般都是经由“模糊运算模式”进行的。由于文学的基本特征是感性特征，它并不首先要求对客观外界的一切，进行科学的、逻辑的、理性的、准确的和精确的把握。

“春风又绿江南岸”，一个“绿”字，由到、过、复、入、满等字的否极泰来，这形象和色彩的质感，既模糊又贴切；“黄河之水天上来”的“天”，视觉的远，是与“天”连在一起的，远望黄河就是“天上来”，地理科学的谬误在这里成为视觉的合理；“在很久以前”和“那年夏天”，哪年哪月哪天？不是法院的判决书，就不必写得那么精确；“他五大三粗”“他人高马大”“他小眉小眼小身个”，不是参军体检，不必用米尺去量，写出感觉就行；“他家门前有棵大树”，多高多粗什么科目，不是植物学家的学术考察报告，作家笔下只是审美范畴的感觉；故有的批评家认为，《水浒》写关西大汉“身高八尺，腰阔十围”，就是不如林妹妹“两弯似蹙非蹙罥烟眉，一双似喜非喜含情目”好。

综上所述可以看出，贴切性和模糊感，是作家诗人的审美主体对审美客体的体验和认识，是主观和客观的复合尺度，是主观尺度和客观尺度在一定的范畴内的适度游移，是某种游动着的近似。近读一些小说，一味地追求朦胧再朦胧，朦胧得令读者不知所云，难以卒读，这就离开了贴切的目的性，为不足取。又有一些作品，“透明度”极强的“裸体语言”充斥整个作品，令读者索然寡淡，亦为不足取。

4. 口语性和语感化

文学语言不同于书面语言——大体上可称之为纪录体语言。我们从小说中的人称——我、你、他——即第一、第二、第三人称，不管是第一人称的事件直接参与者我怎样怎样；第二人称的——作家直接与书中人物对话的——你如何如何；第三人称的——作家以全知全能的上帝视角在叙述一切、评判一切，作家的心中总要时时刻刻想到读者，在审美心理上应尽最大努力亲近读者。文学语言的口语性和语感化，是作家和他书中的人物的语言，特别是对话，都是谈话人的直接参与，都是日常的、自然的、非正式的，非标准化的、不太合乎规范的语言，这叫生活语言，或者说在生活语言基础上加以打磨和提炼的语言。外交官回到家里跟他的妻子儿女谈话，总不会使用外交（准外交）辞令；学富五车的圣哲与至友亲朋品茗谈心，恐怕也不会启口皆曰深奥哲理。人活在世上，要与三教九流、柴米油盐、生老病死打交道，他是社会关系的总和，人活着就要说话、听话和传话，人的语言、语感贫乏，不但作为一般人活着不易，更难以写小说，当作家则尤其难。

阿·托尔斯泰说：“文学语言是一种‘话’。”赵树理说：“小说是‘说的艺术’。”鲁迅说：“文学以活人的唇舌作为源泉。”王国维说：“以自然之眼观物，以自然之舌言情。”文学语言，不管是叙述语言、刻画语言、人物对话，都要求口语化和语感的信息传递的渗透性和畅通性。这是接受美学的一个重要要求。半文半白，生造的谁也不懂的语言，无异于精米干饭中的沙砾，令人难以咀嚼。

5. 音乐性和节奏感

不同风格的作家以及他们各自不同题材的作品，或正剧或喜剧或悲剧，或城市或农村或工矿，当他们的创作冲动如烈马奔腾，如井喷奔涌时，也不能一任其纵横恣肆、飞流直下。要勒住缰绳，要涓涓细流。不同风格的作家，由于他们的经历、才情、学识、生活，乃至生理、心理的不同，在他们的作品中，形成各自的整体风貌和韵致，取向不同的节奏感和音乐感。宏观是这样，微观亦如是。就章法乃至遣词造句来说，由于各自的文体文势的不同，也存在着起伏、张弛、浓淡、抑扬、明暗、显隐等等，自然而然地筑起了自己的文学语言的音乐性和节奏感。马雅可夫斯基的楼梯式快节奏重音响就不同于惠特曼的缠绵的长句子慢节奏柔音响；同是济南人的辛幼安和李易安二词人，一个金戈铁马，一个浅唱低吟，阳刚阴柔各自达到美的极致。

张炜的《声音》，整篇就像一曲节奏舒缓而又欢乐的乐章，二兰子和小罗锅的此起彼伏的呼应，鸟的歌唱，树叶的鸣响，人和自然、生态和心态和谐相契，社会和自然本身就充满着节奏和音响。莫言写雨后太阳穿过浓云“唰”地照射在高粱地里，“唰”的音响，气象学是根本不存在的，他是凭的感觉，在文学里就为妙笔；再如莫言写蚂蚱剪动翅膀的声音像火车过铁桥，张一弓形容张铁匠看见他的老情人“哀怨而满含期求的目光，如同天边飞来的闪电”，在他“心中激起了轰轰隆隆的雷鸣”。这“唰”，这“过铁桥”，这“闪电”和“雷鸣”，通通是感觉，是情绪，都在为作品的总体节奏、律动、韵致、音响服务，离开总的调子——音调、色调、乱加音响效果，也容易变调和跑调，那就不好了。文学语言的音乐性和节奏感，是作家的心音和情感高低环的律动，由此而产生文气。或引气如空，或行神如虹。卢梭说，那是“感情之流”；列夫·托尔斯泰说，那是“对于感情的回忆”；泰戈尔说，那是“表现情绪与感情的语言”。不同的音响节奏，构成作品的基调，字字句句总关情。

6.个性化和独创性

文学是语言的艺术，语言的运用，大约可以最终决定作家的艺术风格。

新时期以来，不少老作家应潮新变，老凤唱出新音；迎风而长的新一代作家，在语言的使用上，更是异彩纷呈。无论老新，各自保留、发展、创造和形成了自己的独特的语言风格。语言的松绑，语言的多彩，语言的独创，其实是整个社会生活的解放，多彩和创造性的拓展，以及由此对于作家思想感情、文化心理、情绪韵致的唯物生成。说到底，不论什么语言（文字），它总是人的思想感情的符号系统外化。

老是用花形容女人不好。文学语言是在创新，要创造出独特的、属于自己的语言风格。只有如此，才能繁荣当代文学。语言的千人一面，百人一调，十人一色，那将导致文学的疲软和萎缩。

张炜在《秋天的愤怒》中写肖万昌吃狗肉，以洗练独创的语言，把肖万昌吃狗肉的动作、情态如一幅幅精美的连环画印在纸上；他写李芒、小织和肖万昌决裂后的心情，用五千字的篇幅去写景。山冈、河流、芳草、鲜花、蓝天、白云、虫鱼、鸟兽，一切都在“万类霜天竞自由”，都在大千世界中完成着生活过程中的那一时刻那一瞬间，抒发出了李芒和小织挣脱了黑暗的东西之后的舒畅心情。那工笔景物描写，油画家依此可以画出相当多幅油画。他在《古船》中写张王氏做面酱和酱油，写四爷爷和含章的关系，语言的独创和精妙，为当代文学所少见。

语言的个性化，是文学审美原则之一。个性化在这里不止于作家塑造的人物独具个性，不同于别人书中的人物；从总体而言，这个作家与别个作家亦独具个性，有自己独特的审美感受、结构方法和语言风格。刘勰《文心雕龙·体性》说：“才有庸俊，气有刚柔，学有浅深，习有雅郑，并情性所铄，陶染所凝”——作家的先天禀赋、气质，后天的学识、修养、习惯、操行，构成每个人特有的个性风格——布封说：“风格就是人本身。”

模仿别人，初学写作可以。老是那样，绝对不能吐（写）出独创性的语言，也决然成不了大作家。所以高尔基谆谆告诫女作者雅尔采娃说：“您在自己心扉上写作的时候，不要用别人的语言，无论如何不能用！您要认真倾听自己的心声，时时认真，以便正确判断这是谁在讲话？是你雅尔采娃？还是占据你心灵的屠格涅夫、拜伦、契诃夫、海涅！……如果是他们，那就要把他们从心灵上赶走，让他们走开！一定要这样！一个立志当作家的人，应当永远是无限真诚的人。谁想当作家，谁就应当在自己身上找到自己。一定要找到！”（《给米·格·雅尔采娃的信》）

赋予书中人物个性化的语言，是塑造独具个性的人物主要的艺术手段之一。有的作者往往以一己之口一己之腔，代替作品中不同身份、不同素养、不同经历、不同区域、不同性别、不同年龄的人立言，没有了个性特色，味同嚼蜡，难以卒读。清李渔说："欲代此一人立言，先宜代此一人立心；若非梦往神游，何谓设身处地？无论立心端正者，我当设身处地，代生端正之想；即遇立心邪辟者，我亦当舍经从权，暂为邪辟之思。务使心曲隐微，随口唾出，说一人，肖一人，勿使雷同，弗使浮泛。"(《闲情偶寄·词曲·宾白》)类似的话，巴尔扎克也说过："观察使我取得过活别人生活的官能，形成另一个自我，取而代之……摄取别人的身体与灵魂。"(他的短篇小说《法奇诺·卡内》开始部分)由此看来只要把人物熟透了，探幽烛微其心灵了，独创性的个性化的语言便唾手可得，如收珠玉。

高尔基在慨叹自己的写作生涯时，时常提起诗人纳德松一句悲伤的话："世上没有比语言的痛苦更强烈的痛苦了。"(《谈谈我怎样学习写作》)为此，文学界的朋友曾根据自己在语言方面遇到的痛苦，慨叹着说，你跟谁有仇劝他搞文学，你跟谁的仇大，劝他写诗。文学理论家们的研究证明，任何精妙的语言也难以把复杂的外宇宙和内宇宙一点不走样地描绘出来；许多作家都谈到过，他所写的远远比不上他所想要写的。语言的困扰，语言的艰难，成为文学的首要难关。为此，方有"僧敲月下门"的千古美谈；郭沫若亦有"一字之师"；古代文人多有"吟安一个字，捻断数根须"的切身体验；鲁迅大师把文章写好之后"至少看两遍，竭力将可有可无的字、句、段删去，毫不可惜"，决"不生造除自己之外，谁也不懂的形容词之类"的为文风范，值得永远学习。

论张炜的幽默

——一以贯之的幽默风格

张炜的作品，追求情节结构的淡化，氛围、意境的诗化；他长于白描淡写，语言明白晓畅，质朴淡泊，浑然天成；他的人物或聪秀灵气，或豁达大度，或倔强彪悍，虽不刻意雕琢，但个个都血肉丰满，活在纸上。他的独特的美学追求已获得文坛越来越广泛的注目。

张炜作品的艺术魅力是由多种因素构成的。凡是喜爱张炜作品的读者，有一点是相通的，那就是，几乎没有一个不陶醉在它的“温润”里，而被它的谐情妙趣逗得会心微笑。

这大概就是他的幽默风格使然。

可以说，张炜的幽默风格，已成为他作品风格的重要组成部分；或者说，他作品中的那些幽默的精彩之笔，是嵌镶在他作品中的璀璨焕然的宝石。

通观几年来的创作，他的幽默是一以贯之的。

张炜 1980 年发表处女作《达达媳妇》，已见幽默风格的端倪。这篇作品，塑造了一个贤惠、温厚、忍让、心地善良的中国农村妇女的形象（达达媳妇），鞭挞了一个薄情、冷漠、自私的农村妇女干部（通通媳妇）。这篇小说写得蕴藉、含蓄，不动声色，却又落笔成趣，妙趣横生。憨厚老实的达达常常让人发笑，他的一举一动，都让人觉得那么有趣。当弟媳气昏了母亲、扬长而去时，他见到回来的媳妇，立刻从屋里迈出一步，像面对干部作证似的，用手往前一指说：“通通媳妇刚走！”……当达达媳妇见到弟媳用三个喇叭讲话时，惊讶地喊：“她用三个大喇叭往外说谎！”“三个”，这个数字的用法使人觉得多么别致，忍不住要笑出来。

《操心的父亲》是张炜发表的第二篇小说，仍然是非常幽默的。字里行间，随处都有让人会心微笑的地方。主人公叫“铜锅”，名字似乎就包含了幽默；而他的儿子叫“大碾”！当写到大碾和三喜评价二满姑娘的辫子时，作者这样写道：

大碾说："二满的辫子不好看……"

三喜惊讶地说："那么粗还不好看吗？！"

一个憨厚的、拙笨的农村青年形象一笔就出来了！他原来"以粗为美"，认为"美在粗中"——是啊，读者就在这微笑中，满足了自己的审美要求。

近期发表的《红麻》(《当代》1985年第1期)中，那个刁钻、油滑、无赖坯颜凤启，倚仗当支书的叔叔的权势，欺压势单力薄的知识青年达光，以自己的低洼地讹去了达光承包的好地，又将雨水逼进达光的瓜地里。作品关于他的一些场面写得非常漂亮——

瓜田里第一个成熟的"虎皮脆瓜"是让颜凤启吃掉的！……颜凤启刚有四十多岁，却总是装出一副老头儿的模样，一手插在背心下边，弯着腰，侧拧着身子盯着瓜秧往前走，那样子可笑极了。那个成熟的瓜就这样让他给盯到了。

颜凤启将瓜吃完后，撩起背心擦了擦嘴巴说："你今年的瓜一定丰收。"

"怎么呢？"达光不解地问。

"你把第一个瓜让给长辈人吃了，真是个懂礼貌的好青年——好青年种瓜还能不丰收吗？！"……

一副让人哭笑不得的下流坯的嘴脸几笔就勾出来了。

后来，达光找他算账——

"老颜……你！"

颜凤启笑眯眯地拧过脖子看他一眼："找大叔有什么事情呀？"

达光气得说不出话，把蓝帽子攥在手里。

“大叔想去吃个瓜，又怕你要现钱……”颜凤启嘻嘻笑着。

达光两手攥成了拳头。

颜凤启一转脸看到了，忙退出一步说：“噢，打人！打吧，我打不过你，再说你又会‘气功’。”

“我不会‘气功’！”达光气愤地解释。

“不会我也打不过。你是鲁智深。你一脸好胡子。”

读了上面的文字，先是被一种幽默逗笑了，接着油然而生怒气，同时也为达光的遭遇感到难受。

留心张炜作品的读者，几乎能从他每一篇作品中找到谐趣横生的锦言妙语。他的作品无论长短，都从头至尾渗透着幽默；无论是开始的作品还是近期的作品，都流露着幽默。而更难能可贵的是，这种幽默是极其内在——内向的，使人在咀嚼中品出滋味，而绝不是那种浅薄的、庸俗的笑料。从这个角度来看问题，我们就完全有理由认为这种幽默已经和作家优美的语言、深远的意境一起，组成了他的整体的创作风格。

可以说，他的幽默风格是一以贯之的。

一、真正的幽默——内在的幽默

文学史上，产生过像老、庄、鬼谷子、淳于、鲁迅、莫里哀、塞万提斯、马克·吐温、果戈理、契诃夫等许多幽默大师。我国古典文学名著中，孙悟空、猪八戒、张飞、鲁智深、李逵，以及《儒林外史》中的人和事，都被写得幽默、风趣，妙不可言。

张炜的幽默，在总的韵味上，毫无疑问是从大师们和名著中获得了营养。但是，又显而易见，他是用自己的眼睛、自己的笔来观察和描写今天的生活的。因此，这也就创造了他自己的独特的幽默。

真正的幽默，在层次上是与讽刺、风趣有所区别，更与谩骂毫不相关的。在理论和艺术实践上，作者的掌握和运用是很有分寸感的。

“幽默本是人生之一部分，所以一国的文化，到了相当的程度，必有幽默的文学出现。人之智慧已启，对付各种问题之外，尚有余力，从容出之，遂有幽默——或者一旦聪明起来，对人之智慧本身发生疑惑，处处发现人类的愚笨、矛盾，偏执、自大，幽默也就跟着出现……”[①]周谷城先生一次同毛泽东同志谈到“风趣”，周先生说：“我近来替‘风趣’找出了一种解释：智慧超过需要时，可能有风趣；智慧赶不上需要时，不仅不能有风趣，可能要丢丑。”[②]

从林语堂和周谷城两先生的论点看，幽默和风趣虽有共通之处，但一个主要是讲文学的内在风格，一个主要是讲日常的生活用语，这是两者之间的区别。

幽默的文学，文学的幽默，源远流长。根本原因是生活本身充满着幽默，问题是作家们长没长发现它们的慧眼和有没有掌握住生花的妙笔。

> 假使你相信文化是基于明理，你就在静观人类之时，窥见在上有一种神灵，耿耿地鉴察一切……所表示的是心灵的光辉与智慧的丰富；而不是胡卢笑闹。……这在上之神就现出温柔的谑意，斜视他们，跟着是一阵如明珠落玉盘的笑声。[③]

这个“在上有一种神灵”，就是幽默之神。哪个作家心灵里有了这个“神”，他就能对生活中本来存在着的幽默素材，而“耿耿地鉴察一切”。我以为，张炜的幽默是内在的幽默，是真正

---

① 林语堂：《论幽默》（《中国新文学大系续编·一》）。
② 周谷城：《回忆毛主席的教导》（《光明日报》1978.12.20）。
③ 麦烈蒂斯（英·小说家）：《喜剧论》（转引自林语堂：《论幽默》）。

的幽默。他的幽默的形成，当然十分复杂，但有一点是可以肯定的，这就是来源于他的文学气质素养——美学理想，以及他对生活中固有的幽默素材的慧眼发现和捕捉，精工选择和提炼。

张炜的幽默，归纳起来有以下的特点：

1. 不动声色

有人把幽默和辛辣无情的揭露、刻毒的讽刺混为一谈，这是一种误解。有人认为，揭露和讽刺往往容易做到，但获得真正的幽默却不容易，这很有道理。因为，真正幽默的笑容是和缓温柔的，是出于心灵的妙悟、理智的妙悟，因而，幽默的情境是深远超脱。且不说张炜笔下的那些已成为方队的灵秀的女性，就拿他写农村生产责任制的几篇作品来说，他的笔总是跟所谓“问题”“落后的阴暗面”拉开一定的距离，作品显得从容、闲适。他的幽默当然也是不动声色的。

他的《秋天的思索》(《中篇小说选刊》1985 年第 1 期）写的是青年老得跟新式恶霸王三江斗争的故事。老得体弱，腰肢有伤，善良正直。作品虽然没有正面描写老得的斗争胜利，但却细腻地刻画了他在今天农村现实生活的土壤上萌发的正义感，以及在生活逻辑和人物性格发展逻辑提供的范围内的反抗和斗争。王三江过去当过干部，现在仍然钻生产责任制的空子，做“寄生虫”。这个人根本不知道体恤和爱护群众，只会霸占和鲸吞集体果实。作品写他的阴险与狡猾，写他的刁钻与刻薄，都入木三分。作品这样写他和老得剑拔弩张的一场斗争——

……王三江从衣兜里摸出一个拳头大的黑烟斗，惹得老得惊讶地看着。王三江笑眯眯地端量了一会儿老得，吸一口烟说：“你是得病了……”

老得迷惑地看他一眼，咬着牙关没有作声。

“你的两个眼珠子发亮——你是得病了！”王三江徐徐吐着

烟，又说。

老得不安地将枪倒在怀里。他摩擦着枪身说："我没病。有病也全在腰上。"老得外号"水蛇腰"，"我的腰挺不硬。"

"病在眼上。腰是好腰。铁头叔以前也犯过这病，那是睡觉多了，外精神太大……"王三江说到这儿突然严厉地绷紧了脸，"我送你个偏方：以后只许上午睡觉，下午到园里扳压气机！"

老得终于明白这是怨他刚才拦了那些商贩！他气得身子抖了一下，腾地站起来说："我没有病！我要睡觉！"

王三江也站起来，威严地喝道："听大叔的话，偏方治大病！"

寥寥数语，就活画出了王三江阴毒可怕的嘴脸。但作者在完成这一切的时候，却是使用了他独有的艺术手段：不动声色的幽默。读到这里，令人发笑，又令人愤怒！像这类不动声色的描写，在张炜的作品中是很多很多的——他越是不动声色，读者就越觉得有趣，有力量，有嚼头，需再三吟味，并从咀嚼和吟味中获得艺术享受的快感。这种特别的幽默，已构成了作家的主要的幽默技法之一。

像王三江这样的人，在现实生活中是不少的，无论怎样鞭挞都不过分。但张炜回避了简单化的、痛快淋漓的、大打出手的写法。这种不动声色的写法是很有道理的。因为："……幽默是基于明理，基于道理之渗透。……谩骂者，其情急，其辞烈，唯恐旁观者之不与同情。幽默家知道世上明理的人自然会与之同感，所以用不着热烈的谩骂讽刺，多伤气力，所以也不急急打倒对方。因为你所笑的是对方的愚鲁，只消指出其愚鲁便罢。明理的人，总会站在你的一面。所以是不知幽默的人，才需要谩骂。"[①]

2．与油滑绝缘

鲁迅说过，油滑是创作的大敌；他还指出，讽刺的意义是真

① 林语堂：《论幽默》（《中国新文学大系续编·一》）。

实；他经常告诫青年作家要存真义，去粉饰，少做作，不卖弄。这些，已成为张炜恪守的信条。他的作品，找不到那种专为迎合低级欣赏者要求的油滑或无聊的插科打诨。他的幽默，自然也是与油滑绝缘的。

《看野枣》中的大贞子有点像野小子，她觉得看野枣工分多又能打毛衣，乐意到海边的沙滩上去看野枣。她父亲曲有松很不放心，揪住她的后衣襟说："咱不，那不是姑娘家干的营生……"又说："大海滩地广人稀，光茅草就有半人高，完全不是姑娘家织毛衣的地方！"她执拗地去了，夜里一个人睡觉，"鼾声大作"，"那声音蛮像个大汉"。在这之后，过去曾经要和她"闹点儿恋爱"的三来，嬉皮笑脸地来到这里。大贞子问他来干什么？他立刻板起面孔说："随便转转，检查检查工作。"……大贞子野性的一面跃然纸上，同时三来的可笑也写得入木三分！一个小小的生产队长，却煞有介事地来到大贞子跟前"检查检查工作"！这当然是可笑的，但又是和检查工作的严肃的事情连在一起的，使你觉得又有几分合乎情理。

作为《看野枣》续篇的《护秋之夜》(《小说家》1984年第2期）中的大贞子和三来的关系变化了，发展了。三来为护秋负了伤，"三来躺在铺子上……""像个不懂事的睡迷了的孩子一样，大贞子怎么搬他，他就怎么躺，全凭她拨弄去。他闭着眼睛，像睡着了一样"。

三来显然是很得意地让一个姑娘搬来搬去，竟然装成了"不懂事的睡迷了的孩子"。但是，他又真的负了伤，伤又很重——是爱情使他恢复了幽默呢？还是因为受了伤使他有机会表现出幽默呢？这二者结合在一起，就不是一种简单的滑稽可笑了。这样的幽默的描写，是与那种油滑相距千里的。

这类例子在张炜作品中能举出很多。特别是写青年男女的那些篇章，不以滑稽炫奇斗胜，不忸怩作态，不作酸腐之文。他的幽默，受高雅、洁美统领着，写得恬淡自然，含蓄而蕴藉，韵味无穷。

3．含着眼泪的笑

含着眼泪的笑，笑中流着泪，这是古今中外幽默大师共有的特色。林语堂先生说过：“欲求幽默，必先有深远之心境，而带一点我佛慈悲之念头，然后文章火气不太盛，读者得淡然之味。幽默只是一位冷静超远的旁观者，常于笑中带泪，泪中带笑。”[①]

做到笑中带泪，泪中带笑，首先要求作家对生活有真切的观察——看透；其次是对生活进行深沉的思考；最后在艺术处理上，不要把作品——人物写得太像生活，要变形，要变味。张炜大概就是这样做的。

张炜的幽默，从来不以浅薄地抖落一点笑料为满足，他从来不玩那种摆地摊的“小把戏”。他总是把悲剧喜写，把悲剧因素冷静地写出来，让人们看了发笑，笑中含泪。幽默的意义在于喻理，在于把社会生活中不应该存在的东西展示给人看，发人深思，达到艺术感染的目的。有些纯喜剧的素材，他也没有完全写成光让人发笑的作品。喜剧不一定只是逗人笑，有的还要引人哭。张炜的作品中的许多篇章就有这样的特色。

再如《护秋之夜》中的老混混，他是个喜剧人物。一个贫苦的鳏夫，身上带有明显的“流氓无产者”的气味。他长期吃社会主义的“大锅饭”，沾染了一定的好逸恶劳的恶习。他的思想和行为，与生产责任制发生了尖锐矛盾，甚至有些变态。张炜对这个人物的刻画，是按照喜剧人物处理的。让他按照他自己世界观的驱使，叫他执着地、认认真真地去干他的那些不合时宜的事。他越认真，可笑的效果就越强。但是，作家不止于追求廉价的笑，让人笑过之后，还陷入深深的忧伤，同时还会思考这样一

---

① 林语堂：《论幽默》（《中国新文学大系续编・一》）。

个严肃的问题，即几十年的，我们天天喊好、唱好的农村经济生活管理体制，竟然寄生着这样一个人，这样一批人！而这一批人往往以“老根子”“老贫农”“老革命”自足，成为谁也不敢碰的“惹不起”。作家对老混混的刻画，从另一面歌颂了农村的改革，展现了新旧交替的急遽变化，以及这个变化对人们心灵的撞击。老混混使人恨，又令人怜，觉得他人生之可恶，此人之可悲，让人在沉思中流下泪来。

老混混是个“什么都怕，就是不怕死”的人，他偷连队里的木料，干部要罚他，他说：“我就是光棍一条，你们看着办吧！压制贫农就是压制革命——这可不是我说的！走着瞧吧，让你断子绝孙，草垛起火！”他对干部哭穷，说天天睡的是“忆苦觉”（因为只有半张席子、一个破砖头！）；他讨人家的瓜吃，瓜是生的，他说他要吃个“忆苦瓜”；他看见人家承包的一块好地，说：“鬼年头啊，肯定是路线歪了！……地主也不过就有这么一片大菜园吧！”过去他靠吃大锅饭，今天他靠吃大户，带有很大的“寄生性”。老混混因为家无二斗粮，一辈子没混上个媳妇，没有尝过人生的幸福和爱情的温暖，乡亲们也拿他不当人看。老混混也是怪可怜的。他可能是中国农村最后一批旧式农民。这里，喜剧产生了悲剧的效果。作家是怀着“我佛慈悲的念头”，含着眼泪来刻画这个人物的。这种幽默就不同一般了，就转而变得冷峻而崇高了。

二、幽默效果的艺术技巧

张炜的幽默艺术，是有他的鲜明的个性特色的。除了内在的蕴藉，他在艺术手法上做了积极而有成效的探索。

1．人物和语言的幽默

从张炜的作品中，我们看到作家在结构作品、进行人物关系设置的时候，对人物性格分寸感的把握上，就已经赋予他幽默的艺术生命了。作品中每个人都幽默，即使幽默，也不是句句话都幽默。赋予反面人物、中间人物、正面人物是否幽默的艺术生命，这要看人物在特定事件中的地位和作用去确定。

幽默式的人物，是构成幽默作品的根本。而行为和语言，则是塑造幽默人物的主要艺术手段。张炜作品中，大量的不是纯幽默式的人物，但他的人物，幽默的行为和幽默的语言几乎在每一篇里都能找到。

如《生长蘑菇的地方》中的队长刘兰友，看“我”初来工地，脸长得白，走到“我”跟前端量着，半天冒出一句：“你咋长这么白呢？”大家都笑了，他又说：“白点不要紧，我年轻时候就很白的。不过你在我手下干活，可得规矩点儿，不能跟姑娘们动手动脚的……”“我”窘极了，但正在这时，却闻到了一股雪花膏味儿——“仔细一看，才发现刘兰友的脸上似乎抹了厚厚的一层”。一个四十多岁的人，妒忌“我”长得白，自己却抹起了雪花膏，这有多么可笑！

《夜莺》中的小胖手，是个十九岁的姑娘，天真无邪，无忧无虑。每年夏天，她都在打麦场上垛草。她来到场上，媳妇们夸她长得俊，有的说她眉毛好，有的说她后脖上的肉一团一团的。她觉得还有一好没人夸，于是“把嘴唇使劲缩起来，用手指指两边说：‘看到了吧！’几个媳妇一起看着，终于发现她嘴角下边一边各有一个小酒窝儿……大家笑了起来”。一个姑娘用无声的动作启发媳妇们夸她美，这个动作和场面可以画一幅妙趣盎然的油画。晚上，喜欢她的金壮偷来黄瓜给她吃，草垛上，他抓过她的手，“送到自己的头下枕了”……金壮埋怨她说：“偷给你多少黄瓜吃呀，还不好！”胖手说：“吃了黄瓜就得好吗？谁还敢再吃！”她又说：“去年也没这么多毛病，真是的！”作家对以上的描写，从行动到语言，风趣幽默，格调高雅，气韵情致淡中含浓，展现了人情和人性美。这一切效果，都是靠特有的行动和语言来完成的。这些语言自有其独到之处，是富于功力和技巧的。

2．变形手法促成、加重了幽默

变形手法，是促成和加重幽默的主要手法。变形和模拟生活冰炭不容。这里所谓的变形，主要是指作品中的人物，以及人物的行动、语言。文学作品，如果一切都和真实的生活一模一样，这不但从根本上取消了幽默，甚至连起码的文学也没有了。老混混行为的不合时宜；小胖手那收缩嘴唇、用手指指腮启发别人夸自己酒窝美的不苟言笑的动作；刘兰友的年龄及其言行不一；颜凤启的刁钻刻薄；王三江的阴狠毒辣等等，作家在刻画他们的时候，都不是直写或正写，而是采用变形手法去刻画的，由此，便产生了笑，促成和加重了幽默。可以说，凡属一切变态心理、异化举止，失常的言表，都是既像生活又不像生活的，都是变了形的，都是经过作家的艺术炉灶重新提炼和重新锻造过的，生活中不可能实有的，但感觉上却是真实的，令人不得不信，不能不信，读者在较高层次上满足了自己的审美要求。

变形手法来自夸张。这个夸张，不是对某一人和某一事的平均主义的放大和加重，而是采取给他照哈哈镜，特别凸现和变形某个部位和侧面，使其又像又不像，于是自然产生幽默。没有幽默味的作品，大概就是因为它太像生活，太直！

细察张炜作品中幽默的变形手法是很多的。

《女巫黄鲶婆的故事》可以称得上变形手法的代表作。女巫本身就是人的极端异化，是旧社会的产物，是农民愚昧落伍的“必需品”。黄鲶婆自幼跟父亲耍把戏，长得“模样拿人”，在哪儿都交朋友，闹出不少风流韵事来。她会唱戏、变戏法、相面、占卦，最后成为专职的女巫了。她给人占卦——“拉着长音问长问短，击一下巴掌，捻一捻手指，又意味深长地盯住你看一会儿，最后站起来，瑟瑟地抖动着身子，把两只手使劲地往衣袖里吞……她的眼珠斜愣愣地向一边翻着，眼白很大，胆小的人看了总要向后退一步，再退一步，只在远远的地方射来畏惧和敬重的目光……”这些描写，像人非人，像鬼非鬼，像仙非仙。后来，她结婚、生女，与丈夫和女儿、女婿在一起生活，闹了不少笑话。最后，临死的时候，她也和正常人死得不一样，没有“正寝”，“嘴里还半咬着那杆熄灭的烟锅……”。作家最后借陈康荣的嘴说道：“你以为她遭罪了？没有！她临死还抽烟！”又慨叹：“瞧瞧，死一个人多么容易啊！”

女巫黄鲶婆，是旧中国遗留下来的一个怪物，新社会也没有把她改造好。她干着愚弄别人的事业，也从中得到物质和精神上的享受。这样看，她就不是一个孑然而立的“独立存在物”了。作为人，一个女人，她没有享受正常人应享受到的那些幸福和美好。读来，通篇使人觉得异常沉重，哭和笑都不足以表达那种复杂的心情。

3．氛围上传达出的幽默感

文学作品中的氛围，属于小环境描写。而环境，是小说要素之一。文学作品中的人物活动，不光凭借时间，而且还要凭借空间。文学作品中的氛围描写，向来是有素养的作家所特别重视和刻意追求的，原因是它太有助于刻画人物和拓展意境了。张炜是善于写氛围的作家，而且善于运用氛围来传递出他的幽默感。

《芦青河边》的小环境傍山靠河，有山有水，山是青山，水是绿水，芦苇荡沙沙作响，其间有小径芳草、鸟儿翔鸣。主人公小碗是个率真的好姑娘，可以说是这样一个优美的大自然的仙女。在这个偏僻的山村里，她开天辟地地第一个偷着跟男人相爱了。小村来了探矿队员，刮来了现代生活方式的春风。小碗看到队员们男女相爱都是公开的，觉得诧异，很不理解。她在河边问队员郭蝈：“你们好的事都知道吗？”郭蝈说：“这当然。还怕谁不成？难道你们的事村里不知道？”小碗生气地说：“当然怕人！偷着和男的相好，是最没出息、最不要脸的事——这还不怕人？！”郭蛔吃惊、激动、谅解，然后试探着问：“难道村里老少几百对夫妻，都是经了媒人吗？”小碗肯定答：“都是。”郭蛔又问：“电影上也有双双对对，大家怎么看？”小碗说：“那是照在白布上的影儿，不真！”

试想，如果这篇作品的特定环境换个地方，这则幽默的精妙就不复存在了。这篇作品，从头至尾，从环境氛围到人物，都那么浑然天成，以外景的自然美，衬托青年男女对爱情的追求的合理性和美好；同时，对因袭的陈腐观念，也作了美丑对比。透露的气氛笼罩着整个作品，你虽然捕捉不到，但却扑面而来，回荡在心胸，同时使人觉得可笑，好像作家故意扎好了一个让人发笑的台子，然后才将人物推上去演出一样——台子本身就可笑啊！

再如《声音》，写一个小罗锅和一个特别漂亮的姑娘在大林子里交谈严肃的人生话题，这本身就造成了一种特别有趣的氛围感。加上小罗锅其貌不扬，却如同一个长者一般，对二兰子谆谆教诲，不苟言笑，这多么使人发笑啊！小说传递出的氛围，好像是要使人一直忍耐下去，不要大笑出来一样。

统观张炜的所有作品，几乎每一篇都从氛围上传递出了、透露出了某些令人发笑的东西——而作品中的人物，就在这些特定的氛围中行动着、生活着。在这些特定氛围中生活着的人物，得助于氛围的烘托和传递，必然就具有了幽默感。

三、独特的创造心境的决定性

真正的、高级的幽默，它一定要在总体结构上，在情绪和感情色彩的把握上，以它内在的丰富含蕴，自然流露出“心灵的光辉与智慧的丰富”[①]。

张炜的作品，你很难一口说出某篇是写的什么思想，他行文

① 麦烈蒂斯（英·小说家）：《喜剧论》（转引自林语堂：《论幽默》）。

力避浅、直、露；他的幽默，不是矫揉造作——故意在花朵上放飞的彩蝶，而是一种自然宣泄，自然流露，偷偷地逃逸。幽默给他的作品锦上添秀，他的作品因幽默而更加和谐完美。为什么会有这种艺术效果？为探讨这个问题，我们有必要从创造心境上做一下观察和分析。

创造心境，来源于一个作家对生活的审美感受，以及艺术结构和艺术表达。而这一切，又都与一个作家的性格、气质、知识素养、审美理想分不开的，而这一切的综合构成，就成为某一作家独特的创造心境。当然这是从总体上讲的。另外，一个作家的独特的生活经历，他的生活视野，以及气候条件等等，都能影响乃至改变一个作家的创造心境。

一个幽默作家，或者一个作家写出幽默的作品，独特的创造心境太重要了。

张炜的独特创造心境，我认为是多方面的。但他的显著特点是：超脱，不拘泥。

他看生活，好像是先蹲下来看，然后是站起来看，再以后是退一步、退几步看，再以后是站在远远的地方看，再以后是从四面八方看。他好像在这时就选取了一个好的角度，也只有在这时，他才能进入他的艺术王国，徜徉于他的独特创造心境的妙处。

也只有在这时，他才会有恣肆裕如之笔，把作品写得大度从容如行云流水，纵横捭阖如游龙走蛇，而使得作品细节妙趣横生，人物血肉丰满，使读者在得益于审美要求的同时，看到生活的底蕴，从中受到教育和启迪。

他的超脱、不拘泥，集中表现在：

1．淡泊以致远

我国古代文人说过："文章不难于巧而难于拙；不难于曲而难于直；不难于细而难于粗。"亦即苏东坡所谓："发纤秾于简古，寄至味于淡泊。"袁枚《随园诗话》里也说："诗宜朴不宜巧，然必须大巧之朴；诗宜淡不宜浓，然必须浓后之淡。”张炜在审美理想上，不工于曲折、奇特。他的《声音》，情节简单得几乎不能再简单，一句话，就是二兰子和小罗锅在树林里的见面和分别。他的《夜莺》情节更淡，四字可以概括：胖手垛草。这类作品情致偏浓。作家把浓郁的韵味、情趣、生活哲理，细针密脚地都缝合在里边了。它们如同醇香的美酒，看去，淡如水；品起来，口角生香，令人陶醉。他的幽默的创造心境，是以淡泊而致远的。

真正的幽默的美学要求，应在“婉约豪放之间得其自然，不加矫饰，使你于一段之中，指不出哪一句使你发笑，只是读下去心灵启悟，胸怀舒适而已。其缘由乃因幽默是出于自然，机警是出于人工。幽默是客观的，机警是主观的。幽默是冲淡的，郁剔讽刺是尖利的。世事看穿，心有所喜悦，用轻快笔调写出，无所挂碍，不作滥调，不忸怩作道学丑态，不求士大夫之喜誉，不击庸人之欢心，自然幽默”①。

张炜的幽默，寓于情雅、言朴。他从不以强烈、辣害、刻毒摄人魂魄，而以淡泊藏其浓烈，使自己的幽默初看淡白如水，细品多滋味。甘于淡泊，不急躁地追求什么，追逐什么，方能在恬淡柔和的心境下产生幽默。只有让自己淡泊，才能对生活，对人生，对各式各样的人物想到很远很深，才能从容地解剖人物与生活。

2．冷静地对待生活，不搞急功近利

幽默这东西，可以说是神悟之物。如果把它比作一颗甘美的果实的话，它绝对不会结在迎风摆动的杨柳上，而只能结在千年百旬、几人合围粗的银杏树上。可以说，它是作家对生活、人生、人物进行静观默察，对自己的激情进行过滤、沉淀而提炼的结晶品。从作品来观察张炜的文学观，可以看出，他只忠诚于生

① 林语堂：《论幽默》（《中国新文学大系续编·一》）。

活和生活的启示，不去为迎合和追逐什么而粗制滥造一些“时髦品”“热门货”。他对题材的选取和素材的剪裁一向比较严格。一旦选择好了，剪裁好了，他又显得那么从容。好像一个骁勇的骑士经过鏖战之后，信马由缰缓步在蓝天白云下的草原上。大概只有这时候才能产生幽默的情绪和韵致吧！

女巫黄鲶婆、王三江、颜凤启、老混混，他们身上背着因袭的重负，是人民中间落后和阴暗的方面，身上不少丑恶的东西，散发着臭气和霉菌。张炜笔下的他们，没有被写成单纯暴露的对象，没有对他们掷之以投枪和匕首而逞英豪。他对他们的暴露，投之以艺术魔杖——点丑为美，是以审美的角度来进行暴露的，所以他们全都被写成很风趣的人物，他们“坏”的方面，“丑”的部位，待到张炜的作品里，成为美的了。现实生活中丑的东西，在他作品中变成了审美需要的美的东西，这需要艺术的再创造，而这种艺术再创造，最需要从容。

急功近利的人，缺乏文学素养的人写不出幽默的作品，因为这一切都需要从容，需要忍耐，需要自由地发挥自己的艺术特长；而只从政策出发而不从生活出发搞出的东西，就不得不委屈自己的艺术个性，也就扼杀了自己幽默方面的艺术天才。

总之，幽默的风格在张炜的创作中占有重要地位，是组成他整个创作特色的不可或缺的因素。没有幽默，就会使他的作品大失其色；就会使他作品的美学价值大为降低。而我们鉴赏、阅读和评价张炜的时候，也不能不去具体分析其幽默风格的形成和发展，指出这些幽默在作品中的具体体现及其作用。舍弃了这些，也就难以更好地、进一步地把握张炜的作品。

《声音》艺术特色试探

张炜的《声音》（载《山东文学》1982 年第 5 期，同年第 7

期《小说选刊》选载）是一篇富有诗意的短篇力作。作品的构思比较新颖。你看，人物活动的场景有多美：遮天蔽日的树林，枝枝杈杈上百鸟鸣啭，茂密的树叶儿驾着林中的各种声音在不停地抖动，溢香的芳草地上繁花缤纷，草尖尖挑着清亮亮的露珠……作者把作品的女主人公送到这幽美的场景里来，让她与小罗锅相识直到分别。这种构思在同类题材的作品中是不多见的。作品写那个淳朴的姑娘二兰子，俊得村里没有第二个，可是由于她是个女的，在家庭里的地位最低，因此长到十九岁，一字不识，连“大”“太”都不辨。家里养着牛，她只好去割草。芦青河边各家老人叮嘱姑娘们不要到林子的深处去，可是二兰子偏不听，对家里人说：“不怕，我到年都十九了！”妈妈脸一沉：“十九了更不好！……”妈妈的暗示，二兰子的憨厚，作品中将会出现什么故事？一下子把读者抓住了。她来到绿色的天地里。那些肥美的嫩草，铺地的野花在诱惑着她，小鸟儿的喳喳吵闹在撩拨着她，清甜甜的空气在诱发着她，她也不知道怎么脱口喊了一句发明权属于她的声音——“大刀啰——小刀啰……”这声音招来正在河西割草的小罗锅的应答声：“大姑娘啰——小姑娘啰——”

未见其人，先闻其声。二兰子在听到小罗锅的应答声之后，作者对她的心理活动，进行了层层递进，层次分明地细腻描写。声音传来，她躲藏、心跳、胆怯、偷看，骂“该死的”，大气不吭，割了草悄然回家；之后十天，她每天都听到小罗锅的喊声，她不理，嗔怪他“甜蜜嗦嗦”，后悔自己“一个姑娘家，干吗在林子里乱喊呀”？她故意听鸟叫，转移对这声音的注意力；可是当几天之后这声音突然没有了，她却又像少了点什么，干活不勤快了，身上没有劲儿了；一天早晨她又喊，得到了应答，她笑了，晚上失眠，尽想割草，决心割草割到找婆家，她要到“草多”的河西去割，她也真去了。这种未见面的呼喊，在一个姑娘心灵的池水上震起的波纹是清晰的。她先是惶惑不安，后是青春情愫的萌动，再是得不到慰藉的慵懒，最后是得到满足的愉悦。作者把二兰子的少女情态，描绘得细致入微。

作品对二兰子和小罗锅见面后的描绘也是别出心裁。二兰子原以为他是个多么“帅”的小伙子，可一见面才知是个比自己大十岁、又矮又丑的小罗锅。小罗锅见到二兰子竟慌得一句话也没有，只顾割草，割过草就念外语。他们天天相会，默默地各干各的，真是“此时无声胜有声”。这种描绘显示了作者的功力。

二兰子看见小罗锅那样会割草，又当过“民办教师”，还会说外国话，便觉得他“真能”，从而“敬佩”他。小罗锅要去考公社工艺制品厂，她却担心起他考不上来。这里，二兰子眼里的小罗锅升华了，高大了，她朦胧地感到小罗锅身上有美的魅力，而她对自己却总感到卑微。小罗锅对二兰子的自惭自贱，表现出“惊愕”“惋惜”“愤怒”，给予她满腔热情的激励和开导。

小罗锅是生活的强者，他懂得人怎样活着才算美，以及人活着要去创造美的生活。他生下来弱得不像样子，爸爸要把他扔到沟里，是妈妈抱住了他，居然长大了，当了“民办教师”，后来师范毕业生多了，他下放割牛草。他克服生理上的困难，割得一手好草。作者笔下的小罗锅，虽然其貌不扬，但不是浑浑噩噩，他是有理想、有抱负、有实干精神，愿为建设新的生活而献身的“美男子”！

作者把二兰子和小罗锅这两个人写得都是那么美，两个人放在一起，美得那么和谐、统一，你烘我托，相得益彰。

罗丹说：“使这些人在自己身上发现从来不知道的宝藏。他给他们以种种新的理由，新的内在光明，来热爱人生，来做人。”《声音》在刻画人物和思想挖掘上，都深刻、鲜明地体现了这一美学思想。作者借小罗锅优美的语言向二兰子说：“二兰子，你听咧！你听咧！你听这大林子里多热闹啊！风在吹箫，树叶儿奏琴，小鸟在歌唱……你就不觉得这是一曲雄浑的交响乐吗？当我割完草的时候，当我学累了休息的时候，我常常爱一个人在林子里，默默地闭上眼睛倾听。我在倾听什么呢？我是在听这世界上各种的声音。我常常想：一个人，难的是不断地发现他自己。我们就不该给这林子添上一种声音吗？我们也有自己的嗓子，我们怎么就不该喊出自己的声音来呢？……”喊出自己的声音，参加社会生活的大合唱，发现自己的能量，并且把它开采出来，为建设新的生活贡献出来，在这个问题上，小罗锅因为文化水平高一些，他要比二兰子有更多的自觉性；二兰子则由于没有文化，家庭地位低，她对自己的“天生丽质”是漠然无视的。她十九岁活灵灵，嗓子甜脆得能唱戏，眼睛大，眉毛又尖又细又长，身条匀称、秀美，她心灵手巧，谈笑间信手编个草马，栩栩如生，她简直能当编匠……作者匠心独运，娴熟地运用艺术对比的手法，以二兰子天女下凡那样的形体美，衬托小罗锅毁形的内在美；用小罗锅驾驭生活的自觉性，对比二兰子暂时仍处于自然形态的混沌与愚昧；用小罗锅自强不息的毅力，烘托二兰子的极大的可塑性；以小罗锅善于发现自己和善于发现别人，印证二兰子和像二兰子那样璞玉一般质地的姑娘们将大放光华。作品塑造的这两个人物，具有多么强烈的现实意义呀！

《声音》这个短篇的最大成功之处就在于它给人以美的艺术享受。我认为作者是以高尚的美的情感，恪守美学原则来完成这个优秀短篇的。

向生活的深层开掘

——《古井》艺术特色简析

张炜的短篇，大都立意恬淡，运笔清新舒缓；他所刻画的人物都率真爽直，灵秀灵气；在色调格局的渲染上，他的调色板多是淡雅的翠绿，愉悦的浅黄，炽热的橘红。他努力从生活中寻找和开掘诗美的蕴涵，唱出了一曲曲赞美新女性心灵美的那动听的田园牧歌。

而《古井》却一反常态，比以前的作品增添了老辣味儿。他是皱着眉头，握着沉重的笔勾勒生活画面的。《古井》从故事结构到场景安排，从细节描写一直到人物个性的完成，在色彩、情调、意境的结合上，做到冷峻、古朴、幽怨、深沉和谐统一。它的思想深度蕴涵隽永、耐人咀嚼。它是一曲歌颂我们民族固有的良善美德，剖析这种美德受到的自我磨难，欣喜地看到这种美德重又回到人间的咏叹调。作品的格调冷峻而不灰暗，神秘而不朦胧，古朴而不落窠臼，深沉而不令人沉沦，幽怨而不教人意冷。它的整个艺术力量给人深邃、形象的哲理美的享受。这正如作品画面所展示的那样：古井经过淘洗，清除了它多年的淤积物，洞开它的泉源，那汩汩清流从地下涌上来了，去灌溉复苏的大地，去滋润每个人的心田。

淳朴善良的云奶奶青年丧夫，留下一子——五儿，五儿十六岁被匪兵抓丁。有人说他在匪军打过我们的人，他被我军打死。真假姑且不论。云奶奶引为终身内疚，她觉得对不住共产党，自己千不好万不好，不该生下这个不争气的东西，这事怎么能怪罪这善良的母亲！母爱毕竟是不能泯灭的！她怀念骨肉，使用传统、原始的方式，请教书先生把儿子的名讳写在纸牌上，当思念他时就看看它，时常在深夜里发出低微、颤抖、凄婉的呼唤，以此聊慰亲子之情。学雷锋那年，村上的女团支书怜悯她膝下无后，孤苦零丁，自甘认母。这本是人性的真善美在春天般的温暖中受到的催发、萌芽。但是后来，那条又粗又长的“纲”成了衡量一切人关系的准绳，这个善良的女青年，不但公开揉碎了那艳丽的花，撕毁了认母那瑰美的宣言，而且还揭发了这个“土匪家属”的“心不死”。在人妖颠倒那些年，连不懂事的孩子也口喊“坏婆婆”，向她身上和门前的井里投掷碎瓷瓦片。云奶奶总是不在意地说声“看这些淘气的娃娃”而已。作者的笔触探到我们的民族在浩劫中蒙难的深度，人和人之间那种传统的良善、亲睦、芳邻、急人危难、扶病救困、尊老爱幼的美德被践踏到何种程度。作者认为这样文章没有做够，又在伤口上撒盐，设计由于“我”的无知，因而屡有事故。“我”怀疑毫无电学知识的云奶奶是破坏者，不但违忤了做她女儿的许愿，而且写好了告发她的“呈子”。善良被认作邪恶，无辜被判为有罪。不是残忍的作者用尖尖的笔头戳这老妇人的心，而是在刚刚掀过的年历上，从国家元首、元帅，到普通老百姓，就明明记载着这令人思之摄魄的生活。读到这里，令人心里隐隐作痛。

把美好的东西损坏了给别人看。作者是用这样的笔法来写悲剧的。

我们的民族是一个伟大、古老的民族，她那灿烂的文化曾经显赫于世。由于封建桎梏的长期禁锢，她苍老了，衰弱了。中国人民，首先是共产党人的前赴后继，鲜血灌溉了独立、自由、解放之花，我们的民族在血与火中得到新生，展现出她的姿容。我们的民族毕竟是一个睿智的民族，勇敢的民族，具有慈母般心肠疼爱自己儿女的民族，最能给自己儿女治愈伤痛的民族！

作者的艺术之笔，给我们描绘了神秘的古井，以及淘井的情节。古老的井，它虽然在旺泉脉上，但那些乱七八糟的淤积物太多了，堵住了泉眼，必然变成腐水、泥淖，以至于枯井！

问渠那得清如许？为有源头活水来。

如果把我们古老的民族也比作一口井的话，即令是解放后打的井，今天也应该淘它一淘了，清除它的淤积物，清点它的淤积物，看看是一些什么东西堵塞了喷涌活水的源头？！我们智慧的党今天不正在领导十几亿人民——这庞大的“淘井队”在正本清源吗？！

这就是《古井》的蕴涵给我们的启示。

《古井》是对党的三中全会唱的多么幽深、婉约、震人肝肠的赞歌呀！

我希望作者能以深沉、敏锐的目光洞察现实生活，写出令人警醒、感奋的新的力作。

今天，重读三十多年前发表和出版的那些评论，其中更包括山东和全国文学评论家对"芦青河系列小说"的评论，除了仍有鲜活的清新感之外，总的判断，对这些作品的产出和存在值评估嫌低矮了。今天，仍然存在一个"再认识""再评估"的问题。

"芦青河系列小说"出现在新时期的当代文坛现象，是构成张炜整体文学大像的重要的根基，亦可被称作当代文学"丰碑"的基座——那基座坚强扎实。

"芦青河系列小说"的横空出世，给当代文学应运而生的"文学革命"带来了一股新的活力。特别应当着重指出的："芦青河系列小说"的清丽和舒展，是对往日"以阶级斗争为纲"的那个"纲"的纾困和解缆，它们全部是在大环境下"思想解放"和"解放思想"所绽放的文学花朵和结出的艺术甜果。它们作为新的历史时期的文学新生儿，无不烙烫着新时代新生儿的"胎痣"这一点，而丢失了对产生新文学的时代新风、新的沃壤、新的风尚、新的产院、新的产房、新的助产士这些全新变革的纵情歌赞，当然它们过往的与此相关的陈规，旧有的沿袭久远的价值判断认同和选取的正确性和必然性，等等。今天不得不说，是历史的迷识和盲点。

作为时代的产儿，作家与作品、有形和无形、具象和意象等诸多双重和多层褶皱叠印来说，张炜的"芦青河系列小说"出世生动鲜活地证明：他和它们，既是时代的产儿，也是对往昔的思想升华、文学陈规禁锢的解脱和反驳。

但是，今天我们返回当年"芦青河系列小说"问世的时候，还在它们稍早的一两年，"文革"之后兴起并滥觞的"伤痕文学"就风靡了整个中国文坛。

而紧紧随之而来的"芦青河系列"，在它们的灼痛、凄楚、抚摸作品的哀泣中，却显得在触人痛点，揭时代疮疤的时候，不去伸手，不忍伸手，或故意回避而犹恐不及。

本人也听到了一些不咸不淡、不痛不痒的散论，说张炜这类作品"缺乏时代感"。

是他们误解了文学本真的、天定命就的神圣功能，基于文学是人学，本质上是赞美人性的真善美和针砭鞭笞人性的假丑恶的。给它繁重的阶级斗争工具这一繁重的重轭负载，是能力所不能及的，也是张冠李戴的。

"伤痕文学"，这里且不说它产生的社会动因，就"伤痕"的结果，就刀鞭之痕的血渍斑斑，疮痍红肿，溃疡流脓，它们也不会成为长串的花朵，红艳的肥桃，香醇的奶酪。因为它们不美。不美的，它应该是不入神圣而洁净的大文学，真正的文学主苑的。

张炜不放笔书写"伤痕""反思"，不了解他的人，误认为他是个养尊处优的骄子。岂不知时代生活给他的家族带来的"伤痕"和全面的"反思"比一般人更多。如早年间的外祖父，他是留过洋的"反清革命党人"、名医、慈善家，却被土匪暗杀。渴慕正义，在漫长时间里为寻找那曾被他救出"革命者"的那个"仁公"，此案一直未被当局厘清。张炜在很小年纪流浪南山，风餐露宿，跋山涉水，忍饥号寒，难道他身上的伤痕还少吗？值得他"反思"之资还嫌不够不多吗？

张炜对"伤痕文学""反思文学"的不追风，不赞美，不实践，更不听从劝进，独显出他对自己心灵深入真正的文学的神圣而洁净品格的持守不悖。

问：这是为什么？

笔者答："伤痕文学""反思文学"在文学史上并不属于当代文学画廊的新花，更不属于新时代新品种新文化的奇花异朵。是什么？

它们仍然是“文艺为政治服务”，文艺是阶级斗争、路线斗争的“工具”论在新时期的翻版，或曰乔装打扮的粉面登场。

张炜的“芦青河系列小说”在新时期最初一个年代较前期出现，他给这个时期的文学率先涂上一层亮丽的底色，或曰在遥远的东边伴着火红的太阳飞挂的一团彩霞，朵朵艳丽的花朵伴着芦青河的淙淙流淌而自由绽放。

就在今天，一些颇有身份的文友悄然对我说，张炜的“芦青河系列小说”，它们是过去文学史上未曾有的，恐怕以后也很难见到了，因为它们的精魂是时代特有的社会人文精华的“魅”的灵动和活化。

这是我与一些文学评论界的朋友的共识。

写作这一章节，芦青河的清澈涟漪，它总体上的诗性之美，它的冰化雪融，滴水鸣溅，汇成小溪，由涓流汇入长河，奔向大海，总让我想起维瓦尔第的大型交响曲《四季·春》，那些滴水对小溪的寻找，那些小溪对长河的向往，那长河对大海奔流……在此，又有捷克交响诗人斯美塔那《〈我的祖国〉沃尔塔瓦河》心灵的共振共鸣……

让我想起张炜童年时与外祖母、母亲、大姐一起海滨林边河旁生活的场景，那些与梭罗的《瓦尔登湖》相似的滨水林边的生活，那种远离尘世喧哗骚动的“出世”，尽情领受内在心灵“入世”的天地造化给张炜的哺育。

那是张炜审美心灵的泉源，文学之树根须对大地的渴饮，那是他的文学之树蓊郁葱茏的生成地、成长点，是他所有的长部大作——张炜的“芦青河系列小说”的艺术成就，概括起来本人认为有四点：

（一）张炜作为一个文学新人在山东文坛的现身，给文坛特别是给善于审美更善于吹毛求疵的文学评论家、大专院校中文系教育研究工作者一个不约而同的共识：一个富有文学才华的文学新人站出来，他亮丽的身影和身段，对山东往昔的文坛具有令人瞠目的新鲜感。他必定能成为一个优秀的作家。这是在众口皆碑的同声齐赞中的确识。

（二）张炜用这些作品告诉专家学者和读者：小说也可以这样写，

可以被他这个崭新亮相的作家“这样写”和“可以写成这样”。张炜用自己的作品，给新的历史时期的文坛尚早地刮来了新风，成为最先一批给文坛选春送春把春意闹得浓浓的著名作家之一。

（三）在“小说学”的创造和丰富上，其中包括中短篇小说的结构、各从其类、语言的派用、最终人物被塑造得血肉鲜活、脉冲灵动，评论家们都看出张炜的新贡献，给新时期的文学谱写了新的篇章。他以全新的风格和风貌，以不同于过去任何时期的文学新风，就像强劲而又柔美的双手推开了千万人心灵的窗牖。

（四）张炜的文学语言晶莹透明，黏稠度和胶着力极强，搭眼一瞥他的作品文字，往往一下子就能逮住你的审美灵感。那些看似不太精心经营的结构，似能看到轻松自如的如淑女手下的彩带编织，轻轻地挽结、缓缓地解缆，在水波不兴中，给读者以心灵滋养，使其在审美愉悦中，获得某种心灵的滋养和灵魂的救赎。

1982 年 3 月，张炜的短篇小说《看野枣》发表在笔者参与主编的《泉城》上，并获“泉城文艺奖”，这是张炜获得的一垛一堆文学奖项中的第一个。这年的 4 月，这篇小说又被山东省文学评奖委员会评选为小说二等奖。就在这月，他被批准加入了中国作家协会山东分会，第二年 3 月，成为中国作协会员。

《看野枣》应该是名副其实的成名作。

在张期鹏、亓凤珍著《张炜评传》中论道：

“1982 年 5 月，《山东文学》推出了张炜的短篇小说《声音》，这篇诗意浓浓的作品迅速引起了文坛的注意，7 月即被《小说选刊》选载。11 月《山东文学》刊载赵鹤翔的《〈声音〉艺术特色初探》，指出：‘这个短篇的最大成功之处在于它给人以美的艺术享受。我认为作者是以高尚的美的情感，恪守美学原则来完成这个优秀短篇小说的。’次年 2 月，《声音》获得中国作家协会 1982 年全国优秀短篇小说奖，这是张炜作品在全国产生影响的开始。两年之后，他的短篇小说《一潭清水》又获得 1984 年度全国优秀短篇小说奖。两个短篇小说获奖，预示着（应该说已经表明）张炜已经成为新时期中国文坛的一位令人瞩目的青年作家。”

这里感谢期鹏、凤珍对笔者所评张炜优秀短篇小说《声音》的称许。

第三章

从“芦青河”驶来《古船》

从“芦青河”到《古船》。

廊桥壁画上挂满着《古船》的人物肖像。

一路绽放着四季不败的花絮。

不去看看，不去知道肯定是一种遗憾。

我们如果把张炜前期的一些著作比作花朵和果实，我们也应当知道这是一株什么样的巨树。

《古船》打造的备料和施工，它的幻型和成型

它是怎样在微波荡漾的芦青河悄然张帆驶来?

它好像在黎明的朝霞中，沐浴着新鲜火红的朝阳冲出大海向我们靠近。

为了让读者不惊愕它在我们面前的兀立伟岸、言之不预，笔者愿在此搭一座桥梁，请读者漫步踱过——

《古船》出版前后的一些作家与作品，在线条的厘析上很难分清彼此。笔者愿意把当年的几篇短文作为可靠的见证，分享给亲爱的读者。

灼灼其华，耿耿人格——记作家张炜

张炜，是在新的历史时期——党的十一届三中全会以后脱颖而出的卓有才华、勤奋笔耕，著作甚丰、饮誉中国当代文坛的著名小说家之一。

1980 年第 3 期《山东文学》发表了他的处女作《达达媳妇》以后，他的文思像不绝的泉水那样涌流。到目前为止，在短短 8 年的时间里，他已发表（出版）作品两百多万言。平均约一年出一部书；接连获奖，专题评论他的论文已有三百多篇，几乎所有著名评论家在他们的论文里都提到他和他的作品，1982 年他的成名作《声音》获全国文学奖以来，全国各地出版的有关文学和文学家的辞典都收录着他的条目，全国众多家杂志社和文学社团请他担任委员、顾问或名誉职务。

1986 年，在接连结出像《一潭清水》《海边的雪》《秋天的思索》和《秋天的愤怒》等一批硕果的时候，他推出了长篇力作《古船》。

这部长篇在全国文学界和读书界引起强烈反响。文学评论家纷纷撰文，称赞这部长篇力作是新时期文学的重大收获，是民族心史上的一块厚重的碑石。他对几十年的生活做了“深邃的反思”，在艺术上打破了传统小说写法上的一些格局和手法，在时空处理、人物塑造、氛围设置、结构手法、感觉传递、叙述语言，变形手法等方面，无不放射出奇异的光彩。这部长篇力作在新的历史时期到来的第一个文学十年的末期出现，带有鲜明的超前性和启后性，是第一个文学十年和第二个文学十年的“界碑”，亦即“里程碑”。

到目前为止（指本文发表不长的时间）评论《古船》的文字已达几十万言，远远地超过《古船》文字本身。这在现当代文学史上是罕见的。

作品的影响不限于国内。他的一些作品多次在法兰克福国际书展展出。《古船》中的一些章节也得以在国外文学刊物上转载。1987 年他随中国作家代表团出访德国，使那里的同行认识了其人其作品。他的《古船》和中短篇小说集，将以汉文和英文再版。

张炜的文学才华和文学成就连同他的人格力量，赢得了党和人民对他的重视和爱护，特别是文学界的注目和赞许。他先后被山东省青年联合会选为委员、常委、副主席；共青团山东省委员会授予他“青年突击手”的光荣称号；被中共山东省委宣传部评为山东省宣传系统优秀工作者；被中国作家协会山东分会文学创作室评为优秀党员，在 1988 年山东省作家代表大会上当选中国作家协会山东分会副主席。

他的成才之路不是偶然的，他有很好的天赋使他更重视刻苦学习和勤奋笔耕。文艺界的朋友称赞：才华 + 勤奋 = 他驶向一座新的航标的双桨。

张炜，1956 年生于胶东西部小平原上的渤海之滨（今龙口市），那里美丽的自然风光给他最初的觉知；良好的家庭教育，给他以人之初的一切美好的启迪；他在小学和中学里是品学兼优的好学生。他接触的大量人和事，对人民的生态和心态，敏于感知、勤于思考，从上中学起，他在功课和劳动之余，长夜秉烛，在如豆的油灯下，工工整整地写下了几百万字的文学作品，以抚慰他对文学的酷爱之心。在大学里，他系统地学习了文学方面的知识，得到了良好的全面素养；他成立文学社团，编辑文学刊物

《贝壳》，这一切都给他未来的文学道路奠定了较为雄厚的基础。

1980年初，他被分配到省城济南工作。有一个窗口长夜亮着，那是他在勤奋笔耕，他惜时如金，无论寒冬酷暑，总是能看到他那个明亮的窗口。他对文学的热爱和追求如痴如醉，对自己身体的不知爱护近于残酷的程度。不久他得了胃病，在朋友家吃了汤药之后，回去又再爬格子，他的第一部短篇集《芦青河告诉我》就是伴着中药罐子写出来的。

他的主要作品都是写农村的。调任专业作家以来，他的足迹踏遍了胶东的山山水水。为了写长篇《古船》，他详瞻了民族粉丝工业兴衰史资料，实地勘察了我国粉丝工业的发祥地。看过许多粉丝厂的旧址和新建筑，洞悉了粉丝生产工艺流程和工人们的生活。在深入生活中，他亲眼看到了改革给人们带来了希望的曙光和勃勃生机，看到了新旧体制在变革中交织着的各种矛盾，这样，他就为《古船》这部力作寻找到了驾驭它丰富想象力的时空载体。他满怀着对党发动和领导的思想解放运动，新的历史时期的改革壮举，人民生活命运重大转机的火一样的热情不停地写作。他在下乡和写作中，患了严重的十二指肠溃疡，最后出血，面色苍白，但他仍然笔耕不辍，坚持深入生活，吃住在群众家里。

张炜文学创作的高产质优，在当代中国文坛上是少有的，这会给人一种错觉，以为他分分秒秒都是在奋笔疾书。错了，其实他每年伏案秉笔的时间不超过三个月，而读书的时间却最舍得花。他不惜重金购书，他的藏书之多或许是在青年作家中为数最多的。他发扬古人提倡的读书思考的“三上”精神，你随时到他家里，都能发现他正在读的一些书，他散步、参观，随时都在想着什么，书上的一句话、自然景观的一个镜头，都能诱发他的灵动。《古船》一书的书名，就是从他参观了山东省博物馆展出的那条巨大的古船而得。这是他从“灵感从不拜访懒汉”那句话所得。看过《古船》的人都会知道书中主人公隋抱朴，凭着那部薄薄的大书《共产党宣言》思索了那么多的问题，而他的作者却早已把这部大书读破，上面的圈圈、点点、杠杠比比皆是，眉批、注语布满全书。《国家与革命》以及马列的其他一些著作，他都下过不是玄功夫、虚功夫，而是真功夫、硬功夫。除了对马列的书做到精读之外，他读古今中外的文学名著，包括古典和现代的，他的涉猎之广、之新、之深，恐怕也是在青年作家中为最的。博览群书、详瞻资料、记录卡片、分类归档，这又是他读书的一大特点。诸子百家，古代航海、地质、建筑、考古、史略、海洋、地貌、动物、植物、移民、武术、佛道禅学、气功、鬼魅、琴棋书画等等，他兴趣之广泛，会给人以“不务正业”之感。对于浩如烟海的文学短篇长卷，他虽难能过目成诵，却倒也能做到博文强记，成为“知识篓子”。他记取苏轼“博观均取，厚积薄发”诲教，对《古船》中那不足万字的“星球大战”描写，采撷了几十万字的报刊资料，像个军事研究机构的军事研究员。《古船》中描写了一点中医方面的内容，他阅读了《黄帝内经》和古今大量医策，颇得阴阳五行之说，并与山东几位著名中医交上了朋友。为了真正弄懂一句古文，他广泛查阅资料，访问名家。一部《老子》，他研究了好几种版本，把名家注释的异同点分辨出来。再加《古船》第十四章写的做菜，在古怪奇妙中看出温吞吞、湿漉漉的民俗来，一些鲁菜名厨看了之后极为赞赏，认为他极富想象力，又不违背烹饪学原理，准备从中提炼出名菜来，以丰富鲁菜大系。其原因是他认真研究过烹饪与养生之学。他一旦谈起学问来，你总会感到他的博闻、深刻，凌厉、条理清晰。

1988 年正当创作力非常旺盛，推出力作《古船》而饮誉中国当代文坛的时候，他悄悄回归，去了芦青河畔。此后不久，他又当选山东省作家协会第三届副主席，进入领导班子。出人意料的是，会后他仍然回去了。他在龙口市（被中共山东省委组织部指定）兼职副市长，干的是实职，忙得不可开交。但他有一个特点，他在忙完工作之后，差不多坐下来就能进入写作状态，进入作品的特定情境。到了龙口之后，一年之内发表新作近30万字，同时，他还进行着“更大工程”的“施工准备”工作。

生活、工作、创作三不误，这条路子走对了。

张炜非常赞赏老一辈作家柳青的抉择，虽然在最深入生活的理解上与之不同，但他认为一个作家的“回避”和“迎接”总是同时发生的。深入生活的道路有千条，重要的是“行动”——张炜说：“让我们回到行动的概念上来吧。”——他认为，今天的作家缺少的还是行动。而从书本到书本的推导和冥想太多，这当然对文学没有任何好处。生活沸沸腾腾，一个作家在选择上的果断和勇敢，往往与他在艺术上的探索道路连在一起。人们有理由相信，他去龙口市兼职，必将为龙口市——这座对外开放的海滨城市——的起飞谱写出新的篇章。

风姿绰约，沉着稳健，腹富口俭，他对于生活中常见的恩恩怨怨、风头名利、泡沫之言，一向躲之而犹恐不及。他把全部精力放到他所痴迷的、忠诚的文学事业上。他与文学界朋友交往是赤诚谦恭，对强者，好学而不媚；对弱者，相助而不凌。既不软语婉言，亦不浮言气盛。你与他接触，他总是向你介绍那个人有什么什么长处和优点，他怎么怎么好，他的心永远和弱者在一起。在语言行动上，特别是在一些作品中，憎霸怜弱，成为一个很强烈的主题。他对文学的爱，爱屋及乌，他成名之后，没有忘记自己在文学道路上曾经有过的困惑、迷惘、摸索那个痛苦的阶段，他对文学青年和初学写作者的扶持，不但没有因为他的名气之大而疏淡，反而愈加重了他的责任感。多年来从农村到城市，从学校、部队、机关而寻找他的，他所接待的文学青年和初学写作者，每月不下几十人，每年要为他们阅读上百万字的成品、半成品和废品的草稿，而且还要给他们提出中肯的意见。同时他还热情地给青年作者写序写评论，给远方求教者复函，给他们以热情的鼓励和耐心的疏导。

我很少见到像张炜这样，能在紊乱和繁忙、喧哗和动荡中如此保持冷静和沉着的人。他差不多总是能够安下心来读书和写作。一张又一张卡片，一沓又一沓稿纸，都被他写得满满的，他这人干什么都是认真的，一丝不苟的。他为工作为创作，为文学新人们，总是乐于付出辛勤的劳动。他好像不知疲倦，但面庞一天天消瘦，令人为他担心，因为这样生活下去会很累的。你同时还会感到：他从沸腾的改革大潮中，从他挚爱的文学事业里，从他善良的心底，从他耿耿凛然的人格力量里，能够焕发和释放出无尽的能源，因为他永远是充满着信心和力量的。

当然看重他的作品，但从不过分。他老老实实地干活流汗，不声不响。他回望过来之路，虽有繁花缤纷，硕果盈枝，但对一个刚届“而立”之年的青年作家来说，未来的道路更长。他把已有的成就当作攀登文学更高峰的那座大山下的盘山路，他的庞大计划以待来日，对他来说，来日方长。

党和人民期待着；

他的热心的读者在期待着！

（见《赵鹤翔论文选》，春风文艺出版社，1992 年版）

真诚·执着·炽热

有人兴奋地告知我：今年又是一个“特殊年”。

我恐知之甚少，祈求赐教。

他说，张炜前年被山东省青年联合会选为常委，被共青团山东省委授予“社会主义建设青年突击手”的称号，这且不说。特别是最近又被中共山东省委宣传部授予“宣传系统先进工作者”

称号；5月，又随中国作家代表团出访联邦德国，这一切，不都带有比一般作家特殊的意味吗？

我说这是党对他的爱护、关心和褒扬。

他说这是张炜勤奋加才华的结果。我们相视而笑：说得都对，都对！

张炜的长篇《古船》问世后，山东省委宣传部和其他六个单位在济南召开了座谈会之后，《当代》编辑部又在北京召开了《古船》讨论会。这部长篇，是张炜的长篇处女作。这部作品已引起文艺界和读书界的普遍好评，到目前为止，散发于全国各地报刊的评论文章已有三十多篇。

不了解张炜的人，大都不知道，那样一部在思想和艺术上独具特色，创新、开拓的优秀之作，是出自刚届而立之年的青年作家之手。

张炜是新时期第一个文学十年成长起来的我国当代文坛上最为活跃的青年作家之一。他在短短六个年头里，从《山东文学》发表他的处女作《达达媳妇》开始，到目前，已发表出版作品一百三十多万言，在全国范围内获奖十次，其中三次获全国性大奖，已出版和将要出版集子八部。他引起文学界和读者特别是青年读者的关注和喜爱是理所当然的。

接触张炜的人，都明显地感到他对文学、对生活、对人民、对朋友的真诚；对文学真善美的纯洁性、目的性（即文学本体）严格执着地追求，对生活那部大书和各种知识求知的殷切和炽热。

朋友们称赞张炜：才华加勤奋，是他驶向一座座新的航标的双桨。

牛年那年，他请个蹶胳膊书法家（即笔者）给他书写“牛年学牛不吹牛”的条幅挂墙上。

虎年那年，他又请蹶胳膊书法家书写“虎年学虎不唬人”的条幅挂墙上。

今年兔子年，虽然免挂条幅，但他却说过“兔年学兔勤捣药”的话。

好朋友与他开玩笑：“你兔年得兔掘三窟吧！”

随着他的知名度日益提高，请他作报告、当顾问，来访、约稿的人越来越多。大专院校的同学请他作报告，他总是婉言谢绝。

人怕出名猪怕胖，这句话是有一定道理的。张炜就怕了。

他敏悟到：事情越来越不好了，黄金般的时间他再也不敢轻易虚掷了。门上的“猫眼”怎能抵挡得住他对那些渴求的来访者那份柔肠热心！于是他不得不私设几个“不足与外人道也”的秘密，带有“神出鬼没”的味道。

他几乎把全部的时间用在读书、写作、生活上。

做到这一点谈何容易，他却办到了。

他把古代哲人的“非淡泊无以明志，非宁静无以致远”等等名言铭记心扉。

他对于生活中常见的恩恩怨怨、风头名利、泡沫之言一向采取躲之犹恐不及的态度。他把精力全部投放到他所痴迷的、忠诚的文学事业上。

他写作，往往把作品“窖”上半年，再取出来“玩细功夫”。他做到精雕细刻、倾注心血。自从他的处女作发表以来，他不但没有生产一个残次品，而且都是名报刊争相发表，得到好评，屡屡获奖。还不清的稿债，已使他负疚。但他仍然不因“名气”而把自己的名字用淡墨去写。这是成功的一个很有价值的经验。

他写作的时间每年平均不超过三个月，而读书的时间却最舍得花。他的藏书之多，或许是青年作家中最多的。他发扬古人提倡的读书、思考的枕上、厕上、马上的“三上”精神，他家的角角落落，包括卫生间，你都会发现他正在读的一些书。一本《共产党宣言》被他读破，上面的圈圈、点点、杠杠比比皆是，眉批、注语布满全书。《国家与革命》以及马列的其他一些著作，他都下过不是玄功夫、虚功夫，而是真功夫、硬功夫。除了马列的书，他读古今中外的文学名著，包括古典和现代的，他的涉猎之广、之深，大概也是在青年作家中为最的之一。博览群书，详瞻资料，记录卡片，分类归档，这又是他读书的一大特点。诸子百家，古代航海、地质、建筑、考古、史略、海洋、地貌、动物、植物移民、武术，佛道禅学等、气功等等，他兴趣之广泛，你会认为他是个知识篓子。他牢记苏轼的“博观约取，厚积薄发”教诲，如《古船》中那不足万字的“星球大战”描写，他采撷了几十万字的报刊资料，像个军事研究机构的军事研究员。书中写了一点中医方面的内容，他阅读了《黄帝内经》和大量医策，颇懂得一些阴阳五行之说，并与山东几位著名中医交上了朋友。为了真正弄懂一句古文，他广泛查阅资料，访问名家。一部《老子》，他看了好几种版本，把名家注释的异同点分辨出来。

张炜认为：最丰富、最生动、最多彩的是生活——那部“大书”。

他的主要作品都是写农村的。几年来，他的足迹踏遍了胶东的山山水水。《古船》写了民族粉丝工业的兴衰，他实地勘察了我国粉丝工业的发祥地，看过许多粉丝厂的旧址和新建筑。再加《古船》第十四章写的做菜，在古怪奇妙中透露出温吞吞、湿漉漉的民俗来，一些专门的厨师看后极为赞赏，认为它极富想象力，又不违背烹饪学原理，准备从中提炼出正式的鲁菜来。有位作家给他来信，将来有机会到胶东，请“张玉民”做顿尝尝。这些，都是生活给他的馈赠。

在深入生活中，他亲眼看到了改革给人民带来的希望和曙光，也看到了交织在生活中的各种矛盾。他满怀着对党对人民事业的火一样的热情不停地笔耕。他在下乡和写作中，患了严重的十二指肠溃疡，最后出血，面色苍白，但他仍然笔耕不辍，坚持下生活，住在群众家里，永不脱离群众生活。

张炜的风采是沉着稳健，腹富口俭。他与朋友交往是赤诚谦恭。对强者好学而不媚，对弱者相助而不凌，既不软语婉言，亦不浮言气盛。但是，当他一旦谈起学问来，你总会感到他的博闻、深刻、凌厉、条理和清晰。这一切似乎与他的年纪不成比例。

一位著名的评论家著文说："张炜具备了一个优秀作家的一切条件。"这"一切条件"之谓，当然包括做人、素养、读书、生活。

《汉书·李寻传》曰："马不伏历，不可以趋道；士不素养，不可以重国。"

关于张炜的那"一切条件"，但愿拙文在这个问题上泄露了一点"春光"。

（见《赵鹤翔论文选》，春风文艺出版社，1992 年版）

张炜回到"芦青河"畔

1988 年春天，张炜正值创作力非常旺盛，接连结出像《海边的风》《秋天的愤怒》《古船》等一批硕果的时候，他悄然回归，去了芦青河畔。此后不久，他又当选为山东省作家协会副主席，进入领导班子，出人意料的是，会后他仍然回去了。

芦青河，你对一个作家有着多么大的吸引力啊！

张炜在龙口市任副市长，我问他分管什么？他说："广播电视、公安什么的。"那里工作繁忙具体，他差不多忘了写作。我见他拿起钢笔笨手笨脚的样子，真怀疑从此耽搁了创作，有点不忍心。但他好像随遇而安，很坦然，他说在新岗位学到了很多新东西，那里的人民做出了很多可歌可泣的业绩。一场谈话包罗万象，但似乎没有谈多少文学——他那儿接触的是各种报表和文件，纯文学报刊大概不多吧。我发现他对文学界各种消息十分闭塞。好多关于他的评论他都没看，可催他去开会的电话铃声不断，他说：“先去开会。”

龙口是一个对外开放的海滨城市，是山东数一数二的大港。不久，将有两条通往龙口的铁路开始兴建。这是一个前途广阔的城市。很久以前，这座城市是非常繁华的，解放战争时它已经是残垣断壁了。毛主席曾高兴地提到龙口市的解放。这座城市同时也为一次崭新的振兴而期待着。如今，龙口的起飞真的开始了，张炜将为它谱写出新的篇章。

他所有的作品都写了龙口的一条河流——芦青河，后来这条河流又演化成祖国北部平原的一条河流。

小说家张炜非常赞赏柳青的抉择。虽然在深入生活上，他与上一代的理解存在某些不同，但他认为一个作家回避和迎接总是同时发生的；柳青当年也有他自己不曾道人的选择——那是艺术家的一种伟大的冷静，外人看到的只是一点点。深入生活路千条，重要的是“行动”——张炜说：“让我们回到行动的概念上来吧。”——他认为今天的作家缺少的正是行动，而从书本到书本的推导和冥想太多。这当然对文学没有任何好处。生活沸沸腾腾，一个作家在选择上的果决和勇敢，往往和他在艺术上的探索连在一起。

我很关心正在兼职的张炜是怎样生活工作的，又有了些什么打算，特别是在创作方面，他说除了开会、下乡，每天都到办公室去；但很多远道来的客人去找他白跑一趟，他感到抱歉。写作是不行了，只得抽空改改从济南带去的旧稿。他有一大摞子未发表的草稿，真沉得住气。我知道，他与《古船》同时进行的那个艰难的准备，多次问他，他都不说。《古船》搞了四年，极少有人知道——那时与这部作品同时来临的一个重要的构想被停止了。他只说：“那是另一个东西。”他忍痛放下，专心写《古船》，改《秋天的愤怒》，但抽空还为它写片段、找材料。当今天不少人奇怪地预言张炜再也写不出超越《古船》的作品的时候，我觉得他们太不了解张炜了。张炜当然也看重自己的作品，但从不过分。他老老实实地干活流汗，不声不响。我相信他此次去龙口仍为了寻找关于那个东西的矿藏资源。我有幸看到了一大包绿色的卡片，都是关于那部神秘的新作品。我不想过多地去问，我只知道他为那个东西整整准备了好几年——它是与《古船》同时来临的一个生命！我问："你为什么去了龙口？"他不解地看着我，停了一会儿才说："我一直写那儿的故事啊。"

张炜出生在这里，所以他有理由一直热爱这片土地。这里有他的根，有他的童年。这里的一切有幸和不幸，都会引起他深深的关注和向往。张炜曾给我动情地讲了一个"泥土的故事"——他问别人也问自己：泥土包含了什么秘密？我想他正是为了解答这个秘密才去亲近泥土的。

我很少见到像张炜这样能够在紊乱和繁忙、喧嚣和动荡中保持冷静和沉着的人。他差不多总是能安下心来读书写作，一张又一张卡片、一沓又一沓稿纸，却被他写得满满的。我曾看到他赴会时带在身边的打印稿，题目是《谈谈依法治市》——他这人干什么都是认真的，一丝不苟的。他为工作，为创作，为了文学新人们，总是乐于付出辛勤的劳动。他好像不知疲惫，但面庞却一天天消瘦了。在他的眼里，人们都那么好，他不停地夸着他认识的人。他太天真了，天真到与他的相貌和想法极为一致的程度。但从他的作品中看到，他又懂得太多了。他的心永远和弱者在一起——我每每发现这一点，深受感动，也为此担心，因为这样生活下去会很累的。

张炜在心中珍藏的东西太多了，就带着这一切，他去了龙口。他说，你别为我担心，你以为我不爱文学了？我不会的。我在心里悄悄地滋润文学的新苗呢。

（见《赵鹤翔论文选》，春风文艺出版社，1992年版）

龙口四年访张炜

自1987年年底至今，作家张炜到海滨城市龙口工作已经四年多了。四年来，生活中发生了多少轰轰烈烈的故事，文坛上出现了多少应接不暇的作品，好像这一切都与张炜无关——他回答我们的基本上是一个沉寂。这些年，我，以及我所熟知的热心读者都在询问：张炜在忙些什么？想些什么？他在一个海角（龙口属于古代登州海角）埋头一干就是四年，这背后到底掩藏着什么意义？

我带着这样的疑问和猜测，去龙口、去作协，面对着一个敏感内向的人，还有他的那些朋友，我的追寻才算有了一个小小的答案。

他刚到龙口时，我记得大小报纸杂志曾经有过引人注目的报道，给我的印象是，他大概要去做什么轰轰烈烈的事情了。四年已过我才明白，他压根儿就没有那种“雄心大志”，只是始终如一地沉默寡言，在思索在探究，在自省在苦读。不错，他在当地做了很多工作，为文物保护、建电视台、建体育馆、筹措教育附加费、建文联创作室、建画院等等事情不停奔波……但他几乎把所有能够利用的点滴时间都用在做一件事情，一件秘而不宣的事情。他徒步丈量了当地每一条沟壑每一片平原，他想认识每一块砾石每一种植物，从古到今的所有故事他都想记录下来。贫穷的山岭使他流泪，历史的回声令他痴迷，他记下了整整一百多万字的勘察和采访记录。四年辛苦，四年不声不响扎扎实实的劳作，究竟会结出什么样的果子来呢？我注视着他蓬乱的头发和焦灼的双目，一再耐心地询问，他只是不答。但我知道，接下来的他将会更加用心用力地、坚韧顽强地工作。我知道他的性格：只是沉默，忍耐着，然后不声不响把一块巨石令人难以置信地高举过顶……

也就在这四年之间，他竟住了两次院，第一次一个月，第二次两个多月。他刚开始住院的年龄还不足三十四周岁——多少困难和辛劳，才使他积下了这么重的疾患？我一直思索……

我知道他十七岁开始写作，到二十三岁才发表第一篇小说，密密麻麻写在各种纸张上的稿子竟达二三百万字。我知道他现在已经发表了近三百万字，不过这只是有形的劳动——而那些抛洒在岁月中的令人难以察觉、难以留下痕迹的辛苦和劳作，又有谁知晓？我在医院里，亲眼见他带着输氧管，胳膊上打着点滴，还在那里为作者看稿子。第二次住院，病房走廊里是医生和护士咚咚的跑步声——这一次他的确需要抢救了。多少朋友难过和吓得哭起来。一周刚过，他稍稍好转一点，又让家里人给他抱来一摞业余作者的稿子和书。第二次住院期间，正好有一位作家要开作品讨论会，他执意参加，医生一再阻拦，他才作罢。不过他竟然鼻子上插着氧气管、左臂打着吊针，垫着托板写下了两千字的发言稿。参会的同志听到的只是一次书面发言，他们哪知道这背后，藏下了一个多么动人的故事！

他做事一丝不苟，那么认真，那么善良。他走向文坛的这些年来，每年都为业余作者阅读、推荐、修改上百万字的稿子；他到底接待了多少陌生的外地业余作者，谁也说不清。常常是一大早，他让那些从外地风尘仆仆闯来的工农作者睡在自己的床上，眼睛充满着血丝去为他们做饭……

如果仅仅是劳动的沉重和疲劳，那倒也简单得多了。像任何人一样，他也会被误解……我几乎从未听到他的辩解，他太忙了。那天，就是他病发入院不久，我见他躺在病床上，睁大一双眼睛，看着来到病榻前探望他的同行和朋友——有不少来自遥远的龙口；他的眼睛里有着异乎寻常的愉悦、坦然和轻松……

（本文始发于1992年1月13日《文汇报》，
转自赵鹤翔作品《养澈集》，作家出版社，2003年版）

才华·人格·追求

张炜是党的十一届三中全会以后脱颖而出的卓有才华、勤奋笔耕、饮誉中国当代文坛的著名小说家之一。

他自1980年初发表小说处女作之后，文思泉涌，到目前为止，已发表出版作品三百余万言，平均一年出一部书，获奖二十次，在文坛上屡屡引起热烈反响。在海外，是近年来影响最巨的大陆作家之一。这在国内作家中是屈指可数的。

1987年12月以来，他响应党的号召，走与工农相结合的道路，到龙口市挂职体验生活，受到省委领导和有关部门的直接关怀和大力支持。他回龙口迄今为止已有三年多的时间了。他现状究竟如何呢？文艺界的同行和热爱他作品的广大读者，都一直在关心着。

三年过去了，他不负众望。在挂职期间，除了做好市府和市委的工作外，一往情深地投入到文学创作之中。在这期间他发表了很有影响的中篇三部曲《远行之嘱》《蘑菇七种》《请挽救艺术家》和几十个短篇，并多次获奖。我们可以发现，已经成书和已经上架的有《童眸》（中短篇小说集）、《他的琴》（短篇小说集）、《美妙雨夜》（中短篇小说集）、《中国现当代文学丛书·张炜》（小说自选集）、《我的田园》（中篇小说集）、《周末对话录》（文学理论批评集）和《张炜小说选读》等书。这些著作大都由国内外知名出版社出版，总字数多达一百五十余万言，是相当惊人的。惊人之处在于它们的大多数竟然在不足一年的时间里相继出版，这在文学事业空前繁荣的新时期文坛上也是极为罕见的。在他并不高大魁伟的躯体内，怎么贮藏着那么巨大的能量呢？这在很多人的眼里不能不说是一个谜。

到底是什么使他永葆创作力的勃勃生机，永不疲倦，勇往直前呢？熟知他的人会说：他靠的是灼灼才华，耿耿人格。

作为一名党员作家，他始终具有强烈的社会责任感以及一个艺术家应有的艺术良知。无论在作品中还是在生活中，张炜都敢于维护正义，坚持原则。他无私无畏，表里如一。文学的竞争说到底是人格的竞争。他正是让人格的力量照亮了、驱动了、成就了自己的篇章。也正是这一切成为他创作力的深层来源。

文如其人。张炜风姿绰约，沉着稳健，腹富口俭。他把全部精力投放到他所痴迷的、忠诚的文学事业上。他与文学界的朋友交往真诚谦恭。对强者，好学而不媚；对弱者，相助而不凌。既不软语婉言，亦不浮言气盛。这些年来，深受张炜帮助的文学青年可谓多矣！他每年都在百忙中为他们读上百万的习作，推荐几十万字的稿件变成铅字。很多作者讲起这些，感动得热泪盈眶。而张炜则把这些视为应该做的。

他对人民和土地怀有异乎寻常的纯情。他把走与工农兵相结合的道路视为艺术生命之源。老一辈作家柳青的道路，他是大为赞赏的，他认为一个作家必须增强对改革大潮的参与意识，永远做到熟悉人民群众。这对于焕发创作激情、提高艺术创作力，都有无可估量的裨益。这些年来，他真正地与土地结合在一起了，与人民结合在一起了。挂职工作三年，正是他无声劳动的三年，勤奋耕耘的三年。

张炜对艺术的热爱众口皆碑。他要投入的是毕生的精力，是为艺术而献身。与张炜交往的人都有这样一个共同的感觉，他对艺术的热爱超过我们曾经熟知的那些老作家。他能在一般作家难以承受的喧嚣纷乱中坚守阵地，保持着良好的创作心态。由于十几年如一日，他忘情地沉醉于他所经营的艺术世界中，勤奋写作往往积劳成疾。他每日都坚持读书，手不释卷。凡是读过他文学理论文章的人，都会为他的文学理论素养的奥义而钦羡。他即使在病中，也仍然手不释卷。在商品大潮的冲击下，在大量的并不是真正文学的印刷品堆积下，他的作品尽管是“纯文学”却仍能一版再版，新书上架一售而空。这是读者对一个作家的最好回报，也是读者对他的最为公正的赞美。由于他虔诚地追求艺术，他从不把已经取得的成绩当作包袱，抑或躺在铺满鲜花的路上沾沾自喜。他始终是清醒的、谦恭谨慎的，从不矜夸自己的成就，而总是默默地劳作。他心中一直怀着攀登高峰的大目标，这才是成功的基本保证。

人民期待着！芦青河期待着！

（选自《赵鹤翔论文选》，春风文艺出版社，1992 年版）

张炜从“芦青河系列”来到《古船》，一路之上并不全是鲜花铺地，锦幛牌坊林立，琴瑟弦歌不绝，歌舞伴唱伴随——

还有风雨的吹打，凝霜的冷冻；尚有少数几个人“欲杀”的无知和险恶的窥视。

张炜的内心丰富，育成了他对历史前行的方向的清豁，清豁给他自信，自信给他力量，力量给他思辨的清晰和凌厉。

1987 年的秋天，他曾写过一篇《艺术是战斗》的随笔。文章写道：“作家一辈子处在征服和被征服之间，伤痕累累。”当他们，其中当然包括他自己在内，既然“选择了艺术，你差不多也就等于宣布了你是个永不妥协、格外拗气的讨人嫌的人。你不会放过揭露黑暗和抨击丑恶的机会，与强暴和专制斗争到底，只为自由而歌唱。在这片土地上，再多的喧闹与欢呼，再多的浪笑也掩不住呻吟和泣哭”。“我崇拜的大师们留下了战斗的记录，而不是闲情的描绘。他们的著作是我的教科书，纸页里有他们奋不顾身的影子。这种战斗还包括了自己灵魂的搏斗和撕扭，那是更为深刻的勇气。正因为他们的比较起来更无私，所以他们比较起来才更无畏。他们是上苍派下来指证和控诉的人，是扑扑跳动的良心，揭示所有的隐私吧。我听到了战友们在轻轻呼唤。”

才华、良心、智慧、勇敢，大约是这四根巨大的桥墩的支撑，一直通往他所有的未来……

第四章

《古船》——当代文学的丰碑

张炜《古船》:《当代》文学丰碑[①]

—— 一本杂志讲述的文学史

长篇小说《古船》发表于《当代》杂志 1986 年第 5 期。该期“编者的话”中写道：新时期文学呼唤史诗的诞生，许多优秀作家都在做这样的努力和追求，张炜多年经营、精心创作的第一部长篇小说《古船》“就是这种努力和追求的体现”。“《古船》以胶东地区处于城乡交叉点的洼狸镇为中心展开故事，在近四十年的历史背景上，以浓重凝练的笔触对我国城乡面貌的变化和人民生活情状作了全景式的描写。我们希望，作者在塑造典型和完成史诗式作品方面所作的可贵的努力，能够获得读者与文坛的注意。”这部经典之作问世三十多年来，影响力经久不衰，为一代读者所钟爱，曾获“庄重文

① 见《当代》2022 年第 1 期。

学奖”“人民文学奖”（还有“茅盾文学奖”——笔者补笔）等奖项，被《亚洲周刊》评为“20世纪中文小说100强之一”，并被译为英、日、法、俄、韩、西班牙、瑞典、意大利、土耳其、阿拉伯、印地、泰米尔、乌尔都等多种文字。

这部长篇一出版，便引起了一阵阅读风潮。张炜时值三十岁，创作生涯刚刚起步，便以这样一部磅礴之作在中国当代文学史上画上了浓墨重彩的一笔，着实令人震惊。张炜也曾感慨道："我的第一部长篇曾让我深深地沉浸。溶解在其中的是一个年轻人的勇气和单纯——这些东西千金难买。”

作为中国有影响力的当代作家之一，张炜创作颇丰，成书一千多万字。《古船》是他创作的起点，也是他日后创作的基点，他以雄奇的思辨、丰富的寓言钻探与攀缘人性，在时代的变迁中书写。《古船》无论对张炜还是对当代长篇小说创作，都是一个重大的腾跃和拓展。

这则姗姗来迟三十多年的重磅信息的关键词是：

《当代》文学丰碑，亦是当代文学丰碑。

新时期文学呼唤史诗，张炜的《古船》就是这种努力和追求的体现，它就是史诗性大作。

《古船》的问世，对张炜和长篇小说创作，都是一次重大的腾跃和拓展。

这四盏亮灯在当代文坛高悬——虽然迟到了三十多年，它们仍然能够使当代文坛和新老一代《古船》的读者和评论家们亮眼、醒脑乃至于瞪目：事情怎么会这样？事情会这样，它必然会成这样。

不泯的良知永存心底，智慧之星的永恒永远是北辰暄照，历史作为老人，他的闭目沉思却是为了把眼睛睁得更大更亮。

下文记录一下笔者对以上四个要点的再认识：

关于“丰碑”

见诸笔者的评论中，当时曾想到了“丰碑”两字。那时张炜毕竟还是一个风华正茂的三十岁青年，毛茸茸的软胡子才发萌动。又风闻我忒爱张炜，又恐人说我嘴上向他喷金，含“捧杀”之嫌，我不得不用“界碑”两字赞美。

“界碑”——就是张炜的《古船》的出版，它给新历史时期的文学树立了一座“界碑”，以此为界，以张炜的《古船》为凭，它标明：这部大作的出现，是新历史时期长篇第一块碑碣。小气多多了不是？！

“丰碑”它本身就是建筑产物。而建筑、雕塑、油画三项，又是被文艺复兴年代所“认定”的艺术范畴。“丰碑”一词后来又渐进文学艺术各个文类，作为突兀见此物的伟岸存在的赞美词。

使用“丰碑”一词比拟《古船》的存在，是文学女神的霞帔，迟到了三十多年给张炜的覆庇。

美哉《古船》；美哉张炜。

关于“史诗性”

《古船》被称作适应历史呼唤而应运产生的“史诗性”力作。

《古船》这部长卷所展现的“全景式”，是那个胶东半岛上被叫作“洼狸镇”的邮票般大的地方。

它在大海港城城乡结合部。那里的人们从事的“自然经济”主要是农业、牧业、渔业、手工业、商业以及小有规模的民族工业。

历史上所有的经济生活无一不与社会政治紧密相关。

就是在这种特有的社会政治和经济形态下生活的人，才能被打上鲜明的时代的戳记。

这是《古船》全景式史诗性生成的生活源、生成点。

《古船》的“历史景观”的上溯点，大约可以回到1930年代。书中所展现的生活画卷，虽然集中在那个决定东方人命运和走向的大会前后约四十年的跨度，但那许多年前历史延宕的余波，特别是给予人的心理积淀是难以清除尽净的。

《古船》以北京的被特定历史记载的十一届三中全会作为精神立足点，作为思想光芒的辐射点，从讴歌时代生活开始，古老的船只经过修补之后仍然可以驶向长河，驶向大海的激情，唱响了它的长歌大调，为东方大国谱出一部特殊的“命运交响曲”。

任何一部文学作品所写到的历史，它们虽然具有可比拟的“能指性”和“影投性”，但它们决然不是历史教科书所写的真实。它的作用已不仅仅是“前事不忘，后世之师”的科学界定，而是被叫作“审美”的了。

文学的审美特质，就是诗。

《古船》被重塑金身认定“史诗性”大作，是对作品所展现的全部生活和人文情怀，都是被意象化了的，被诗性化了的生命特质的肯定和赞美。

关于“重大的腾跃和拓展”

“重大”——在这里我界定为“量词”。

“腾跃”和“拓展”是“限制词”。

“重大”，是《当代》把《古船》放置在当代文学史的长河大流中观照，它是“重大”的景观。

“腾跃”，系指张炜自己。

“拓展”，系指张炜此前的“芦青河系列”中短篇之后的《古船》的横空出世。

我问过体育学院著名教育家："乒台上的擦边球得不得分？"

"明知故问。"

"高妙的扣杀擦边球为什么能获得满堂喝彩？"

"就是因为它的高妙险的精彩。"

优美高妙的"擦边球"是往往会把平庸的观众惊呆的。因为他们看惯了平淡无奇的你推我挡的"中心点"稳稳当当的那种球。

求稳、保险、安全、平安这些惯性思维几乎育成了何止于一两代人？！

《古船》，作为襁褓中的婴儿，一些人嗅不到它的乳香芬芳

山东有句农谚："庄稼是人家的好，孩子是自家的好。"此话未必尽然。

刚刚出版的《古船》在山东的遭遇就足以证明一点"灯下黑"的道理。

不少人窃窃私语：一个三十岁的毛头小子能写出多么好的作品呢？！

当然，正面赞美它的声音是高涨的，压过了那些非议的窃窃的杂音。

下面的内容涉及笔者本人在这一时间的表现和作为，为了避免自诩之嫌，在这里节录张期鹏、亓凤珍著《张炜评传》第五章"古船驶来"中的一段。

但不论怎样，《古船》远航还是遇到了很大的阻力，因为赞美声音虽然很多，也难敌哪个阶层的压力。

宋遂良曾经写道："在济南、北京召开的座谈会上，有人认

为它‘具有史诗的气度和品格’，是当代文学至今最好的长篇之一，是新时期不可多得的成功作品。它给文学十年带来了特殊的光彩，显示了长篇著作的重要实绩；但也有人认为，这是一部‘包含着非科学的、反历史学的社会内容，包含着乌托邦的幻想的作品’，书中这种观察与表现苦难的思路显然受到西方现代主义的影响，无怪乎《古船》能赢得新潮派批评家的青睐。《文艺报》《中国文化报》在 1987 年春天计划辟专栏讨论《古船》，后来因为形势变化，各出一期便中止了。”（原文见宋遂良：《气度、文化意识和形式创新》，载于《当代作家评论》1988 年第 2 期）

赵鹤翔先生告诉我们，因为《古船》出世后的巨大影响力，全国各地报刊发表的评论文章甚多，并且多是赞扬的态度。他很快便收集到了六十多篇，并编成一本《〈古船〉评论集》。他同时告诉我们，他可能是较早评论《古船》的评论家之一。查春风文艺出版社 1992 年版《赵鹤翔论文选》，收入其中的专论就有《深邃的反思　奇异的光彩——〈古船〉思想艺术试论》《历史的道路与人的思索》《论隋抱朴》《释“素哥不素”——评〈古船〉中的隋见素》《文学画廊的崭新形象——〈古船〉人物试品》《写好高层次的“内部裂变”——简论隋抱朴和改革文学》等六篇，由他来编写《〈古船〉评论集》实在理所应当。

赵鹤翔先生还告诉我们，当时何启智让张炜推荐一个写《古船》评论的人，张炜说赵鹤翔，何启智说赵鹤翔不行，一个叫丁彭的人可以。张炜说赵鹤翔就是“丁彭”。原来，当时何启智还不知道“丁彭”就是赵鹤翔的笔名，他的文章多是以“丁彭”的笔名发表的，也是以“丁彭”名世的。

《古船》的再版也遇到了很大阻碍。1987 年人民文学出版社出版的《古船》只印了 16500 册，相对于读者的需求来说，这个印数是极小的，但之后这本书却一直得不到加印，直到 1994 年 10

月才又印了30000册，此时离《古船》初版已经过七年多时间了。

1994年10月，《古船》还获得了由人民文学出版社、广东炎黄文化研究会联合举办的“人民文学”长篇小说奖。

丰碑，它兀立伟岸的尊容，由于被白云缠绕，彩霞帷帔，看清它，需要仰望，需要全方位和多角度，它的整体瑰丽需要细审微品

它作为一部全景观史诗性位格的巨型交响诗，它是整体大调、主旋律、和弦、混声以及多种乐器的奏鸣及歌声的浑然一体的合成。总体要求它们要和谐，不出不和谐的声音。

对这座丰碑，我想要尽量看清它。

对这部交响诗的后序再认识，我承认当年《古船》起航时尚不红火的日子，我想尽力做到不发一句“不和谐音”。

文学画廊的崭新形象

——《古船》人物试品

《古船》以独树一帜的风采出现在当代文坛上，是对新时期文学的卓越贡献。

《古船》多彩多姿，扎扎实实地塑造了几个典型人物形象，为文学画廊贡献了崭新的人物，是它最突显的一个部分。其中的隋抱朴、四爷爷、张王氏三人最为成功；隋见素、隋不召、赵多多等，也呼之欲出，血肉丰满，性格迥异，都当之无愧地可称为典型形象。

一个博大而痛苦的巨人

"见素抱朴，少私寡欲。"[①]——抱朴是隋家的长子，他身上流淌着老一辈艰难创业、勇于进取的民族资产阶级的血液。老隋家在我们的土地上是多灾多难的，洼狸镇粉丝工业几经荣衰，父亲隋迎之在土改之初就献出了工厂，得了个"开明士绅"的雅号。但随着运动的深入，老隋家留做自食其力的小粉丝作坊也被没收了。在当时，无论是献与收，都混淆了革命的任务和内容。土改的任务，是消灭封建土地所有制，把土地分给无地少地的农民，发展生产。而对民族资产阶级，则采取"发展生产，繁荣经济，公私兼顾，劳资两利"的政策；然后才是利用、限制、改造的方针。耐人寻味的是老隋家当时就有了"原罪"意识，主动"献产"。但即便如此，这个家族在几十年的生活中还是演下了一幕幕苦难的长剧。

抱朴作为一个长子，承受的不幸也许更多。他在风雨如磐的年代里或心惊肉跳，或默默忍受，坐在没有开端也没有结尾的长了青苔的老磨道上看守老磨，耗尽了青春。他的性意识被压抑，生命意识被扭曲，创造意识被贬损。这种长期的炼狱生活形成了他特殊的心理机制，那就是一种难以根治的"怯病"。

他一再错过人生的太阳，不敢爱，也不敢恨。美丽而淳朴的小葵和火热妩媚的闹闹爱着他，他都送去了漫漫无期的苦痛。他因为爱火的烘烤而日夜不安，又被一阵阵的恐惧弄得止步不前。似乎老隋家的人再也不配有男人（如妹妹含章就老大不嫁），也再不配有女人，不配子息繁衍。他曾长叹说："老隋家的人只有爱情，没有婚姻。"——这是真实的写照，又是近乎自嘲的安慰。无论是抱朴还是他的弟妹，都有为爱情疯狂的时刻，这爱也真是

① 《道德经》。

铭心刻骨，他曾在雷雨之夜奔向爱人，曾在泥泞的街巷上绞拧得鲜血淋漓，这都是为了爱。但他更多的却是沉默，是忍受，是对爱的无动于衷，是一种可怕的无情无欲的状态。

生命如果失去了激扬的活力，失去了流动的可能性，这个生命就等于没有。而隋抱朴也正是装在了被见素称为“活棺材”的老磨房里。

他失却了饮食男女、衣着修饰、业余爱好、社交友谊等诸多属于正常人应该有的意趣和活动。缄口不语，离群索居，衣着简朴，不修边幅，不与外人过从。他的一颗心永远浸泡在空旷迷惘的孤独中。这种“隋抱朴式”的孤独尤其可怕。他失去了一切与另一个心灵沟通的可能性，无休无止地自问自责，与自己交谈，想象的空间大于宇宙。这是一个给自己缚上了锁链的巨人，埋藏了深深的渴望。

人的生命意义在于无穷无尽地创造。《古船》中那一系列永远算不完的巨账，其中有作为资本家的隋氏家族的剥削账，那是人道主义的良心账；其中有赵多多承包粉丝厂后的鲸吞账，这与隋氏的“剥削”不同之处在于一个有罪，而另一个“有功”，抱朴难解其中奥妙；还有一本账他永远装在了胸中，这就是与整个洼狸镇人民紧紧相连的一笔大账，是永生不息的希望。书中的这三种不同类型的账交织缠绕，意味深长，绚丽多彩，一笔一笔露出了抱朴这个经济学家和企业管理家的丰采，镂出了一个充满智慧的现代人的额头。巨磨打磨着的是他的身躯，而那本薄薄的“大书”(《共产党宣言》)却在蒸煮着他的灵魂。也正是共产主义灯火的照耀，才使得他没有沉沦，没有毁灭，从而葆有男子汉的丰厚、凝重、沉思、刚毅，在心底深处埋藏着崇高的使命，最终开始了一个人道主义者向共产主义者迈步的漫漫长旅！

作品表现这一重大蜕变的过程，是见血见肉的、深入骨髓的，这里面没有回避，也没有矫饰。作品的深刻性主要表现在这里。隋抱朴早期的人道主义的形成，是与洼狸镇几十年的风雨变幻史紧密相连的，他的博大与局限都是在具体的社会环境中造就的。他最终的自我批判、自觉地回溯，寻找马克思主义的结局，也完全是“抱朴式的”，是真实可信的，感人至深的。这就大大深化了人性的深度，深化了作品的主旨。

也正是通过这一蜕变的过程，作品才表达了它的人类意识。抱朴这个中华民族孕育出的一个博大而痛苦的巨人，其宽宽的厚背和眉宇间的郁结，其愧疚的躁动的心灵，都是一代渴望站起来的自由巨人的写照。他思想的广度和深度，他的积虑和包袱，他的特殊而又熟悉的思维方式，都是以前的文学形象中所少见的。作家在他身上放大了一颗苦心和爱心，放大了一个人的心灵。他的身上投射出强烈的忧患意识。从屈原、司马迁、曹雪芹到托尔斯泰，他们的作品之所以千古不朽，就在于表现了伟大深邃的忧患意识，闪耀着人道主义的光辉。最优秀的作家总是对人间的痛苦特别敏感，能够敏锐地感知天下细微的忧思，像母亲感知儿女身上极小的哀伤一样。“而这正是作家最深邃的灵性，与世界之心、人类之心相通的灵性”，“只有深邃的忧患意识，才能把自己独特的、深层的灵性表现出来，也才能使这种性灵与人间的心灵相通，从而担负起历史前进的责任”①。

抱朴是一个时代的“思想者”，一个即将远行的探索者。这个形象在我们向四个现代化迈进的艰苦而漫长的过程中，具有重要的、特殊的意义。

《古船》对抱朴这一形象的塑造，是把他放在历史和现实的交叉点上的，他并不是一般层次上的个性意识的觉醒，而是体现了中国当代人强烈的创造精神和意志力，体现了一种迷人的执着和义无反顾。这些都被作为群体意识、社会意识、自我意识的全

① 刘再复:《论文学的主体性》。

面觉醒来描写，它在抱朴身上体现的是主体意识，也即现代意识的核心。这一举超越了人道主义的缠绵和慈悲，跨过了利己主义患得患失的鸿沟，在芦青河的怀抱中，创造出了一个人的无限和永恒。

一个“毒人”和“怪人”

四爷爷赵炳是我们传统的民族文化浸出来的一个“毒人”和“怪人”。他是《古船》中又一典型形象。这一形象，在当代文学史上绝无仅有。

他儒道合一，善恶混一；他泼辣刚勇，颇具英雄气概；既欲壑极深，又道貌岸然；是一个恶的极致。

他头上放射出神的光环。赵者，头人之意也；炳者，手中握有政权和族权的权柄，头上闪耀着辉煌的灵光，彪炳日月之意也。他作为洼狸镇的头人，默默地、结结实实地稳坐了这个镇子的“龙墩”，主宰了这个镇子几十年的乾坤。

他为了维护古城墙，轻轻一句话就险些置人于死命。虽不是保护文物，他却也做了一件小有得体的好事。这一笔，画出了一个洼狸镇卫道士的脸相：庄严神圣、胸藏千钧。

在人民挨饿的年月，他不顾生命危险，大智大勇，在枪林弹雨中路劫了萝卜。在那种极其特殊的时刻，他也不忘给被抢者留下半车萝卜！这个壮汉振臂一呼，应者云集，真是“声如霹雳”，震落雨水，却从来“做事不过”，真是大善大恶。如果说这是“德”，那么紧跟而来的是“威”。为了“威”，必施一点“德”，是封建社会大小政治家的看家本领。

权，需要威的映衬和扶持，这便是刑和法。洼狸镇的刑和法的象征物就是赵多多。作为流氓无产者形象出现的赵多多，是个最劣等的农民形象。在四爷爷面前，他乞怜摇尾；转过脸来，特别是对“老隋家的人”，便凶相毕露，无恶不作。四爷爷对这只虎狼的纵容和置若罔闻，起到了为自己加威的“对应”作用。镇上人不知有什么“法”，赵多多那句暗藏杀机“干掉他！”的口头禅，就是四爷爷的“法”。这样四爷爷手中的赵多多，便是悬在镇中人头顶上的一把利剑。在几千年的封建社会里，刑和法是不需要让庶人知道的，那是为了给统治者提供最大的临时处置的机动权。四爷爷的一句话可以置人死命，赵多多以“干掉他！”威慑人民，像封建社会那样，收到了“刑不可知，威不可测，则民畏上”的效果。“不可知”“不可测”，人民也只好把命运交给四爷爷这尊头上闪着光环的神。

他还是一个道家色彩很浓的怪人。四爷爷自己鉴定说：“本人算是一个俗物。不求仕途之乐，只知散淡之福，已落进窠臼。近来我常暗自告诫……”他具有一定的知识，喜好古文，再加上长脖吴的“熘烩”，几乎沉醉在道家的精髓里。在政治上，他很懂得以柔克刚、德威并用、软硬兼施、后发制人、欲擒故纵等等道术。在生活上则深居简出，神秘莫测。饮食上讲求营养、味美、不腻、小酌微醺，一切讲求“中和”与“适度”。居住上讲究庭院幽雅、花草鱼虫、静谧安恬。他厌弃外界干扰，也很少分心走神。特别是他身边有长脖吴、张王氏、含章等善男信女轮番侍奉，捶背按胸，舒经络，活血脉，过着神仙般的日子。他之于性，好美色而不过，已达到了另一种境界。这一切，都是为了颐养精锐于内、永葆伟壮。作品在这个侧面对他的塑造，集我们民族修身养性之大成，是一个“吾善养吾浩然之气”的活标本。这一切，都给四爷爷涂上了光怪陆离的神秘色彩。

“政者，君之所以藏身也。[①]（郑注：藏，谓辉光之外而形体不见，若日月星辰之神。）”政治，原来是君藏身之所，一语道破了封建政治只不过是君的护身袈裟。君王有如天上的神灵，

① 《礼记·礼运篇》。

人民只得被它罩在那神的光环里，于是便彻底泯灭了自主意识。四爷爷是一个被浓缩了的洼狸镇上的“君主”。

他是一个“毒人”，“与之交媾，轻则久病，重则立死”，他先后娶了三个女人，都因交媾不堪其毒而身亡。他与张王氏有染，张王氏便面黄肌瘦。他占有了隋含章，含章便面无血色，肌肤透明。他当年活神仙般地出现在地窖门口，方使得含章免遭赵多多的奸污。之后，他便认了含章做“干女儿”。含章作为一个美的精灵，终难以逃脱这个恶魔。几经他伪善的蛊惑，含章失去了贞操。他使他的“干女儿”俯首就范，陷入了难以挣脱的罪恶渊薮。一个美的精灵被亵渎，固然有含章作为“老隋家人”的特殊心理机制，但更多的是慑于四爷爷的威严；她用自己的节操给自己的两个哥哥带来政治上的“宽松”，无疑是一种献身精神；她还怕自己这方面的任何过失给隋氏家族带来更大的不幸，等等。他们一个出于居高临下的“霸占”，一个出于灵与肉极度痛苦的煎熬，“饮鸩止渴”，令人痛彻肝肠。四爷爷对含章的霸占，究其老谋深算，又不能说并无一丝真情，复杂隐晦，难以言说。总之，这种丑恶的性关系有着更为深刻的意义。含章的被钳制而不能自拔，最后被害得奄奄一息。她终于把一把剪刀捅进四爷爷的小腹中，宣告了与一个羞辱的时代和羞辱的自我的诀别，颇有“朝闻道，夕死可矣”的刚烈性情。她的觉醒和奋起，是美的愤怒，是美的天然回归。

四爷爷的硕大臀部，隐喻他权位的稳固和欲壑之深，简洁的笔触便勾勒出他的“徽记”。他以相当完整的一套封建的枷锁，包括封建的人身依附、个人独尊、文化心理压抑等等，统治了这个镇子几十年。这是毫不奇怪的，在人类历史上，农民，向来就是封建主义的“对应物”，封建的东西需要农民的愚昧，而农民的愚昧，也最容易被封建的东西所利用。历史证明，因为“他们不能代表自己，一定要别人来代表他们。他们的代表一定要同时是他们的主宰，是高高站在他们头上的权威，是不受限制的政府的权力，这种权力保护他们不受其他阶级侵犯，并从上面赐给他们雨水和阳光”①。农民的屈从权力、迷信权威、崇拜偶像、渴望恩赐的固有本性，对四爷爷们的那套统治术习惯了；四爷爷们得以在洼狸镇上耀武扬威，是很自然的，是反封建的不彻底性的一种历史必然。

四爷爷是我们民族文化的劣根部分结出来的一个毒果，因而书中展示了他将是一个“断子绝孙”的人。这类人物，是历史的一种回光返照。作者对此赋予了深刻沉郁的文化反思，是对历史满怀悲怆的剖析和严峻的批判。

张王氏及其他

张王氏是一个令人喜爱又令人厌恶的人物。她身上积淀了很多民俗的东西，顽强地显示了她的存在。她性格极其复杂，既迷信遗愤，又乐善好施；既邪恶怪僻，又通情达理；甚至她还参与了洼狸镇最深层的政治斗争。

她是个集乡风民俗之大成的人物。张王氏嫁到洼狸镇之初，就把她那套充满了传奇、迷信色彩的做面酱、酱油的方法传授给全镇。她的做法无限烦琐，极其特别，过后，老人们也能勾起温馨的回忆；乡间酒宴上，她的“藤二瓜”“一窝猴”“糊涂蛋”“山海经”“吊葫芦”“怪味汤”“鸡生蛋”等光彩四溢的神奇菜肴，曾使省城大干部目瞪口呆；著名的鲁菜大师要退避三舍，由她主刀主勺。她做这些菜光佐料不下几十种，炮制过程极为繁复，作品在叙述时也不厌细碎，不弃任何一个细枝末节，令人叹为观止，对其肃然生畏。镇上婚丧嫁娶、红白喜事，她如同疥药中的龙黄，不可或缺。她场场必到，对公众事业有一种可贵的献

① 马克思：《路易·波拿巴的雾月十八日》，《马克思恩格斯选集》第1卷第693页。

身精神，好像她才深通“人生在世，为了奉献而不是索取”的奥义。她极端认真，把古代的繁缛礼节和现代的时髦杂糅一起，不伦不类，令人发笑。

她既浅薄伪善，又邪恶阴冷，依附于四爷爷，成为这个毒人不可替代的人物。她疯魔了一般崇拜四爷爷：称其为“贵人”，甘愿一生服侍左右。但镇子上不管谁家有病疾灾患，她都主动登门给以慰藉。她参与镇子上最深层的政治斗争，好像也是自然而然的，她与最黑暗的社会势力纠扯在一起，表现出一副帮凶的嘴脸。她长着一个灵活的头脑，也长着一双纤细的巧手，做买卖能打会算，捏泥虎栩栩如生，是一个浑厚、充满杂质的女人，如果说我们民族文化浸出一个政治上的代表人物四爷爷，那么，张王氏则是这种文化浸出的又一颗酸涩的果实。作家没有简单地把她写成一个神巫。张王氏把智能、技艺、风头主义、妖邪、迷信、怪僻、善良、阴冷、浅薄集于一身，色调驳杂到令人瞠目结舌。让人喜爱，又使人厌恶。也许这就是她的最成功之处。

隋见素也许是书中最有力量的人物之一。在当代生活中，他是一个最富于行动感的大人物，他与哥哥抱朴的最终决裂，他始终燃烧的欲望，闯关夺隘意识及其百折不回的信念，都闪射着特殊的光彩。这类形象虽然在其他作品中也隐约闪烁过，但隋见素在深度和高度上，却远远超过了同类形象，因而可以说，这个典型直到今天才算完成，是个贡献。

赵多多作为流氓无产者形象，在当代文学中首次得到了深入腠理的剖析和无情的批判。他贪婪成性，粗野卑琐，给社会带来了巨大的破坏性灾难。这个形象提供的令人沉思的东西很多，使我们去挖掘适合这种人物生长的土壤，去追溯和反省。

至于小说中的隋不召、小葵、闹闹、大喜等等，几乎每个人物都刻画得鲜明、扎实、富于个性，使人入迷。

总之，要研究《古船》，就不能不瞩目它的“人物系列”。正是一些典型形象的诞生，我们才可以说，这部作品将会长久地、坚实地站立着。

《古船》的结构

一、什么是结构

文学作品，特别是长篇小说，在相当大的程度上可以说是“结构的艺术”。

“结构的艺术”，是“怎样写”的艺术。

艺术家的嗅觉、节奏感和结构感……

> 结构——这首先是指确定目的，确定中心人物，其次，才是确定其余的人物，他们沿着阶梯自上而下，环绕在中心人物的周围。这就如同一座建筑物的结构一样。每一座建筑物都有其目的，有它自己的正面，正面的最高点，一定的规模及一定形式。
>
> ——托尔斯泰

结构，也称布局、框架结构，内部构造。

结构，是文学借用的“建筑学”语。

请试想一下：苏州园林的曲径回廊；颐和园的依山傍水；北海公园的白塔桥舫；大明湖的岸柳荷花山色。

结构，历来是被作家珍藏灵府，不足为外人道也的天机。古今中外概莫能外。如普希金和果戈理关于“死魂灵”的故事：写什么？事前都知道，但写出来的作品却大相径庭。俗谚说：题材可卖，结构却是无价之宝。

结构顺序：一般可分五个阶段：序幕—开端—发展—高潮—结局。

结构手法，常见的是：顺叙、倒叙、插叙、伏笔等。其中，用时空变化、交错，来造成读者心理感受的变化，给人柳暗花明之感。

人物形象是文学作品大建构中的基石、栋梁、飞檐的龙头、玉珠，腾翔中凤的彩色翎羽，顶尖之上的日月同辉。这些，都通过人物透视上的远、中、近、特写、大特写镜头，情节叙述的疾徐、详略、虚实；环境、景物描写的浓墨重彩、疏淡清雅来表现，这些都属于结构技巧的范畴。

张炜在他为《古船》打腹稿的时候，在一次文学座谈会上，他在谈到文学的发展和走向的时候，不慎泄露了“天机”，他说他要营建一座“中西合璧式的无梁殿”。就是说，他要把中国古典和现当代文学结构的优秀成果继承下来，又把外国的，特别是欧美文学的结构艺术的优秀成果“拿来”，为我所用。我认为这就是杂交——中国人娶了个洋媳妇，生下了大金娃娃叫《古船》。

《古船》面世后，张炜曾对新闻界说过：前几年他留心过马尔克斯和福克纳，说他们的作品结构像个“很好看的蝈蝈笼”；后来，他觉得更喜欢的还是俄罗斯的托尔斯泰和陀斯妥耶夫斯基，说他们的作品结构像一块“巨石”。

那么，《古船》到底像什么呢?

我觉得这座艺术宫殿，远远地看去是一块庞然巨大的、嵯峨浑然的巨石；它的内在构架是中西合璧式的无梁殿；从微观上，指语言风格，小环境、细节描写看，它的确又像玲珑剔透的“很好看的蝈蝈笼”。

巨石也好，无梁殿也好，蝈蝈笼也好，都是立体圆雕，不是附在石面上的浮雕，更不是“清明上河图式”的平铺直叙。

无梁殿不是没有梁，而是把钢筋隐起来，成为“拱形”，像一座拱形的桥，我的基座有你，你的基座有我，这就是“交错的艺术”。

《古船》的交错艺术可以自成一个境界。

二、历史和现实的交错

《古船》从传说中的“东莱子国”写到党的十一届三中全会之后

的新的历史时期，上下几千年。但着力写的还是现实世相生态，现实的人际关系所交织的复杂网络，现实的人的心理活动和实践。

只是，与一般的从生活层面“如实地反映现实”的小说不同，《古船》的写现实，能够透视到现实的人们赖以立足的深厚地层。我们从“齐故国长城”“东莱子国战舰”“芦青河大码头”“老庙的香火”“隋恒德粉丝工厂”挖开来看，《古船》写了一道蕴藏多么丰厚的考古地层，地层纹理清晰可辨，几乎可以算得上一部编年史；在这地层中，渗透了一代代洼狸镇人的生命液汁，回响着一代代洼狸镇人心灵的振动，活脱脱呈现着一代代洼狸镇人的生存面貌，与其说它是一座历史的碑碣，不如说它是一道依然活动着的文化断层。

解放后的全部运动，在《古船》中都有生动深刻的展现。只不过是作家把它凝结了、变形了。

对当前的改革描写，热情地歌颂了新时期思想解放运动、改革壮举、人民命运的转机，就中，在社会经济体制转型中充满的极其复杂尖锐的矛盾斗争，都在说明改革不容易，因为在古老的东方大国，在自然经济、宗法制度极为雄厚的中国农村搞改革，发展商品生产、实行民主政治，全面提高人的素质，特别是自主意识、民主意识，是非常困难的，改革决然不单纯是承包。总之，洼狸镇从哪里来，曾经和当下怎样生活着，今后到哪里去，《古船》在历史和现实的交错中，写得五彩纷呈。以隋、赵、李三大家族的起落兴衰，穿插编织进洼狸镇三千年的“工史”“野史”“神话”“传说”，当前改革，对越作战，星球大战，工、农、商、学、兵、巫、医、官全部调遣到它的舞台上尽情表演。从古代航海到迪斯科交谊舞，从做酱油到调阴阳，从粉丝车间到星球大战，看似风马牛不相及的事物他都写得浑然一体。有人说星球大战是狗尾续貂，不对。世界已发展到什么年代了，当时我们还在搞什么？怎么没有意义？！

三、三种文化的交错

《古船》写了三种不同文化的交错。

一是“张王氏类型”的文化。这是一种迟滞的残余的文化，是漫长的中国封建社会积淀的民间文化浸泡出来的。张王氏本人是一个性格复杂的女人，她有“巫”的神通，又具“婢”的秉性；她有“侠”的肝胆，又具“妓”的手腕。她会做野糖，会推拿按摩，会占卜打卦，会做道场，会治酒宴，会做神秘色彩极浓的酱油。她制作的酒宴，一桌上能摆出“藤上瓜”“吊葫芦”“山海经”“糊涂蛋”许多名目，什么人来上什么菜都有讲究。古老的洼狸镇人当前对张王氏类型的文化依然充满着敬意和依恋之情，因为他们生命的根系仍在这种文化土壤中盘扎着，一下子不可能改变它。

二是外来文化。新时期“搞活”之风吹来的，其中的“牛仔裤”“烫发”“无痛打眼”“迪斯科”“电视录像”“明星照片”“咖啡”“踢球式（TQ）企业管理法”“高跟鞋”和“女秘书”，这种文化介入洼狸镇不长，对洼狸人形成了强劲的冲击波。应该记住，将这类文化带到洼狸镇的是两个死对头：隋见素和赵多多。

三是由新生的无产阶级在社会主义初级阶段草创的一些成熟和不成熟的文化。党的干部栾大胡子、李玉明、周子夫、鲁金殿就是这类文化的积极参与者。

三种文化交错在一起，既有排他性，又能相互渗透互相沟通。比如张王氏在给李其生做超度亡魂的道场上，突然闯进了赵多多的女秘书，这个乳峰高高、臀部翘翘、束电镀腰带的摩登女郎当即挨了一嘴巴，被两个男人叉起来狠狠地抛出了张王氏的文化圈。但张王氏能心满意足地看录像，曾一本正经地“做首先”，而赵多多的不顺心的公务员则成为张王氏小商店的得力助手。这种复杂的文化现象，丰富了《古船》描写的生活画面。

四、三部书的交错

《古船》写到了三部书。

一是屈原的《天问》。是老中医郭运推荐给隋氏兄弟看的。《天问》“研天道之断谳，究道法之范畴，问政理之德失，询人世之恒情，说天命之悠归”，体现了中国古代先贤对人类社会和人类自身的探究和反思，提出了一百七十三个问题，集纳了中华民族古老的智慧和感悟。

二是隋不召珍藏的一本《海道针经》。据说是中国15世纪著名航海家、外交家郑和七次下西洋的一部标水域、水流、方向的书，郑和远航比哥伦布、麦哲伦早百年，是世界航海史上的光辉一页。隋不召临死前把书托付给隋抱朴，体现了老一代开明的中国人的开拓精神，和他们渴望走出中国、走向世界的强烈愿望。

三是《共产党宣言》。抱朴视为精神支柱，苦苦研读。这部书科学地总结了人类几千年走过的漫长道路，并为后人指明了方向。这部书的科学预见已经在中国和其他地方得到不同程度的验证。它对于不断探求真理的现代人，仍然是最富魅力的最高理想。

这三部书在《古船》中，成为抱朴苦苦研读和交并思考的三个支撑点。这个农村知识分子对于知识结构，他也是作中外合璧式思考的，他从多方面吸收了营养，在较高的文化层次上武装了自己，成为东方大国现代“思想者”。

五、三条时隐时现的线的交错

血统、乡土、改革；生命、环境、理想；性意识、生命意识、创造意识，这古老的“人生三维”亦即“文学三维”，仍然是张炜在巨石上凿他的《古船》的三条轮廓线。

血统，是《古船》众多人物维系生命的纽带；乡土，是《古船》中人物活动的历史背景和现实空间；改革，则更多地贯穿了人物心理上的冲突和精神的探索。人的生命、人的生存环境、人的理想追求，是《古船》的三部和弦共鸣，三部合唱，浑然一体，凝重和谐，恢宏大气。

第一条线：血统、生命和性。

古老的洼狸镇发展到了星球大战时代。1980年代那里发生了一次地震。当镇上人在“地皮的抖动下”，就像受惊的羊群一样，同一族的人便“自然地凑在一堆”。这个世界还保留着原始生物群落遗留下来的属性。这个镇，一代代生息繁衍了这么多人口，生活得如此挤挤挨挨，但“只要从家族、从谱系上去看，就会清楚得多，血缘关系的纽带会把一些人执拗地连接在一起。他们的父亲、爷爷、老爷爷、太爷爷，再到儿子、孙子、曾孙子……图解起来像一串串葡萄”。

《古船》写了惊人的生命冲突，以浓重的笔墨写了几个不同血族的“父亲”。曾被马恩在《共产党宣言》中称之为“天然首长”，弗洛伊德称“成功地统治着其他人的人就是父亲”，“父亲就是暴君”。

《古船》中有这样几个“父亲”。

隋迎之：具有支配地位的一个封建家长，他竭力维护家族内部的“和谐”“有序”，他对儿辈的要求是“毋意、毋必、毋固、毋我”；他“知书达理”，不以暴力出现，可以说是向善的，他要求儿子温驯，这仍然是人性发展的惰力，我们可以从抱朴性格的悲剧上看他对人性的侵害。

李其生：见多识广，经验丰富，智慧的化身，在部族的生存中，唯一能够给儿孙提供“食物”的父亲。

四爷爷赵炳：符合弗洛伊德所讲的那种“原始父亲”。弗氏在《摩西与一神教》中写道：这位父亲独占他所喜欢的一切女人，独占生活中的最高快乐，使其部落成员全部俯首帖耳。他专制垄断，对危及他的利益的儿子们或流放、或阉割、或杀头，丝毫不手软，俨然一副“雄性动物首领”模样。

赵多多：即使在动物界也只能当作丑类，他吃蜥蜴、吃长虫、吃刺猬、吃蛤蟆，他会把吃不完的东西暂时埋在土里，人骂他是赵家的一只“公狗”，这还抬举了他，他只能当作“豺狗”，他没有独立人格，是四爷爷这个“原始父亲”伸出体外的一个器官，他充满兽欲，嗜血成性，手段残忍。对孩子，对处于弱小地位的男人和女人，他的办法就是“干掉他”，他可以用步枪干，用砍刀干，用棍子干，用剪刀干，用他的雄性器官干掉对手。这样的“原始父亲”在洼狸镇还有

“面脸”“叫驴”这些恶霸地主。

与“原始父亲”们的独裁专制、骄奢淫逸相对的是“儿子”们的心理上、生理上受到的压抑和伤害。他们的性缺失、性饥渴、性羞辱、性压抑、性苦闷、性罪恶感充满胸臆。

四爷爷霸占镇子上第一美女隋含章长达二十多年。

李知常得不到自己所爱又爱着自己的人以手淫自娱，受到嘲讽，关门自戕，不惜以死来解除性的折磨，几乎毁掉了自己。

四爷爷把抱朴心爱的小葵指配给了北路。抱朴虽然投向情人怀抱，但由于触犯了家族律令，亵渎了社会伦理，一夕结合，带来终生的负罪感，心灵萎缩，失却了爱的勇气、爱的能力，害上了“性病”，独守老磨，未老先衰。

见素比哥哥勇敢，他与割荆子的小姑娘野合，他苦苦追求过女人，但一个个都嫁给了别人，“老隋家的人只可以有爱情，不可能有婚姻”，他只能每夜看这些女人的照片，梦里和她们爱在一起。

《古船》始终充满着性意识的流动，性的骚动。洼狸镇没有满足这种人的生命基本需求，性依旧被禁锢，必然带来性渴求、性刺激，乃至性虐待、性暴力、性剥夺。开始当然不是自四爷爷，这是漫漫历史长河流淌下来的。粉丝厂女工们充满性色彩的打闹，李知常、柳林的手淫，见素与割荆子小姑娘的野合，抱朴与小葵的偷情，长工与地主姨太太通奸，还乡团对妇女主任的蹂躏，民兵对地主女人的糟蹋，赵多多向美丽的少妇茴子身上撒尿，大炼钢铁时姑娘因腰带上的铜扣失身，女教师不堪污辱悬梁自杀……

作者写这些的目的，显然是把人的性、生命、血统还到“根本”上，男女的不平等，男人奴役和占有女人，与最初的阶级对立是同时发生的，这在恩格斯的《家庭、私有制和国家的起源》一书中有过论述。作者则倾向于认为男人不好，雄性的问题，与阶级对立同时产生了对女性的占有欲和奴役。

第二条线：乡土、人的生存环境，是《古船》人物活动的时空舞台。洼狸镇介于城乡之间，农村应该有的东西它全有，城市有的一些东西它也有。《古船》选定的对象厚实凝重，如“古老的城墙”“淤塞的河道”“沉积的古船”“残存的庙基”“古堡似的磨屋”“湿漉漉的车间”“残酷的杀人场面”等等。这一切，都如厚重的石块。但在张炜笔下，大多都能流出氤氲之气，看去如“蓝田日暖玉生烟”一般。这许多自然风物、生活事件，在作家强烈的文化历史感的烛照下，都晕润上了主体的心灵之光，灌进他主体的生命汁液，于是历史升华进诗的意境，历史幻化为艺术的象征，历史开始上升到精神创生的高度，干枯的历史之花重新获得鲜活的艺术生命。如果说出土《古船》“静中有动”，那么那古堡式的老磨房，“没有开端也没有终点”地转动老磨，便是“动中有静”。芦青河最像历史本身，它有波澜壮阔的回忆，有现实淤塞搁浅的境遇，又在做着烟波浩渺的理想之梦，这条河流淌着过去、现在、将来三种时间。《古船》对现实生活环境的描写，处处折射着对往昔的回忆，以及对未来的美好的遐想。写往昔，历史融入了主体的生命体验，成为现时人们“供奉在自己心中的一条古船”。写现在，这条古船正在修补、油漆、改装，正待启碇远航，成为现时人们“供奉在自己心目中的已经不是出土时的古船”。写未来，是这条古船驶出烟波荡漾的芦青河进入海口，成为现时人们“供奉在自己心目中的大海上航行的古船”。这是作家强烈的生命体验所闪出的迷人的艺术光辉。

改革、理想追求，是《古船》的第三条线。

古老的洼狸镇的现实改革，最大的阻力还是来自反封建的不彻底性，宗法氏族族长四爷爷的历史惰性力的干扰，人的素质低下的不适应性，改革将是艰难的。这是《古船》三条线中的一条“粗线”，其斗争你死我活。隋抱朴执着的具有内在凝聚力的追求，隋见素盲目的横冲直撞，赵多多借改革口号使它变质，四爷爷暗中操纵、遥控，生怕丧失世袭领地，在抱朴、见素、赵多多、赵炳之间，展开了双向和交叉的激烈的斗争。四爷爷挨了剪刀，赵多多撞死，见素患了绝症，隋抱朴最后复出，河清有日，天降大任于斯人，希望的曙光普照大地，人们迎来了一个崭新的时代。改革、斗争，不息的执着的理想追求，是《古船》敲响的洪钟大吕，也是作家对党的三中全会开创新时代的纵情欢呼和热烈的歌赞。

这三条线是糅在一起进行的，编织得隐而不露，露而不显，你中有我，我中有你。人物的活动轨迹、心路历程，或断或联，最终，你都能从这三条线上找出来。

我们的小说结构传统是从“话本”发展起来的，开始是说给人听的，作用人的听觉，一目了然——《清明上河图》最大的弱点是不能如小说那样令人咀嚼。后头才有《水浒》《三国演义》《金瓶梅》《红楼梦》这样的古典名著，在结构艺术上也总结出了一些成功的经验。

我认为《古船》的结构艺术，主要来自中国古典文学的滋养，特别是“横云断岭，横桥锁溪”，在打乱时空的顺序上，具有超现实主义、反现实主义，以及魔幻现实主义的某些特征，笼罩着神秘和光怪陆离的色彩。

六、现实主义和现代主义的手法运用上的交错

《古船》在艺术手法上，我认为，它最基本的仍然是现实主义的，但又绝非传统的现实主义手法。至目前为止，国内评论界也没有在手法上明确《古船》的“主义属性”，只明确指出：张炜在《古船》里，明显地留下了他阅读魔幻现实主义马尔克斯、博尔赫斯的痕迹。

《古船》的叙事状物，多是真真切切、实实在在的，比如，它的写失火，写地震，写“倒缸”“扶缸”，写幽会偷情，写技术革新，写招标承包，写资本家算账，写打架斗殴，写生孩子，写死人，写四爷爷把玩含章，用笔细密详尽读之如目睹耳闻。

但是，作家那支笔却又把生活中这些切切实实的情景写得扑朔迷离，精灵古怪，如烟如织，流光溢彩。比如，老庙失火，火场中的呜咽啼号；隋不召风雷激荡中的突然失踪，隋迎之在枣红马上的吐血而死；赵多多能吃那么多的野生动物；古船出土的浓烈的血腥气味招来在上空盘旋不已的大雁；张王氏如飞光镜般的眼睛能透视出四爷肚子里有一条长虫，与之交媾曾毒死了三房妻室；张王氏面色蜡黄，含章肌肤透明；四爷爷对自己结局的未卜先知，以及跛四那魔鬼般勾魂摄魄的笛音；小葵那个永远也长不大的孩子；勘察队不翼而飞的盛有放射物质的铝筒等等，小说中写到的这些事物，似乎未必可能有，则又断然并非一定无，人们既不能肯定真有其事，又不能断定它就是作家的纯粹虚构。像这样的描写，已不能用传统的现实主义创作手法和浪漫主义创作手法加以解释和界定了。它们既是作家的幻想在生活积贮上的腾飞，又是现实在作家艺术和知觉中的变形。它是那样自然地、轻易地让读者或惊异，或疑虑，或惶惑，或骇怪种种迷离恍惚，秘而不宣的情绪体验，让人置身于半是现实、半是幻觉的艺术境界之中。

深邃的反思 奇异的光彩

——《古船》思想艺术试论

《古船》是对当前长篇创作的突破，其艺术的成熟和思想的深邃，标志着我国新时期文学进入了收获的时期。它出现在第一个和第二个文学十年的交叉点上，表明敏感的作家对十年文学实践的集纳和总结，也显示了长篇创作的又一重要实绩。

这部长篇采用史诗式的艺术构筑，在近四十年漫长而又广阔的背景上，展示了洼狸镇人民复杂的心路历程和多方面的文化积淀，表现了作家强烈的忧患意识和社会责任心，具有凝重的历史感、现实感和未来意识。作品勇于接触重大的社会矛盾，既有强大的艺术魅力，又具备一定的构筑规模，对生活做了本质的揭示和概括，突出地表现了作家在艺术探索中的勇气和良知。在我国当代文学作品中，它第一次将漫长历史、战争、世态、现实纠葛、星球大战等熔于一炉，场景阔大，气势恢弘。如别林斯基断言："史诗……永远保持它的巨人般的气魄，永远对自己灿烂华丽的美漠不关心。"（《别林斯基论文学》）作者以现代意识观照历史审视历史，在文化积淀的高层次上，生动而深刻地描绘了洼狸镇在近四十年间的几个重要历史时期的沉浮变迁。它的难能可贵之处绝不在于包含了大量的历史真实，而是表现和透视出深刻的历史感。它第一次以浓缩的笔触，在不足三十万言的篇幅中成功地囊括了繁复的历史和现实内容，第一次将古典的、十九世纪的和现代主义的东西成功地交融在一起，这是一次重要的文学构筑。它在长篇创作十分繁荣的情况下脱颖而出，具有史诗的品格和气度。

《古船》的成就，还在于它扎扎实实地塑造了几个典型人物形象，为文学画廊贡献了崭新的人物。其中尤以隋抱朴、四爷爷、张王氏三人最为成功。隋见素、隋不召和赵多多也都可以称为典型形象。

抱朴这个人物形象具有哲学的高度，这部作品的人类意识主要体现在他身上。他是我们中华民族孕育出的一个博大而痛苦的巨人。他的宽宽的后背和眉宇间的郁结，他的愧疚的躁动的心灵，正是一代渴望站立起来的自由巨人的写照。他思想的广度和深度，他的积虑和包袱，他的特殊而熟悉的思维方式，都是以前的文学形象中所少见的。作家在他身上，放大了一颗苦心和爱心，投射出强烈的忧患意识。从屈原、司马迁、曹雪芹到托尔斯泰，他们的作品之所以千古不朽，就在于表现伟大深邃的忧患意识，闪耀着人道主义的光辉。最优秀的作家总是对人间的痛苦特别敏感，能够敏锐地感知天下细微的忧思，像母亲感知儿女身上极小的哀伤一样，抱朴是一个“思想者”，一个即将站立的自由巨人。这个形象在我们向现代化迈进的艰苦而漫长的岁月中出现，具有重要的、特殊的意义。

四爷爷也是一个不可多得的形象。他是当代文学中绝无仅有的一个人物。他身上儒道相合，恶善错陈，是传统文化浸出的一个“毒人”和“怪人”。《古船》中一些最精彩的章节往往都与这个形象有关。他老辣刚勇，欲壑极深，对于洼狸镇的政权、族权，他都贪婪攫取，几十年来默默地主宰着这个镇子。他当是我们民族文化积淀孕育出的一个酸涩的果实，作者在他身上寄寓了深刻沉郁的文化反思，表达了作者对于历史的满怀悲怆的剖析和严峻批判。

张王氏是一个令人喜爱又令人厌恶的复杂人物。她性格极其复杂，既迷信遗愤，又乐善好施；既邪恶怪僻，又通情达理；甚至她还参与了洼狸镇最深层的政治斗争。

隋见素也许是书中最有力量的人物之一，在当代农村中，他是最富于行动感的人物。他与哥哥的决裂，他始终燃烧着的欲望、闯关夺隘意识、百折不回的信念，都闪射着特殊的光彩。这类形象虽然在其他作品中也隐约闪烁过，但在深度和高度上，他却远远超过了同类形象。

赵多多作为流氓无产者的形象，在当代文学中首次得到如此深刻的剖示和无情批判。他贪婪成性，粗野卑琐，给社会带来了巨大的破坏性。这个形象提供的令人沉思的东西很多，使我们去挖掘适合于这类人物生长的土壤，去追溯和反省。

至于小说中的隋不召、小葵、闹闹、大喜等等，也都刻画得鲜明、扎实、富有个性，使人入迷。

这部长篇的另一个特点，就是在通常的艺术创作中一般要回避的写法，作者却反其道而行之，大书特书。比如文中一直交织的“算账”、自始至终的数码、一个人物的大段叙说、《共产党宣言》的穿插引用、繁琐的做菜程序……作家在处理这一切的时候，不仅表现了一种从容和自信，一种控制能力，而且恰恰是许多这样的“犯忌之笔”造就了该书的“华彩乐段”。隋氏二兄弟的彻夜长谈是全书的高潮，全书的支点，洋溢着深沉的思索和炽热的情感，构成了作品厚实的哲学背景。篇幅虽长，但出神入化，是当代文学中少有的大胆挥洒。类似的还有张王氏在第十四章的出现，她的繁琐的做酱油、摆酒宴的场面，一般作家在这类场景中是回避的，但《古船》中写做菜却将佐料一一陈列，并且每一样菜都细细道来。于是，它给人的感觉已不是单单做菜，而是整个洼狸镇温吞吞、湿漉漉的民风民俗，是历史和民族文化的积淀。至于《共产党宣言》的插入，特别是它与《天问》一起，共同构成了对人类文化的反思。这是一种新的角度，与中国几十年来的政治变革和哲学依据的思考结合在一起，构成了另一种瑰丽。可以说，《古船》的光彩，很大程度上得益于这些“犯忌”的笔法。这类笔法不但来自作家的功力和信心，而且更多地来自一种特殊的结构要求以及为了阐述一种新的哲学的需求。

《古船》的出新，很重要的一个方面是语言和结构。作者在原来作品语言的基础上大胆变革。它没有失去作家过去语言的晶莹和滑润，但又变得更凝练、更幽默、更含蓄、更具有形象性。作家大胆割舍了一切华饰，采用了十分简朴的叙述风格。全书给人一种浓缩的、高密度的感觉，几乎处处传达了重要的信息和情节内容，使人在阅读中很难用跳跃或别的办法偷懒。这种高密度使二十八万字的作品尽可能多地融会、包蕴了大量内容，十分耐读。它的字里行间自始至终有什么在燃烧着，气韵从头至尾一直很足。作品的语言音乐感很强，四个字的语汇也较多，初读有些碍目，读进去反倒觉得洒脱、痛快，甚至有明丽的感觉。

《古船》的结构非常特别，以至于难以找到现成的例子或名称来概括它。我们从中可以看到它既吸收了《红楼梦》等古典名著的经验，又汲取了拉美和十九世纪作品的长处，算是中西合璧式的结构。书中不断地制造预感，悬念很多，波澜迭生。它的预感的制造不仅依赖于语言，更主要是依赖于这种特殊的结构。作品中几乎没有一条情节线索和故事是在一章一段甚或临近的几章里完整起来的，而是将其割碎分散在全书之中。几条情节线索都是这样处理，交织在一起，又向中心凝聚、靠拢，散而不乱，构成一个个大故事，最终形成一座错落有致、浑然一体的艺术宫殿。

《古船》整个结构和语言给人的直觉是复杂的，它似乎可以用“既新又旧，既远又近，既虚又实，既小又大”来概括。它的大幅度跳跃全仰仗对于内韵的把握，可以说是凭借着内在的韵律去构筑的。作家在这部长篇中表现出了特别的稳健和机敏，行文既精细又浩繁，既庄重又旷达，使作品始终闪耀着细微的瑰丽光彩，又富有一种宏观上的总体效果。

这部作品的另一特点，就是充满了谜、藏、喻，让人反复咀嚼和挖掘的地方很多，如其中无数次出现“红颜色”，反反复复的算账、数码，那个巨数，一个个老人的故去，频频送葬，铅筒的丢失，地下河的淤塞和出现，城垛、寺庙的绵远和崩塌，闹闹的结局等等。这许多描写像谜一样，又似乎充满着象征。据粗略统计，全书象征手法达二十几处。作品采取不分段的写法，多少也有助于这种“埋藏”，使本来就很迷惘的事物更见迷惘。有的地方像浮光掠影，但从总体上分析又独具匠心；有的地方特别虚幻，联系上下文反倒觉得是一种实在。比如见素参加“有奖演说比赛大会”，似实则虚。读者在阅读中常常从字里行间可以感到作家寄寓了很多的“想法”。这些“想法”由于太多，令人感到目不暇接，这就造成了一种奇特而新颖的效果，使得读者必须不断地调整自己的视角、焦距。小说充满了“明堡暗道”，埋的东西很多，“藏”的意蕴很厚。无论从形式、从内容上分析，这部小说确实接触了很多别的作家从未涉及、从未给予回答的问题。无论是地下河、老庙、地震问题、毒人问题、李家及史迪新老怪的奇异作用和象征，都有待于进一步挖掘和分析。

作品当然不乏可挑剔之处。不过，它的不足往往又与它的长处紧密相连，比如它的浓缩和高密度，就多少使它失去了应有的空灵和舒展。它通篇沉郁，使人躁动不安，但缺少使人放松玩味的地方。另外，由于作品在结构上过分追求一种严谨，作品失去了一种“残缺美”。大概由于选择主题的局限，里边的女性形象与作家过去的作品相比有些逊色。像闹闹，以作家的功力完全可以写得更好一些。隋抱朴最后“站起来”是否是一种艺术上的却步？赵多多在与四爷爷的对应关系中也显得弱了一点。“星球大战”的构思和描写是应该充分肯定的，但这一部分还可以磨得更圆润一些。

总之，由于每人的经历和素养的差异，每个人都将读到他自己的

《古船》。由于它的层次和头绪太多，由于它的包容之杂、涵蓄之广、意蕴之荫蔽，很多问题一时弄不清楚。《古船》所提供的艺术经验，也许需要评论界花费较长的时间去分析和把握。随着时间的推移，人们才有可能逐渐真正、全面、完整地给予恰当的评析。

写好深层次的“内部裂变”

——简论隋抱朴和改革文学

一部《古船》，它的全文最主要的是表明了一个人道主义者如何开始走向马克思主义者，显现了那一刻的无比辉煌和壮丽，展示了这一过程的缓慢与艰辛，印证了改革年代必然要发生的人们思想灵魂质的飞跃。

与一些写农村改革的作品相比，《古船》的显著特点是摒弃了那种“外力推动”的写法，即给自己的作品作某种“铺垫”，然后派一个英雄到那里，他明察秋毫，指点江山，振臂一挥，妖邪遁匿，玉宇澄清。《古船》则不。作家把笔触探测到事物的内部和底层，把人物全部置于特定的历史条件下和特定的社会环境中，以冷峻明澈的历史唯物主义和辩证唯物主义观点，去层层剥掉他们世俗的外衣，看看他们实际上是一个怎样的人。《古船》以一个个血肉丰满的形象证明，农民中的头人和流氓无产者在思想文化上往往流向封建主义；而出身于民族资产阶级家庭的知识分子，隋抱朴由于得到共产主义灯火的烛照，经过漫长而艰辛的蜕嬗，正在变成一个马列主义新人。在现代文学史上，我们看到不少出身于剥削阶级家庭的知识分子，由于参加了党所领导的革命而变成马克思主义者。而隋抱朴却被生活打入命运的最底层，他最终成为马列主义新人，为我国文学的人物画廊增添了崭新的形象，是《古船》的重要贡献。我们说《古船》是一部创新开拓的力作，它是有丰富的内涵和充分的依据的，它的人物系列，特别是隋抱朴这一形象的塑造，便足以说明。

首先，是生活之火铸就了一个人道主义者。

抱朴的人道主义有三个来源：一是他父亲隋迎之给他的“烙印”；二是传统文化和外来文化给他的点拨；三是他对身边人们命运的思考。

隋迎之，作为我国粉丝工业发祥地的民族资产阶级，在旧中国，他不但代表了先进的生产力，也代表了人类社会发展的新趋向。党领导的新民主主义革命时期，民族资产阶级作为一个革命的阶级，它是我们共和国五星红旗中的一个“星”。

老解放区土改时，隋迎之基于“原罪”的顿悟，他不停地算账，骑着红马到外还账，并向政府献了产，最后口吐鲜血从马头上跌落下来。他是一个真诚的、披肝沥胆的人道主义者形象。但他却空冠一顶本应属于地主阶级营垒中人的“开明士绅”的帽子了却一生。“空冠”之谓，是他的这种义举，既没有给党的政策真正带来好处，也没有使他的家族因此而免遭灾难。隋迎之不懂马列，不懂新民主主义革命的性质和任务，问题是洼狸镇的当权者，他们不但没收了隋家的粉丝厂，而且连留给他的家族维持起码生活水平的小作坊也没收了。问题还不止于这种经济掠夺，更令人怵目惊心的是四爷爷、赵多多等对隋家的政治迫害和精神奴役。四爷爷对含章的霸占，赵多多对茴子的恣肆污辱，其暴戾和凶残，我们只能从历史上的英、法地主贵族对革命的资产阶级复辟时的历史中才能看到。就出身成分而言，四爷爷、赵多多等是革命阶级的分子，而隋家也是革命阶级的分子。革命的残害革命的，一部分人民对另一部分人民专政，这是在洼狸镇上演的长达几十年悲剧的根源。

历史的发展是一种平均数。洼狸镇上各个家族在一定程度上的“契合”“同一”，表现出了巨大的历史惰性力。抱朴作为隋氏家族长子，这些严酷的事实他是铭刻心扉的。他读书，思考，在磨道里过着炼狱的生活。生活把他打入这里，这里偏偏又是他辉煌人生的起点，他从悲剧中走了出来。抱朴总结隋氏家族几十年的处世经验时说：

"要紧的是和镇上的人一起。……老隋家人多少年来错就错在没和镇上人在一起。"这表明了他真诚的、纯正的人道主义思想。和人民在一起，也许是一切出身于剥削阶级家庭，后来成为无产阶级革命者、马克思主义者的基础和良好开端。生活之火就这样严峻地铸造了一个人道主义者。

然而，生活之火又有情地熔化了一个人道主义者。

抱朴的变，集中体现在三个方面。

兄弟决裂。抱朴作为隋家兄长，对弟、妹爱怜备至，悠悠万事，唯此为大。后来，抱朴摆脱了宗法观念和血缘关系，冲决了世俗的樊篱，勇敢地、坚定地"和镇上的人在一起"。

改革新潮涌来，当初，抱朴显得迟滞、凝重、疑虑，见素则颇具行动感，他四处奔突，敢于闯荡，结果一败涂地，买卖垮了，还得了"绝症"。他回到镇上，联合赵家要把厂子夺回来，取代赵多多"姓隋"。抱朴看清了弟弟走的是条死路，曾多次表示"它不能姓隋"！于是，隋氏兄弟的这场"内部裂变"遂为不可避免。抱朴在赵多多撞死后，决心要起来收拾粉丝厂的"烂摊子"。见素才发现，他"真正的对手原来不是赵多多……是自己的哥哥"！抱朴针锋相对："粉丝公司落在你手里早晚也是镇上的灾难。我还是得从地上爬起来，擦净了血，还会用老拳把你打倒，打败你。"这"内部裂变"的实质，是粉丝公司坚持什么方向、走什么道路的问题。抱朴看清了赵多多霸占的、弟弟将要霸占的公司，将依然把社会主义集体所有制经济异化为少数人的资本，这种"决斗"和"内部裂变"，闪现出他社会主义"卫士"的高大身影。

他对《共产党宣言》的态度变了。抱朴靠那部薄薄的"大书"，战胜了漫长的悲戚、孤独、困惑、彷徨，最终使他葆有强大的生命力和巨人般的勇敢。原来，抱朴将《共产党宣言》《天问》和《航海经》一并杂糅思考，向自己问了几十个为什么。许多问题他虽然一时回答不出，但他能够并敢于没完没了地自我质疑，是一个操马列枪法冲刺自己的人，是一个架起马列焰火蒸煮自己灵魂的人。他认为“它是一本过生活的书，够我们读一辈子——就是说一辈子也不能丢开这本书”。更可贵的是，后来他用这部大书的光焰来烛照这个镇子几十年的历史进程，全面思考共产主义和封建主义在这个镇子上的命运。他为这个镇子回避了这部书而忧虑。作品提供的事实，我们看不到隋家这个民族资产阶级有幸享受到“公私兼顾，劳资两利”“利用、限制、改造”以及后来的“赎买”政策的实惠；相反地，却受到了四爷爷、赵多多等这些披着“革命”外衣，打着社会主义旗号，而实际上比资产阶级更为腐朽落后的封建主义的种种迫害。

他为这一发现，再也掩饰不了“给我的快乐”。洼狸镇的畸形历史已经注定，抱朴虽然没有简单化地给它贴上“封建社会主义”的标签，但他却从实际上，从质的规定性上，历数了这个镇子人为的阶级斗争，残酷的杀戮，丧尽天良的荼毒，生产力的萎缩和倒退，人民的公民意识——主人翁感等于“零”；盘根错节的宗法网络和人身依附关系，这一切均因为这个镇子反封建的不得力、不彻底，封建的孽根在特定的历史条件下和特定的环境中的故态复萌——变态幻化——化装成“社会主义”而结出的毒果、苦果、酸果、涩果。抱朴对洼狸镇政治经济学、社会学和哲学的思考，是以《共产党宣言》的武器作为望远镜和显微镜的，他是一个坦诚的、无畏的马克思主义者。

抱朴对粉丝厂的态度变了。在几十年的漫长岁月里，抱朴在生活的重轭下，虽然没有泯灭对现实生活的思考，但由于难以医治的“怯病”，他丧失诸多行动契机，身子像被无形的绳索紧紧绑缚着。新时期到来，他看到了赵多多对粉丝厂管理上的无能和对集体财富的贪婪鲸吞，他仍然停留在静观默察上。待到赵多多把粉丝厂搞成了个“烂摊子”，撞车自焚，他这时方悟“天将降大任于斯人也”，决心站出来，不惜与弟弟决裂，承包了粉丝公司。这时，只有在这时，他才清楚地看到了由于自己优柔寡断——“怯病”痼疾而裹足不前，使镇上蒙受的重大损失：“我太依赖我的善良、公正，结果怎么样？那些投资的人家交出去的都是血汗钱哪！国家贷给赵多多几十万、上百万的钱不是血汗钱吗？男人哭了，老婆婆也呜呜地哭，我看了心里多难受！……我一遍遍诅咒自己，诅咒我的犹豫、胆小，诅咒老隋家人遗传下来的老毛病。我耽误了好时光……”他承包公司之后，兢兢业业，不敢稍懈，时刻算着关乎全镇生死存亡的那本“大账”。当他叔叔隋不召老人为粉坊的机械化生产被天轮绞死，以鲜血祭了当代改革圣坛的时候，他“每听到那种隆隆的声音，就有些莫名其妙的激动”。原来打瓢的黑汉因机器代替了他，他要去看老磨，抱朴一听就火了。他很少这样发火。他指着黑汉的鼻子说：“你也好意思说出口！你身强力壮像头牛，凭什么去看老磨！你他妈的也算个男人吗？”这铮铮铁言，是他发出的自己、别人、洼狸镇与磨坊与苦难与旧时代最终诀别的宣言！

他对洼狸镇的总控诉，最终标志着一个伟大的公民真正站了起来。四爷爷霸占含章二十多年，含章最终以剪刀捅了他。她的反抗方法不宜提倡，但她却以行动诀别了一个羞辱的自我和一个忍辱的年代，还一个俊美的自我和拥抱一个新的历史时代。案发，抱朴最终弄清楚了妹妹与四爷爷二十年前后的一切细节，他“捶胸顿足，悲愤不已”，“面色冷峻，奋笔疾书”，“用没裁过的几刀纸”，去向新时期写一份起诉书。老中医郭运虽然说四爷爷要“三年扶体，十年扶威”，但作品的艺术倾向已向读者昭示，由于时代变了，四爷爷的气数已尽，含章的冤案必定昭雪，她必定获得新生。

事物的发展，大如一个社会形态，小如一个“自我”，无不是矛盾的斗争和统一。

历史的觉醒，民族的觉醒，归根结底是人的觉醒。

事物的发展，人的觉醒，离开“内部裂变”是根本不行的。

试看抱朴由人道主义者转变为马列主义者。他与弟弟的前后关系，他对《共产党宣言》的前后思辨，以及他对粉丝厂的前后态度，没有一笔不是写“内部裂变”的。这种写法，既合乎马克思主义关于事物发展的哲学原理，也合乎文学创作艺术辩证法的原理。

笔者浅析抱朴形象的塑造，绝不是意在提倡都去写××镇的张抱朴、李抱朴，本意是希望作家在观察、思考生活，营造自己作品的框架结构和塑造自己的人物，以及寄寓深刻的哲理思考，都不得表面化和浅层化，而要深入到事物内部，把事物内部深层次的“裂变”写好。

我们的民族是一个伟大的民族，她同时又是一个苦难的民族。

经过漫长的痛苦和曲折，我们迎来了崭新的历史新时期。改革、开放、搞活，作为总方针总政策成为亿万人民的伟大实践，这是我们党和民族经过千辛万苦寻找来的伟大曙光，是前无古人的勇敢选择！

改革年代的生活之变化是非常急遽的、极其深刻的。我们每个人都坐在这辆长途“特别快车”上。

时代呼唤改革文学。文学既是以反映时代为己任、为强大“载体”，那么，我们作家只有投身到改革的洪流中去，深入到改革的生活中去，才能在深层次上写好改革生活的巨变。

人的惰性力集中表现在历史的惰性力，人的觉醒又体现在民族的觉醒。作为人学的文学，写好改革年代的人，是它的根本任务。

如何认识当代人，什么是时代新人，这是正确反映当代改革要解决的一个根本性的问题。马克思主义认为，每个人都生活在一定的历史时代和阶级地位中，因而人的本性是历史地发生变化的。凡是能够推动历史前进的，在当代凡是能够有助于发展社会生产力的，有利于建设高度文明、高度民主的，大体上可以说是时代新人。戴着旧有的效用原则，维护旧有的秩序的观念、习惯势力的有色镜来看人看事，就发现不了时代新人，即或你写了时代新人，也把他写歪了，而不成其为时代新人。“假如我们想知道什么东西对狗有用，我们就必须探究狗的本性。这种本性本身不能从效用原则中虚构出来的。如果我们想把这一原则运用到人身上来，想根据效用原则来评价人的一切行为、运动和关系等等，就首先要研究人的一般本性，然后要研究在每个时代历史地发生了变化的人的本性，但是边沁（耶利米·边沁：1748—1832，英国资产阶级社会学家，功利主义理论家。——译者注）不管这些。他幼稚而乏味地把现代的市侩说成是标准的人。凡是对这种标准的人和他们世界有用的东西，本身就是有用的。他还用这种尺度来评价过去、现在和将来。”（《马克思恩格斯全集》第 23 卷第 669 页）奴才对官僚主义有用；庸才对饱食终日无所用心、毫无开拓精神的领导有用；蠢材对守旧摊子的人有用；人身依附对升官发财有用、对贪赃枉法有用；老实巴交对奸佞有用；谄媚对官瘾有用……而这些“对应物”的契合、同一，在一些角落成为巨大的惰性力和破坏力。

写这些角落的“内部裂变”必然能发现时代新人，并且使改革文学得以不断深化。

历史的道路与人的思索

《古船》是饮誉当代文坛的一部鸿篇巨制。它面世以来，一些文学单位和大学纷纷召开大型座谈会；刊载该小说的刊物很快被抢购一空，一时间形成了名副其实的“古船热”。短短的一年间里，关于《古船》的评论散见于全国各地报刊。会议和文件中，人们对《古船》的思想和艺术成就给予了充分的、极高的评价。正如著名评论家雷达所指出：“环顾今日文坛，能以如此气魄雄心探究民族灵魂历程、能以如此强烈激情拥抱现实经济改革，又能达到如此历史深度的长篇巨制，实属罕见。”（《民族心史上的一块厚重碑石——读〈古船〉》）它显然是三中全会思想解放运动的一颗硕果。《古船》获得了难以辩驳的艺术成就，其人物系列的塑造、结构的奇异、语言的简约和绚丽，在当代文学画廊上闪射着崭新的光彩。而这一切，不仅为文学界所公认，也为一般读者所击节。广大读者竞相购阅刊登该小说的刊物，以至于短时间内销售一空。它非同凡响的艺术品格，只需“肉眼”就可以辨认。

黎辉等同志的《历史的道路与乌托邦的幻想——评〈古船〉的社会改造观》一文（见《文论报》1987 年 6 月 1 日）开篇认为，《古船》“无论在思想和艺术方面都有着自己独到的开掘，有着无可置疑的价值”；但转而又说它“不能作为佳作来推荐”——这种惊人的自相矛盾必然使读者陷于疑惑。究竟是什么蒙住了作者的眼睛，使他连起码的公允也不顾了？

细读黎文就会发现，它首先是清楚地显露了作者无力把握、无力进入作品却要急于评判的相当尴尬的情态。这就必然出现自己树靶子自己射击，毫不顾及作品整体意蕴的状况，必然望文生义，先入为主。《古船》也有它的遗憾、它的弱点；而它的一些成就，恰恰也与一些不足紧紧相连。作为一个评论者，对于任何作品，完全可以进行各种角度、各种方式的品评，但这种种批评必须建立在起码的严肃之上，即批评者必须面对一个圣洁的祭坛。而黎文却恰恰相反。比如它的一个主要问题，即强加给作品的一个所谓“社会改造观”，就说明了这种情形。它在文章中是作为副标题出现的。文章写道：“作者离开了历史和现实，偏离了科学的社会发展规律，而陷入了乌托邦式的幻想。”把善意的规劝“当作最新的深刻发现而赋予隋抱朴的这套社会改造方法，实际上不过是一种早已失灵的乌托邦幻想而已”。黎文以“乌托邦的幻想”涵盖一部《古船》，已不仅仅是失之武断和轻率，而是对一部作品令人惊愕的生硬扭曲和臆断。

对于隋抱朴这个人物，不难看出，作品从头至尾的全部笔墨，无不是表明了人的纯真和善良如何地被生活、被洼狸镇严酷的现实所嘲笑和愚弄。抱朴的忍耐和说教，独善其身的人道主义，生活已经重重地惩罚了他——难道作品还没有写这种惩罚的严酷性吗？很明显，作者对“善良的劝说”去挽救社会也持善意的嘲讽，而抱朴更不是作者理想的化身和人生的目的。这种穿凿附会的社会学考证和强加的臆造已为当代文艺论坛所鲜见。抱朴就是抱朴，是“这一个”，他的全部嬗变史有他自身的独立性和不可分割性。抱朴这个“坐着的巨人”，当然会令人焦虑，但唯其如此，才有“这一个”崭新的艺术典型。作品无意写出一个叱咤风云的高大全人物，让他在洼狸镇指点江山，振臂一挥，妖邪遁匿。抱朴之所以是抱朴，正是那个不堪回首的特殊历史造成的。这一切难道还需要我们饱受熬煎的主人公去负责吗？不，他仅仅是一个受害者，是灾难的承受人！他需要我们的理解和宽容，而绝不允许时过境迁的后代人去轻慢地责难和侮辱。这就是历史的哲学，是历史的道德和道德的历史！我们每个人都在一定的历史（物质存在）境遇中生活着，谁也不能摆脱历史给人的框架和圈囿。

历史走过了怎样的道路？《古船》在我们记忆犹新的不长的历史中，将一幕幕闹剧、悲剧，用一幅巨大的历史长卷展现出来。作品对此有淋漓尽致的描绘，既惊心动魄，又毋庸置疑。

谁能否认洼狸镇这样的事实？当人们“不患寡患不均”的要求得到了一时的、某种程度的满足之后，高顶街上的头面人物四爷爷又做了镇子上的“皇帝”。他对农民实行宗法的家族统治和利用家族斗争来维系他的统治，对镇上人鲸吞财富，霸人妻女，实行一整套的人身依附关系。这里，人们还有什么公民意识和自主意识可言？他们已完成了新旧历史阶段中新的契合，即被愚弄和愚弄的契合。这就形成了这个镇子巨大的历史惰性力。

洼狸镇的改革就是在这种情况下开始的，它的步履维艰不难想象。

抱朴的家庭经济上被掠夺，政治上被迫害，精神上被奴役，几十年来一直过着炼狱般的生活。改革新潮涌来，抱朴才展开了关于人生、命运、历史、文化的全面思索。作为一个人的解放是无比艰辛的，是挣扎的痛苦，是饱含血泪的——作品对抱朴的塑造，正是从这个层次上展示的。

历史不会像小姑娘那样任人打扮，也不会依照某些人今天的愿望和臆想去规范它的曾经存在和未来发展。这如同黄河毕竟东流去，却有九曲十八弯一样。文学的历史和历史的文学同样也不会像有人所预想的那样，而只能按照自身的规律，放声歌赞着大写的人而奋勇前行！一个马克思主义作家必然是坚定的革命人道主义者。强烈的道德激情首先是一个优秀作家的必备条件。试图用某些概念和一度盛行的东西去框定一部巨著，那才是真正非科学的、反历史的，其中也真正蕴含了深深的悲剧意味。

在实行改革开放的新的历史时期，作为一个人的思索和觉醒是必然的。说到底，这是抱朴进行全面反思的“大环境”和总前提。改革年代必然是思索者的天地。这种思索，必然掺拌着血泪和忧愤、恐惧和愤懑、战栗和哀怨，唯其如此，方能对旧生活诀别得彻底，对新时期拥抱得热烈。如果惧怕思索，就不是一个彻底的、无所畏惧的辩证唯物主义者和历史唯物主义者。在今天，将一些执拗的思索者贬斥净尽的时代已经一去不复返了。

在几十年的岁月里，抱朴是一个特殊身份的人，他生活在常人难以想象的恐怖心境之中。那时候虽然他没有泯灭对生活和人生的思考，但其中总伴随着绝望的音响。他患了难以医治的“怯病”，丢失了行动的契机，被无形和有形的绳索紧紧绑缚。新时期的到来，这种束缚并未一时脱去。他看到赵多多对粉丝厂的贪婪鲸吞，从静观默察直到不惜与弟弟决裂，这期间走过了多么艰难的探究之路，经历了怎样痛苦的自我磨砺！他清楚地看到了由于自己的优柔寡断使洼狸镇蒙受的重大损失：“我太依赖我的善良、公正，结果怎么样？那些投资的人家交出去的都是血汗钱哪！国家贷给赵多多几十万、上百万的钱不是血汗钱吗？男人哭了，老婆婆也呜呜地哭，我看了心里多难受！……我一遍遍诅咒我自己，诅咒我的犹豫、胆小，诅咒老隋家人遗传下来的老毛病。我耽误了好的时光……”这是多么无情的批判！又是多么感人的自责！他最终没有怨天尤人，而是“诅咒”自己！

他最后的总控诉，标志着一个伟大公民真正站了起来。四爷爷霸占含章二十多年，含章愤怒地挥起了剪刀。她以行动诀别了一个羞辱的自我和一个忍辱的年代，是一个人生命意识和生存意识的伟大觉醒和腾飞。抱朴在案发之后最终弄清楚了妹妹与四爷爷二十年前后的一切细节，“捶胸顿足，悲愤不已”。“面色冷峻，奋笔疾书”，用“没有裁过的几卷大纸”去写一部“起诉书”。这具有强烈象征意义的一笔，不正是对新时期的民主和法制给予了最大信任和依赖，给予了热烈的歌吟吗？！

历史的觉醒，民族的觉醒，归根结底还是人的觉醒。

马克思主义认为，人的本性是历史地发生变化的。“假如我们想知道什么东西对狗有用，我们就必须探究狗的本性。这种本性本身不能从‘效用原则中虚构出来的。如果我们想把这一原则运用到人身上来，想根据效用原则来评价人的一切行为、运动和关系等等，就首先要研究人的一般本性，然后研究在每个时期历史地发生了变化的人的本性。但是边沁不管这些。他幼稚而乏味地把现代的市侩说成是标准的人。凡是对这种标准的人和他们世界有用的东西，本身就是有用的。他还用这种尺度来评价过去、现在和将来。”（《马克思恩格斯全集》第 23 卷第 669 页）这段话在今天读来，在我们用以剖析《古船》时，不是也给人以深深的警策吗？！对于抱朴，难道我们就可以放弃研究他在那个时代“历史地发生变化的人的本性”吗？！

总之，《古船》被人们公认为是一部相当繁复的作品，它的层次之多，寓意之深，笔者一再感到难以进入。我唯一感到欣慰的是，我只说了我感悟到的、把握住的，而不去让其为一种观念服务。我在研究《古船》的时候甚至想到：在作品的纤细而精微的神思之下，在抱朴那双真切纯洁而又饱受苦难的、多忧多虑的眼睛注视之下，任何侥幸心理支配下的行为都是不可取的。

《古船》的人物

一、隋抱朴

隋抱朴是《古船》的中心人物。《古船》问世之后，这个人物遂成为评论界和读书界议论的中心，自不待言。就中褒多贬少。褒者认为，隋抱朴这个人物成为一部《古船》全部哲学意蕴和文化反思的载体；同时，他是亲历严峻的岁月流程、根植丰厚的生活土壤，经受血与火的浸泡和炙烤而塑造（生成）的在现当代文学史上绝无仅有的一个崭新的农村知识分子典型。贬者认为，这个人物不够英雄，缺乏行动，陷入抽象的人性玄思和冥想。

最初出现在《古船》中的隋抱朴，就是一座寂然不语、凝神静思的造像。他“像一个老人那样默默地坐在那里”，“像石块一样沉重”，“他每天这样坐上十二个钟点”，他在“没有起点也没有终点”在“牛蹄踏不到的地方”长满绿苔的“古堡”一样的磨道里，伴着河水的缓流低唱，在不分昼夜地悠悠地呜隆呜隆地磨着岁月。他这样坐着，思索着“做人的根本——怎么过生活”。

由此，我们自然地把罗丹的《思想者》和张炜的“思想者”——隋抱朴联系在一起。

再读下去，我们又自然地把古希腊的雕塑《拉奥孔》和维吉尔史诗中会呐喊的拉奥孔联系在一起。

《思想者》一只手托着山一样沉重的头颅，他在思索着多少难以解开的人生之谜；《拉奥孔》被蟒蛇盘绕，他在奋力挣扎、呐喊，努力摆脱着人生的苦难。

不过，《思想者》也好，《拉奥孔》也好，都是雕塑家用刀砍斧凿把线条和块状相对静止的瞬间恒定在大理石上，把思想的沉重和挣扎的痛苦凝聚在立体的形象里，去诱发人们的联想。而隋抱朴这个既是“思想者”又是“挣扎者”的形象，早已不同于《思想者》和《拉奥孔》，他是作家用笔“雕”成的，已成为维吉尔史诗中的拉奥孔。正如莱辛所说的：“拉奥孔在雕刻里不哀号，而在诗里却哀号。”

从外部的层面看去，隋抱朴的确不是一个叱咤风云、行动感极强的人。作家无意去写那样的“重头戏”。

呼唤“英雄”的时代已经过去。

我们的民族需要思索，正在思索。“思想者”隋抱朴应运而生，他是新时期第一个文学十年的重要产物，我们为他庆幸，应该热烈拥抱。

在新时期浩如烟海的文学人物画廊里，我们还没有看到像隋抱朴那样，对历史和现实，对社会和人生，对中国和外国，对家族和人伦，对文化和人道，对革命和生产，对几乎全部的生态和心态一并杂糅加以思索的，其包罗万象，复杂得就像生活本身那样。是的，我们人人都应该思索——像隋抱朴那样，思索着“做人的根本——怎么过生活”。

可惜，有人无视隋抱朴思索的价值和这个人物的存在价值，万般诋毁他，向他身上泼去自己臆造的污水。如有人撰文说这个人物陷于抽象的人性玄思和冥想，具体的指责只不过是他说了几句呼唤人道主义的话。当生活丧失了革命的人道主义——连最起码的、最朴素的人道主义不复存在的时候，他呼唤出来有什么不好？

如果说隋抱朴是《古船》全部哲学意蕴和文化反思的载体，那么《古船》描写的全部生活，包括新时期的生活转机，都是隋抱朴思想“加工厂”思索的材料和对象。这就是隋抱朴这一形象得以出现的时代契机和不可逆转的历史现象。

长头颅就要思索的时代来了！

隋抱朴不单是“思想者”，他还是个行动者。语言就是行动。笔者粗略统计了一下，作家在《古船》中，花笔墨最多的，是对抱朴生存的环境、爱情生活、内心活动、兄弟长夜对话的描写。特别是全书的第七章、十一章、十六章和十七章几章融汇贯通和第二十五章中用长长的篇幅展开的隋氏兄弟对话，那些戳伤灼痛读者心灵的字字带血沾泪又对未来希望曙光瞩望的心境，不是正像《拉奥孔》在挣脱蟒蛇的缠绕而在声嘶力竭地哀号和呐喊吗？生活在特殊境遇中的隋抱朴，难道这不是最实际意义上的行动？

隋抱朴是个外表静柔内在刚强的人。闹闹就从他开始苍老的躯体里看到了他凝聚着的力，她向见素说过抱朴："他真有劲儿呀，他的劲儿全藏在心里头！"他的劲敌赵多多也敏感地觉察到隋抱朴的潜在力量和潜在危险，以致临死前要与他同归于尽；最后，他的同父异母弟弟见素，竟然发现自己真正的对手就是他："我真恨你；我真恨你！……我才第一次明白过来，我真正的对手原来不是赵多多，就是你，是自己的哥哥！"这个最富于行动感桀骜不驯的"素哥不素"的见素也不得不臣服于他的脚下，他作了一个很好的反衬：抱朴的确是个强人！小说结尾处，隋抱朴出任粉丝公司总经理，如果不用"扬眉剑出鞘"来形容他，也是"天降大任于斯人"，当仁不让。他的内聚力在新的气候下必定旋转成风流——这是这一形象的伏笔，也是作家故意给读者留下的广阔的想象空间。不过有的论者有悖于对此思索罢了。

二、"三绝"

《古船》中的隋不召、四爷爷、张王氏三人，堪称"三绝"。

"绝"之谓，好似格律诗中的绝句；歌曲中旋律跌宕的绝妙之音；大宴中的美味盛羹；考古中在特色文化层面绝无仅有的发掘；雪山中悄然立于绝壁的雪莲；文学人物画廊中的兀然绝立。一句话，他们都是出自张炜妙手的绝活。

隋不召：他是隋抱朴的叔叔。在《古船》中，他是属于"父辈"之人。他与兄长隋迎之相比，文野和雅俗相去甚远。迎之，顺应之谓，他与时不悖，与礼不悖，讲求家族的长幼有序，与乡里共处讲信修睦，对晚辈的要求是"毋意、毋必、毋固、毋我"，颇得"忠厚传家""诗书继世"的"诗礼""中庸"之道，他的这种"知书达理"，其实在洼狸镇无人赏识。他的这副精神状态，于世无补，在某种程度上加速了他家族悲剧的来临，且加重了灾难的深度。

不召，不听世俗伦理召唤，从不就范之意。用世俗的观点看他，他不能循规蹈矩，且近于疯癫和狂狷。其实，他这个人最富有平民的平等精神和博爱精神。这样，他的价值标准在古老的洼狸镇，就必然获得毁誉参半的评价。

他早年闯过老洋见过大世面、受过外域风情的淘洗，口中不忘“南洋姐”的“好”。他年轻时敢于一丝不挂躺在场上晒太阳，使得粉丝女工们惶恐却步。哥哥隋迎之死去不久，他竟不失时机地向年轻俊美的嫂嫂求爱，碰壁而不恼。他与张王氏长期保持着“相好”的关系。及至晚年，他对赵多多的女秘书的天生丽质艳羡不已。他视“儿辈”如“兄弟”，不受家族门第樊篱的圈囿。李知常是个外姓的技术能人。李爱不如愿，以手淫自娱，由于驾驭不了舆论的刀剑，而欲自裁。隋不召闻讯后，手执板斧闯开李知常的大门，打骂并加，方唤醒李知常的人性尊严和生的勇气，他拯救了这个陷于灭顶之灾的青年。隋不召为捍卫那块“黑溜溜、又香又臭”的“麝香”，他和同辈人史迪斯老怪在码头上展开了一场肉搏。用史老怪的话说，他是“一个叛军”，应该把他“及时铲除”。

隋不召虽为男人，但其貌不扬，身材矮小，形体猥琐，邋邋遢遢，走起路来，总是两条绞绊的细腿常常把自己绊倒。作为生命个体，在情场和性的角逐中，更由于他没有显赫的社会地位，显然处于劣势地位，比起四爷爷来不知要低下多少倍。而女人们还是喜欢他，拿张王氏来说，尽管她嘴上说“老隋家就出了这么一个不学正经的人”，但在这个女人“相好”的担子上，一头挑着四爷爷，一头挑着隋不召。而且当隋不召死后，她哭得惊天撼地，甘愿为他殉情。

这一系列性的意识流动已勾画出了隋不召的人生世相。如果还不够浓墨重彩的话，那么，他壮烈的惨死，实属绝唱。他是为了洼狸镇粉丝工业的机械化，为了抢救洼狸镇上的科技人才李知常而被绞车的皮带绞到屋梁上的，奉献了自己的血肉之躯。他这是第二次救李知常于不死。他临死前，把珍藏多年的郑和七次下西洋曾用过的《航海针经》托付给隋抱朴，体现了老一代开明的中国人走向世界的开拓精神和强烈愿望。隋不召死后，镇子上在给他举行的新旧杂拌的追悼会上，人们才发现这个瘦小干瘪的老汉，是“镇子上争议最大，最难以分清功过的一个老人”，是“镇上真正受到爱戴的人”，人们自己也不知道，爱他爱得那样深沉。这恐怕是他的平民的平等思想，真正的人性流露，坦诚的人际关系处理，以及海风把他吹得最少人性上的酸腐之味的缘故吧！

四爷爷是镇子上赵家大户“辈分”最长者，当他还是三十多岁时，就被人称“爷爷”。作为“地头蛇”的四爷爷，在高顶街这个“生物圈”中握有至高无上的权力，拥有至尊至贵的地位。张王氏就口称“贵人”。他虽然一度不是行政干部，但政权、财权仍然在他手里，他操纵着李书记和栾主任，这里充分显示了族权在古老的洼狸镇的至上性，以及其他的权力在这里的被异化，被笼罩。大办大炼时，有人来扒老墙的砖，他一句话几乎置人于死命；地震来时，人们以家族为依偎，唯恐来第二次，他一句话说没事了，大家释然相安，真是人贵言重，他的一言一行的威慑力是何等之大。及至老年，他仍然无比健壮，面肌润泽，泛着红光，身躯伟岸，臀部硕大，巴掌多肉，颈项粗实，鼻孔洞阔，一派传统的大福大贵之相。他硕大肥圆的臀部稳坐了几十年洼狸镇的“龙墩”，还因为他肚子里有一条小龙（长虫）的支撑，大概他是个“龙种”。在饮食口福上，他使唤着镇子上头号名厨张王氏，从饮食，到侍弄院落花草，到床边铺盖，以及随时给他扑灭欲火，她都一应俱全，她是一个典型的婢女。在性欲美色上，由于他腹中有毒蛇，曾毒死了两房妻室，张王氏与之交媾，便面黄肌瘦，他霸占着镇子上第一美女隋含章二十多年，吸尽了她的膏血和汁液，使她只落得浑身透明浮肿，奄奄一息，他一只手就能把她提溜起来。在文化生活上，他把小学校长“长脖吴”笼络身边，为其舞文弄墨，咬文嚼字，颇得修身养性之道；他备取众家之长，尤以老庄佛道为最，所以一事当前，处之泰然，能做到泰山崩于前而色不变；他遇事以柔克刚，以静治乱，内恶外善，“他谙熟治人役物的权术，进退伸缩的儒术，欲擒故纵的策术，瞒天过海的江湖骗术”（鲁枢元语）。他是古代文化的劣质积淀物浸泡出来的一个剧毒之人。当隋含章持剪刀刺向他——她要与一个旧我、旧时代永诀的时候，四爷爷异乎寻常地冷静和稳健，遂令行刺者战栗。在保家护院上，他豢养了恶狗般的赵多多，这个赵多多与四爷爷恶善并用，恩威并加，融为一体。基于上，四爷爷是一个典型的“土皇帝”的形象。由此我们看到在古老的洼狸进行改革有多么艰难！何况受伤的四爷爷还声言要“三年扶体，十年扶威”呢！

张王氏：她是中国传统民间文化积淀浸泡出来的一个性格相当复杂的女人。她集“巫”的神通、“婢”的秉性、“侠”的肝肠、“妓”的手腕于一身。她捏泥虎，栩栩如生，是个民间艺人；她会推拿按摩，治病消灾，是个民间医生；她会占卜打卦、做道场，给人心灵以慰藉以填充，是一部分人不可或缺的精神支柱；她竟能看到四爷爷肚腹中有一条长虫，神乎其神，令镇上人更惧四爷爷更离不开她的巫术。她会做民间那些带有附加迷信成分的酱油之类，她做的乡间大宴，稀奇妙幻，工艺繁琐，令省里去的大干部香腮、咋舌；什么“藤上瓜”“吊葫芦”“山海经”“糊涂蛋”等等名目繁多，什么人来上什么菜，她都有精细的讲究，她是镇子上第一名厨，红白喜事于她须臾不可离开。她会经商，她开的小铺生意红火，关门一天，谁都感到别扭。在性的问题上，她是个“开放型”，她既攀高结贵献身于四爷爷，又不鄙夷隋不召，还算是个不太“滥”的人。她在人际关系上，不管是谁，有求必应，有人求她，她就感到自己的存在价值，心理上就获得满足。在政治上，她甚至参与了镇子上和高顶街最高层之间的斗争，但没有固定的政治见解，只是属于偶然性的“插杠子”，有枣无枣打一竿。张王氏是古老的洼狸镇上的一个女精灵，她在20世纪的中国农村，是迟滞、残余文化的一个化身、一个代表，农民们对她须臾不可或缺的依恋，说明她踞以生存的土壤还相当丰厚，她的根系在那里盘扎着，农民滋养的总是他们需要的。随着时间的推移、觉悟的提高，农民们将滋养着他们新的需要。

三、《古船》人名探

一部《古船》，作家在赋予他书中人名的时候，摒弃了那种常见的呼之欲出的随意性，他们各自代表的是不同的身世、际遇、性格，是他们鲜活的血肉之躯的徽章和晶体标记，名字为塑造人物起到了绝妙的凝神和传神的作用。

隋恒德：抱朴的祖父，“白龙牌”粉丝工业的创业者，谓他所建立的事业，功德无量，恒久恒定。

隋迎之：抱朴、见素的父亲。典出《老子》：“迎之不见其首，随之不见其后。”隋，谐随。作为民族资本家的隋氏，由隋恒德创业，隋迎之继业，不逾百年，方兴未艾之时，被剥夺，二世而亡，“迎之不见其首”，他不知道当年父亲是怎样创业的；“随之”隋氏“不见其后”，土改被剥夺，断了后。

隋不召：抱朴的叔父。典出《老子》：“天下之道，不争不善胜，不言而善应，不召而自来。”又《礼记·曲礼》：“父召无诺唯而起。”以手曰招，以言曰召。隋不召早年闯过老洋，不事诗书，不图仕途经济，是匹放荡不羁的野马，信马由缰，天马行空，他“不争不善胜”，不去争斗，也不去行善，自然获胜。当年，父亲隋恒德教他读诗书，他“父召无诺唯”而偷偷登上了海船去闯老洋，后来“不召而自来”。

隋抱朴、隋见素：隋迎之的儿子，同父异母兄弟。典出《老子》：“见素抱朴，少私寡欲。”意思是：一个人要素朴，节制私欲，方能不失本真。又《老子》：“无名之朴，夫亦将无欲；不欲以静，天下将自定。”意思是：一个人如能做到安于素朴，似一块无加巧饰（绣花着色）的白布，似一块未曾雕凿的璞，似一块未成器的木，那么，不是引导人达到无欲的境界吗？人人没有私欲了，便没有什么纷争了，天下不就安定了吗？又《老子》：“知其荣，守其辱，为天下谷；为天下谷，常德乃足，复归于朴；朴散则为器，圣人用之，则为官长；故大制不割。”意思是：荣华也好，耻辱也好，我知道，我忍受，我要做一个能够盛得下天上地下一切东西的山谷，这样，我便具备了能够包容一切的普遍性的品格，这就是朴。一旦璞之被雕凿成为玉璧，坚木之分解加工，帛之着色绣花被剪裁，于是“朴散则为器”。做人也这样，一旦你失去了兼容并包的普遍性的品格，便成为被人用的器，圣人用之，便是官长。所以，无论自然界和人类社会界，一切让其自然而然地生存、发展、消亡，不要去分割——改变它。张衡《东京赋》曰：“尊节俭。尚素朴，思仲尼之克己，履老氏之常足。”《淮南子·精神训》：“明白太素，无为复朴。”《礼记·杂记》：“纯以素。”《楚语》：“夫谋必素。”说真话，说直话。《战国策》：“竭智能，示情素。”又作诚解。

抱朴、见素之名，是他们的父亲隋迎之所赋予，打着明显的道家印记。抱朴既“思仲尼之克己”，“又履老氏之常足”，“少私寡欲”半生“无为”；见素“明白太素”，是一个单纯、质直、坦诚的人。其实“素哥不素”，是匹横冲直撞的黑马。这个人物的性格，是隋不召性格的发展和在新时期的表现。

隋含章：见素的胞妹，抱朴的同父异母妘妹。镇子上第一美女。含，蕴含，内在充盈。章，《说文》：“乐竟为一章。”“十数之终也。”《诗经·疏》：“诗有章句，总义包体，所以明情也。”章，古与慞、瘴相通，慞，惧怕；瘴，毒雾。含章，初险遭赵多多奸污，四爷爷赶到，救她于水火之前，后认作干女儿。在四爷爷“文明”的治人役物的手腕下，不得不委身于他。含章亦为了缓解本家族与赵氏统治者的矛盾，为自己的两个哥哥些许带来一点光明。她既含惧怕之“慞”，又含羞辱毒雾之“瘴”，又含“明情”之“章”，又含“乐章”“十数之终”之“章”。新时期既到，那出悲剧唱完了，她亮出了锋利的剪刀。一个含章之名，把含章的身世、命运、心理概括得纹络有序。

茴子：隋迎之的第二个妻子，见素、含章的生母，美丽的少妇，在非人的淫威下宁死不屈，以死保持节操的圣洁母性。茴，香草之一种，如屈原赋中之芹、菡、莒、兰。系作家美称。免姓除名。

赵炳：四爷爷的本姓本名。《易经·革卦》：“大人虎变其文，炳也。”《扬子太玄经》：“彪如在上天，文炳也；鸿文无范，恣意往也。”炳，在这里作明，明显，明著，显赫，恣肆无范，彪炳日月，煊煊然，威威乎解。这名字太符合他的身份了。

赵多多：流氓无产者，性残忍，暴虐无度，是赵炳看家恶狗。作家赋名为多多，一是说他娘生养无度，儿女多，多多为乳名；二是在中国农村这样的人多多也！

李玄通：懂谶语，颇有仙风道骨。《老子》：“微妙之通，深不可识。”元、玄相通，是一个看破红尘的人。

李其生：见多识广，经验丰富，智慧的化身，敢吐真言，秉性耿直，曾冒犯过四爷爷，被吊梁毒打。他逢其时而生，时逢其人而得治世教化。意蕴，世上就需要这样的人。

李知常：科技能人。《老子》曰：“知常曰明，不知常，妄作凶，知常容，容乃公。”常，指普遍性的规律。你能知道自然人类普遍性的规律，就会变得聪明。否则，你就胡作乱为，行凶作恶。“知常容”，知道普遍性的规律，你就会宽容大度，胸藏千钧，包容一切，这样，你就会不偏不倚。

李兆路：兆，征兆、预兆，知道眼前便知未来。民谚：“三岁看大，七岁看老。”

李玉明：如玉之晶明。

张王氏：再好懂不过的名字。

郭运：老中医，古文、医道颇深厚。知道人命运，知人救命，置人死命。

史迪新：号称老怪，思想僵古、泥滞、保守，是洼狸镇历史的具象化人物。迪，启发引导之言。别人难以给他迪新，他更不能给人迪新。

（本文及前文系笔者在省和济南市几次作家班和文讲所学员班上的讲话稿）

论隋抱朴

隋抱朴，是长篇小说《古船》中的主人公，是贯穿作品始终的中心人物。评论《古船》，不论及隋抱朴这个人物，就难以抓住这部作品的着力点和中心点，黎辉、曹增瑜同志的《历史的道路与人性的冥想》一文，就是抓住了这个人物，以较大篇幅论及了这个形象。不过，黎文对隋抱朴的评论我认为失之偏颇，有些地方甚至与原作品的意旨恰恰相反，这就必须提出来商榷。

人性与历史，向来就是社会学与文艺学中的极为复杂的问题。就小说和戏剧而言，它存在于每个作家的每部著作里。探讨文学作品中人物的人性问题，显然很有意义。

人的本性是历史地发生变化的。“假如我们想知道什么东西对狗有用，我们就必须探究狗的本性。这种本性本身不能从效用原则中虚构出来的。如果我们想把这一原则运用到人身上来，想根据效用原则来评价人的一切行为、运动和关系等等，就首先要研究人的一般本性，然后要研究在每个时代历史地发生了变化的本性。”①

《古船》的全文，在很大程度上是标明了一个人道主义者是如何开始了艰难的蜕变和探求，并显现了那一刻的辉煌和壮丽，展示了这一过程的缓慢与艰辛，从而也就印证了改革年代所必然要发生的人的飞跃。要写抱朴，就必然要写出他的人道主义激情，写出这个人在特定历史条件下的世界观。是改革年代中新思维的烛照，才使他不断深省，产生了与“旧我”决裂的欲望。他终于加入了他的家族和民族的行列，开始了长途跋涉。这里，我们无论如何不得不重视他的求索，他的自我否定和质疑——这标志了一个人正处于生活转折中的重要关头。

抱朴当然是一个人道主义者，这是生活之火铸就的；同样，最

① 《马克思恩格斯全集》第23卷第669页。

终要熔解和改变他，也必然是生活之火。小说的着力点恰恰放在他痛苦挣扎的全过程上。他可贵的是每时每刻都在演变，都在同自己展开决斗。

我们无法谴责这个“坐着的巨人”，因为他同时又是一个行动欲最强、心底波澜最宽的人。他的怯于行动，是那个时代的罪过。当历史翻开了新的一页时，一切也都理所当然地随之变更了。

从作品所提供的全部情由来看，抱朴是如火如荼的斗争生活中的一个幸存者。我们如果一开始就将拼搏的期望赋予他，是不公正也是不切实际的。他目睹的血与泪、铁与火太多，是灾难的承受者。他深深地憎恶杀戮，诅咒苦难，是质朴又深刻的。在有着几千年封建遗毒、至今根基尚固的洼狸镇上，抱朴这个“人道主义者”的形象不是已经熠熠生辉、难能可贵了吗？这里是针对一个艺术形象而言的，而对于整个作品，十分明显但恰恰又是黎文所轻易忽略了的，就是远远没有停留在这一点上的那一切，是蜕变的挣扎，是质疑的苦痛，是否定，是自我批判，是疑问重重——难道我们能无视作品所提供的这一切吗？

隋家作为民族资产阶级，在当时代表了先进的生产力和新趋向，是新民主主义革命时期的一个革命阶级。但隋家很早就有了“原罪”意识，隋抱朴的父辈，就是一个真诚的、披肝沥胆的人道主义者。事实上严峻的生活并没有饶过老隋家。

抱朴正是在这样的一个家族中、在特定的历史环境中成长起来的一个人。他对于苦难的恐惧和沉痛思考都是自然而然的。

对于洼狸镇，他充满了良好的愿望。但生活给予他的回答是极其冷酷无情的，他看到的是更加野蛮的掠夺，是四爷爷一类人对含章的占有，是洼狸镇面临的又一次灾难性的惨败。现实终于使他对自己展开了无情的批判和一连串的反思。我们不得不重视《古船》中第二十五、二十六章中他与身患绝症的弟弟的争辩。这些篇章，充满了一个真诚的人的质疑和自我否定。他的灵魂充满了矛盾和焦思，时而一片浑浊，时而豁然开朗。否定之否定，溯源寻根，与之前他与弟弟的彻夜长谈形成了鲜明的对照。他从不对别人掩饰自己的迷惘和疑惑，诚挚之心令人感动。

作品展现了抱朴的博大情怀，也叙写了他的软弱无为。歌赞热烈，批判无情，最终完成的就是这一发人深省的形象。

他与弟弟的冲突是源于根深蒂固的矛盾。在他们之间的斗争中，他始终坚信如一，认为自己的信念不可动摇。令人为之扼腕的，恰恰是他最终反过来去首肯弟弟的行动——但他在肯定中又蕴含了否定，否定中又留下了疑惑，复杂得就像生活本身。此刻，抱朴批判的锋芒不仅直指整个老隋家一向安身立命的美好信念，而且指向他这些年一直孜孜不倦的追求。生活变了，翻天覆地，无数的谜题和问号，谁能回答？抱朴回答不了，我们也回答不了；但抱朴却勇于询问。作品是在询问声中展开，在询问声中描叙，最终也是在询问声中结束的。例如在第二十五章中，抱朴竟然一口气询问了二十四个问号。他是个真诚的探索者，因而他才是无畏的。

弟弟患绝症后的自我追悔，使抱朴感到痛心疾首。他认为自己身上缺少的，恰恰是弟弟身上的某些东西。他用振聋发聩的声音大声自问：“我这是善良吗？我这是公正吗？”

只要世界上还存在仇恨和不平，我们就没有理由去嘲笑一个人道主义者的美好善良的愿望。从生命的角度去看，这种愿望只要是质朴和真诚的，就具有永恒的、最终的深刻性，对于自己的质疑和否定，是源于更深刻的意义、取向更高的层次的。这正是作品的宽容度和深邃性，是作家对人生对生活的开放式思索的结果。

关于抱朴的一切，几乎全部凝聚在他的艰难的蜕变和探求过程上。这个过程是漫长的，又是辉煌壮丽的。不写出这个过程，离开了这一切，也就没有了隋抱朴，而只会产生一个概念，一个影子；离开了这一切，我们不但看不到抱朴“在每个时代历史地发生了变化的本性”，同时也看不到时代、历史已经发生和将要发生多么深刻的巨大变化。《古船》对隋抱朴的塑造，正是坚持了辩证唯物主义和历史唯物主义的基本观点，才使得他葆有鲜活的血肉之躯。真诚的人道主义——或许它是一切马克思主义者应该具备的良好基础。我们如果翻一下现当代文学画廊，就会发现抱朴这样具有独特身世的人，还是第一次以崭新的面目出现。这是《古船》对当代文学的重要贡献。

作品完全不像黎文所说的，以抱朴立言、言志。因为不仅作品无意全部肯定抱朴，如前分析，整个作品都是抱朴自我寻找和批判的过程——所以我们有理由说，黎文的一些观点是与原小说风马牛不相及的，是强加于作者的。

这是我们与黎辉等同志最大的分歧点。黎文认为隋抱朴这一人物是“代作者立言”的“理想人物”。既然“《古船》的作者偏离了文学的历史观，陷入了对于人性的抽象玄思”，所以“目前这场改革所带来的人民命运的转折和人性的进步，却被排除在主要情节之外，未能进入主人公的视野和思索过程”。还说：“作者似乎不重视人物个性和环境的内在联系，无意于强调人物性格的客观规定性和潜在的文化背景。”

毋庸置疑，《古船》中没有一个“高大全”人物。作者无意树一个楷模让人们都去学习。因而抱朴并不是作者本人的“理想化”和“理念化”的再现。笔者认为，抱朴这一形象的真正价值，恰在于深邃的历史和文化反思，在于通过他的变化，揭示现实的改革，开放生活对于人性的再造，对于人格的增值，对于黑暗的邪恶势力的致命打击，对于一切美好、善良、正直，以至于适应生产力发展的一切新生的积极因素的催发。没有现实的改革、开放，可以肯定，不但没有《古船》这样的巨制，就连抱朴一类人物，也必将永生永世蹲在那个老磨道里。怎么能说小说寄希望于用人性去改造社会呢？怎么能说抱朴没有把改革放入视野？怎么能说他的性格没有“客观规定性和潜在的文化背景”呢？

黎辉等同志是否注意了这个事实——即隋抱朴原来的那些处世信

念和一系列美好的幻想，如何被生活尽情地嘲弄了一番，生活又是如何重重地惩罚了他！更主要的是抱朴的探索和一系列选择，他的无情的自剖自嘲，难道这些不是对一个人道主义者最清醒的批判吗？这种批判甚至比黎文来得更凌厉和彻底。

抱朴的变集中体现在三个方面：

一是兄弟决裂。抱朴与见素作为饱受煎熬的隋家兄弟，从来都是同甘苦共患难。但后来在粉丝公司的前途上，他们却产生了不可弥合的裂痕。抱朴毅然摆脱了宗法氏族的羁绊和血缘关系的樊篱，对弟弟多次表示过工厂“不能姓隋”！万一厂子落到你手里，“我还是得从地上爬起来，擦净了血，还会用老拳把你打倒，打败你”。难道这真是一种“大锅饭”“守旧”思想吗？不，这里闪耀着人类智慧和生存哲学的崇高的光辉，是对“大锅饭”的否定之否定，是生活的目的，是真理。抢掠是一种恶，恶又是推动历史的杠杆，但一个热爱生活的人却不能由此去赞扬抢掠。

再是他对一些人类文化结晶的态度变了。在漫长时间里，他是将《共产党宣言》和《天问》《山海经》一并杂糅思考的，虽含宏观的文化反思光彩，但总嫌混沌，这是作者的匠心独运。后来，抱朴对那些薄薄的大书认定是“过生活的书”，“一辈子也不能丢开”。他并且多次寻找几本书之间的奇怪联系，询问“纸页发黄的书与纸页发白的书”之间的异同，质问为什么它们都是“薄薄的大书”？这就表明他的思考进入了新的层次，进入了新的系统，就不仅仅从信仰的高度揭示一个人的灵魂。他在用这一面面镜子来观察洼狸镇的畸形历史。封建的孽根在特殊的洼狸镇的故态复萌，它所结出的毒果、苦果、酸果、涩果，这又是为了什么？抱朴敢于直面现实，正视一切，终于变成一个坦诚的、无畏的勇士。

接着是抱朴对粉丝公司的态度变了。早期，由于刀光血影的震慑，生活重轭下的呻吟，人性、人格、创造意识的被封闭被贬损，形成了他特有的心理机制——“怯病”。新时期曙光的照耀，火热生活的催化，这都呼唤着他埋藏心底从未泯灭的“地火”。他站出来，承担了公司所面临的一切不幸和危机。他终于诀别了老磨坊，最终由一个“思想者”变成了一个实践家。这种选择来之不易，既是探索的一个终结，又是探索的一个开端。

他对洼狸镇的总控诉，最终标志着一个伟大公民的觉醒和巍然屹立。面对赵炳的霸人妻女，赵多多的鲸吞民血、横行乡里等等，他用“没有裁过的几卷大纸”去写起诉书。抱朴不再相信人治而相信法治，不再仅仅依靠善良愿望而去依靠新时期的总政策和总路线。

普列汉诺夫说过，优秀的文学作品中，“人物的心理之所以在我们心目中有那么巨大的意义，那是因为人物的心理就是许多社会阶级或者至少社会阶层的心理，所以，个别人物的心灵中发生的过程乃是历史运动的反映”①。

总观抱朴的心路历程，无一不是由于他所生活的洼狸镇的那个——“客观”“物质存在”给他打上的深刻的烙印。他一直是觉醒的，但并非是一直站立的。他的公民意识的强化，也只能在今天才会发生。

《古船》是一部长篇小说，作家写的是他心灵——艺术世界中的中国弹丸之地洼狸镇，并不是写的史书，他无意与史学争芬芳，斗艳丽。我们怎么能用历史的抽象的概念去框求小说呢？黎文一前一后要把《古船》引申为新中国成立以来历史的“缩影”，这就令人瞠目了。如果引申下去，就令人不寒而栗了。因为这种“社会学”分析，我们并不陌生，它常常是如此埋下了问罪的伏笔。

我认为，评论一部文学作品，首先要有一颗对于文学的真诚挚爱之心，从文学本体出发，从作品出发，不要作一些主观引申和推断。离了纯洁的爱，离了对艺术的沉浸和倾听，就不会有公正的批评。比如将“人道主义”说成是《古船》的主旨和基调，很难说就是黎文的

① 《世界文学》1961 年第 11 期。

一个发现，因为我们从中看到的是立论的矛盾百出，是为文的不和谐，是非常勉强的一种连缀，是草草敷衍的一层热情。我觉得为文何必如此。《古船》是人写的文字，缺点和弱点当然很多，我们说到底还是应以心论文。

释“素哥不素”

——评《古船》中的隋见素

“见素抱朴，少私寡欲。”①

见素，是《古船》中的一个重要人物。他是老隋家的后代，是主人公抱朴的弟弟。他与抱朴可以说是矛盾的两个方面，也可以说是互为表里的关系。侧重分析这个人物，分析他的深层心理动因，也许对于全面理解《古船》是非常有意义的。作为老隋家唯一一个英姿勃发、横冲直撞的“黑马”，我们认为他是书中一个“枢纽式”人物。因而必须进一步剖析他。关于见素曾有一句名言，即“素哥不素”。这句名言出于如下的场合——

> ……有一次领着干活的头儿让他一个人去河滩上割棘子围菜园。他去了，看到一个十六七岁的小姑娘也在割棘子。小姑娘叫他“素哥”，他眉开眼笑，心想素哥不素……
>
> 后来他巧妙也不失凶猛地征服了小姑娘，应了“不素”的话。他是真正理解自己的人，知道自己的热血在脉管里如何冲腾不止。仅仅是割棘子的第四天，他就得到了小姑娘。这几天他急得“恨不能抓起镰刀来把自己的手砍去”。这天他佯装手上扎着了一根大刺。小姑娘看着他的手，问：“哪里？哪里？”他说：“这里！这里！”就势把小姑娘一把揽在怀里。他不停地捋着那

① 出自《道德经》。

小姑娘的头发，以温柔使她像羊羔那样温驯。当天晚上他们幽会，在朦胧的月色下，他们互相冲破各自的心理障碍，摘撷了上帝的“禁果”。

见素以自己的行动证明自己一点也不“素”，是一个有血有肉的正常男子汉，是一个活蹦乱跳的真实的生命。即使当时隋氏家族在洼狸镇的处境极其艰难，政治上被歧视，经济上困窘，精神上被压抑，像他哥哥说的，“老隋家的这一辈儿人可以有爱情，但不可以有婚姻”。尽管这样，并没有泯灭他的生命意识的跃动。他像巨石重压下的小草，顽强地延伸着被扭曲的身躯，昂首蓝天，餐风饮露，吐一缕芬芳，展现着自己的存在。

这一笔如果说写了见素作为一个男子汉原始的性意识的骚动、生命意识的跃动，表现了他的征服欲，那么接下去一再地让他在生命的大舞台上跃动。他是老隋家血脉中一个最不安分的人物，是整个家族被压抑了的欲望，是整个家族宣泄欲望的一个窗口，是一个不甘屈服的代表人物，一个复仇的化身。从他身上，我们依稀可见隋氏家族的原生面貌，可见这个家族在走上历史舞台之初的强悍无羁。见素是这个家族中可怜巴巴又声色俱厉的一缕余音。

《古船》对见素的塑造，由性爱上的非凡的“征服欲”开笔，直到他得了“绝症”，他在政治上、事业上、生活上，一直没有些微收敛。他一再让读者赞叹击节：的确不是个“吃素”的！

“生命就是运动就是成长，就是变革自己和周围的一切使之跃然生辉。生命是要不断地超越现实的。它如同埃及神话中的不死鸟一样，朝着前所未有的、不允许的、被拒绝和否定的、未知的和不可能的世界飞翔。”

这个“不素”的“素哥”就是这样的一个人。

他的变革自己和周围的一切使之跃然生辉，与其兄长抱朴相比，具有非凡的“原发力”的能动性和勇敢精神，他是一个行动力特别强的人，桀骜不驯，是一匹谁也难以驾驭的烈马；由于他涉世尚晚，心理上蒙受的历史积淀较少，对严酷的现实认识囿于浅层，因而既缺少抱朴的智慧型的浑厚和稳健，也没有抱朴那样的忧虑和裹足不前的彷徨。他不能审时度势，许多行动每每为现实世界所不容，有时虽机关算尽也真带出几分鲁莽气来，是个悲剧人物。但悲剧有悲剧的壮烈，有悲剧的意义，价值是不可泯灭的。他的可爱和可悲，构成了他的全部人生，形成了他特有的复合性格。无疑这是新旧两个时期的折光在他身上的投影。

见素的“征服欲”可分三个时期来表述。

刚开始的见素就像地火的涌动，岩浆翻涌欲出，但找不到突破口。他急切切觅求复仇的、宣泄的对象，后来终于寻找到赵多多，初试锋芒，便一败涂地，他深感敌手之强，但不被震慑；痛心疾首之后，他暗中又小有得手，寻觅到“征服欲”得以宣泄的一点点愉悦。

历史的蒙难给隋氏家族笼罩着历史难消的阴影，那种难以排除的“怯病”心理机制困扰着抱朴。往昔，抱朴曾目睹赵多多是怎样恣肆践踏和凌辱继母——她是见素和含章美丽的生母。弟妹成人之后，抱朴仍然将那凶残无比的一幕秘而不宣，隐埋心底，让一己吞食。见素对此早有狐疑，对兄长的忧焚苦思、低眉垂眼大惑不解：“你杀了人？你当了土匪？我都不知道。老隋家的人就是有折腾自己的毛病，白天晚上折腾，折腾到死，你也算有罪的人，那么洼狸镇的人都该杀。我过得就不痛快，我整天难受得要命，不知道做点什么才好。有时我右边的牙疼起来，满口肿胀，真想用锤子把所有牙齿都敲下来，让瘀血可着劲儿淌……有时我真想抓起刀来把自己的左手砍去……谁让咱是老隋家的人呢！”赵多多带着人用钢钎在他家院子里捅，探寻财物，他首先咒骂自己的祖宗：“瞎了眼在芦青河边开起了粉丝厂，让后来的一辈又一辈人活不了又死不了。”他严厉正视老隋家兄妹的生活，大声质问：“没人可怜这些，也没人替我们想过这些。他们只看到我们还活着，就没人想一想我们是怎么活的……”

赵多多这个黑鸢的阴影在他心中盘旋，无法宣泄心中的郁结和愤懑。但他毕竟是真正的雄鹰，是“不素”的人物。他竟然忍辱负重，不动声色，暗中一笔笔算起复杂到极点的公司大账。他悄悄地向那个凶残的黑鸢伸出了利爪！他等候着最后的机会。见素对赵多多在承包粉丝厂一年多的时间里“竟然不慌不忙地咀嚼掉了一座绿豆山”惊惧异常。他愤怒得常常“将两手的指头掰得咔咔响，又握成一个拳头，猛击……桌子”。赵多多鲸吞的这个上几百万元的“大数”，像给这个已经燃烧成一团火的人泼上了油。一次见素与赵多多对饮，赵多多狡黠阴险，酒后捏碎酒盅，直言不讳地威胁见素，并佯装执针缝衣，蓄意高扬臂腕用钢针捅向见素的右眼，见素眼疾手快把住赵多多的手腕，这才免了一灾。但他的两眼紧盯窗台砍刀——那把复仇的刀子！见素更像一头被激怒了的狮子，他继续默默算账，觉得那笔大账“像一张细丝网绞在了他的身上，紧紧地勒进皮肉里，难受极了。他在炕上焦躁地滚动，直到炕席子上染上了血”。这期间，他还伺机破坏公司，搞了一次“倒缸”活动。“倒缸”虽一时未成，但他聪明透顶的情人，那个所谓“女人之心有裂纹”的大喜却替他干了。这一下使赵多多损失了上万斤绿豆，使赵多多深感恐惧。

意识到自己的奴隶地位并实行改变它的斗争，是主人；意识到自己的奴隶地位而安于命运摆布的，仍然是奴隶。见素永不甘心屈服，他周身着火，并以这火使自己和周围赫然生辉，对于黑暗的恶势力斗争，表现了一往无前、义无反顾的进攻精神，令人赞叹，但是，他的谋略和细密筹划往往又和幼稚孟浪连在一起，充其量只能是一种破坏性反抗。

后来的进城，是见素“征服欲”发展的第二个阶段。他闯荡城市，图谋大业，成了全镇第一个进城的人。他以堂堂仪表、潇洒谈吐、仗义疏财、调侃大方，先后征服了小店主和周燕燕。他既谎言惑众又赤裸真诚；他既用假相骗人又光明磊落。他在一个城市里找到了机会和用武之地，展开了一次才华和能力的大施展、大试验，是对这位“素哥不素”的工笔细部。他的惨败——被人骗、抵押他的洼狸商店、被人唾弃、患“绝症”，也是一种必然的结局，是对见素的“征服欲”的最终否定。

新时期的到来，给见素的行为提供了一个摆脱洼狸镇——赵家约束的大环境。他的西装革履和“总经理”的诡称，找到了小市民阶层心理上的对应物。这种利欲对狡黠的“混血”，遂演成了当代城市的某一种闹剧——悲剧，即你骗我，我骗你，轻易信赖别人，不惜以身家性命相许。这儿，金钱——资本这个来到世间从头到尾每个毛孔都滴着血和肮脏的东西，仍然在今天的城市那么富有魔力！见素痴迷这个，小店主和周燕燕亦痴迷这个。矛盾的双方被金钱维系着，什么猥琐下贱的事都能干得出来。一旦真相大白，一切的神圣、庄严、道义、许诺、爱情，便荡然无存。

见素这个“不素”的“素哥”，使小店主倾家荡产，使周燕燕二次失身，他的信誓旦旦，虽不乏真诚，但毕竟成为肥皂泡。他给人的启示是多方面的。

他的最后一个阶段，是几次返归故里，直到身患绝症。直到这时他的“征服欲”始终未泯。为夺取粉丝公司“姓隋”，他冲破家族的樊篱，与哥哥决裂，联合赵多多对付哥哥。得知赵多多对生母残害的那一幕，他终于拿起了刀子，行凶杀人。他的欲望在燃烧，真可谓登峰造极。

见素从不因碰得头破血流而改弦易辙——“吃素”，他的“征服欲”可谓“死不改悔”，疯狂之极。面对哥哥的多次规劝，他说：“我真恨你！我真恨你！……我才第一次明白过来，我真正的对手原来不是赵多多，而是你，是自己的哥哥！”老谋深算的四爷爷看到赵多多承包的粉丝公司日渐债台高筑，崩溃在即，即行“换马”，暗中默许见素承包公司。四爷爷明察见素的思想本质，使其遏制抱朴，最终使公司名义上“姓隋”，实质上仍然“姓赵”。见素虽然看到了这一阴险毒辣金蝉脱壳之计，但却不惜一切，破釜沉舟，丧心病狂地去联合赵家，以对付自己的哥哥。作品对见素的“征服欲”写到深层次上的家族、兄弟裂变，写到其举刀要去杀赵多多，力透纸背，入木三分，摄人心魄。

《古船》对隋见素这一形象的塑造，是有其深刻的认识价值的。

他与赵家为代表的恶势力作斗争，有其追求人的权利和尊严的无比光明的一面；他要求的也许并不过分，不过是自主、自立的人的生活，有它充分的合理性；他敏于接触新事物，率先离土不离家——进行经商，合于时，顺乎潮，有助于推动社会生产力的发展。这些不容非议。我们否定他的，是他的终极目的，他的世界观，他的掠夺的性质。

作为一个行动感极强的人，他得了“绝症”仍然是强人。他的顽强、执着，为理想奋斗的精神火花，永远不会熄灭。

他的所作所为，他的鲜活、丰满的形象，在从不同角度、不同层次上包含了无尽的意蕴。对他的功过是非，一时难以评说。他是非常复杂的、改革年代所特有的一个现象，有着深刻的历史渊源。但我们必须去理解、去剖析，因为这也许是极有意义的事情之一。

丰碑下的回身转望这部交响诗在时空中起伏宕荡——

是新的历史时期，这位慈爱的母亲以温情的亮眼看清了它，以宽厚的胸膛抱紧了它，以坚强的臂膀高举了它。

它，让这个世界一次又一次地看清了它的皎然和骄然。

回望《古船》往日历史，一个极端重要的问题是：怎么看它和怎么待它？

这个问题的焦点就集中在关于《古船》的评奖问题。

1994 年的“人民文学奖”：当时的《古船》还被一些人停泊在他们心海的泥淖里的时候，人民文学出版社前总编辑、此次评奖委员会主任之一的屠岸先生对《古船》的器重而力排众议。何启智介绍说："我们人民文学出版社得以和广东炎黄文化研究会联合主办优秀长篇小说'人民文学奖'的评奖活动，其评奖范围为1986—1994年九年间以人民文学出版社名义出版的长篇小说（含长篇纪实文学）。评委会由人文社当代文学资料编辑和广东炎黄文化研究会的代表联合组成，但其中的秦兆阳等人因健康原因没有参加评奖讨论活动（秦兆阳1994年7月病逝——引者注），我们在北京市郊集中了可能与会的十七位评委，在调查研究的基础上讨论评议。评委主任之一、人文社前总编辑屠岸在发言中认为，新时期我社出版的长篇小说中《古船》是艺术成就最高的四部作品之一。大家经过反复研讨后，于1994年10月13日以无记名投票方式评出'人民文学奖'的获奖作品。《古船》被认为是对现实的观察和对历史的反思、总结都相当凝重和深厚的优秀作品，被参加无记名投票的评委一致通过为炎黄杯、'人民文学奖'的获奖作品（同时获奖的还有长篇小说《活动变人形》《南渡记》《第二个太阳》《地球的红飘带》等十三部）。"

大家都知道，屠岸这位老先生是我国当代著名老诗人、翻译家、出版家和文学评论家。他对新时期出现的新文学，其中包括他所钟爱的《古船》更具有独到的见解。为此，他也往往能够发出许多"先声夺人"的高论。

何启智著文介绍说："……1979年2月人民文学出版社组织召开全国部分中长篇小说作家座谈会。这次会议就是由当时任人民文学出版社当代文学编辑室负责人屠岸提议召开的……2月9日，屠岸在大组会上作了一次认真大胆的发言。……现在需要学习，需要梳理思想，以正本清源。他还说自己体会到'实践是检验真理的唯一标准'这一原则适用于一切方面，当然也包括文学创作。文学作品必须经过实践的检验……讲话中，他慷慨陈词，相当激烈，对于平日像个谦谦君子的屠岸来说，这是很少有的。"

《古船》这座当代文学的丰碑被历史再次确认，不知是历史老人的“白内障”被刚刚割去，真正看清了它在东方大地兀立的伟岸，还是它一直还被一些难以说清的东方神秘主义轻纱迷蒙？而这迷蒙必然会被续写历史的妙笔吹去残留的雾霾。

第五章

他心中一直怀着攀登艺术高峰的大目标

一、"他心中一直怀着攀登艺术高峰的大目标"

——见《才华·人格·追求》

这是张炜在他的第一个文学十年里，我经过对他作品多年的阅读、观察和研究，以一个比他年长二十三岁者的爱心所得出的定而不疑的确识、确认和确信。

我的希望饱孕着期待。

张炜的心灵神使灵翼飞翔，视野高蹈。

他是大海和群山的儿子。张炜故乡的山海大约在一亿两千万年之前就基本形成现存的格局了。他几乎都攀登过，这里留下了他少年和青春的脚步和身影。

这里说的高峰，是在他的"艺术王国"里。

是他以"芳心似火"的燃情，以古老的齐文化的灵魅、元素为燃点，于是，他的文学高峰在这里隆起。

它的隆起
他的攀登
在同一个节点

他的两条腿，一只叫神往，一只叫毅然。他从心中的芦青河起步，一直到今天，他虽然已经攀登上第一座高峰——《古船》了，但是，他却全然无有我所看到的不少人的共性：小家子气。他不沾沾自喜于那片方得的膏腴流油的田园。

他总是放眼那“伟乎高哉”的“峰峦叠嶂”和“巅连五岭”。

也有回望，那是为了饮下那杯“自信”的酒，擦擦额上的汗涔，逗弄一番孙子的微笑，温馨一下不知疲倦的脚步。

张炜的故土胶东大地，号称十万大山。因“革命的名义”而得名的有昆嵛山、天福山；有散发着母性光辉的乳山；还有那最小的荣成山头镌着“天涯海角”字样的巨石！

据我的研究：张炜看到的第一座外国的山是欧洲中南部的阿尔卑斯山。张炜成名之后出访的第一个国家是德国，他的首篇外国见闻是：《我去看阿尔卑斯山》。

今天，我们展望张炜的接近两千万言的浩繁卷帙，把它们一部部垛垒起来，就是一座座山的高峰，首先在山东，然后放眼全国。

就长篇小说及长篇纪实文学来说，《古船》这座丰碑之后，按照出版顺序，他的这一座座山峰的排列是：

《九月寓言》（1992 年）；《柏慧》（1994 年）；《你在高原》（系列第 1 卷《家族》，1995 年）；《远河远山》（1997 年）；《外省书》（2000 年）；《能不忆蜀葵》（2001 年）；《丑行或浪漫》（2003 年）；《远河远山》（续写完整版，2005 年）；《刺猬歌》（2007 年）；《你在高原》（10 卷本，2010 年）；《艾约堡秘史》（2018 年）；《我的原野盛宴》（非虚构长篇纪实性文学，2020 年）。

除上列小说作品，大约还有等量的散文、评论、诗歌问世。

关心爱护张炜的朋友私下里说："一部《古船》，现在又被识为当代文学的'丰碑'，就是已夯实他在当代文学史上的地位了。"

"当年，谁料想他有今天的成就！"

"他是文学女神派给的东方之子！"

"他是为文学的纯洁而生存而行走的不知疲惓者。"

"他为文学像两头点燃的蜡烛，燃烧自己，照亮别人。"

……

爱他的朋友每每都捧着爱他的心，怕他累着了。

他仍然奋不顾身，像个追日的夸父，在向着太阳最近的那座座高峰攀登！

他又像个东方的现代的普罗米修斯，在东方的传统美学和经典里盗得"天火"，给今天偏离甚远的文学和艺术的审美王国里，带来更多一些的光明。

二、这里，是他的山他的海

翻查张炜的全部作品，除去评论和写古人的，大约全部的长篇、中篇、短篇小说的人文生成，成长和茁壮的那方宝地，就是他的山，他的海。

我们人所居住的蓝色星球，"三山六水"，水的浩瀚森森何其大，山的连绵逶迤何其多呀！

但张炜笔下的山水和人物，皆是被他凝缩在那个特定的"邮票"大的地方。

我的思想之鸢腾空，虽然难称精骛八极，但也达到了相应的高度。

我使用电影摄像"蒙太奇"的手法，在东亚这片天空寻找、缩小，像一匹巨大的骆驼，它的颈项伸向浩渺滚雪的渤海海湾的地标龙口。那方被凝成“邮票”的地方，就是离龙口不足二十华里的、张炜经营的“艺术王国”洼狸镇，那儿流淌着芦青河，它濒临大海。在这片小平原不远的南部山区就是张炜的故乡。

张炜的故乡和他所经营的“艺术王国”本质上是一致的，是生活的真实和艺术的真实完美地融入和融合。它们共同来自遥远的古代。

好像张炜也有“空谷足音”
——他从遥远的东夷、东莱、齐国走来

山左海右的鸟瞰式大观，把山东古代的东夷、东莱、齐鲁的区域作了区域界定——是面南称帝式的权威界定——齐鲁这块地方，在太行山的左边，在大海的右边，官称：山东。

在泰山北麓的长清县境，还能清晰地看到中国最为古老的长城遗址，那是早于秦始皇的万里长城的春秋遗址。那时的山东大地分为齐、鲁两国。

就在这宏观看去非常狭小的地方，分为“两国”，齐国和鲁国。

齐国，春秋战国的国都临淄，特别是胶东地区，最初见诸文字记载的叫作东夷，意思是在遥远的东方靠近大海的地方，野性蛮荒，比起别的地方文明来得晚了些时日。

传说姜子牙（姜尚、姜太公）因己身业力重，成不了神，成为人中高人。

他封神（神由人封）之后，被委以国君重任，成为齐国第一任国君。说他对齐国的治理顺天应时，国祚福民，民风淳化。

这在春秋战国时，差不多在古希腊元老院、雅典学院的同时，临淄产生了稷下学馆。

今天，我们来仰望这所学馆，它应该是东方大国的第一所大学，或者叫它是一所综合性的、四门朝天的、来去自由的、吃饭不要钱的科学院。

它曾成为春秋王霸之主，挟天子以令诸侯。

春秋战国时代的齐都临淄，算东方大国第一大都会，人众的密集可以“摩肩接踵”，夏天“挥汗成雨”，举手可“联袂遮天”，打起仗来“撒豆成兵”。

齐国，当年的文明和繁荣，是立于世界文明之前列的。

后来抗日民族民主革命战争时期，这里更成为抵抗日本帝国主义侵略的主战场和根据地。

在那里，甲午海战纪念馆、昆嵛山革命纪念馆、雷神庙战役纪念馆、任常伦烈士纪念碑，都在诉说着那些鲜活的壮烈的历史。

这些过去了的存在，都是历史，只有未来的可能和不确定性，才是令人颇费思考和谋求的。

鲁文化，俗称山文化，文化积淀为仁。

齐文化，俗称水文化，文化积淀为智。

山仁水智。

厚重灵秀。

天地造化。

华夏东天。

山东半岛和内陆是齐国的本土。

张炜的这一家，从狭小的空间来说，今天的烟台、威海是标准的海洋文化。

半岛上的栖霞又是峰峦叠嶂的山文化。恰当一点说，张炜的人文情怀的积淀里，他得天独厚的在较小的人文区间里，备受了山仁水智两种文化板块的天赐神予。

这是我对张炜文学情怀的寻根。

我们聪明的古人对这“根”是这样认同和解释的：“夫山，草木生焉，鸟兽蕃焉，财用殖焉，生财用而无私为焉，四方皆伐焉，每无私予焉。出云风以通乎天地之间，阴阳和合，雨露之泽，万物以成，百姓以飨，此仁者之乐于山者也。”（《尚书·大传》卷六记孔子答子

张问）

古人又说："夫水者，启子比德焉，遍予而无私，似德；所及者生，似仁；其流卑下，句倨皆循其理，似义；浅者流行，深者不测，似智；其赴百仞之谷不疑，似勇；绵弱而微达，似察；受恶不让，似包；蒙不清以入，鲜洁以出，似善化；至量必平，似正；盈不求概，似度；其万折必东，似意。是以君子见大水观焉尔……是知者所以乐水也。"（《说苑·杂言》记孔子答子贡问）

张炜来到人间，应许的几声啼哭，定有大海的伴唱。

张炜文学之树的"伊甸园"

文学之树的"伊甸园"，并不止于龙口的这个以农业种植为主、以狩猎为辅的"海洋文化"的风流淘洗。

张炜和他的家人都曾说过，他们的故土老家原来不在这里。

在离这儿不太遥远的栖霞。

栖霞——是山东最美丽、最好听的县名，位于胶东半岛内陆，那是片山乡高地，山上的峰头和树林是彩霞年年留恋不舍离去的地方。

大概是由于它的贫瘠和不够大方慷慨吧，张炜的父亲张老在张炜还未出生的时候，来到了这大海喧闹的地方。

故土难离。再难以生活下去的故土，不离也得离，离开是新生的开始，从人本到家庭，从家庭到结社，都存在这个道理。

仁山智水，山乡、水乡和坂野之乡，在广义的涵盖上，它们是在一起的。

所有作家的文学之树的根植都在那里，往神圣上说，我叫它"伊甸园"。

单就海洋情结的浓重及其所结的文学果实的壁立累累，我这样认为，在以往的半个多世纪里，张炜所经营的文学天地世界，以及他的心灵世界构建的群山逶迤跌宕，大海汪洋恣肆，从雄浑到玲珑，从宽阔到隆起，从粗犷到微妙，以及它们共同组成的玲珑之秀和穹隆之高渺，在中国乃至于东方文坛是独树一帜的。

笔者凭记忆数算了一下，出生在山东半岛和半岛内陆的作家，他们笔底所经营的世界，绝大多数是土地革命，农业组合的阶级斗争和集体主义战胜个人主义的故事。

而张炜有别于他们的是：他仍然本着一方水土养一方人的情怀，在这一方水土之上人们的生存态、社会人文态、思想情怀态，以及社会性的恩予和戕害，在他笔底所展现的斑斓，当属中国当代之最！

试看：从这里走出去的峻青，虽然写出了成名作《黎明的河边》，虽然有水，也只不过让它作为故事的特定发生地点而入的作品，那里没有水和河的事。

同样生于山东的莫言，他的情结是标准的“红高粱”情结。

即使是出生在日照海边的赵德发，他的文学笔墨也没有“近水楼台先得月”之意。

张炜出生在龙口滨海中等村庄。

他来到人间的第一声啼哭自然地就融进了大海的涛声里，他睁开眼睛看到的最大的世界，也是我们这个星球上最大的世界，就是大海。

他的少年和青春的脚步是在胶东半岛的腹地栖霞奔走的。

那里的十万大山埋藏着他的生命之根，他的灵和魂在幽谷深藏。

在遥远的东方的我们，张炜所生存的天地又是东方的东方——“天尽头”的地方。

也是遥望海外有仙山，仙山躲在彩云间的地方——

在山左海右这个半岛上，渤海几成它的内海，它的海岸线之长得天独厚。齐鲁人得益于大海的慨然馈赠，恩典够用。

然而在文学创作上，山东作家群总把审美视角投放躬耕田畴的多，投放海洋的少。张炜在这里是个特例。

这是为什么？

农业文明祖制的阻滞？牲畜重轭下的羁绊？威海海祭的悲伤？

是，又不是。

在古典的东方神秘主义哲学，大致首先来自老子的自然主义神学学说。

如果说福建厦门的鼓浪屿是“集美”的地方，那么，古老的东莱国，胶东的这片水域，则是神秘主义的活剧上演的地方。

因为“海上有仙山，山在虚无缥缈间”，引来八个仙人，在这里涉风踏浪。这美好的传说，前半部被描述得有鼻子有眼，活灵活现——

而结果，可以直白地说，那滚滚而扬起的拍天巨浪已经给出了结果。

早于“八仙过海”传说的徐福率八百童男童女出海，寻找仙山而采神仙灵丹妙药的事儿，在野史中明确记载着，就连名气齐天的太史公司马迁也不惜宝墨，记下了一笔。

而这个勇敢的、极富追求和寻找的“探险家”徐福就是张炜在遥远的古代的一位同乡，一位智慧而心肠火热的“乡巴娃”。

离张炜家乡不远的齐国临淄，走来了一个蒲松龄。

大概是文学女神的慧识挽留，让那个穷苦的书生、内雅外秀的蒲松龄久试不第。蒲公为糊口教起私塾，在周村毕家庄的小楼上，完成了他身后享誉世界的文学名著《聊斋志异》，丰富了东方文学的玲珑宝塔，一举把志怪小说的审美和讽喻价值推到了迄今难有人企及的高度。

张炜是古老齐国的后裔，他以胶东的万山作脊骨，以海河作血脉，被东方神秘主义的宝地沃壤哺育，成就了他的山水情怀，其中的宝贵财富是：坚毅、勇敢、探索、追求、寻找、宏阔、冲和、恬淡、雅致、洁净、憧憬。

回溯张炜的文学起步，那一潭清水，首先映入他的眼。

于是，他叩响文坛大钟的第一个声音就是《一潭清水》。然后有《声音》、“芦青河系列”的清丽美妙。

接着就有重新启碇的《古船》驶来。

《一潭清水》开始，到《古船》又一次升帆——

《古船》扬帆入海，遥想当年那个痴迷于寻找的东方神秘主义人物徐福。

徐福撞入张炜的文学大海不是偶然的。

这时的徐福，远远不止于是一个勇敢的、智慧的、执着的人了。

张炜把徐福这个人物、这个现象审美意象化，灵性化为一种情怀，把其作为东方神秘主义文学的一个具象化的人物。

于是，他在写了大量的海洋文字之后，还不足以了却他那海洋王国“君王”事，出任了“徐福研究会”负责人，铁肩担起了道义。

事情到了这个份上，并没有扣住他文学的“海洋情结”的结。

张炜身上富有深广的文学情怀。他在第一个文学十年里就已然坦露，他不是那种孜孜以求一举成名而又躺在那张薄薄的证书上的人。他把文学既看成是作家个体的创造物，又能自觉地把它作为总体大文化速构到社会性层面上来。

这样的情怀必然宏大了他的眼界。

遥想当年在古老的东方大国，临淄设有稷下学馆，也称书院，它是当年东方大国第一所没有围墙、没有大门的大学，它比孔子的杏坛更大，万国学子在此吃喝，进出自由。

强大的文化，自由思想的交锋磨砺，必然造就了当年的齐国，为春秋五霸之首。

一个美愿在他心里萌生：我们一些糊涂的人，不重视文化建设又干着破坏文化的事不是一天两天了。我们不能总是停留在埋怨甚至诅咒，理应开始着手来点建设。这一思想的萌生，大约是在《古船》之后他出任龙口市副市长又分管文化的初期。既然古人有训“万般皆下品，唯有读书高”的向高一说，重拾大文化建设大约要从提倡读书开始吧。

这儿是龙口市附近的“芦青河”入海口处，那里有一片松林，显得多些清静。而清静之地正是读书的好地方。就是出于这么一颗思想的种子，这里开始出现第一座杜甫草堂式的茅屋以及树墩式的座椅，以及后来的阁楼，挂上漂亮的铭牌“万松浦书院”。后来的后来，张炜被推举出任这个书院院长。

今日的“万松浦书院”，以方兴未艾的勃然生机，一是走在今天，它可能是一所民办的中国文学院；二是验证昨天，它的功成名就可以与“岳麓书院”“白鹿洞书院”“石鼓书院”“应天书院”媲美。它更是远古的稷下学馆姗姗向我们走来。

张炜文学的“海洋情结”所栽出的两株大树，是他文学文本之外的两桩巨大的客体存在，那么徐福研究会则为东方神秘主义文学构筑的大写意永无止境的虚幻——太虚幻境。

而“万松浦书院”，则是张炜对他所走的文学道路和创作成就留下的亲切应许、亲和叮咛：沉下心来读书和思考。

作为“遗产”，它们将存在于遥远的未来。

社会人文与山水情怀，向来是世界文学家关注和笔墨倾注的两大天地。

因为人生大美和自然大美都被他们包容和拥有。

虽然这两者互为依存共生，不可离开或不可离开须臾，但它们毕竟是有区别的。有的在作家对题材的关注上，至于有何关注，那是作家的自由。

社会人文比之自然山水，一个是诡谲多变，写出的作品也容易被审丑的第三只眼豆腐里挑针。而寄情山水，在山水里打捞大美，为世界功勋卓著文学大家所证明，那是真正的文学大家永远应该固守的领地。

评论家在谈张炜写山水的作品，往往把它们与《山海经》比附不无道理。

《山海经》是中国古典文学中的重要经典之一，是先秦文学的重要著作。

它被誉为“百科全书”，内容包罗万象。历史、地理、远古神话、矿产植物、医药求道、民间传说，应有尽有。

这部书对后世影响很大，最早见于庄子《逍遥游》中的“鲲鹏”，后来见于李白《蜀道难》中的“蚕丛及鱼凫”，以及被后世文人加工丰满了的神话故事《女娲补天》《愚公移山》《夸父追日》和《精卫填海》等。

没有想象就没有文学。《山海经》的许多内容，是凭想象生出来的，在《望海潮》篇中，竟有这样的描写：“鏖战动貔貅，尽半生残梦，一夕寒秋。”对神兽之战的想象赋予灵性活化。

张炜富丽堂皇的“山河志”卷帙，定是从《山海经》中获得了灵异和神授，但并不“唯此为大”。

他热爱中国的古典文学，也热爱世界文学中的古代经典。

他热爱中国的现当代优秀文学，也热爱世界现当代的优秀文学。

张炜在他山海壮美的庞然巨篇里，寄托了人间的各个侧面的人性人情人伦大美，它们必将获得山岳那般永恒，沧海那般涌动。

张炜笔墨所及的山海，都是世界的庞然大物，就他人之初所生活的环境来说，胶东那片天地，它之大可以抵得上欧洲的一些小国家，但却被他浓缩为一张邮票。

他说：“好的作家一生往往只写自己那块邮票大的地方，这就是极有难度的事业了，但要迎难而上，不能讲套话，要写出时代和生命进程中不断滋生的新元素，这就是生长。”

统观张炜的全部作品（恰当地说，应该是到目前为止所创作的作品），有两个最重要的元素：一个是山，一个是海。就其中的浓凝点，《寻找渔王》是写海的，《我的原野盛宴》是写山的。前者为小说创作，后者则为回忆纪实。

张炜所谓的“时代和生命进程中不断滋生的新元素”，并且把这世界定为滋生，是什么呢？

前文提到的张炜外祖母的“寻找说”，那是一盏燃烧着智慧之光的海洋灯塔。这个光，永远闪耀在崇高之人的空灵里，它作为“信念”，可以“生长”出人间的一切美好！

土地、森林、山川、大海，是人类的产床、摇篮、怀抱，是它们的慷慨赐予，使人类得以生存、延续、前进、美化和崇高。

这个产床、摇篮、怀抱是生存和发展的天地，是它们留下了婴儿的尿臊和乳香，是它们记录了人来到世间的第一声啼哭，是含盐的沙滩治愈了小脚丫的第一次创伤，是海边的林莽藏着许多迷离幻想的童话，是数不尽的山珍，是大海的丰富给予了人类永恒的情牵和记挂。

人，作为自然之子，聚村而居，世代农耕渔猎，血脉扎根，这种绵延不绝的乡土文明造就了中国独有的东方式乡愁。

大自然给予人的大美是慷慨的，人生存在它的怀抱却不爱惜它，就是在根本上的“自杀行为”。人类，不止一处，盲目地或肆无忌惮地损毁赖以活命的生存环境，这就是人类世界普遍存在的环境保护大题。张炜在他的作品里，做出了非常美好的暗喻和殷切叮咛。这是珍贵的元素之二。

张炜作品中不断被开掘的新元素，是人性大美。人活在世上，不只是自然之子，更是社会之子。人要活得好，早已不能单纯靠自然经济与自然发生关系，而是要依靠群体。

群体，人与人连接的社会性，契约的管制和约束便应运而生。

人类生存的社会性，人与人之间摩擦和碰撞，随之产生，就中的真善美和假恶丑的斗争，它们之间无时无刻不呈现着灿然的火花、污秽的脓血。

聪明的仁者又是层出不穷的，他们总能在“火花”和“脓血”面前寻找到诅咒和祝福的新词新法。为了疏解人生的困顿，还能创造出在另一个世界存在的美妙。诸如龙凤呈祥、麒麟送子，各路仙人的保驾护航；魑魅魍魉降灾惩戒等等第三第四世界的产生。

这一切在人间求之不得的力量，给所有的文学天地提供了最为原始的丰富的沃壤以及难以开掘净尽的富矿。

精骛俯察，张炜把乡土山水情结浓凝成“一张邮票”。

山东，特别是张炜的祖居地曾经的齐国，再缩小到龙口市万松浦附近的滨海小村和交通腹地栖霞县，是他把两千万言的文学大千世界浓凝成的“邮票般”的方寸之地。

张炜在《我的原野盛宴》里写了三十五个故事，以三百六十多种动物和植物作为他的作品人物性格和情怀的承载体，在它们身上寄寓了一个人的成长史和心灵史。只有在这时，用文学是人学这一根本观点看待文学作品中的动植物描写。否则，它们充其本身只能叫作齐鲁某地的《动植物志》。

山水有灵，万物有灵。只有当作家用文学的“第三只眼睛”——心眼，去看待动物和植物的时候，才能够叫他书中的动物和植物说出人的话来。

故乡的那座页岩山，是部顶天立地的大书，那上面密密麻麻记录着古往今来所有的故事，他也是一位慈祥的老人，在守护着他怀抱中的活着的和死去的。

故乡的那条芦青河，是天外飞来飘落在故乡的蓝色彩带，它永远唱着不疲倦的歌、抑郁的歌、欢乐的歌，它流淌的也是一河泪水，喜乐的伴着悲伤的。

在漫长的人生岁月，故土山河的烙刻无不在它的一代代儿女心中留下深刻的印记。这一情怀为人类共有。

如果说以上这些是张炜文学之路的植被，那么外来新风的吹拂，则更加摇动着张炜文学创新的心旌。

据我所见，张炜这颗文学新星在东方熠熠闪亮的日子，如饥似渴地读了不少世界文学名著，这得益于改革开放的自由之风，印刷厂的轮转机高速地把历年诺贝尔文学奖的获奖作品和优秀作品印了出来。

就中，南美哥伦比亚作家马尔克斯的《百年孤独》是其中之一。

他首先在马尔克斯文学语言的富矿里淘到了金子，更在那里找到了博大的人文情怀。

马尔克斯说："生命中真正重要的不是你遇到了什么，而是你记住了什么，那些事，又如何铭记的。"

"无论走到哪里，都该记住，过去都是旧的，回忆是一条没有尽头的路，以往的一切春天都无法复原。"

张炜把他的故乡——山东最美的那方把脖颈向大海深沉探索的胶东半岛，浓缩成"邮票那般大"的心灵天地。

这种审美置换，把天、地、人所有的能动的踊跃，绽放的艳丽，发声的婉转，释放的芳香，把这一切的和谐和精妙，妙笔生花写了个够。

这是他所能开掘的新元素的总汇。

张炜在他"邮票般大"的方寸之地，创造山海川原、万籁向荣的心灵世界。不管是虚构的还是写实的，它们相得益彰，一体构成张炜的艺术王国。

著名的美国作家保罗·奥斯特在他的名著《幻影术》中说："每个伟大的作家都会创造出一个属于自己的世界，而那个世界——那个世界的色彩、气味、声音，甚至触觉——并不会随着阅读的结束而完全消失。好的虚构会浸入现实。"

张炜文学的审美辐射力、浸润力和感染力，必然是待开掘的富矿。

人，由躺卧着到站起来的第一步，是父亲的胸膛；迈出庭院的第一步，是故乡热土上的小路。

那千山万水间的人群聚集地，叫作村庄，它们是故乡的乳名，是人类"结绳记事"所打的第一个环扣。

山的环抱和凝望，水的温情和滋养，是人类离开父母血亲，又来到自然的父母家中。

伟大的人类祖先借着光看到了人类赖以生存的环境。

伟大的人类借着神赐的内在之光——记忆，找到了回家的路。心里知道，你即使离开故乡十万八千里，故乡的山水永远在把你凝望。有限的生命，只有在这里才能获得永恒和不朽。

这是理智的光明。

培根曾说："当上帝创造宇宙的那几日，他创造的头一件东西就是光明，他创造的末一件东西就是感官的光明，他创造的最末的一件东西，就是理智的光明。"即记忆。

光明的记忆，由山水灵性灵言养成和编织，它们是乡土情结和山水情怀的联奏和协奏。

放眼东方大国乃至世界作家，把自己的笔埋在故乡的热土，让它发芽绽放开花结果的不乏其人。在所有成名的作家中，几乎没有一个不对他们的故乡的一山一水、一草一木给予披肝沥胆的记挂和倾注的。挂在这上面的情怀朵朵是：乡情、乡恋、乡愁、乡怨。

是情牵。也是为攀登艺术高峰的必经之路，于是当年我写了一篇短文:《张炜回到芦青河畔》。

世界文学史上有许多的相似而却不是。

梭罗舍弃优渥自如的城市生活，来到宁静澄澈的瓦尔登湖畔，自己动手构建木屋，做了三年自然之子，谱写了一曲现代人特有的"别致"以及诗性的逆旅"返祖"。

故乡情结，山水情怀，既是生命之根，也是情怀之源。

这一情结，这一情怀，为人类共有。

土地，它是生命的来源和归根。它的神圣性与生命同在。其他的都是渺小的，如浮云。

故乡，故乡的山水，它们属于这片土地，山水的儿子，拥抱着喂养这片热土上的人。把所有人的故乡山水连成一片，它便是这个世界，这个旋转着的蓝色星球。

张炜的文学人生的第一步，他的文学灵生的被赐予，是故乡，是故乡山水的陶冶神赐。

他对新时期文学的大势走向清楚地看到："在更加敞开的世界里，一场前所未有的对民族文化之根的求索承续，对于现实生活的历史性观照开始了。就作品业已达到的思想和艺术的高度而言，这个时期的

创作在当代文学史上是极为凸显的。”（见张炜《当代文学的走向》，《天涯》1999 年第 1 期）

笔者认为，张炜的全部文学情怀可以由两个巨大的板块构成。

一个是“把根留住派”。他与“寻根”不沾边，因为他压根就没离开生养他的那方山海。

另一个是“放眼世界文学派”。他对文学的追求标杆坚牢地树在世界文学的巅峰。为此，他对文学界的急功近利、短见薄识心知肚明，不屑于林中的雀鸟杂言，始终坚持着“我手写我心”。

为此，他的故乡情结和山水情怀不是靠寻找。他使用了一个深刻而精当的词，叫“融入”。

“我的要求简明而模糊：寻找野地，我首先踏上故地，并在那里迈出了第一步。”因为“守望大地的歌吟”，它是“无法绕过的重镇”，“人的记忆、怀念，外部世界的质疑、迷惘、痛苦、深长的遗憾，好像在那里都能找到宽适和慰藉，得到矫正和获得平静”（张炜《融入野地》）。

张炜双脚所深扎的文学沃壤，恐怕一直就没有离开过被他叫作他的文学故乡的洼狸镇——那个随时随处都可以举目看见帆影，侧耳听到涛声的滨海小镇。

张炜的文学历程，以第一次获得茅盾文学奖的《古船》为停泊点，可以被称作“芦清河系列”。它们以《古船》为牵引龙头，更以一系列的优秀短篇为鳞甲，为新世纪的中国文坛画上了亮丽的彩笔。

纵观山东近代当代作家文学史，张炜这一文学现象是独立出岫的。

就以《古船》作结，他登上了几代人企望得到而终未得到的殊荣，国家和山东父老也给他以应得的荣耀。但他一笑置之，因为他的文学心很大，大到能包天括地，以至想象的宇宙空渺。

他的双脚仍然踏牢在他的洼狸——那方精神的高地。

张炜的成名作《古船》自不必说，它是与水相关的。后续之作《九月寓言》《刺猬歌》《独药师》《寻找鱼王》，更有蔚为大观的《你在高原》和《我的原野盛宴》，总体架构接近两千万言的高峰上，字字句句离不开他的灵山、他的慧海。

张炜用洁净的文学语言、神奇妙幻的故事，赞美了造物主的神、圣、伟、美，为世界，特别是为中国的当代文学增添了美妙的篇章。有的作品被誉为巅峰之作，文学审美学那把标尺那尊巨大的重磅秤已经衡量出他在当代文学史中的地位。

在《我的原野盛宴》中，张炜通过三十五个故事，描绘了三百六十多种动植物。张炜使用这些动植物作为一个人的成长史和心灵史盛宴，喂养了、成长了、丰满了他书中主人公的形象。

张炜在这部书中开掘的富矿，当代文学评论家的化验室中的仪器当未能全检测到。

笔者在这里所指的是张炜外祖母的箴言："我一遍遍想着外祖母的话：茅屋这儿是我和你爸爸妈妈找到的，人这一辈子啊，都会找到自己的地方，你也一样，你找到的应该更好。"

但愿我们不要违背了"和氏璧"被刖足的千古遗憾。

真理——谦逊地藏在朴素的语言中，恰似珍珠在蚌中，玉在深山中，翡翠玛瑙在矿石中。

寻找——

一部人类的历史就是寻找的历史。

一部生物史也是寻找的历史。

环境，机遇之于全部生命，得以生存和发展，显然具有天赋在先，作为物种自身，能动寻找是必不可少的。

河岸上的蚂蚁敏感地知道河水上涨，急匆匆地把家搬了。

老鼠能够敏感地知道地震就要来临，赶紧地蹿出地穴。

候鸟对秋风春雨的感知超过人类的温度计，它们有纪律地呼应着去天涯海角寻找湿地搭建传宗接代的家。

聪明的人类更是这样。

人类的生存环境并不指邻林傍水的原始状貌，还有数千年的寻找。其中包括物质的、精神的、人文的、审美的，以及人际关系的社会化生存管理全方面的优化。

这个过程叫作人类历史。

它壮美，它惨烈，它与英雄凯歌和血肉横飞共存，它与原野鲜花和白骨累累一起。

在这点上，往者——当代——未来是紧紧地纽结在一起的。

“寻找”——在古往今来的历史上，必将成为永恒的话题。

张炜就是宁伽，他在大山挥起叮叮当当的小锤敲击着大山，就是为了寻找美好——

张炜，从外祖母的谆谆嘱语中，我们能够自然地想到这位虔诚的基督徒的慈爱和虔诚。

余生也晚。笔者曾两次到访张炜的故乡，见过张炜的母亲张老太，迄今已年迈百岁的张老太。她举止文静淑娴，谈吐温文尔雅。即时笔者审美置换，似能看到张炜外祖母的半个身影。

当年张炜外祖母关于“寻找”的叮咛和信任，希望他能找到比父辈更好的。

张炜，找到了。

这就是他文学的山脉和穹隆。

第六章

张炜文学殿堂的建构栋梁

世界上宏伟的殿堂楼台亭阁，它们的宏大伟美支撑点全凭圆柱。这些圆柱的材质或是千年松柏桧梓，或是坚硬石块，或由钢筋水泥混凝。去看北京天坛、希腊神庙、罗马元老院，后两处虽然都沦为了废墟，却仍然在白云蓝天下默默诉说，是它们在撑起那片巍峨。

统览张炜的全部著作，把它们誉为殿堂实不为过。因为它们呈现的景观已相当巍然魁伟了。

那么支撑张炜的文学殿堂的圆柱是哪些呢？

第一根圆柱上写着
“守护”“坚持”四个黑体字

什么是真正的文学？张炜曾经这样深情而又踔厉风发地论道：体现文学本质的也许始终有这样几个词：这就是批判、底层，还有纯粹……

是这些品质

决定了它的挑战性

并因此而坚持了

自己

强大的生命力①

笔者特别看中这段文字，我认为这是张炜子思论道式的《文学宣言》。

张炜是这样说的，也是这样做的。

关于批判

文学的批判，是审美判断。它不但与社会政治、人权民主亏缺的批判根本不同，也与浮浅的抽筋型的裸体抽象不同。文学审美批判，始发于人性的真善美与假丑恶的相对应而存在，相鉴别而彰显，激赏美好，鞭笞丑恶，此为全世界所有肝胆相照的著名作家所共有的普世情怀。系泛指的叫作“人”的人群。

取消了文学的批判，也就从另外一方面取消了文学的讴歌，因为它们本来就是一个共同体。

关于底层

《在底层》，这是高尔基给他的剧本定的名字。

作为人学的文学的生成大群在底层。

底层的相对是上层，上层是权力的资本集中的地方，命中注定它

① 见张炜《当代文学的精神走向》，《天涯》1999 年第 1 期。为让这段文字显得重要，笔者把平面文字立体楼梯化。

的悬浮性和生活画面的远帆孤影。他们对权力的角逐，既具你死我活的惨烈，亦显唯目的的单纯。资本的斗争就是三个字：“吃掉你！”宫廷宫闱的斗争只有一个终极目的：就是留下或者弄掉皇帝那个“精虫”，因为精虫就是权力的希望。

底层，是大群人生活着的地方。

流民，文雅称呼叫流氓，源于《诗经·卫风·氓》。氓，即民。流氓，古时指没有固定居所、没有户口簿的人群。

普希金笔底下有群《吉卜赛人》。

印度电影里有群《流浪者》。

中国古代流民的行踪，被著名画家绘入精装浩繁卷帙。

中国交通的天路、水路、陆路、铁路，总长度居世界之冠。每当节日，它的承载量可以轻易挪移半个世界人口。

在承载能力辉煌的数字背面却提出了这样一个问题：不把老人孩子舍在故乡，在自家门口打工不是更好吗？那些真正的丰富的文学，画面在人群中，在那里每时每刻都在生产着崇高和卑贱，善良和残忍，仁慈和仇恨，屠杀和疗救，诅咒和祝福，血腥和悲悯，仇恨和谅解……在全世界所有人群的地方，从遥远的古代到今天，所有曾经上演的，今天仍在上演的，明天也必然变着花样上演。正剧、悲剧、喜剧、悲喜剧、滑稽剧，他们的原始作者是人、是人和人连接着的社会性的生活，在社会底层。人间的金石翡翠玛瑙在矿石里。文学的金石翡翠玛瑙在人群里，人群底层，社会的底层。

张炜文学的这一“定见”的真理确凿性，已被古今中外的文学史和它们的创造者作出不朽的证明。

关于纯粹

为什么要提出“纯粹”？

我替张炜回答：“因为它已不纯粹。”

是的。如果它“纯粹”，尚可堪称“纯粹”，不必画蛇添足。

不“纯粹”的文学久矣，不仅东方，西方也有；不仅今日，昔日就有。

“纯粹”的异己，就是芜杂，就是假。

市场的打假，市管所的已忙活了许多年。

而文学的打假，还没听说过，反而时常听到变着口气和说法的提倡、诱导过。这种种声音往往不绝于耳。这方面东西方皆然，而西方往往来得更及时，力量更加迅猛。

人的名字有许多个。父母给的，老师给的，社会给的，最终还有个——历史给的。

“纯粹”的文学，文学的“纯粹”，在于它的“分别为圣”。

“纯粹”文学的自洁和洁丽，在于她从始至终命中注定，她是独立的、亭亭玉立的“这一个”，她不是社会政治学，也不是社会经济学、哲学、心理学，以及与其相近的社会文化学。

文学的“纯粹”在审美抽象。

文学自身的漫漫长河里，流淌出了很多的“主义”，什么古典主义、革命的现实主义、社会主义现实主义、现代主义、魔幻现实主义……很有可能，在未来不太长的日子里，另外的一个什么新主义从哪方冒了出来？

我们生长在一个爱好讲“主义”，习惯用“主义”眼睛看人，更惯于用“主义”的米尺量人，乃至用“主义”的棍子打人的现象不止一两天一两年了。掌握话语权的人，在一些地方一些单位一个特定的时间里并不是少数。

张炜文学的主义“归属”问题，大约从“芦青河系列”和《古船》的时候就开始了。说到底的话，张炜所生的全部孩子（作品）都有“关心”的人冠以什么主义的名字了。

“芦青河系列”时期，有人议论他的作品诗性、旋律乐感。清雅固然好，然而它们不够“伤痕”。而缺“反思”，这也是一种远离政治。

《古船》的时候，就有人希望他用《共产党宣言》《资本论》“掠夺掠夺者”的尺子，量《古船》从传统的民族粉丝工业在相当长时间搁浅的泥淖起航。这本来是趁改革新潮新流新航，有人却认为它违背为了什么“主义”，妄图让它胎死腹中。它虽然出生了，还有人妄图把它扼死在摇篮。

“盛宴”“高原”期，由于张炜倾全身心的美好歌赞山水田林及从人到万物的美好美妙，因他“疏落”去写残酷的斗争，有人轻易地给他冠以“自然主义”的帽子。

又有人对他出访世界各地所见所闻的文字，丝毫不提及西方的繁华及政治制度的优劣，而是独具慧眼地看到现代城市建设无度扩大和拓展对自然生态的破坏和掠夺，而使得人和赖以生存的天地越来越小。条件越来越差的担心、忧虑、嗟叹，又有贬谪为“返祖”的“回归自然”观。

文坛，不管是世界这个大坛，中国这么个大坛，无论在何时候，它都是一盘巨眼的筛子。它无情地滤过舍弃微不足道的，留下沉甸厚重的和灼灼闪光的。

这巨筛由读者的良心编织。

它的有情与无情共存。

获奖作品都是好的吗？包括世界范围内最高的诸奖。当然更包括国内的和各省市自治区的，以及各个行业特设的文学奖项，并不完全都是真正优秀的文学作品。

究其原因，大体有这么几个：

对什么是真正的文学，它的真正的职能和使命是什么，并没有真正了解。

这个问题的沉重在于：它在比较长的历史中，在权力中，在作家中，在不少受众的认知中。

张炜用他的全部作品在诉说着他所钟爱的文学，她固有本质的天性和良贞是纯洁的。

第二根圆柱上写着这样两帧条幅：
做山脉式的作家必然要有山脉式的鸿篇巨制作证，
山脉式鸿篇巨制的作品肯定要有灵有山脉的作家制出

对于张炜“做山脉式作家”的文学审美定位，令我限于多年思索，很难置喙已得其中三昧。

我首先想到的是山脉存在的遥远和永恒。不管什么风，什么浪；也不管他是三皇五帝或是什么朝什么代，它们不因自然界的寒冷暑暖而变形，也不因社会人事更迭而变脸。小有变动者如地震和山体滑坡，只不过是地球的轻微咳嗽和颤动而已。

它们是古老的、恒定的。

这是张炜对他的文学诗性崇拜的图腾。

山脉的葱茂、苍茫、崇高、静穆、凝重；它由地心岩浆吐出的恒定，它对生命的承载和大爱，它对人文情怀的陶冶，都是一部部不发声的大书。

这是张炜的悟出和期许。

他对文学审美学的独特发现和诠释让我心悦诚服。

这正如伟大的造山运动，1.2 亿年前在地球上就基本上形成了现在这样的格局，它们虽然还在成长，聪明的人在它们身上就显得傻得可笑。

山脉式的作家其人其作品是应当这样来界定的：

静穆、凝重、恒定——

这几个词的背面或者可以对应：

游移、浮躁、趋利避祸。

这一审美值的选取和舍弃，给了一个作家安身立命和执笔为文夯

实其做人为文、建构辉煌文学大厦的坚牢基础，或者他把文学草房建在沙滩之上。

张炜在大地行走的人格，以及他建构的文学大厦的文格，无一无处不在验证：他所谓的“纯文学”，首要命意就是山脉式的静穆、凝重和恒定。

伟大的造物主造天造地，造山造海，造百谷百果，造走兽飞禽，造百花百虫，最后造出人来，却是按照神自己的形象和意愿造出来的。这个意愿就是真、善、美。

真、善、美既是自然的本质和外化，真、善、美更是人性的本质和外化。

漫长的人类历史，犹如一条大河，从远古游来——伟人和蟊贼迭出，是他们把人类社会搅得或春满人间，或周天寒彻，或人性复归，或道德沦丧，或生意盎然，或满目疮痍。

衡量历史上所有人物的作为，以及他所谓发明创造的这主义那道理，这意识那主张，只有把他们请到真、善、美这座实验室，经过认真的科学验证，方能给出他们认可或认罪的确定。

衡量一个作家及其文学作品，他们对文学女神这座殿堂是否忠诚，他的笔墨是对文学的真、善、美忠贞，还是给她降为婢？这是衡量每一位作家的审美和作品的含金量，是唯一也是最高的标准。

这个标准就是山脉。

这个标准就是山脉式的——

静穆、凝重、恒定。

真善美在哪里？

在人类所赖以生存的这个蓝色的星球上，所有的自然界和人类社会中，它们是普遍存在的。

而这一普遍存在是处于自然的生态。

山脉式的作品出于山脉式作家的胸臆审美建构。

山脉，作为造物主美妙创造，它是作为具象和抽象在这个蓝色的星球承载着生命，在苍茫的宇宙中存在的。

它具有具象的瑰丽，也有抽象的深邃和未知。

如此看来，在文学的层面上，做山脉式的作家的提倡者和接受者，双双皆存在着丰富的能指性和博大深邃的泛指性。

西方文艺复兴在欧洲升起的第一缕曙光——在地中海岸上的那座美丽的城市——佛罗伦萨，那座被誉为文艺复兴第一个产儿的“圣母百花大教堂”的辉煌建筑。

笔者的本意是用它跟张炜全部作品所包容的宏大叙事结构比附。

再加上“山脉式”与之璧合，这就是他全部作品的瑰丽表征，以及它们所有的不显山不露水的深邃潜质的厚重存在。

笔者是这样想的：张炜的全部作品属“小众化”。大概他不属于赶市场的“热闹”，他回避了那些多变的趣味。

但他的五十部长卷的书，像山脉的逶迤跌宕在那静穆着，凝重地沉思着。

天功伟美、大美！

张炜的一句：做山脉式的作家——

我不得不搜肠刮肚把除了昆仑珠峰，山东的和一些欧美的山脉，双脚一一踩过了。踏遍青山人已老。

做山脉式的作家——

是文学的纯粹，纯粹的文学的脊梁和腰椎骨。

这是张炜对文学审美的诗性炼晶和提纯。

优秀的文学作品中所展现的真善美，都是经过作家审美的第三只那个叫作灵性之眼的发现和审美锻造。

美在人群中，美在自然中，它们不择国度，也不选党派社团而独立存在。

因为它是属于灵体。

它的独立品格是来看人类精神灵光的饱孕而生出的精神灵性之

子，它们又随着读者的阅读而化为清风雨露潜入而浸润着读者的心田，而化为读者的灵性美丽的滋补，给予人生的向上向善的美化。

文学是人学，人学的文学。

文学品格的独特存在，它的价值存在的特定性和崇高性，是不容世俗之人把它随意做“拉郎配”的贬值和变值的。

它的恒定不变，它的静穆庄严，它的端丽不媚，恰似山脉。

“做山脉式的作家”的深刻含义在于此。

张炜能在诸多“惯性”的包围下的“刹住”和“捂住”，是“山脉式”的派生。

文学界，包括创作、出版、读者、评论界都知道，张炜文学的优质多产当在中国当代文坛首屈一指。正值他全方位地优化“风胜火”的时候，他这位颇负盛名的作家，正当创作好年华，写作惯性、出版惯性、发行惯性、评论惯性，诸多惯性推动着他，他如果定力不足，就会把持不住乱了方寸。然而那些惯性的力量不会没有穷尽，等到惯性耗尽，猛然刹住，脚跟不稳，狠狠地摔跤，就难以避免了。难得张炜保持着足够的清醒，葆有充分的艺术耐心，他坚持着（指《你在高原》）不拿出去，捂住，再捂住。（陈占敏《中国作家网》2022.03）

张炜矜持而庄重地宣告：“文学品质不因阅读而改变。”

这话听起来就像一座山在那里恒定。

“当下的中国文学，‘取悦读者’已成大潮，其中有利益驱动，出版界负有不可推卸的责任，作家也难辞其咎。取悦读者的大潮裹挟着庸俗、恶俗和滥俗，严肃的作家作品被冲到岸上，望‘潮’兴叹。实在需要有几个好作家砥柱中流反一下潮流的时候了。”（陈占敏《中国作家网》2022.03）

是的。砥柱中流的只能靠山脉式的作家去写山脉式的作品。

山脉式的作品肯定都是厚重的。而厚重的另一端则是屑末细微。

张炜在他的长篇小说《能不忆蜀葵》中诙谐指出：“什么得奖啊，画廊上的成功啊，那不过是人们造‘屑末的一种方式’……只要是屑末，就永远别想掷地有声，风一吹就无痕迹了。”读到这句话时，我还跟张炜交流过，他说：“屑末无根，只能跟风，让风吹着走。不跟风的，有两种：一种是不做屑末做石头，一种是自己变成风。”（逄春阶《中国作家网》2022.03）

石头，不就是山脉的一部分吗？

石头，不就是风吹不动的恒定吗？

张炜的“做山脉式的作家”最为灵敏的感知，是他在山脉及其岩冈砂礓沙垄身上发现了美学。

> 辞章是推动一切元素的工具，它们的茂长是显性的，外长部分，就像大地的毛发，山丘上的树木。充满生机的绿色固然可爱，也预示了生命的丰富，可是我们还要看大地本来的颜色，要看山陵的骨骼。当用一只画笔凸显它们坚硬的本质时，或许就会寻找北方的大地，在相对矮小稀疏的灌木丛中，在贫瘠裸露的丘陵岩石间，甚至在荒漠中，才能感受它的力量和苍凉。这种骨骼美、本质美能够深刻地打动我们，与之形成生命的对峙，形成一场生命之间的力量，无遮掩，甚至是有点绝情和残酷的对话。
>
> 原来褪去茂长的山陵和大地也是一种言辞，它在言说，不过是另一种言辞，是更简单直接的，绝少遮盖的赤裸。它也在生长，它的内部奔涌着不竭的力量。这种力量不会因为季节更替而减弱，不会因为严寒风霜的肃杀而变形和消失。
>
> 严肃的岁月会把表面的东西收割掉。收割之后他们又在哪里留？留下什么？这一切我们应当心中有数。（见张炜：《唐代五诗人·佳句何来》）

第三根圆柱上写着：
它们是世界东方的风情万种，那上面涂染着
它特有的色彩，谱写着它独特的格调

张炜全部作品的特质：它是东方的、民族的、传统的；是现代意识，当代情怀的审美回顾和前瞻，是一切美粹的提纯和炼晶。

张炜文学文本的大片疆土，就是在文化，在人文情怀的追寻、叩问、开掘、冶炼、提纯、炼晶并让其闪光的浩大施工中，他的脚步和身影却在鲜明而无误地告诉他的读者，他朝向那里——

通盘观去，张炜在他的全部作品中，他对人类迄今为止普世追求的价值，人性美、道德美、仁爱、悲悯、慈善等，他是满心拥戴和追求的。所不同的，他的出发点是赖之以生活着的古老东方大国，今日的山东半岛内陆。

他生活在那里，那里就成为他全部文学生成的立足点，看世界的视角放望点，人文情怀的浓缩点，把原生态的人文情怀赋予美的绘制的蓝本和底色，这是那些不少获得诺贝尔文学奖的大家曾做过的。

张炜从这里出发，集东夷古国、霸主齐国、历史齐鲁、当代繁荣的一路风采，以人为本，集人物、风物、民俗所漂染的历史为一体，追寻这片美丽的疆域与大中华整体中的位格。这方沃土所养育的人民，霞帔风情万种，在张炜笔底波澜而成物华天宝、地灵人杰的皎然者加矫健者。

张炜的笔墨在雕塑着这样一群灵魂的雕像，审美意象的圆雕，那群赫然于天地间的美精灵。

在新的生活年代，她必然成为引领人们嬗变美化的精灵飞天。

张炜常常被我追寻和叩问的一个文学现象就是：他既不趋时媚俗也不崇洋媚外，他是怎样做到在传承发展文学美学传统的基础上把传统和当代岩浆天衣无缝地焊接在一起的？

古典主义、民族情怀的根植是张炜敬畏的土地、热爱的生命。

是他的出生地，是他张开眼睛看到的一切。

是母亲的乳汁，父爱的胸膛，祖父母辈圣美洁净的大爱覆庇延宕。

是他童年生活圈的茅庵、瓦房、井台、辘轳；是“芦青河”上大海近旁的森林、芦苇荻、蒹葭、菖蒲。

张炜及长读了书，又在自己的作品里找到了中国遥远的古典主义，老子的自然美学，庄子的东方神秘主义的“齐物”“通物”“万灵通感”的灵慧，有家乡人徐福在亦真亦幻虚无缥缈间的海上仙山的神往，有蓬山之下的海市蜃楼显像，有八仙人在这儿显赫仙气的浪峰上的徜徉，有故乡人柳泉居士蒲留仙本为驱除人间妖魅而又去借助和觅求冥世界的鬼魅的“趋魅”。蒲松龄先生为世界文学贡献了神奇鬼魅的华彩篇章。

细心的读者在读张炜的作品中，发现他几乎把所有的人物写得活化、灵性化，还把他笔下的山海河林、土地百谷、蒹葭百卉、雀鸟祥云、草叶滴翠、万兽奔突、风雨雷鸣，也给予了灵性灵动灵通的活化、人性人格化，真善美化、假丑恶化。

试问，在庞大的作家群里，有几人像张炜这样？

笔者认为：他的“问世”远远大于“历世”。他刚届“而立之年”却立起了《古船》那座“丰碑”，他的魂魄灵异、卓见胆识，许许多多大都来自阅读。所以他也能够出其类拔其萃。

他读书，能够走进去，也能够走出来。读古而不泥古，读洋而不崇洋，他只留下了“见世面”的广阔，灵性化的瑰丽。

本人在山东文学界生活了大半生，张炜是我复出后认识（初识）的作家。从 1953 年本人参与筹办和编辑《大众日报・丰收》副刊起，认识了不少从山东解放区刚进城的老一代作家，他们的文化底蕴和对中外古今文学名著的阅读量，从他们的作品中以及日常生活的言论，特别是在谈论文学理论的言论中，就显而易见，他们缺少应有的书卷气，显得文学学养贫困乃至于苍白。

我以《麦田里的守望者》的痴心和专注，细检1950年代以降的山东作家群，张炜的阅读时间，即生命精华的投放量，阅读书籍宽泛度，并从其中获取丰盈的滋养，他是首屈一指的。

他在一篇关于读书的文章中说：

“我不出门时主要是读书，而不是写作。写作需要谨慎，所以没有必要长时间写作。阅读的快乐是难以言喻的。我就是写作时，也不会停止阅读，这对我的日常心情很重要。

“读书是遥远的对话，而近前的生活中的对话一般来说是太多了，这并不利于心身健康。文学类、思想类，还有人物传记，是我最喜欢的。

“绝妙的虚构和真实的记录，这两样是最好的。不真实、不绝妙，读了也就白费时间。时间太宝贵了，在阅读上浪费时间是最傻的事。经典的重要，主要的意义在于阅读它们最为节省时间，它们是精神和艺术的钻石，最划得来。

“没有书，就像没有清新的空气一样，不敢大口呼吸，难以张开肺叶。”

张炜的自识与我对他的认识在这里叠印。

生活中一些人在揶揄某人浅见薄识时的口头禅往往用“没见过世面”形容。

世面是什么？

它不止于人的亲历所看到的山川河流、城市喧嚣和山乡静谧。

它更重要的是通过阅读，张开心的眼看到了中外古今的人文历史和一切美好的心灵，看到它们所绽放的花朵和结出的果实。这就是别开生面的另一种“世面”。往昔的实在，今日的虚无，它们在博物馆里端坐凝重，在书籍里成为无声有序的文字，在古老的街市上排列成为凝固的音响旋律，在音乐的长谱里成为美的延续。

古老的历史推着人类从遥远的昨天来到了今天，必然还要一天天走下去。

人类生活着的时空可谓长阔高深无极可数，人类对它的客体存在认识尚处于幼年时期。

人类对生存客体存在的认识，由于人脑的开发和利用仅有百分之三十左右，它们尚有大量的未被感知的奥秘等待着有心智者去开发。

这大约可以算作对“世面”和“天高地厚”的通俗解释吧。

第四根圆柱上挂着这样的铭牌：
斑斓瑰丽翡翠谷；左右的楹联是：
新思维，新语境；新气象，新高度

这四个“新”，是走进张炜文学佳境斑斓瑰丽翡翠谷的必由路径。

这路径的设计铺设，回望其漫漫修远，无一处不是仰赖这四个“新”的特殊材质建构。

这四个“新”不是笔者的炼净提纯，而是来自“万松浦”文学评论奖的“纲领性”文本。

它开宗明义宣告：万松浦文学奖是为奖掖华语写作而设，由万松浦书院、鲁东大学、山东教育出版社、山东文学馆联合主办，秉持公正、纯粹和独立的评奖原则，倡导新思维和新语境，追求新气象和新高度。

文友问我：“这四个‘新’是怎么来的？”

我答：“是从芦青河淌来的。”

我们相视而笑。

是的。

这四个“新”，作为舟楫的扬起，是它们首先在芦青河里搅动了

千波涟漪，也喜庆了两岸的百草千蕙。

这四个“新”，作为风帆的张扬，让《古船》从搁浅的泥淖驶向海洋。

这四个“新”，更是张炜攀登艺术高峰在崎岖山道攀缘的两只胳膊两条腿。

回到张炜的文学之本，把这四个“新”集约化，就是比自己的昨日“新”，比自己的上部作品“新”，比别人的“新”，比世界的“新”。他竭力回避自己的作品与自己撞车与别人撞车。为此他去读世界文学，与其说是“学习”，不如说是为了“回避”，没有“回避”，“新”从何来？

新车不走熟路，走新路。

那文字是写在大地的诗行。

只有在诸多的“新”中，方能产生出“这一个”的“唯一”。

公正、纯粹、独立，张炜所秉持的文学“三项基本原则”，从《贝壳》时期的青春梦就养成了。这个梦圆是在“芦青河系列”里。

公正：大约可以指认为，文学审美中的兼容和宽容，不偏执。就文学自身审美习惯所界定的“主义”、体裁、题材语言运用、手法表达、结构框架等等，给予最大的自由度。为此，张炜曾经受过不公正的对待，也成为他做人为文、看人看文的第一秉持。

纯粹：文学的纯粹，她被天定命就的天生丽质，就是她毫无杂质的“纯粹”。为什么张炜强调纯粹？是因为社会的强制力让她不纯粹，总是变着法子，或劝说或引诱或强制她，从本“职”上挪移而来从事那些不三不四杂质混成的事件担当。

“纯粹”的文学担当她是审美的。她的圣洁之躯带有灵魂美的自由展现，她神通广大，可以替天行道，惩戒邪恶，奖掖美善。纯粹的文学，最为鲜明的是她不为社会上的无论打着什么旗号的势力、利益集团收买为奴婢。“纯粹”的文学所追求的是文学的“这一个”的“唯一”。她一向摒弃那些芜杂的电视剧的“平均值”，用自己的作品作证。

独立：文学的独立品格与天生俱来，她不是自封的。中国最古老的文学“神话传说”，并不是三皇五帝下的“红头文件”让哪个作家写的，她们是自生的、天生的，与民以为天的“天”一起生的。这大约可以指认为，她既不接受社会利益集团的颐指气使，更不为社会势力集团东施效颦。这才是当下真正的大文学。它把诅咒和祝福灵活使用在不同的人身上、事件上，唯独不取悦于权贵势力，利益争斗，更耻于做他们和它们手中的刀斧和箭镞。文学的独立品格，不为中国有，它属世界共有。

“万松浦文学奖”所规定的“四新”“三秉持”，是张炜文学攀登艺术高峰的“望远镜”和“测量仪”，也是正义女神，她心怀正义和真善美的明镜，虽然被蒙上了双眼也能被心镜照见，假丑恶决不会躲过她秉持的正义长剑，真善美也能在她的光环下被松绑、被释放、最欢乐唱响。

走进张炜文学洋洋大观的“独立王国”（因为文学的天性是“唯一”，故称“独立王国”）所展现的新思维可谓繁花似锦。但从他庞大的崇高浩瀚的“山海经”里，宁伽所探的最大的富矿，大约不是居里夫人的镭和钋，而是思想的矿，而思想的矿，岂是任何至宝的富矿所能比拟的？！

宁伽攀登高原，大约因为高山靠天近些，问得更方便些吧，便于像屈子那样，他最爱《天问》。

张炜在他庞大的文学构建里，看看他是怎么用他特有的新语境、新气象、新高度，来经营和丰满他的新思维？！

张炜的全部赞美和呵斥，都是天地自然与人和万物大爱、互补、共生共荣的和谐美，以及人们无知无耻对自身赖以生存的环境的破坏。这个破坏的无休不止的不被遏阻，必将走进自掘的深渊。

古老的天、地、人之说，东西方是一致的。

这就是“神造天地人之说”。

东方的古典哲学认为：神就是道。老百姓口里说的“神道”。

道生一，一生二，二生三，三生万物，口语曰：三生有幸，就是万物得福。

凡是被称作“神”的，没有一个是地上的“此岸性”“具象物”存在体。他在人的俗眼看不到的“彼岸”。如果说他有“此岸性”，他只留在敬畏他的人心中。

东方的“原始天尊”“女娲”“玉皇大帝”等多神，以及西方的耶和华神，他们都被泛指为“原有、今有、永有、创造万有”的神。只是平常人陷于“实用主义”的“牢笼”太深，只为利己求神而不果而疏离了。不敬畏他们也就罢了，而最不应该的是亵渎他，诅咒他，肆无忌惮地糟践神所造的天地人万物。

笔者认为：张炜的所有作品，分别出他的文学人论和史论之外所有写人和山海、陆坂、田林、百兽百禽的笔墨，他所弹奏的最高昂最嘹亮的旋律是赞美“三生万物”的神圣；反之，则同时是对损毁伤害“三生万物”的丑行的鞭笞和诅咒。

这是“新思维”吗?

是的，“温故而知新”。

张炜在他秉持诗笔描写天、地、人赞美诗的长歌大调作品中，他最为戳人心的笔触，是针砭人性自残自虐自戕自杀的阴暗心理；是揭穿互敬互爱互助的假面，还其固有的“人本罪”的杀戮及其对其他生物的掠夺的残忍。

在“万类霜天竞自由”中，除了人之外的生物，绝大多数都是相安相生共存共荣的。爬蛇的毒液对同类如同饮料，丝毫起不到杀害的作用。它的毒液一旦到了人的身上，走不出七步毙命。

杀戮同类最多次最大数量、最“科学”、最残忍的是：我们这些被称为“万物之灵”的人类。谁说的？是两次的世界大战，许多当年不可一世的终被钉在历史的耻辱柱上的丑类。

张炜的诗笔在最大篇章里歌唱了自然之美，那是对人性丑恶的美丑对比衬托，同时更是对人类的丑恶者不识庐山真面目的叹惋以及出于悲悯的劝诫。

张炜痛惜地看到世人出于麻木和愚蠢，肆无忌惮地对破坏人类生存环境的自杀行径，痛定思痛，不免“长太息以掩涕”，胆边生出巨大的悲悯，所以从心肺的深处，吐出这段深长的语丝——

张炜在回忆“林中岁月”文章中提到，当他心爱的那株与自己童年相伴共生共长的李子树被砍伐的时候，那刀斧的“坎坎伐檀”声，声声都是对他肝肠寸断的撕裂。

他写道：“在我心中，走遍大地，也仍然找不到比童年生活的那个自然环境更美的地方了。我的这个意识很固执，以至于我常常觉得自己有一多半的使命就是为了讲述它，它的所有故事。我甚至想，在未来的一天，如果人们厌烦了现在的建设——这一天总会有的——就会按照我书中那个环境的原貌记录，去重新恢复那片原野。

“所有的植物都有一颗心灵，它们比人更固执也更正直。它们会长久地保留起自己的情感，一旦有机会倾诉出来。它们善恶分明，有着经久不变的道德观。我们的一举一动都在它们的注视之下，所以我们真的应该谨慎。我们应该好好地约束自己。”

张炜首先以灵性看待万物，并赋予万物以灵性，这是特有的新思维、新高度。

这些新思维、新高度的基本素质具有以下几个基本特点，或曰独具的潜质。

一是，人类赖以生存的“原生态”是自然神的天设地造，洁净、大美，它们是上苍的大爱惠予。

再是，人们自觉不自觉地去掠夺，去污染，去损毁人类赖以生活的环境，是“自杀行为”。是这些行为在踏蹬着加速走向死亡的“油门”。

三是，作家出于大爱、善良、悲悯之心发出对于人类和自然大爱覆庇的明心肝胆。

这是发人警策的新思维、新高度！

这是我在许多作品中未曾读出来的新思维、新高度。

张炜之所以能攀登如此高的文学山峰，最根本的一点是博大的爱心和审美的灵慧心眼。他看到了，别的作家也看到了，他想到的却是一些作家未曾想到的，然后才归于他的生花妙笔。

罗丹说："所谓的大师就是这样的人，他们用自己的眼睛去看别人见过的东西，在别人司空见惯的东西上发现出美来。"

张炜就是这样的人。

张炜在他全部的迄今为节点的四十多年的文学生涯里，五十卷垒叠如峰的卷帙里，特别是小说和散文作品，都是仰赖作家对文学语言的驾驭和使用，舍此，便没有了新语境和新气象；新思维和新高度，也就无从谈起了。

新语境、新气象，是在张炜作品的封面和扉页上打上的两帧烙烫的金印。

《你在高原》作为"第二人称"的"你"，这四个字的书名，就把作者的"我"隐藏在幕后了，把书中主人公宁伽的"你"推到前台，广大读者只好作为"他"和"他们"的看客，看看作家让宁伽都看到了什么，听到了什么，想到了什么？于是在这里就给作家、作品、作者三者之间营建一座通往彼此心灵的"通感"的船和桥。

作者使用宁伽的诸"觉"去感知他所攀缘和敲击的十万大山，去探物质的宝，更是为了展示作家所探测和领悟的那神奇妙幻的思想之宝。

那许许多多的十步一景，那众多的横看成岭侧成峰，或对峙或比肩或高低自甘，山花烂漫的笑靥迎道，百兽的警奇窥视，山缺斜阳的温柔，日朗风清的遐想，小河畔草甸上的诉说……

作家让宁伽从《家族》想到大千世界、万千气象，以及我们生活着的这个世界，这个世界的美好和丑恶，从而也在这些当中寄寓着他炼净的醒世箴言，歌颂赞美中，嘴里往往咀嚼着的是坚硬的钢铁，发出的往往是警示人们的叮咚作响的铮铮之言。

热爱张炜作品的读者深谙一点，他的全部小说作品不靠编纂离奇古怪的故事，让一些不伦不类人物出场去胡诌，投一些读者的审丑心理需要。

张炜在他所有叙事性的作品中，轻摇、风趣、幽默、诙谐、闲情逸致的美的撩拨，往往赢得了读者许许多多的阅读的愉悦。

如果把散文跟体坛的项目比拟：它是高台跳水的空中翻飞，它是游池的蛙泳、蝶泳、自由泳，它是平衡木上的翻飞和恒定，它是鞍马上的回环旋转，它是泳池里绽放的芭蕾，它是自由体操场上一角的人体美雕塑。

它在长篇小说的章节里，它在中篇小说的主体里，它在短篇小说的整体里，它更在某些散文的全部里，它往往被作家矢志追求而乐于经营。

麻雀虽小，五脏俱全。

趣味在优秀文学作品中，它往往在美人的笑腮的窝中，深或浅，都是美的。它是巧笑倩兮，美目盼兮的无形的情牵、有形的传导。

趣味，它在大型交响诗（乐）中，在曲终的跋处，大型乐器骤然顿停，这时往往小提琴独奏担纲，奏出神奇妙幻的短曲，如果一根钢丝伴着银铃在空中回响，它叫华彩乐段。

文学作品若无趣味，亦如大型乐曲里没有华彩乐章。

我和一些与张炜相识相交的文友们对张炜有一个共识，就是他的超凡脱俗，他能那么干净利落地摆脱常人琐事的干扰，那些飞短流长的蜚语影射，在山东文坛上真正做到了不俗。

张炜为什么能够超凡脱俗呢?

这里，我借用黑格尔的话作答：“时代的艰苦使人对日常生活中平凡的琐屑的兴趣予以太大的重视，现实上很高的利益和为了这些利益而作的斗争，曾经过多地占据了精神上一切的能力和力量以及外在手段，因而使得人们没有自由的心情去理会那较高的内心活动和较纯洁的精神活动，以致许多较优秀的人才都为这种艰苦环境所束缚，并且部分地被牺牲在里面。因为精神世界太忙碌于现实，所以它不能转向内心，回复到自身。”

黑格尔的这段话，可以作为引领我们开始认识张炜为什么能写出量多质优的作品的认识途径。

四十年的时光说它漫长也是，说它倏然而逝亦是。可以想象他平均一年一部长篇而且他又是用汉字一笔一画写出来的，他的伏案劳形的乐为，是要具有何等样的息心静气而甘之如饴呀！

试想，他如果没有“黑格尔式”的削尽庸凡留静思，能结出那么多丰富的硕果吗？

答案不言而喻。

张炜作品新语境和新气象的营造所完全仰仗并取得读者愉悦的是语言。

张炜的文学，张炜的语言本来就是一个东西。

张炜曾经在他许多“创作谈”和文学讲座中，几乎每次都谈到文学语言的重要。因为它是文学的材料，同时又是工具。没有材料和工具就没有文学。材质和工具不好，也出不了好文学。

散文、小说写作中的语言，在诗词写作中被张炜称作“文辞”，大体上我们都可以把它们称作“文学语言”。

张炜对文学语言的继承、因袭、陈旧、更新，是有新高度和新要求的。

他说：“文辞优越之人，会不自觉地相信文字本身的力量和功用，依靠文辞本身衍生诗意，渐成习惯。文辞本身确有这种功用，也一定会产生言辞之美，但这种滋生能力极为有限。这种有限性被一个人察觉和认识的时候，往往为时已晚。因为就人性来说，迁就心自然存在，迁就惯性，久而久之即不可遏止，文辞本身也就成了障碍。”

又说：“有时候在庸凡的现代阅读中，我们常常痛惜文辞之粗糙、贫瘠和草率；有时我们感觉写作者缺少长期扎实的文字锤炼，又会把一种最基本的要求当成了至高要求。实际上文字的功课的确是至难的，贯穿一生的，但是这种功课一定要与对于人生意义的执着探究并行发生，而且一定要服从于后者，二者不可剥离。这种探究的力量一旦减弱，就会求助于文辞，将其当成一个百宝箱和工具箱，反复使用。我们取来各种各样巧妙的工具，用它来掩盖和替代无能与贫瘠。有时候这种虚浮无力的生命状态真的被遮掩了，但也只能作用于一时，很难久远。整个人生所留下的痕迹，在漫长的文字河流里或铿锵、或喜悦、或平庸、或突起、或峻烈、或卓绝，都能在时间的倾听中暴露无遗。”

诚实地说，张炜的文学语言在山东作家中是最好的。就我的阅读范围来说，在当代中国也是最好的或曰名列前茅的。

究其原因，还是来自他的生活和阅读。

安静和勤奋虽然是作家必备的，但这远远不足以成为一个知名作家写出优秀华章的唯一因素。

更为主要的是境界，思想境界、审美境界，看世界，看人生，看人类，看人性，看这其中的真善美和假恶丑。

张炜常提起卡夫卡。卡夫卡对于阅读的精短妙论，张炜是铭记于心的。

“书必须是用来凿破人们心中冰封海洋的一把斧子，阅读的作用同样如此。”

卡夫卡紧接着对阅读什么样的书，深刻地指出：“你何苦读这种昙花一现的东西？大多数现代书籍只不过是对今天的短暂耀眼的反映。这点光芒很快就会熄灭。你应该多读古书、古典文学、歌德。古典的东西把它最内在的价值表露到了外面——持久性。新的东西是短暂的，今天是美好的，明天就是可笑的。这就是文学的道路。”

张炜的故土情结扩而大之为民族情怀。而他博大宽阔的古典主义、民族钟情和爱国主义，唯独不见于空洞的呐喊和号叫，而是宝爱和珍藏在锦囊的绵密里。且看他用最质朴的语言写的这样一件小事。

2010 年 3 月 29 日，张炜在香港写出他的散文佳作《狮子山下鸣尺八》，是他在港浸会大学参加过“狮子山诗歌朗诵会”，欣赏了乐器尺八演奏之后的感慨抒怀。

“原来尺八在中国古代常属僧人：雨打芭蕉，头戴斗笠，悠悠吹奏。中年演奏家首先是在日本，后来又去澳大利亚，前后跟从两位不同的尺八大师学习，这才有了目前的身手和功底。”“一节竹根出妙音，它源自中华，留在异国。这不禁让我想起中国的许多妙物，更包括思想和手艺，就这样被我们自己遗忘和疏远了，却被懂得品味的日本人保存下来。而我们自己，则常常费尽辛苦从大洋那边搜索，得了一些宝贝，也找了一些怪物，结果难免要误了大事。”“我们本来是一个诗书之国，可是在实用主义物质主义盛行的当下，它在世俗之中突然变得有些陌生和费解了，就活像个一节归来的尺八。”（转引自张期鹏、亓凤珍《张炜评传》）

啊，一节尺八，在这里变成十丈高的伟竹，擎起了张炜爱国主义的大纛，在世界的东方高高飘扬——

张炜用童稚的眼睛、灵妙而忧愤的语言写那个在一群孩子中看见久别患难的亲人，他写道：

喧声一响，大门洞开，一群孩子跑出来了。描了红脸蛋，扎了朝天锥的，几乎全是花衣服。小家伙们张着手臂往前，跳着笑着，伸出顽皮的舌头。

哦，这才是心中的鹂鸟。

这是我最大的满足，最大的祝福。这就是我，一个身有残疾的，五十多岁的男人，正泪眼蒙眬站在霞光里，看着自己的昨

天。（转引自张期鹏、亓凤珍《张炜评传》）

认真读过这本书第一章的读者会作审美返还的。那个五十多岁的男人曾经是他自己。他真是写心灵置换的幻化的高手。

第七章

从巍峨丰碑到高原穹隆

我把张炜凡是写到海河的作品皆归于“丰碑”。

我把张炜凡是写到平原和高山的作品皆归于“高原”。

它们是张炜化倾四十年的嘉喜年华为伟大的东方民族精撰的现当代的新的《山海经》。

张炜的“高原”，我界定为它从地面隆起的巍峨，可指认为作品的量大，总体框架结构的宏伟。

欧洲文艺复兴时期，他们对“艺术”一词的界定极为褊狭，简单为建筑、绘画、雕塑。

小说学写作中的框架结构的“结构”一词，就是从“建筑美学”上借用的。

诚实的读者读小说作品，大都是首先感到它的人物、故事的引人关注，却并不太在意这作品的内在结构艺术。

对于张炜多卷帙的“高原系列”，则更使一些人望而茫然，也使一些没养成阅读习惯的人望而却步。

既然小说的结构是从建筑美学借用的，为了传述的方便，不妨借用一点建筑方面的结构，再来看看张炜的结构，特别是那望而庞然而又令人茫然的“高原系列”。

一、佛罗伦萨的第一座建筑

最值得重点一说的是意大利佛罗伦萨圣母百花大教堂，它的名气之大，超过米兰大教堂和塞维尔大教堂，与梵蒂冈圣彼得大教堂齐名。

因为：

它是文艺复兴第一座标志性的建筑；

佛罗伦萨被誉为文艺复兴的故乡；

佛罗伦萨被尊为文艺复兴之父；

佛罗伦萨被爱称为文艺复兴开放的第一朵报春花。

米开朗基罗仰望它的穹顶慨叹：“我可以建造一座比它更大的，却不可能比得上它的美。”

它是徐志摩笔下的翡冷翠。

这座教堂由主体、乔托钟楼及洗礼堂组成。1982 年，联合国教科文组织将其作为佛罗伦萨历史中的一部分列入世界文化遗产名录。

还是在更早的时候，四世纪末，这地方的民间行会从贵族手中夺取了政权，建立了当时的罗马帝国的从属国——佛罗伦萨共和国，它是作为纪念碑而被建立。当初的草图，只是间长方形的高顶大屋，名叫圣・雷帕拉塔教堂。

百年过后，这座低矮的教堂便在风雨飘摇中几乎成为废墟。

这使佛罗伦萨人七窍生烟，穿上铁鞋，四处寻找天才，寻找钱财。

1434 年被流放的科西莫・美第奇重回佛罗伦萨。这位巨富赞助了艺术家，特别注重对年轻艺术家的培养。

他们建立了柏拉图学院，搜集整理了古希腊和古罗马的经典著作，建立大学，培养神学、人文主义学等，开办雕塑学院。

米开朗基罗很小的时候，就进了美第奇家族创办的雕塑学院。

著名画家波提切利一直受到这个家族的赞助。

可以说美第奇家族与文艺复兴与佛罗伦萨大教堂的穹顶完美覆庇关系极大。

今天我们看到的教堂基础规模，由建筑师埃米利奥德·法布里提出，历经三百年于1887年竣工。

工程的主要建材是：卡拉拉的白色大理石，普拉托的绿色大理石，玛雷玛的粉红色大理石，整个建筑十分精美。

这座教堂在建设过程中，历时几百年，为几代人目睹。想不到它却是无顶盖露天敞开的，敬拜天如遭阴雨，信徒们就会被淋成落汤鸡。佛罗伦萨多受嘲笑。

就在这时，时代呼唤出一个重量级人物，他就是我重点说的——布鲁内莱斯基。

他出身于低微的市井手工业工匠。为覆盖佛罗伦萨圣母百花大教堂的穹顶，几乎花费了他毕生的精力。

在建筑青铜门的竞赛中，他当时输给了名气比他大的吉尔贝蒂，于是出走罗马，并决定自己以后再也不做雕塑了。当时他已经是著名的雕塑家，长米开朗基罗一辈，米开朗基罗见了他喊老师。

布鲁内莱斯基就这一甩手，他成就了文艺复兴最著名的建筑师。

在罗马，布鲁内莱斯基和多纳泰罗一起测量古罗马留下来的建筑，绘制草图，研究古典建筑的比例和透视，特别是古罗马的万神殿。这个殿建于二世纪，跨度43米，高也是43米，中间没有任何支撑。难度非常之大。

布鲁内莱斯基一直在研究万神殿的建造方案，这给他很大的启发。

几年之后，他带着大量资料回到了佛罗伦萨。这时，命运又给了他一个机会。

这时，美第奇家族正在花重金寻找能人修建圣母百花大教堂穹顶。当时应者云集，但都没有拿出令人拍案叫绝的方案。

这时布鲁内莱斯基毛遂自荐，矜持地说自己有百分之百的把握，可把高大的穹顶封上。

教皇让他拿出方案，他怕知识产权被盗，守口如瓶。

这时，他卖了一个关子：他在应标竞赛会上说，有谁能把这颗鸡蛋树立在大理石板上？

……

布鲁内莱斯基把鸡蛋的一端磕破，那鸡蛋便稳妥地伫立那儿了。

众说纷纭：这有什么？我们也会。

布鲁内莱斯基说：等我把方案拿出来的时候，你们也会这样说。

这个历史性的重任便如愿以偿地落在了布鲁内莱斯基的肩头。

罗马的万神殿给他长了学问：他知道建造万神殿的材料是一种混合了火山灰的原始混凝土，有异于现在的混凝土，非常结实。即使这样，这个盖在万神殿上的圆顶仍然非常重，为支撑这个圆顶，万神殿围墙最厚的地方达到了 6 米。为了使墙壁增强承重力，墙上不开窗，全部改为天窗。

除此，万神殿的顶部也做减重设计。穹顶的内部置一根根肋骨，一圈一圈从穹的底部到顶部。这样，既美观，又结实。

布鲁内莱斯基在罗马万神殿得到的启示用在了圣母百花大教堂的穹顶建筑。

他避免了邯郸学步。

但摆在他面前的难处还是不少，首先是万神庙使用的那种火山灰的收集和制作方法已经失传。

他决定用方砖取代混凝土。它为穹顶设计了“双壳”结构，就是今天仍然能够看到的这个巨大的拱形壳的内部还包含着一个小一点的壳，壳与壳之间是空心的，这最大限度地减轻了穹顶的自重。

在重大的结构上，布鲁内莱斯基又把万神殿的那种肋骨和圈梁的结构改为 8 根白色主肋，在两根主肋间置有两根隐而不露于外的辅肋。8 根主肋和 16 根辅肋共同组成一个笼状结构。

更重要的是穹顶的砌砖运用了“鱼刺骨”的排列图样，纵向砖和横向砖的头部结合起来，使其齿颊吻合。古希腊的数学几何学在这里大显了它们的生命力。

造穹顶需 400 万块砖和 3.7 吨材料，当时在没有起重机的情况下是怎样把它运到 40 米高的顶部呢？

天才的布鲁内莱斯基又发明了起重运输设备。靠马和骡子做驱动力，使圆周力转换为升降力，成功地解决了材料的提升运输问题。

这个机械图被年轻的达·芬奇发现了，使他也成了机械迷，制作了不少机械图。

我们今天看到的圣母百花大教堂的穹顶部分那个巨大的圆形铜球，它并不是天才的布鲁内莱斯基放上去的，而是后来著名的文艺复兴天才达·芬奇和他的老师韦罗基奥在参考了布鲁内莱斯基留下的草图的情况下完成的创举。把他弄到高处的高处，另是一番佳话。

一座辉煌的实体兀立在世人面前，在那里藏着智慧人千年的沉思，为人类创造辉煌、神圣、庄严、瑰丽、玲珑、煊赫所预备的一切，已知的一切，以及未来的期待和无尽无休的追寻。

布鲁内莱斯基经过精确的数学计算，大量使用了透视原理——线性透视，也叫灭点透视，即视线与物体间隔离的平面的线集中于一点，也就是把所有的线消失在一点。这是他的另外一个创举。

布鲁内莱斯基后来又把这个方法传给了他的好友马萨奇。马萨奇对透视法的熟练掌握和使用使他成为乔托之后又一位杰出的艺术家，他是文艺复兴绘画的奠基人。正是由于他们的努力，文艺复兴时期的绘画才焕然一新。

这座瑰丽唯美的大教堂穹顶的建造整整花费了十六年，布鲁内莱斯基同他的伟大作品一起获得了享誉全人类的荣耀。

布鲁内莱斯基于 1446 年 4 月 15 日逝世，终年 69 岁，他被葬在他亲自设计建造的穹顶之下，在他之前的欧洲建筑史上还没有一个建筑家享此殊荣。

在这荣耀的金色牌匾上，我认为应该写着这样的文字：

> 不知疲倦地追寻，向一切未知的领域探索，博采先人手中已握住的彩笔，把智慧和灵秀集于己身，开拓了并铺平了文艺复兴的新局面。他的线性透视，给文艺复兴的画坛送去了地中海上发出的第一缕晨曦的光芒。

当你登上 463 级台阶，即可俯瞰佛罗伦萨全景。它周边的乔托钟楼与八角形的圣乔瓦尼洗礼堂同在一个大广场上，西边不远的山冈之上高高伫立着米开朗基罗的绝世佳作——大卫大理石雕塑。他左膀微微高耸前倾，右手掌心握一石块，形体被瞬间恒定在将要把那致敌于死命的石弹掷出前的刹那间。他在这里为圣母百花大教堂作永恒的守望，这也是米开朗基罗的守望。

穹顶画为《最后的审判》，为被文艺复兴三杰公认的老师瓦萨里绘。今天看来，就画论画他不如他的学生达·芬奇画得更栩栩如生。但历史就是这样过来的，后来者居上。

教堂大厅壁上塑着乔瓦尼·阿托古纪念碑，他被誉为文艺复兴之父。这里还有但丁和他的《神曲》的浮雕，向人们诉说天堂、人间、地狱的“分别为圣”。

这座庞然屹立而又唯美瑰丽的建筑，它所含蓄的时代开创性、人类有史以来优秀文化的包容性、建筑结构的内蕴、释放的主题多义性和外化装璜的庄重以及神圣的诗意审美，都是极为丰富的。它是一尊多义性的结晶体。

张炜的文学之路大体走了四十年，已有卷帙浩繁五十卷问世，这些作品叠垒，在我的审美意象中出现一座东方的类似佛罗伦萨圣母百花大教堂那样的建筑。

这是个比喻。

比喻都是蹩脚的。

比喻有三种：明喻、隐喻、抟喻。我这里使用的是诡谲的、被揉搓的抟喻。

《庄子》：“抟扶摇而上者九万里。”

我这里借用抟纵横东西者九万里。

那座教堂是历史的结晶体，张炜迄今所有的文学作品可以看作是东方人文主义大地的辉煌建构，它们各自在本体的建构中或用物质的建材或用笔墨纸页垒叠，各自建造了瑰丽的美。

西方的建筑，东方的张炜作品，都被烙烫着历史的印记。

文艺复兴的中心内容，是为呼唤人本个人主义的苏醒和复归。呼唤人性的良知，呼唤天才，呼唤智慧，呼唤一代英才的创造奇绝唯美的实迹在地球上的蔚为大观。

在遥远的东方的我们，差不多在二十多年前，我们也有一个“新时期”的时期，凡能被称作“新时期”三字的都是有别于“旧时期”的。

没有中世纪后期罗马帝国解体，小小的佛罗伦萨共和国建立，就没有人出资委建圣母百花大教堂，就没有人去设计，就没有最终完成那样的穹顶建造，也就不会出现布鲁内莱斯基——被文艺复兴“三杰”公认的老师——的名垂青史。

人，都在历史中活着，英雄人物、英雄史诗、悲剧人物、悲惨世界，他们全都在历史的舞台上演。

佛罗伦萨圣母百花大教堂作为西方文艺复兴之父，第一朵报春花的客体存在丰碑，它所涵盖的内容是极其丰富的。

人们感受它的全方位的艺术审美的同时，也在沉思着它所包容的一切文化内蕴。

这里且不说这座大教堂的造型及斑斓辉煌的雕塑绘画之美，就其内在的结构，一砖一石砌合，一榫一榫地联颌咬合，没有希腊那里送来的数学、三角学、几何学，把建筑材料送上穹顶的力学，就难能造出西方文艺复兴的第一座范式的大教堂。

这与张炜的作品有可比性吗?

有。

在大文化的仰观俯瞰上，张炜的心胸是宏阔博大的。他精骛的极思千里，在他庞大的书卷里，他把他对东方文明、东方文化的思考，通过齐国的山水、古迹遗存、庙宇废墟，这些文化的承载体以及人们的代代口头相传和文字记载，他把他的读者带到史前文明的传说，就中就有古东夷东莱国的那一切又被他的文字建造或说再建重构。

张炜笔下的徐福，见诸史载的文字，极为罕见，多少文人借着“海上有仙山，山在虚无缥缈间”这句诗，是派徐福去寻找仙山的。

在这里，大约是这句诗产生了徐福，更因为这句诗的魅力，方赋予他浑身是胆的探海精神。

寻山虽苦，但它是安全的。

探海就要九死一生，一个大浪冲来，帆断船翻，人或为鱼鳖。

这里有柏拉图的《理想国》，也有柏拉图古希腊的诗学，最早的人文主义其中不乏追求和探索的哲学。

张炜笔下的徐福，作为一种文化符号和精神载体，他是海洋文化海洋文明一尊立在齐国大地的雕像，永不熄灭的烛光，对万顷海洋的放射，那灯光是永恒寻找和追寻的代名词。

如果说佛罗伦萨圣母百花大教堂是“两河文明”“希腊文明”“耶稣文明”和“罗马文明”的优秀晶体，那么，张炜也在他浩繁的卷帙里编织和建筑了他的晶体。

这里就牵扯一个成熟作家的历史观及作为负轭历史这个难以控制的野马横冲直撞的奔腾和呼啸的时代和具体化的岁月——日子。

佛罗伦萨圣母百花大教堂的创造者们，他们作为文艺复兴的先师，对西方文明史的荟萃和集纳都是精粹的、亮丽的。

张炜经营他的作品亦如是。

张炜的全部文学，他精心铸造着屹立在东方的文化宝塔。为此，在文学领地全部摒弃了非文明、非文化的那些庸俗社会学——离艺术审美学相去十万八千里的社会政治、经济、军事史的乔装去登他的大雅之堂。

在这里，他用迄今为止的全部作品向世界宣示：我的文学就是我追求的独立王国，我的审美世界构建的楼台高阁。

佛罗伦萨圣母百花大教堂，建在欧洲以罗马帝国为中心的“中世纪黑暗时期”过去并不太久。这座大教堂是文化集萃，当然那些黑暗必被拒之堂外。

我不厌其烦地絮絮叨叨地述说了佛罗伦萨的建筑过程及其在西方文明史的地位，是为了引出张炜的作品，特别是他的十卷长篇巨制《你在高原》。它是目前为止世界文学史上纯文学作品字数的巅峰之作。许多评论家深刻指出，它是一部“足踏大地之书”，一部“行走之书”，他把世界东方那片近海高山之地的包罗万象，做了“时代的伟大记录”，各种人物和传奇，各种人隐秘的艺术与生命密码悉数囊括其中，它的强大的思想力量和令人尊敬的“疯狂的激情”，给读者以巨大的心灵震撼力。

张炜宣称，他写这些是为“另一个我”写的。他跨时空，站在别处，或经年之后的未来，再来回眸他所被感动的那方区域的风物人情，被历史和风土感染和烙刻大约可以称得上他捧出了滚烫的心，对那方造物主赐予的人文大化献上的心祭。

张炜献上的心祭是花费了二十年他最为兴旺的青春之血的燃火谱就。是他在遥远的东方建构的属于他的心灵的百花大教堂，大教堂的穹隆。

张炜大学和开始写作的年代，恰在 1979 年的“小阳春”，是当年他的青春之眼第一次看到的“小阳春”。当时，我看到他并没有那种浅显的欢喜雀跃，而是陷入阅读、沉思，经营着他所认为的美。什么“歌德文学”“伤痕文学”“知青文学”“反思文学”，还有更早的“解放文学”“土改文学”“抗日文学”“根据地文学”等等属于社会学家和党史研究家的任务，一概不入他的“文学之眼”，而不去越俎代庖，夺他人之功。

这是他最为可贵的文学观。

叔本华说：“真正独立思考的人，才是精神上的君主。”

张炜在文学审美上做到了独立思考，成功主宰自己精神的君主，所以他能够打造自己的东方文学宝殿。

1980 年代，百废待兴，许多老作家大梦未醒，新起来的写作者，由于素养不足，不是囿于时代的框架制约，就是限于知识的短板，而被双重和多重的羁绊绑缚，并没有出现多少有重大影响的大作品。

之后的小阳春不久，又遇到了“倒春寒”——反资产阶级自由化。这些对张炜来说，并不影响他所经营的他心中的文学大厦。

他当时是这样对时代把握和认识的。他在《当代文学的走向》一文中说：“真正意义上的文学将拒绝一切非创造性的重复，尤其会厌弃东施效颦，它将保持发现的浓烈兴趣，从自己的土地上汲取不绝的力量。”

可以设问：“疲惫期”为什么不能同时又是最好的时期？体制、自由经济，庞杂与无序，这一切的综合蕴藏正在形成的张力；还有，作为一种土壤，它的全部腐殖是否恰恰培育出一个未来？

张炜的高境界，绝不是可以当作经验，像工匠师傅收徒弟那样轻易学到手的。

张炜多卷帙的鸿篇巨制，都是他宏大心灵的流淌。

从他的全部作品中，我看到了他对什么是文学的理解，其中最为重要的根本点，是他对时空观的高蹈悟性。

这个悟性的起始点，还是要“从文学是人学”这句大白话说起。

这里关涉到人是什么？从哪里来，又到哪里去？

人生存在时间里，生活在不同的土地上。

人与人、人与时代、人与国度、人与土地、人与自然山水、人与禽兽、人与百花，他们和它们之间的关系，从来就有，以至目前尚不真知的未来。

牛顿说过这样的话："时空是上帝审视我们这个世界的神经中枢。"

爱因斯坦发现了"相对论"，又把牛顿的时空论的"绝对"开释为"相对"。

至目前的时间点，人类借助于所谓的科学手段对宇宙和世界的认识并不可以说已臻于至境至理。在这里永远存着发现和被发现，认识和再认识的一代一代人的思想犁耕。

宇宙的大爆炸说，距今已有一百三十八亿年。地球的形成，已有四十亿年。时间是生命的存在体。

从全部人类历史看，真善美的东西其中包括人身上的真善美，是人作为人的站立和行走以至来到今天的主导面和根本面。舍此，便进入叔本华的悲观主义，都去悲观地死去了，也就不必用笔墨去赞美人身上的真善美了。

张炜的可贵就在这里。

他看到了黑暗和丑恶、战争和流血、恶斗和屠杀、山河的破碎、空气的污染、人性的凶残……

他作为一个聪明的良知者，是深深地知道，自有人类历史以来，人就开始了漫长的败坏自己生存的世界和自杀的漫漫长途，这就是广义上的相对论和生死观。

张炜的笔触是洁净的，他看到的疮痍溃疡，血脓的红肿流淌，却不入他的文眼，拱手让给了社会学家和政治学家。

作家是属于灵魂的、审美的、理想国的诚实追求者和寻找者。

作家的可贵、文学的可贵，就在于他能在有限的纸页上营造自己的意象王国，美好的王国，他来做他营造的意象审美王国的国王。

启蒙主义之后，个体主义上升，个人欲望在理性主义中获得了合法性。靠一个权力中心实现所谓"美好"，用壑齐划一否定差别境界是行不通的。

意象审美写出的东西都是空想出来的，凭一点而生发，凭一事而诱发，凭一人而萌发。陶渊明的《桃花源记》，柏拉图的《理想国》，莫尔的《乌托邦》，培根的《新大西岛》，康帕内拉的《太阳城》，圣西门·傅立叶的“空想社会主义”，都是他们用美好的愿望被“愿望”出来的。

张炜沿着这个思路，让他的徐福在海上去寻找并建立自己的幸福之国。

米兰·昆德拉说：“对小说家来说，一个特定的历史状况是一个人类学的实验室，在这个实验室里他探讨他的基本问题，人类的生存是什么？”

这个话题当然是完全排除了生物学和单纯的社会学层面的意义，所剩下的，就是属于文学是人学的审美层面的意义了。

宇宙形成差不多四十亿年之后，才发现在茫茫宇宙中有个旋转的蓝色星球，我们称作地球。

生活在距今三千四百多年前的，我们今天称作以色列人的摩西用希伯来文写出《创世纪》，记下了神造人和人的生存空间的情况。

今天，在科学空前发达的今天，人们还没有充分的根据证明别的星球上有生命存在。

在宇宙中，人类是孤独的。

人，作为单一的个体存在，既存在物竞天择的偶然性，更涵盖着人为万物之灵的神圣性。造物主唯独赋予人类许多美好的东西，那就是属于万物之灵的智慧，有思想，明是非，懂善恶，图生存，谋创造，在“适者生存”的环境下，最大限度去改变自己的生存态。

懂得审美，谋求人类的视觉、听觉、味觉、触觉的美，按照美的原则去创造生活，人类走过漫长的道路，最终可以骄傲地说他们与它们做出了最好的揖别。

人成为万物中第一个最可宝贵的。

人，又成为万物中最残忍的屠杀者和自我毁灭者。

他们明明知道破坏环境是慢性自杀，却偏偏要饮鸩止渴。

他们明明知道用高精尖技术造出的武器可以大规模地杀人，今天他们已经造出了足以毁灭十个地球的武器，在仓库里等待着疯子们按电钮。

人，从呱呱坠地就开始走向死亡，这是由生到死岁月的必经，民间叫作天年，科学的说法是自然死亡。

战争、疾病、原罪导致的犯罪，加上难能亢拒的天灾人祸，以及个人微弱的单个力难能摆脱的社会群体裹挟，人的生命就显得极其脆弱和无奈，极其短暂和无助。

莎士比亚长叹："生存还是死亡，这是个问题。"

从亚历山大大帝到恺撒，从拿破仑到希特勒，到一切丧失社会制度，纪纲大乱而无序，人的残忍和相杀的本性便暴露无遗。

古希腊哲学家亚里士多德在回答"人，究竟是什么？"时说："人，在最为完美的时候是动物中的佼佼者，但是，当他与法律、正义和道德隔绝以后，他便是动物中最坏的东西。"

作为人学的文学，人是什么？他们的完备的生存形态、心态，是每一个被称作作家必须通晓的。

更因为文学是审美的，是属灵的心灵喂养和滋补，情感的感染和慰疗，人性美矿的开掘和冶陶，美好情操的淬火和闪光，这就必然要求一个优秀作家，透过污浊的社会泥沼，拂去被雾霾蒙垢的眼翳，看到人性、人文、人生的美点，并用生花妙笔，把它们都写出来，按照文学审美的世界通则，带上东方神秘主义审美学的美妙和独特性，把东方之美用他独特的语言写出来——

张炜就是这样做的。

他属于这个世界，这个世纪的旷世的寻美者和歌美者。

完整地说，他属于这个世界的智慧和良知。

他所以能达到如此的高度，在于他思想境界的高蹈和超越。

所谓思接千载，精骛八极，就是他们的时空观是超越国别的，是超越已被文字和实物记录和刻画的历史。

他也超越了东方和西方在漫长的历史长河中所经历的哲学人文理念的纷争，并由此引发的无止息的战争和社会政治制度的更迭。

这个超越，给他长了那双严格区别对待古往今来人类全部的真善美和假恶丑的明智亮眼。

张炜以天赋良才赞美人类，他所领悟的全部完备的真善美，跨越历史年代和国土疆域的阻遏和局促的宏大意义上的真善美，能够令人高兴或接受，能够令后世人奉为经典名著的真善美。

张炜的超凡脱俗，在于他不为讨好当代，而陷于媚俗，他美美地活出了和写出了为未来的自我。这是令读者和理论批评界刮目相看的。

朱光潜在《谈美》中说：“我坚信中国社会闹得如此之糟，不完全是制度的问题，是大半由于人心太坏。我坚信情感比理智重要，要洗刷人心，并非几句道德家言即可了事，一定要从怡情养性做起，一定要于饱食暖衣、高官厚禄等等之外，别有较高尚、较纯洁的企求，要求人心净化，先要求人生美化。”

这几乎是中外古今优秀作家的“共识”。医世先医心。心灵救赎，心灵疗救，心灵滋补，心灵喂养，心灵安慰，心灵摆渡，心灵释放……所以真正的作家能够被尊为“人类灵魂的工程师”，就是这个救心的工程，太繁杂，太缜密，太神圣，太崇高！

这是世界文学大道。

张炜在这条通向世界文学高峰的大道上行走了四十多年，现在仍然在兴致勃勃地健步走着。就中也有一些杂音，这也是题中应有的必然。在通向未来的文学道路上，他做到了像但丁说的：“让人们说去吧，我自己走自己的路。”

张炜的作品在东方创造了奇迹！

一些个善于在作品中寻找什么的，竟然在张炜的作品中，没有找出一点他们需要的“什么”。

张炜作品所彰显的普世价值的真善美，它们不仅感染、净化和提升了人们的精神世界，同时也让那些怀着阴暗心理在张炜作品找“骨头”的人诚服。因为阴暗人从来不认为自己阴揞，而且又善于把自己的阴暗冒充光明。

文学创作界中人，在张炜的才华和勤奋所结的硕果面前，由衷叹服，理在必得。

赞美之余，笔者也听到对张炜作品所谓美中不足的小议。一是他的小说没有把塑造人物形象放在第一位，拿他与鲁迅的阿Q、孔乙己比，他的作品尚未写出可堪与阿Q、孔乙己、祥林嫂比肩的人物。再一个是他有意地避开了对当代正在进行的社会人生的静观和对现实人生的阴暗面掷去投枪，直击人心的卑污，针砭时弊，给人提供医疗良方。

对上述论点，笔者认为：

一、读者大约没有把张炜的全部作品读过和掩卷沉思过。他对真善美的歌赞不可谓不由衷；他对假丑恶的针砭和鞭笞不可谓不入里。

二、长期形成的文学审美的“快餐便当值”在作用着一些人的文学审美观。这与长时间里思想文化的偏颇引领及创作评论界的盲目跟进不无关系。

三、我们把鲁迅“至尊”化了，“封顶”化了，“迷信”化了。一切都拿他的思想、他的作品、他的人物作为“范式”，这是鲁迅先生自己也不愿看到的。因为他自己就反对某种“文化偏至”，写过《文化偏至论》吧。

四、鲁迅的战斗精神是好的，但他的好斗、恶斗，对一些本质很优秀的文化人身上的缺点不留情面地扒皮见骨地残酷的斗，对我们这个东方民族的影响是不言而喻的。

五、鲁迅的文化心理是不完整的，他的慈祥、善良、博爱、怜悯、风趣、玲珑、细腻等等人文侧面往往是“万径人踪灭”。

上述五点，说明一点：不要拿鲁迅压人。

张炜起码有一点是超过鲁迅的。

张炜有一千多万字的长篇问世。

怎么写？写什么？是每个作家的生活积累和审美使命的派生，向来就不是一个“代孕妇”。他们的作品，作品的生命向来就是自身的“精子”和“卵子”完美结合的产物（意大利著名女作家拉法奇语意）。

一个作家写什么，怎么写，是每个作家的自由。“创作自由”说，不止看管事的人让你写什么，还包括作家本人愿意写什么。

据我对张炜几十年的研究和观察，他绝对是一个会编故事的能手，在农村，管是哪省哪地市哪县哪村，那里每天都生产大量的故事。善于写作的作者，只要勤于笔耕，掐头去尾，添枝加叶，加上作者这点基本功，能写出当代的阿Q、孔乙己、祥林嫂。

张炜这人，写作做人，乃至人生，有一个信条，就是“不重复”，做自己的“这一个”，写属于自己的，然后属于世界的作品。

他心中的一个永恒的价值追求，就是要写出“普世”的，为世界文明史增加亮色，为人类精神文明的美好复归和重构，能够有所裨益、大补的优秀作品。

他避免了“急功近利”，自寻了一条艰难的长途奔跑，像阿甘的长途奔跑——他是今天当代作家中真正意义上的阿甘式的长跑者。

二、这座巍峨的宫殿——《你在高原》，是怎样搭建的？

试一试，我能不能看到一些它的显形和隐形的结构？

中国现代文学馆发布的《2010年中国文学发展状况》指出：“在历史和现实、民族记忆和个人经验之间，以宏大的规模建构‘中国故事’，这依然是长篇小说的重要主题。张炜的《你在高原》十卷四百五十万字，被称为‘中外小说史上篇幅最长的纯文学作品’，在对自然、乡土、人性的忧患及对现代文明的反思中求索，力图构筑当代社会的心灵变迁史。”（见中国现代文学馆：《2010年中国文学发展状况》，载于2011年4月21日《人民日报》，转引自张期鹏、亓凤珍《张炜评传》）

“力图构筑”，说的就是小说结构美学方面的话题。

在我的阅读范围内，谈到张炜作品文学结构的，特别是针对《你在高原》，马海春还是较早的一人。

《你在高原》长达四百五十万字，三十九卷，十个单元十本，《家族》是第一本，占三卷。马海春说，他读了两遍。初读时，他误认为它是完整的作品。再读，才知道它仅仅是一部“长河”小说的源头（亦可说它是黄河在青藏高原巴颜喀拉山的涓流）。后来书中所发展的情节，都能在这里寻找它们的脉络之网。

马海春认为：“家族”，自然是指主人公宁伽的血缘关系，父系宁家，母系曲家，各溯三代，一二十个人物互相交织，形成作品中最主要的一圈人物关系网络。然后旁涉挂扯，战友、仆从、同事各色人等，一圈一圈，像涡纹荡漾开去，最终形成了庞杂的人物群体。

马海春认为，这只是血缘关系的“家族”，同时还有个“精神家族”。前者明显，有姓氏和称呼可以分辨，就像《百年孤独》中的布恩迪亚家族的人，额上有个灰“十”字，一种族徽式的外在特征印记。而“精神家族”却是隐形的，几乎无迹可寻。属于同样精神谱系的人，可能互不相识，并无瓜葛，甚至可能存在于不同的时代里。但他们却是一些质地相同的人，有着大致相似的理想和追求，相似的心灵和命运。他们是一些自觉的精神接力和薪火的传递者，前仆后继，是一个民族的真正健勇和希望所在，也是作者所深情讴歌的那些人物……像曲予、宁珂、朱亚等人。

马海春还分析了人物故事结构的远溯回望，抚今忆昔和现实的喟叹自诉。

更为可贵的是，马海春还对“高原”结构概括出百、千、万三个字。

百：作品有三四百人出场。

千：指所编织的故事多多。

万：指书中藏满了“心眼”多多。我认为这一词含有宽泛的中间游移性，它是介于“诡谲”和“智慧”的能指和泛指。

马海春在这里告诉我，读张炜的长篇巨著《你在高原》也要怀有多多的心眼（在此一定要把那个“儿”弃掉，变成庄重灵慧的“心眼”）。

张炜的《你在高原》作为巨制，它是由诸多的“矩制”集成，这就像地上的建筑，看去巍峨浑然一体，但它是诸板材、细料的集大成者。

张期鹏、亓凤珍举例：《外省书》虽为短制，但叙写的内容都是非常丰富广阔的，它是史河的经历为主线，串起了史河、史铭兄弟，史铭、史东宾父子，史珂、师麟两个朋友，胡春旖、师辉母女，师麟、师辉父女，甚至史珂、师辉两个不相干的人物，时间上纵越历史与现实，空间上横跨京城与海滨、国内与国外，展示了相当广阔的社会生活面，也展示了张炜卓越的文学驾驭能力和文字表现能力。张炜说，他原来是用第一人称写的，写了三分之一，觉得叙述的角度有点别扭，然后就把结构重整了，重新写。原稿有近三十万字然后删改成了这个样子，他（张炜）“有意把这本书的发力变得深长一点”（见张期鹏、亓凤珍《张炜评传》）。

地上的建筑结构，无论是东方的、西方的，它们都含有《天工开物》智慧，即被希腊人最早说出的“数字”“三角学”“几何学”“力学”。而这些所谓“学”，都被地上的建筑深深藏在梁柱、榫卯、砖瓦、衔接、吻合、缝中了。特别是那些古老的建筑，身上没有一块铁、一根钉，却能在地上巍然挺立千年、数千年，那全然是仰仗结构的学问。

小说的结构，特别是像张炜《你在高原》这样的旷世巨著，对于它的结构，评论界却往往有意无意躲避了。

这是不能躲开的话题。本人在这里也是试说。

作为人学的文学，特别是小说学，它的根本天职是写人的。

有人说人是孤独的。说心灵，或许占有几分成色。但作为社会存在，谁也离不开作为社会细胞的家庭。因为它是人的血亲网络的原始形成体和网络外延体。

人与人的连接所产生的一切，称为“事”，所谓“人事”，先有人后有事。

家与家作为群落聚居，加上语言、肤色、习俗的统一和同一，形成族群，群群连接体叫作社会，加上统一管理制度和疆域的划定，往大处说就叫作国家。

人的活动范围，即人事所产生的一切离不开时间、地点。往远处说叫历史，历史又分为远古、近代、现代和当代，眼皮子底发生的事叫“现在进行时”。合起来说，叫“时空”，对这些的看法叫作“时空观”。

小说写作虽然不是“历史”的真实，它却总离不开它与遥远的或时下的属于人与人、人与物、人与群体、人与自然连接和联结所发生的一切。

小说写作，长篇巨制自不必说，即使是短篇小说、精短小说，也离不开结构。

张炜在他的这座无梁无柱的宫殿里，首先找到了不止一个而是多个“力”的支撑点，“光”的辐射点。

这两“点”，系指宁、曲两个有血缘关系的几十上百人的家庭纠结在特殊境遇下发生的事件为力点和辐射点，可以细数历历在目的鲜活事实。或上溯远古时代两家祖宗的悠悠往事，或预卜来日方长的多种可能。

从这个点到那个点，就如同地上建筑的一条钢筋从这边斜角到那边斜角空架纽结在一起，经焊接和水泥浇筑冷凝，便了无痕迹，浑然一体。

时间不止是单纯的日出、日落、月的圆缺的次数单纯表征被人们历数和记忆。它更是历史的载体和容器。

历史的丰富性表现为自然界和社会的重大变故和重大事件。诸如地震、灾荒、战乱、国家行政管理制度的更迭、社会人文思想的聚变和渐变，凡此种种，无一不把社会上的每一个人覆庇和囊括其中。

张炜《你在高原》中的宁曲两家上百人，上溯百年乃至千年，又通过上万次的心灵活脱和心眼的放亮，写活了上百人。他们活动的场景舞台，已大大冲决了那块“邮票大的地方”的圈囿，他们就是属于东方的、古老的和现代当代的东方。

如果说宁曲两个家族血亲网络的由联姻的二生三、三生万物外延，而他们的外延又都凭借历史的舞台，这些在哲学上都被叫作客体的物质存在——那么，众多人物的心灵、人文理念、道德判断、价值的认同和选取等等，完全都属于精神范畴的东西了。

如果我们把宁曲两个家族的连接及其后来的繁盛比作逶迤的群山，或曰森林，那山冈，那林木，那走兽，那禽鸟，所生发所展现的一切，凡属精神层面的东西，我们都可以用真善美和假丑恶的尺子对他们进行衡量和判断。

《你在高原》史诗性品格宏大的叙事结构的主要线条，大约是这样的：

一、它具有茫茫九派流中国那样的气象。它们由源远的涓流而回环向东，有蜿蜒曲折，有徜徉浩荡，但它们的总方向是向东的，它奔流大海不复回。这等于作家的审美思维定势。

二、它具有山脉那样外显的峰峦叠嶂逶迤连绵的恒定和凝重，更有那人眼看不到的，在隆起和海洋的，与地球的本质紧密相连一起的永固本色。这大约可指作家理性哲思和诗性审美的坚定和凝重。

三、作家借用宁伽这个轴心人物的身心俯察千山万水，仰观环宇星空，让他精骛八极、思接千载。在他身上生发人与人、人与物、现实与历史、现实与未来，让他作为思辨的聚焦点和光的辐射点，并通过手握铁锤，对山水的叩问扩大为对现实与历史、自然与社会、物质与精神、文明与丑陋、古典的真善美与现当代正在进行的所谓真善美的怪异与诡辩等等，所有这一切的思辨和叩问。付诸文笔，遂蔚为洋洋大观的《你在高原》。

四、张炜在多卷帙《你在高原》大结构里，作为人物的行为足迹身影，其中有实写、虚写，之于绘画，他们既有古典主义的从拉斐尔到安格尔的写实，也有梵高的朦胧和毕加索的变形。之于电影镜头，亦有诸多属于蒙太奇的“骤变”“闪回”。对此，张炜都运用自如，手巧得如同捏面人。

五、对张炜《你在高原》的总体框架结构从微小处看，它像个精致玲珑的“蝈蝈笼”。往大处看，它像坐落在北京的那座庞然大物“鸟巢”。这里借用它们的筋骨被巧妙地编织在一起。它好看、结实、抗震。张炜的《你在高原》也好看、结实、抗震。

《你在高原》这座庞然大物，它们的诸多线条起始、交织、呼应、观照、应衬、对比、衔接、作古、虚实、埋伏，在多达十卷四百多万言里，是它们架构了高原上的这座庞然大物。

“幽幽万事，唯此为大，克己复礼。”张炜有别于孔圣的，他不止是去“复”周礼那些礼贤下士的美好，他是为了在高处发出的呐喊，人类迄今为止已经炼净提纯的真的、善的、美的东西，那些本来已经被几代人认定为美好的东西却被那些无知者盲目践踏，或被那些有识者在特定环境之下不得不去违心地践踏。

张炜笔筑的高原，就是为了他的登峰唱响吧？是的，他——

“在对自然、乡土、人性的忧患及对现代文明的反思中求索，力图构筑当代社会的心灵变迁史。”（中国现代文学馆：《2010 年中国文学发展状况》，载于 2011 年 4 月 21 日《人民日报》）

许多评论家、作家对《你在高原》评论风涌云集：

陈晓明：《〈你在高原〉就是高原》《〈你在高原〉：大气俊朗，宽

广通透》

铁　凝:《在创作之路上攀登与超越》

雷　达:《燃烧的心灵长旅》

贺绍俊:《引导人们走向理想的家园》

李建军:《对大自然最深刻和热切的感情》

孟繁华:《张炜的文化信念与情感方式》

吴秉杰:《深刻传达知识分子的内心世界》

张　炯:《时代的镜子　历史的百科全书》

白　烨:《三气合一的文学大作》

木　弓:《一个“思想家”型的作家》

王巨才:《始终坚持现实主义文学立场》

陈思和:《为我们打开精神窗户》

施战军:《屈原式的彻痛》

吴义勤:《文学追求和文学信仰的高度》

兴　安:《伟大记忆与文学长征——张炜的长篇小说〈你在高原〉》

何向阳:《与生命同长的精神追索之旅》

胡　平:《张炜是有信仰的作家》

李　亦:《长歌在高原回荡》

行文至此，笔者似乎进入了这样的幻觉：张炜在他笔筑的高原，挥舞起被他开掘的与曹王、越王、吴王齐名的那支长剑，双刃青锋，烁耀星月，高声吟唱着对人世间一切真善美的诗歌——

为了维护人世间的真、善、美，他的双刃青锋便毫不留情砍去。

这就是他的史诗的花朵。

谈论张炜及其山海著作，一个巨大的港湾是谁也难以绕过去，而必须重视的重大话题，它引起评论界的高度关注是非常应该和十分必要的。

他是徐福。

他是司马迁笔下的人，虽然点墨寥寥无几，他以“方士”面目，被当作确有其人活在史上。

徐福这个名字大约最早出现在《古船》上。后来徐福此人，就在张炜的诸多作品中出现，即使没有出现，他也被当作东方神秘主义的或具象或意象的客体存在着。

张期鹏和亓凤珍研究论道：张炜，他首先奉献给读者的是关于徐福的系列作品，那就是 1996 年 10 月由他主编、山东友谊出版社出版的五卷本“徐福文化集成”。这是他在龙口率领一个团队长期研究的阶段性成果。其中第四卷《东巡》，全部是张炜关于徐福的原创小说，包括中篇小说《瀛洲思絮录》《东巡》，短篇小说《孤竹与纪》《古歌记寻》《射鱼》《造船》。其中，《古歌记寻》是长篇小说《柏慧》的片断，其他诸篇都与《你在高原》之三《海客谈瀛洲》、之七《人的杂志》有密切联系，有的后来就直接修改，写进了这些长篇文本中。

张炜说：“（《东巡》）是一部关于徐福的书，是我七年来参与徐福研究工作的结果之一。七年来因工作关系与国内外一大批著名的秦汉史专家、古航海研究专家相处，使我获益极大。他们严谨的治学态度及渊博的知识，都将给我的写作生涯以长久的影响。”“早在九年以前，我因创作其他作品的需要，即翻阅查找了许多考古史料；而后来投入的徐福研究会的工作，又进一步促动和增加了我对这方面的兴趣。我既必须严格尊重已有的研究成果，又必须依据和遵循艺术的特有规律。它们二者是依存、互助、弥补与升华的关系。”

张炜同时说：“关于徐福的写作，无疑是我创作的有机部分。”张期鹏、亓凤珍认为：“这一点，凡是读过张炜作品的人应该都有很深的感受。”

“我们知道，张炜对徐福关注由来已久，他小时候就听过不少徐福的故事，到龙口挂职后更是直接参与了徐福研究工作。1989 年，他担任山东省徐福文化研究会副会长；1993 年，他担任了中国国际徐福研究会副会长；2011 年，他又担任了中国国际徐福文化交流协会副会长。其间，他不仅经常主持关于徐福研究的大型国内、国际研究交流活动，还率团或随团访问日本、韩国，加强了徐福研究的国际交流。1997 年 10 月—11 月，他应韩国韩中友协和日本日中友协邀请访问韩国、日本，其中去日本的一个重要任务就是搜集《徐福在日本》一文的资料。他后来完成的系列随笔《徐福在日本》（包括《正史与口碑》《佐贺》《新宫老人》《熊野》《黑瘦青年》《船队经过济州》《日本学者说》等七篇），可谓不虚此行。2019 年，他主持编写的博大精深的《徐福辞典》由中华书局出版，此举把徐福研究推向了一个新阶段。”

张期鹏、亓凤珍继续介绍推出了评论家赵月娥。

赵月娥在《张炜作品中的“徐福”考略》一文中有详细介绍。他认为徐福在张炜作品中的最早登场，是在长篇小说《古船》中，作家借小说人物隋不召之口讲到了徐福，并称其为“镇东老徐家的徐福”。点明了徐福家乡的位置所在。其后，随着张炜的《瀛洲思絮录》《东巡》《你在高原》等一系列作品问世，徐福形象在其作品中渐渐显现出来、鲜明起来。经过张炜的不断挖掘和塑造，这个人物渐渐淡化了民间传说中涂抹在他身上的浓重的“方士气”，有了自己的独特气质。恰如赵月娥所说：张炜完全颠覆了徐福的“方士”形象，把他塑造成了带领人们去往自由净土的东方摩西……其中一些人物身上也能看到徐福的影子：“他们不安分，不合群儿，多少有点自成一统、独行其道的徐福气质。”（见张期鹏、亓凤珍：《张炜评传》）

笔者声明，触我引证上述大段文字的灯火，就是那句：徐福被张炜塑造成了“带领人们去往自由净土的东方摩西”。

为了更加清晰地看清徐福这位“东方摩西”，笔者不得不小费笔墨介绍一下。

摩西，受上帝之命率领被奴役的以色列人逃离古埃及，前往一块富饶之地迦南，经历了四十余年的艰难跋涉使古以色列人摆脱了被奴役的命运。

古老的希伯来文《出埃及记》就是由他执笔写成，书中的元帅级的人物就是他。《出埃及记》被世界人文史认为是最早的“自由书”。

徐福应属东夷、齐国人，秦统一时期，当属盛年，不然不会入秦始皇的“圣眼”，当然也就是后来的司马史笔所记了。

一个《出埃及记》，一个《史记》，两记两人，首先是真人的真实，然后才是神话的附身。

首先由赵月娥，随之是张期鹏和亓凤珍确认，把东方的徐福与西方的摩西比肩，除了赋予他的崇高、伟美、勇敢、神往的精神品质之外，那就是，通过一个张炜把东方摩西徐福救活，让我看到张炜用自己的心血浩荡护送着徐福船队“适彼乐土”。

张炜的这一思想为世界所有明智作家通用。他有意塑造一个东方摩西，足见其眼界之宽，境界之高。

无独有偶。且看福克纳是怎么说的。

“我相信人不仅仅会存活，他还能越活越好。他是不朽的，并非因为生物中唯独他具有永不枯竭的声音，而是他有灵魂，有能够同情、牺牲和忍耐的精神，诗人、作家的职责就是写这些东西。作家的特殊权利就是帮助人坚持活下去，依靠鼓舞人心，依靠让他记住，勇气、尊严、希望、自豪、同情、怜悯和牺牲，这些是人类史上的光荣。诗人的声音不必仅仅是记录，它可以成为帮助人类忍耐与获胜的那些支柱与栋梁中的一个。”（见 1949 年威廉 · 福克纳诺奖演说，李文俊译）

三、穹隆风姿的璀璨文本

1.《不践约书》的神秘崇圣

《不践约书》广西师大出版家言：

“该作品虽然以诗歌为表现形式，以爱情为呈现线索，但实际上已经超越传统意义上的诗歌概念和边界，作家调动人文、思想、历史、哲学等综合手段，以强大的精神背景和超常人的写作能量，打造出一个具有巨大冲击力的复合性诗歌文本，可以视为其代表作《古船》《九月寓言》《你在高原》立体全方位覆盖性诗思呈现。这首（部）长诗分为52节，穿越古齐国与当今社会，融悠久的历史文明和以海滨（洋）文明为背景的历史文化为一体，以诗的形式和巨大能量完成时空、历史和文化的艺术超越。

“张炜的长诗一如浑厚而宏阔的交响乐，时空大开大合，意象丰富，气势磅礴，节奏鲜明而又充满悠长的韵致，抒发对自然、人生和家园的爱与眷恋，带给读者审美享受。”

上述出版家言，在诗思文本的阅读上所言极是，不乏诗歌文本引领一路上的芳草铺路，鲜花昭示。

笔者观去，《不践约书》这部富矿的矿藏的“稀有”，是远远超过出版家言的。

《不践约书》作为诗歌单行本问世，似应把它在下一个专题同其他诗作一题（一体）并论的。

笔者用它作为张炜巨著《你在高原》系列的穹隆珍视，大约它具有其他诗作诗论所没有的风姿吧，这就是：

它具有高度的诗性生命存在的文学性。

它的大气和风姿具有《格萨尔王》和《荷马史诗》那样深广纷繁的长歌大调的荡气回肠。

最值赞赏的，它独具神圣之灵性在诗中回环游荡。

《不践约书》——张炜发出了对人类终极命运的诗思和叩问，他也作出自己的回答。在来自遥远的古代必将走向遥远的未来的无奈中，似能看见人类希望的曙光在林中的间隙闪耀。

张炜在这里，给自己的文学殿堂构建了高耸蓝天的穹隆。

如果说，张炜已有关于《诗经》、《楚辞》、陶渊明和李杜苏轼及唐代五诗人等诗论的专著问世，那是他的诗思审美思辨所结的香醇果实，张炜用他的笔墨筑起了属于他自己的文学异常的穹隆。他把他的所悟得作玲珑翡翠镶嵌并闪耀在他的穹隆。

《不践约书》是中国诗美与西方诗学的完美融合，共52章1174行，是酝酿已久的“心约之作”。这部长诗的出版，标志着张炜进入了大诗人的行列。《不践约书》囊括了作者丰富的人生经历和艺术经验。“行中韵”的多次运用，可能受到外国诗格律的影响，也可能是从宋词中获得启发，更是作家诗与思的心灵回响。诗中说：“只要是依靠和救助，特别是/爱的参与或使用它的名义/就一定要远远逃离/爱像天地的运行/朴素至极/不需要名义”。“每个时代总有几个很厉害的诗人，站得高，看得远，做着吃力不讨好的事，以便为将来的文学经典圣殿，营造稳妥的储备。”（见鲁东大学中文系教授彪叔，国学网讯）

笔者看重和尊重“彪叔”的这段话，在于他下过真功夫作了认真的统计，有过慎重的深思和提炼，故转录在此。

为了便于论证诗作者在《不践约书》中的瑰丽诗思，请读者耐心阅读笔者认为的核心章节：

十七

是的，如你所料，软弱了
尽管心里有一百个拒绝
久久仰望那个伟岸的男人

护佑常驻灵魂的身影
在教堂金闪闪的尖顶上
写满了现世和未来的无畏
大河奔流与永恒无关
直到生命化为信念的尘土
化为无所不在的光束，才知道
那份渴念和寻觅，最终
属于不再卑贱的午夜
黎明及暮色及所有的时光
驱散不祥的预感和悲痛伤绝
掩于烟尘的石头来自地心
地上的林木要变成黑色的煤
挨紧凝固的小羊化石
多么神奇的毁坏和珍藏
一百万年挤压的戒指
两手相扣的叮嘱和张望
声声催促还是响起来
星月隐去，然后是漆黑
然后是无声无响的煤

——《不践约书》

关于“软弱”一词，张炜引自“两河文明”时期古老的“智慧书”希伯来文。

“总要警醒祷告，免得入了迷惑，你们心灵固然愿意，肉体却软弱了。”

“我们坚固的人应该担待不坚固人的软弱，不求自己的喜悦。”

“我的恩典够你用的，因为我的能力在人的软弱上显得完全。”

笔者对上述“引文”的注释是：

“希伯来文”：西方文明的曙光启明时期早在“希腊文明”时期的“两河文明”。“两河”指底格里斯河和幼发拉底河，当时强国为巴比伦、亚述和埃及。迄今约在四千年前。最早的希伯来文刻在石板上，后来写在羊皮上。

“我们”，系指神主及其信奉者。

“我的恩典”，第一个称的“我”，系指发话者神主自己。

“软弱”在这里成为“关键词”。本质上系指人的“原罪”，即与生俱来的“软弱”。它与东方文明儒家认为“性本善”不同，亦与法家认为的“性本恶”也不同。前者忽视了乃至过分强调并误导人的性质为“善”，忽视了对“罪”的潜质存在的清醒认识，当大量的人性恶在生活展示的时候，孔子周游列国，好话说了千千万，没人听，最后不得不垂着头回到曲阜老宅，发出“道不行，乘桴浮于海”，想离家出走。与儒家走偏锋的法家则认为人“性本恶”，后来出现了商鞅那样的酷吏，在定人的罪和行刑的问题上，从“五马分尸”到“凌迟”，向来都是走在世界的前头。

如实说，地上人，凡是人的肚子上留下一方疤痕的，叫肚脐，证明他们是娘身上掉下来的肉，是娘生爹养，叫作人。凡是被叫作“人”的，命里注定，他们是“软弱”的，即人人都有他的“原罪”，与生俱来的“罪”。

《不践约书》的创作灵感，据张炜透露，“月余下的半生，写一封长笺，记下无所事事的外乡。”“计谋堪称完美”“写诗吧”。

我将赶回大山那边 / 守住那片小小的菜地 / 照料那棵小小的桃树。

我已准备得太久。

摆渡者手提一坛迷魂酒 / 结伴去陶渊明的园子 / 人家正在篱下采菊 / 看一眼来人，黯然无语。

可以窥见，张炜在写《不践约书》前的与所仰慕的诗人的鉴约和赴约，或者商约、协约。

张炜之于诗，可以肯定地说，首先是由于诗神的清风催发，他青春心灵的诗芽得以萌动生发。他的变成铅字的处女作就是那个叫作诗的长短句。

张炜在所有的作品里，都嵌镶着诗意的金缕。

张炜在关于《不践约书》答《南方周末》记者张杰问题时说："青春期的冲决力是强大的，也更有纯度，所以诗神会眷顾。但诗还要依赖对生命的觉悟力、洞察力，特别是仁慈。人上了年纪会更加不存幻想，更加仁慈。"

他说："这种意境和热情把我全部笼罩了。一个经历了漫长诗路的人，在其一生的劳动与判断中，必会有个人独到的眼光，这眼光不是他人能够取代的。"

如此说来，张炜的文学诗思在他整个文学生涯中，是一以贯之始终的，所谓"花甲转型"之说是个伪命题。

太史公既有"无韵之离骚"传世，张炜也有许多不以文本形式面世的诗。

就其对文学语言的把控自由度来说，语言太听从他的"颐指气使"了。

就从《不践约书》来说，张炜的诗词源头，同他的全部作品一样，总是源起古老的东亚东方的东夷——古老的齐国，给张炜扎上诗思翅膀的地方。

他的诗思在那里精骛八极，鲲鹏展翅九万里。

张炜诗思的升腾是跨时空的。在人类生活着的这个蓝色星球，就空间来说，他看到了世界的每个角落，就时间来说，可以追溯到本次人类六千五百万年之前，恐龙灭绝为契机的人类诞生。

契约思想的萌芽、蓬生、口约、形成文字的乡约，当它们变成律例、法规、法律，这是一个漫长的过程。

古代的先民为在自然中获取衣食，因势单力薄结成合力、群力，社会性便由此产生。

人的社会性存在形成的合力、群力，靠约的规范和圈囿，这就叫规矩。不依规矩不能成方圆的古老意涵也由此生出。约的根本功能是维护社会性的同一和统一。它是人类文明的产物。直到启蒙运动时期，方有社会契约论的哲学品格诞生，把它作为群体社团、国家体制、国际关系全部学说的根本点和出发点以及回归点。

张炜的《不践约书》，富有双重意涵：人类的生存需要约，却又不践行约，反而践踏约，这是永恒的话题。

已有的历史证明，未来的人类也必然证明，这人类的“死结”将把人类捆绑到世界的末日。

这话的“普世性”和“普适性”，超越时代、区域、国别、社会政治制度和所有的宗教和政党。

它适合人，每个人，以及人的群体。

人，来到世间，每个人作为生物都是偶然的存在体，孤独的个性化存在物。

人本个人主义，个人中心主义，极端自由主义，是伴着人的生命与生俱来。

绝大多数的人，一直生活在这个“本我’之中，“自我”者在少数，“超我”者极其少。

人本个人主义是人类全部罪恶的渊薮和源头。它是一切所谓“约”的原生态、原发力的抗体。对一切所谓的“约”永远起着结构和解构乃至破坏的作用。

作为人类灵魂的发现者、拆解者、贬斥者、守护者和赞美者的诺贝尔文学奖的得主们，对此却往往发出醒脑警策之语。

几千年来，人类在漫长的历史中，已渐次生长的灵智慧根，在美的憧憬中，创造了那么多美妙的语言如丛林莽然。其中最耀眼的就是自由、民主、人权、幸福、祥和……

地球上世世代代的掌权者，无一不把这些字字如珠玑的闪光词语写进自己的各种约书——律例、律法、宪章里。

人类就是在这种本质上的“互撑”中取得了机会主义的“互信”。这是人类避免流更多血的“英明”。

人类，就是在这种镀金的光怪陆离的欺骗局中一代一代地走过来的。

独裁者最聪明时，也是无权者最愚蠢时。世代甘为帮凶却对此甘之如饴，让人牵着鼻子走。

但是，人们对此却缺少见识，这是因为凡是人，都生活在同一个罪行的“共同体”中。在非常特殊的境遇下，人们所有的痛苦就在于，既是凶手，又是受害者。

人，都是自私的，为我的。

我的，我们的小集团的权力和一切的占有，是绝对的。

《不践约书》长诗问世后，张炜在答《生活周刊》编者问时，说出两处令人醒脑的真话。

张炜说：“人类面临的问题，诗人面临的问题，在大的方面古今未变。改变的只是一些细枝末节，如科技带来的现代化等。人性在客观环境的对应中如何演化，这是关注点。人性在基本方面没有多少改变，只是在与客观世界的对应中不断演化。诗人会抓住一些至大的、亘古如此的追问。我们会发问：今天还是生活在‘丛林’中吗？回答是：同在‘丛林’之中，古典标本和现代标本又有什么同与不同？

“有人总以为今天的人性大为不同或根本不同了，这是错误的。其实应该说，所有让人性向更恶的方向演化的时代，一定是最坏的时代。我们现在常讲的一个词是‘基本盘’，那么套用一下，可以说人类自诞生之日起‘基本盘’都没有变化。

“抓住这个‘基本盘’再去判断，去热爱或憎恶，就有了精神的坐标。”

张炜认为，今天的人类的生活状貌“同在‘丛林’之中”，“所有让人性向更恶的方向演化的时代，一定是最坏的时代”。

他又说这是衡量人性善恶的“基本盘”。

他认为“人类自诞生之日起”，这个“基本盘”没有变化。

还在“丛林中”——

“基本盘”没有变化。

笔者虽然年近九十高龄，就我的阅读范围所及，尚没在一个名家的著作中对人类人性的惰性力，难以向善的恶性这样犀利剖析的。

这是《不践约书》所唱绝响——也是他思维境界居于穹隆的标志。

米开朗基罗把他不朽的名作大卫伫立在翡冷翠谷园上，恒久地仰望着佛罗伦萨圣母百花大教堂的穹隆，那是天神的居所在艺术家心灵的极美妙的置换和美幻。

张炜的《不践约书》所达思想境界如大音希声。懂得一点世界文化史的人都会感佩他的境界之高。

“诗对于我，是人世间最不可思议的绝妙之物，是凝聚了最多智慧最多思想能量的一种工作，是一些独特的人在尽情倾诉，是以内部通用的方式说话和歌唱。我读了许多中国现代诗和古诗词等，认为每一句好诗都是使用了成吨的文学矿藏冶炼出来的精华，是人类不可言喻的声音和记忆，是收在个人口袋里的闪电，是压抑在胸廓里的滔天大浪，是连死亡都不能止息的歌哭叫喊。”（见张炜随笔《纵情言说的野心》，转引自张期鹏、亓凤珍《张炜评传》）

这就是他的“冲天大浪”。

这就是他的“连死亡都不能止息的歌哭叫喊”。

2.《独药师》的独特灵圣

在张炜等身作品中，为了佐证我认为的穹隆的伟美，笔者众里寻它千百度是必然要把《独药师》请来在此端坐，我谓之“请神”。

《独药师》的释题是：

独——独一、独特、唯一；

药——可以救人死命，起死回生。心灵之药可以疗救人的灵魂，把灵魂的罪愆与诅咒化为被救赎的放逐、祝福、灵的自由；

师——东方民族古老传统的信条一向是把“天地君亲师”供之于社稷庙堂之上的。师，因天地至尊、宗族长尊一起被尊为神灵的宝座。更有民间的“一日为师，终身为父”东方格言。

人民文学出版社编辑称赞张炜的《独药师》：“19 世纪末至 20 世纪初，中国正经历‘数千年来未有之变局’。基督教登陆东部半岛，教会学校及西医院初步兴起。半岛地区首富和养生世家的季府面临空前挑战。与此同时，因与北方革命党统领的密切关系，季府被卷入一场场起义的鏖战之中。季府主人、‘独药师’第六代传人季昨非陷入与养生前辈的对峙纠缠、与西医丽人的缠绵悱恻、与兄长至亲的生死诀别……爱力与暴力的传奇变调，养生与革命的神奇交响，人性与神性的痛切呼应，异史与信使的绝美融合，《独药师》堪称可以照亮灵魂的立命之书。”

请亲爱的读者回望本书第一章，在这部《独药师》里，我们就能看到张炜外祖父的身影闪动。

3. 张炜的文学穹隆之基原本在平原的达坂旷野、生民群体

谈论张炜作品穹隆之伟美，这两颗闪耀的金星大约是最为闪耀的。

一是他坚牢的民间情怀和民间立场。因为这是中华民族、东方文明之根。因为它是一个良知的作家的精神家园。

张炜在一次与王光东的对话中指出：

> 民间立场就是土地的立场，是最有生命力的。民间精神是积极的，所以才生生不息。民间精神用来粉碎概念化思维，可笑的八股和套词之类，还有那浅薄的团体冲动、伪先锋和假前卫，都

是最有效的东西。民间的容纳和宽容、率性和自由，都是无可比拟的。

民间立场不等于藏污纳垢的立场，更不是堕落最后容身的角落。民间精神要在腐殖中更加生长。最纯洁、最挚爱的，往往在民间。最苍老的人间智慧，当然潜在民间。于是这里包含了民间的博大与丰富、各种转化和生长的可能性。从今天看，坚持民间立场会是一个斗争的过程，一个摸索的过程，最后的结果是去伪存真；还有，将民间立场所包含的内容逐渐清晰化，而不是将其弄成浅薄的符号和概念或者护身符。

民间不可能不是芜杂的，但这芜杂只可以是生长的背景和基础，而不可以是我们最终的追求。如果知识分子以芜杂的为追求，那么他就不可能不是一个机会主义者。民间精神的本质具有自己的纯洁性，所以说它是积极的。把民间精神弄得表面化、形式化，就会走向它的反面。

张期鹏、亓凤珍认为："这些，都是张炜作品的核心、情感的核心、艺术表达的核心、文学审美的核心。"（转引自张期鹏、亓凤珍《张炜评传》）我是欣赏赞同的。

二是，他的高蹈矫然的思辨才情和捍卫理念的勇气。

一次，张炜与评论家赵月斌谈起1980年代初那次关于"人文精神"的大讨论。那次讨论，张炜处在"二张二王"隐形的对阵中。二张，即张炜、张承志；二王，即王蒙、王朔。

赵月斌谈道："这场持续了两年的全国性大讨论虽只是社会转型期的一种精神阵痛，但对一个要为世道人心立言的作家来说，无疑会造成深刻的心理印记，现在去看当时的争论，其意义何在？还有那个'道德理想主义'的标签，现在看显然只是一种简单的以偏概全，您对此有何看法？当前许多作家感到一种表达的无力，同时也有一种表现的乏力，文学的力量似乎不断削弱，您有没有这种困惑？一个作家又该如何突破时代的局限，在文字中抵抗流俗的惯性，在沉默的表达中抵达永恒？”

张炜回答说：“这场已经过去的大讨论对我是重要的。大概对整个文化界也绝非可有可无。我们现在回头去看，会找出这个文化事件中各种各样的不足甚至荒谬，但最好还是不要急于否定它。比如对我个人来说，自己不仅不是直接的参与者，而且还在这个过程中，因为简单的‘道德理想主义’的标签，让一些根本不读书的人造成了极大的误解。他们望文生义，望词生义，或赞赏或批判，动辄‘二元对立’‘道德理想’，真是‘夫复何言’。在作家这里，不要说做一个直面人性与生活的勇者，即便是一个稍有觉悟和水准的写作者，要傻到什么程度才能使自己变得那么‘二元’和‘道德’？细读文本否？有人认为认真阅读评说对象并不重要，因为那样既很累又很麻烦。那场讨论是一次冷静和追问。它实际上是一直都在进行中，所有醒着的人，更不要说写作者了，都终究不能得过且过，也不愿变成糊涂一坨。”

是的，正如张炜所说，那场讨论实际上“一直都在进行中”，即使没有外在的争论，一个作家也不能不在心里叩问自己、提醒自己、反思自己。至于当时贴在张炜身上的“道德理想主义”“二元对立”一类的标签，我们认为今天已经不值一驳，因为时过境迁，现实已经证明了那些论者的僵硬和武断。如果今天还有人那样认为的话，那当然都是一些不读作家作品的人，“夫复何言”。（张炜、赵月斌：《写作是一条不断拓宽的河流》，载于 2021 年 2 月 24 日《文艺报》，转引自张期鹏、亓凤珍《张炜评传》）

生在这场历史性论战中，笔者虽然不是直接参战者，却是热情的围观者，并用一批评论张炜“芦青河系列”和《古船》的作品，实际支持了张炜文学审美的至关重要核心。那就是真正大文学的生命本质所高扬的旗帜，无论什么人，以何种理由“增值”或“贬值”它；或以任何一种颜料漂染它，都是不能任其有所作为的。这是历史的反思，也是历史的警钟。

文学，作为张炜虔敬的心灵之神，她的心灵是洁净的。

捍卫她的崇高和纯洁，他已经勤劳之至，也更为勇敢。

四十年之后，海水煮盐，地瓜麦芽熬糖，是应该更咸更甜了吧！张炜回望 20 世纪 80 年代的文学兴起，他在母校的大课堂上这样说：“在上个世纪中国当代文学的‘繁荣期’，似乎全民都爱文学，人人想当作家，写作成为信爱推崇的一种事业。一部优秀的文学作品会引起社会的强烈反响，可谓街谈、巷议，争相阅读，那是一个令人难忘的‘黄金时代’。”

时过境迁，文学再无当年那样的广泛关注度，但许多写作者依然如故，似乎并不在乎喧声。也许是的，文学本来就不应该成为受围观的群体性事件。庄子有言：“且举世誉之而不加劝，举世非之而不加沮。”就是说即使全世界的人都赞美你，你也不会因此更加奋勉；即使全世界的人都非难你，你也不会因此而更为沮丧。该怎样还是怎样，只需依照常理常规去做，从心灵里来，到心灵里去。这种境界和状态谁能抵达？似乎很难也很易。但可能要做好这个准备，蓄养和预备这种胸襟。有定力有恒心，不为外物所役，其实是文学家必备的品质。

1980 年代，我们是否遇止了中国文学最好的时代，还真是不好回答。1980 年代人们普遍“热爱文学”，并且真的产生了许多优秀作品，此为不争。但是今天回头再看那些曾经引起“强烈反响”的作品，有的仍旧激动人心，有的浅淡平俗。那个时期的文学在语言艺术、思想境界、文本结构等诸多方面，总体水准距离进一步解放思想打开眼界之后，尚存不少差距。可见文学被全社会热情关注的“黄金时代”，也算得失互见。文学作为一种特殊的事物，在认识上会有一定的盲角和误区。实在说，读者的响应和关注，有时候与文学品质并没有深刻的关联，起码关系不是想象的那么大。若以历史的眼光打量，几十年、上百年是较为短暂的一段光阴，真正的文学家和思想家需要经历漫长的考验。所以我们的目光还是要放得更长、更远。

以前讲到文学，常常说到文章合时而作，说到他的当代影响，对其所以然并不追究。说来说去时代也是一本“书”，这本“书”不可以不看，不可以抄袭，不可以完全依赖它的声气，去做简单的迎合。这本书如果陈旧，只可以作一种学习资料参考借鉴。谈到作家的气概，即体现在他与时代的关系上。当一些外在的客观之物与主观世界发生交接、发生冲突的时候，如何应对将决定其品质，决定其未来。对于来自读者的褒贬、奖赏，哪怕是受万众拥戴的炙手可热的重大奖赏，都要存有冷定之心。功种要谈，市场要变。因为直白一点讲，这些与文学本身没有那么深刻的关系。这种态度并不是大话也不是敷衍之语，而是文学人士必备之理解和坚守，不是愿意不愿意谦虚不谦虚的事情。略萨曾对马尔克斯讲，一个人从事文学写作之前，首先要问自己要当一个“好作家”还是当一个“坏作家”。马尔克斯说当年对略萨这番话完全不理解：既要写作，哪有不想当个好作家之理？他真的不能理解。后来他遇到一个年轻作家，这个年轻人刚刚完成一部长篇，又极草率地写出新的一部，理由是自己作为新手没有注意。马尔克斯就此得知，原来真的有人从一开始就不准备当一个好作家。我们从马尔克斯这番话中，可以联想到写作中的镇定和气概到底是什么。它是从容的气度，是旁若无人的强大自我，是怎样独立地自信地处理个人与时代、与客观世界的关系。

（见张炜 2021 年 6 月 24 日鲁东大学文学博物馆打印稿）

笔者极为看重上面的话。

一是，热爱张炜作品的读者，大都是因为他作品庞大的气势和特有的魅力，但并不是所有的人能够探测到他之所以写了那样作品的潜质潜能是什么。他维护了中外古今文学的真正本源和清流，就是它的“质本洁来还洁去”那条真正文学的清流。

二是，古今中外凡是能写出在历史上站得住脚的作品，绝对不是那些随风而来随风而去的。它们的速朽在于风的忽来而忽去。

三是，张炜在这里告诉当代文学向前走的真正大方向是：真正的大文学，是由一个真正属于创造它的时代作为产房而创造出来的。它不受任何一种外来的“热风”，或被东方人误解而被畸变了的这“风”那“风”的迷惑。它坚持维护自身的洁丽，一路风采走自己的路。

四是，张炜道出了不唯中国、世界上所有真正的大文学是如何被创造出来的属于箴言的文学创作经典：它是从容的气度，是旁若无人的强大自我，是怎样独立地自信处理个人与时代、与客观世界的关系。

这一精神的核心，也是西方文艺复兴的核心。

张炜身体力行，用他的魂魄、才华，以他的等身杰作，以他的清晰而高蹈的理性思辨，为东方、为中华民族的文艺伟大复兴已经和必将竭尽全力。如果不愿说他是这个队伍中的第一个，他理应属于前行者或曰前卫者。

上述文字如果说止于张炜的理性说教，请听他下面的一段呐喊：

河流失去的名字
一场热病折磨着一个民族
一条河流失去了名字
光荣的徽章埋于泥泞
聪灵的后代睁大双眼

谁来诅咒这愚暴的麇集
谁用魔法祛除绝望
冰雹扫尽无名山上的乔木
恶臭如云絮般堆积
冰清玉洁的兰花只有死亡

你无权使河流失去名字
你这无耻无名的黑雾
幔遮了胴体掩住了大地
让所有诗人开始流浪
他们被迫涉过无名之流
那孕育了吟唱的母亲河

最冷酷的莫过于禁绝悲伤
把欢乐和真知一起埋葬
唯独没有萌发的期许
让生命在黑暗中腐烂

午夜里一声雷暴　闪电悬起
天空骤然绘出河流之形
尽管只是一瞬

张炜的负载力度太强大。

它是一个民族的心中块垒堆积。

它是屈大夫的《天问》，问天，问那场“热病”的病源来自哪里？竟然把欢乐和真知一起埋葬？

它是一个时代的檄文，
诅咒“热病”这个恶魔对人性和自然美的戕害和虐杀，
呼唤雷暴，呼唤闪电，
它们果然来了——
尽管只是一瞬。

张炜的世事洞明，文笔的灵妙，挥镐深掘的甘泉，挽弓射煞的精准，问谁与堪比？

难得的是他一向虚怀若谷。

第八章

张炜的诗学诗作

一、张炜与诗散论

至目前为止，读者见到张炜讨论诗著的作品计有:《挚友口信》《读〈诗经〉》《也说李白与杜甫》《斑斓志》《〈楚辞〉笔记》《唐代五诗人》《不践约书》《陶渊明的遗产》《铁与绸》。

据笔者的放眼粗略浏览，似可大胆放言：张炜在山左海右齐鲁大地，就诗歌的论著的成书之多，字数总量之多，探索的理性思辨的深邃，特别是鲜活了一群诗人的血肉之躯灵性，让他们在东方大地江河行走，踏莎歌吟，悲歌嗟叹，与张炜无与比肩者。

张炜的诗歌专著《不践约书》，宏大到古今中外全部人类史识、博采、文明、罪愆、死亡和恩典救赎，它的宏大，具有旷古绝今的鲲鹏鸟瞰性和独特的思辨性。笔者已把它放在本书的上一章，让它作为张炜著作的穹隆光点让它在那里闪光。

张炜认为：

> 中国诗与文的古典传统源远流长，这是雅正的传统。有《诗经》《楚辞》，有节奏铿锵、朗朗上口的诸子百家，有鲁迅先生誉为“无韵之离骚”的《史记》，还有曹植、陶渊明、李白、杜甫、韩愈、白居易、李贺、杜牧、李商隐、苏东坡、陆游、辛弃疾等灿若星海的诗人。中国古典诗歌的相当一部分属于“广义的诗”，或叙事记述，或即景抒情，或格物说理，但“纯诗”的元素并不稀缺，这与现代自由诗完全能够打通。比如李白与杜甫的部分诗作，特别是李商隐的无题诗，都可以划入这类美章。不可小看中国“纯诗”的传统。古代诗人的文学修养丰富浑厚，他们从小饱读诗书典籍，工诗善对，精通音律书画，其文字不仅具备韵脚平仄，且有旋律、色彩和气味。事实上中国传统诗作存有大量“纯诗”的基因。这个传统的过程，中国与外国多有相似。只要有人即有文学，有不同的方向，如“超现实主义”，如其他种种“主义”的因子。（2021 年 6 月 24 日在鲁东大学文学的演讲纪录）

张炜的小说作品中，除了以他富有魅力的语言编织他的纹理清晰的故事，让他书中的人和物鲜活起来之外，它们还有一个不轻易被读者看见的线，这就是诗性的流连和贯通。

这个流连和贯通来自古老的《诗经》中的赋、比、兴。

诗性的流连和贯通，这不单是对诗歌作品本体要求的必须，也不简单地移位嫁接在相近的散文和小说中。它的鲜活的生命意向全部文学和艺术庄严宣告：诗性的审美贯彻是文学和艺术的魂魄，活着的魂魄。

抚今追昔。当年本人第一次读张炜作品的时候，欣喜他的作品并不因为他会编故事，注重情节的构思和编织，而是因为语言的洁丽和文学自由行走的诗意的悠游和盎然。

这就在根本上，找到了文学的故土之根，他把他的文学之根深深扎在诗性的沃壤。

张炜文学的蓊郁森茂不是不期而遇的偶得，而是诗神的欣然赐予的浑然天成。

在这个问题上，由于张炜文学的文本成果较长时间以小说面世，大都立竿见影地认为他是富有成就的小说家，并不以为他是诗人和诗论家。

大学院校和文学社团的课类和会类，是张炜作为诗人、诗论家身影显现的第一辑。这大约有五十次。在这个基础上，他又把“口语化”的语言结成我在书架上见到的约十部诗论诗歌专著，给自己的身上穿上了真正的诗人华服。

张炜的诗论论人，有别于大专院校经院学派的“传道授业解惑”，他们的授课往往徘徊在这样一个框架里：诗人的生存年代、社会状况、作品言义、文学史地位。这好像村妇在鏊子上烙饼，饼熟是熟了，最终她（它）依然还是平面的像一张张饼那样平铺在那里。

张炜却把他们一个个复活。

张炜把中国古代的久负盛名的诗人从墓中请出来，让他们在大地行吟放歌，在我们的眼前鲜活地跃动。张炜自编自导了让诗人们在人生聚散、悲欢离合中，在严酷的政治倾轧中，全方位、多角度地让读者看到了古代诗人的人生际遇和人文情怀。

张炜以时代的新高度、宽幅度把他视野中的诗人，以诗人的人生经历为主轴，以诗人诗品为经线，以诗论语言的美为纬度，重塑了古代诗人群体圆雕——蔚为斑斓的绣像。

《读〈诗经〉》和《〈楚辞〉笔记》当属颇具学术性的理论专著。特别是《也说李白与杜甫》《斑斓志》《唐代五诗人》和《陶渊明的遗产》，则把这些中华民族伟大的诗人从死里复活，目的大约更是为了让中华民族曾经光华过的灿烂文学，在今天的日子里复兴。我们也要有文艺复兴。张炜的凡此种种，都是在做着东方文艺复兴的大业。

1. 张炜对诗根、诗心、诗美的寻找溯源

古老的东方大国诗学的寻根，我们当溯源到《诗经》。为此，张炜有了专著。

《诗经》总编孔子说："诗三百，一言以蔽之曰：思无邪。"

孔子又把诗的无邪浓凝成"可以兴，可以观，可以群，可以怨"。

兴者勃焉，系指形神昂然和智慧启迪。

观，系指诗的审美观赏愉悦感。

群，系指诗可以把群体形成的人文情愫形成社会性的体认而作为文化而在历史留驻并延续后来。

怨，系指诗可以抒发诗作者的忧愤忧郁幽怨的情怀。

对于诗歌的形成，《毛诗序》说："情动于中（衷）而行于言，言之不足，故嗟叹之，嗟叹之不足，故永（咏）歌之，永（咏）歌之不足，不知手之舞之，足之蹈之也。"

这一高论的制高点，把人学的文学的源头溯引到人的心灵、人的情的外化序列。

人的生命、人的情比文学比诗大。

诗，文学，比人的生命、人的情更大。

这个大，系比个体人的生命长久，年长为大。

诗，作为文学的精灵，文学的灵光，它的灵妙和柔美，是它的光束率先照进了张炜心扉的窗棂。就是在这种美精灵的诱魅下，他把情动于衷的语言变成长短句，那种叫作诗的东西从此就被她牵着心灵的鼻子走。

诗歌之子的张炜生出的第一个"儿子"也是诗。

张炜的文学生命被诗掌控。

张炜诗的生命释放今天我们有幸地见到他绽放的花束——诗集。

那部《斑斓志》完美地彰显了、具象地寄托了张炜的完整的诗兴诗观。

中国是世界东方诗歌大国，从先秦的民歌总汇《诗经》“诗三百”发轫，催生了第一个伟大的诗人屈原。

屈原的《九歌》《国殇》《天问》为苦难的国苦情的民，为国民生存态的“多艰”而“长太息以掩涕”的哀哭，给诗的“可以怨”的信条铁律，以汨罗清流洗净的笔墨书写在世界东方的长天。

由更早的《诗经》中的《伐檀》《硕鼠》等名篇引路，由古老东方第一个署名诗人继承并恒定屹立。是屈子奋臂挥起倚天长钎，击打着耀眼的燧火，是他在这条优秀传统的诗歌长河里挥动铁铲，方有这千年诗歌清流的直泻。

是屈原的诗品人品给西汉人——《诗经》序言作者毛苌以启迪吧，他在序言中对于诗作品的讽喻论道：“上以风化下，下以风刺上，主文而谲谏，言之者无罪，闻之者足以戒。”

作为诗人和诗论家，观诗论诗，中国古典诗学的长河之源是不可罔顾的。

问题是这样追问：既然春秋战国过去了，秦汉唐宋元明清也走远了，为什么那时许多诗人写出的优秀诗篇还滋润着一代代人们的心田呢？

这不得不在人们心灵的通感不变值中去寻找它的究竟。

2. 张炜所“说”的李白与杜甫

张炜曾为李白、杜甫这两颗闪耀在华夏上空的“双耀之星”专著成书。

张炜看李白、杜甫，当然也有上述教他把这两诗人在大地上行走的风采，人文情怀的释放给以生活化、人性化。

张炜使我们在他的文字中读到李白浪漫主义、杜甫现实主义的生成都不是偶然的。其中，既有人生际遇的给予，更有诗人独特的“这一个”的心灵对生活的感觉、生成，以及审美外化的最佳形式。

试想，如果李白应试及第，峨冠博带，巍巍乎荣坐高堂；如果李白不是屡试不第之后，一朝被宣君王侧，如果又不是那几盅老白干壮胆，恐怕就演不出叫高力士脱靴子那场戏了，也不会有开怀大笑推门去那大步流星的潇洒。

中国诗坛之万幸，李白不是一个当官的，如果是个当官的，很可能成为比陈世美早一个朝代的“李世美”。

幸亏杜甫考场上不走运，逛遍了长安的街头酒肆，否则，他写不出中国历史上那些著名饮者。最后命运的种种给了他一涡浅笑，弄了个“杜工部”，大约也就是今天建筑材料部大型仓库保管员、腰里挂着一串钥匙的人。

杜甫一生与民间结缘，目睹生灵涂炭，屈原的“诗血”就自然地贯注在心灵的血管里。

浪漫主义成就了李白的“诗仙”之名。

一圣一仙，双耀共辉。在世界东方的诗坛上闪耀着永恒的光芒。

这光芒的凝聚点呈现瑰丽多彩状，但突出的相似点，却是他们对自然之美的领受和讴歌。

张炜在他的《也说李白与杜甫》中指出：“李白与杜甫诗篇中，最有名的句子可能就要算那些描绘大自然的部分了，这作为中国璀璨夺目的语言艺术的瑰宝，每每让人惊叹甚至费解：为什么关于山河大地的最美好的句子就让他们给写尽了？他们同时代，他们之前，他们稍晚，都有描写大自然的圣手，但他们两个确实是其中的佼佼者。”

张炜在这里借用了一下王国维评李白的话：“太白词纯以气象胜。‘西风残照，汉家陵阙’，寥寥八字，遂关千古登临之口。”

张炜继续说：“这是王国维盛赞李白的名言。‘气象’来自哪里？是人的独特胸襟、情怀，但一定是与大自然的培育密不可分。

“杜甫的‘会当凌绝顶，一览众山小’‘国破山河在，城春草木深’‘随风潜入夜，润物细无声’‘丛菊两开他日泪，孤舟一系故园心’‘感时花溅泪，恨别鸟惊心’‘迟日江山丽，春风花草香’‘两个黄鹂鸣翠柳，一行白鹭上青天’……都是千古流传的佳句，无一不是描绘自然景物。

“李白的‘君不见黄河之水天上来，奔流到海不复回’‘长风几万里，吹度玉门关’‘上有青冥之长天，下有渌水之波澜’‘孤帆远影碧空尽，唯见长江天际流’‘飞流直下三千尺，疑是银河落九天’‘两岸青山相对出，孤帆一片日边来’……这些句子老少能吟，脍炙人口，都是对大自然的观悟和抒写。”

张炜赞美道：“翻开古代的诗章，就会发现这是诗人们的共同之处。几乎每一个古典诗人都是描写大自然的圣手，他们简直就是大自然的发声器官。古人的诗文以及画作之中，都给人以强烈的大自然的冲击力。”

张炜在这里不无遗憾地指出：“山水画家成为一个画种，至今仍存，但今天的那种自然之力的冲击感已经远远不能比肩古人了，原因即在于对大自然的情感、那种新鲜入目的感动已经丧失了大半。”

对于当代诗文对自然的描摹，张炜不无慨然指出：“几乎将大自然驱之于千里之外，今人笔下除了声色犬马，再就是人争狗斗和心机变态之类，连窗外的一棵树都懒得看一眼。”

尽管李白、杜甫在中国古代诗坛荣膺了那么多崇高的美誉，最为难得的是，他们各自以生命的释放和讴歌，为古典诗学审美廓清了现实主义和浪漫主义的美好疆界，作为双耀中华的巨星，永远在昭示着和启悟着他们的后人。

但是，作为后人的我们，在李杜身上，全方位打量和审视他们，总是有许多不满足的地方。

即是，这两个诗人的家庭呢，手足呢，子女呢？我们在李杜身上至今仍旧茫然。

李杜既不是官场中人，我们在他们的作品中和人生履历中，就读不到官场上的政治倾轧残酷和残忍，以及恨人不死的灵与肉的折磨。

3.《斑斓志》的应运而生

出版权威鉴定：“张炜以十数年深研之功，兼诗学、写作学、文学批评、作品鉴赏、历史钩沉及社会思潮之综合探究，力避俗见直面文本，每言必得凿实，质朴求真，还诗性与生存实境，真抵人性深处。全书分七章并一百二十余题，每题必有独见，每见必得服人，呈现出张炜独有的思想深度与文章才情。”

张炜觉得只有李杜这两个巨星的侧面尚不足以展现中国古典诗词的斑斓，于是请出来苏轼，让他登上《斑斓志》的榜首。

苏轼如同一棵冠盖蓝天的诗的花树，他的繁花和果实，臻于无瑕的完美。

苏轼生命、人格、个性的张力是巨大的、超前的。

苏轼的人生经验、历练，生活画面的帧幅叠印之繁复、形态之波澜、色彩之诡谲，历数古代诗人他是旷古一人。

这大约是张炜写作《斑斓志》的根本出发点，亦因此圆融了张炜完整的诗学审美观。

张炜通过《斑斓志》，就像米开朗基罗给大卫雕塑的圆雕那样，使我们看到了苏轼的全面完整的鲜活形象。

作为人学的文学的丰满就应该是这个样子的。

他作为才子首先被当时的考试制度确识。同弟苏辙一起应试及第进士。在北宋时期，同父亲苏洵、弟弟苏辙并称“三苏”，在唐宋八大家中，“三苏”各占一家。在中国古代文学史上蔚为壮观。苏轼的散文、诗词、绘画、书法富有个性特色，全方位达到时代的高度。

在封建帝制的官场政治倾轧中，苏轼成为旋涡中心人物。仕途坎坷，步履维艰，走遍了华中、华东、华南，东北远自山东的密州（诸城），南至海南岛的儋州。

苏轼在宋神宗时期，先后在凤翔、杭州、密州、徐州、湖州任职。后因“乌台诗案”被贬为黄州团练副使（相当于军分区军事副教官），宋哲宗时任翰林学士，出任杭州、颍州，官至礼部尚书。后又贬惠州、儋州。险恶的官场倾轧弄得他三起三落，疲于奔命。这给苏轼认识社会，看清人生，读懂命运提供了极为丰富的从内及外的健美与圆融。

张炜的《斑斓志》的问世，使我自然想起文艺复兴“三杰”之一的米开朗基罗。

米开朗基罗的灵妙之手所雕塑的人物，是理想的象征又是现实的反映。这使他的艺术成为西方美术史上难以逾越的高峰。

米开朗基罗说：“我在大理石中看见天使，于是我不停地雕刻，直至使他自由。”

他又说：“其实这形体本来就存在于大理石中，我只是把不需要的部分去掉而已。”

笔者之所以把米开朗基罗这妙论请出来，是想说明在国人并不陌生的苏轼，几乎尚在近一方大理石的层面上，张炜怎样像米开朗基罗那样，挥起他的雕刀，把一些不需要的东西“去掉”，让苏轼在今天复活。这时，在《斑斓志》问世的今天，张炜方能像米开朗基罗塑出大卫那样，做到了：美是一种呼吸，他雕刻着人性的狂喜与剧痛。米开朗基罗从石头中解放了人体，把自己献祭给石头。

张炜在苏轼被世人逐渐淡远模糊的今天，“去掉”那些轻浮和寡淡，像米开朗基罗“复活”大卫那样，用他斑斓的笔触，“雕”成了苏轼这座圆雕，经得起令世人仰首作面面观的艺术圆塑。

苏轼作为东方人，他同许多人，特别是知识人一样，人人都在事道—世道—天道中活着。

人与人不同。人们在适应、驾驭、超载的度亦各有不同。这大约可以叫作人生格局。

张炜在《斑斓志》里让读者看到了苏轼为人处世的大格局，做人的大胸怀，大抱负，大气魄，大视野，使他在人生、仕途、爱情的顺境和逆境中，真正做到了：坐拥云起处，心容大江流。

政治家、政论家、人文社会学家、行政管理亲民者的苏轼。

在古代的文学史，特别是在诗人群中，苏轼这种身份的认同，或许是因为他的诗名太盛，遮掩了削弱了上述在他身上所彰显的诸多光环的魅力。

苏轼对留侯张良的思想境界之高发出由衷的赞叹："古之所谓豪杰之士者，必有过人之节。人情有所不能忍者，匹夫见辱，拔剑而起，挺身而斗，此不足为勇也。天下有大勇者，卒然临之而不惊，无故加之而不怒。此其所挟持者甚大，而其志甚远也。"

张良在楚汉相争中，多次以忍让勿躁帮助刘邦成就汉室大业。功成后急流勇退。一个长相如同妇人的小个子张良被封留侯。留城今天已湮没在微山湖里。

今天，我们尚不能完全备览的，是他的许多相当重要的策论和奏议。那是他身上作为高级政治家、国家管理学说的大成，也是披在他身上的作为"失败"的国家领导人的光环。

张炜对此非常惋惜，不惜发出慨叹——他对新华社《每日电讯报》记者说：

"后来人，甚至对那些呕心沥血的策论和奏议，也都选择了忽视和缄默。这也许表现了现代人不重理路，只求娱乐的特征。

"知识之教导，真理之指引，会从根上催发人的勇气。如果文明的培育不能给人以勇迈，那就只好求助于蒙昧和野蛮了。"

苏轼的名篇前后《赤壁赋》，是他世界观、人生观、历史观攀登的高峰。今日我们回望苏轼生活的年代，他有如此高骛的达观，实属千古一人。

杨慎的《临江仙》其意境与苏轼本乎一源，一些字词亦从苏轼中所得。

此后，杨慎的充满才气和大气的《临江仙》为小说家罗贯中看中，直接拿来把它作为“四大名著”之一《三国演义》卷首词。

前后《赤壁赋》与《念奴娇》“大江东去，浪淘尽，千古风流人物”一脉相承，成为苏轼对当时和后世影响力最重大的作品之首。他荣膺“大江东去派”的首领而无愧。

张炜写苏轼关于教人论世所有的洞明思辨，主要的不是要他的读者记住苏轼文中的那些人事，因为那些毕竟离我们远去了。作为美谈，它们当然是“白发渔樵江渚上”把酒谈天说地“酹江月”的话题了。

张炜意在提醒他的读者在苏轼身上读到“重理路”，在当代思想文明建设中获得当代人应有的豪放和“勇迈”，努力能从根本上避免张炜所担心的“蒙昧和野蛮”的出现。

苏轼大体上因为官运不佳，仕途不得亨通，大半生的时间是在大半个中国疲于奔命。大约因为他的政治抱负不得施展，也少见诸他政迹的史载和口碑，但他亲民的实迹——那条苏堤却永远地铺在历代国人的心头。他与僧侣来往，也留下了不少民间传说。

苏轼的生命始终活在国人的唇舌，是个为官最不像官的千古一人。

张炜论到苏轼，多次诫说不要陷于那些人间的故事，一定要攀登到他的诗思、人性、人格、人文所达到的高峰。

这大约是张炜在《斑斓志》一书为苏氏所谱写的长歌大调的华彩乐章。

4.《唐代五诗人》的风流景观

对于这部著作，人民文学出版社的编辑们是这样概括的：“本书是张炜二十多年来沉浸于古诗学的结晶。择取王维、韩愈、白居易、杜牧和李商隐唐代五位重要诗人，从历史、哲学、诗学、美学、文学史和写作学的角度，深入诗人不同的精神与艺术世界打通古今，完成了现代时空下的一次深入综合的观照，所论充满独见，具有创造性和洞悉力。比如在《王维二十五讲》中，作家张炜着眼于大文学史观，提出了‘大尺度’和‘小尺度’的诗学命题，对已有的文学史论构成一定反驳。《韩愈二十三讲》是对生命奇迹的赞叹，可以视为一篇激情四射的美章。该篇揭去了贴在韩愈身上的诸多传统标签，还其清新生动的面目。”

唐代诗星满天。诗歌作为人文大象的核心部位，它们同汉代一起，共同集成“大汉气象”“盛唐景观”的千古流芳。

唐代诗人何其多，至目前只见到张炜论及李杜和这几个人。这是为什么？

张炜说：“唐代是诗的时代，出现了灿烂的唐诗，我心仪的大诗人除了李白和杜甫，按时期数下来还有王维、韩愈、白居易、杜牧、李商隐等。以前讲过了李白与杜甫，心里放不下的还有其他，特别是这五位。因时间和精力所限，虽有浓烈兴趣，还是不想接下去。今应读者要求，就将五位诗人集中一起来讲。”

为什么李白之后，又把这五位排在灿烂群星的前头？

而且又是国人凡具有中学以上文化程度的人，大都知道除李杜之外的这五位。就知识界已知的之外，张炜的慧眼又在他们身上新发现了什么？

人民文学出版社编辑认为：它（《唐代五诗人》）是茅盾文学奖作家张炜全新文化随笔。（此论著）以精彩的笔触，亲近唐代五诗人的一生。书中每一位诗人都得到复活，他们生气勃勃走到读者前面，读者可以从中看到这五位诗人追求内心、成全自我的努力。

他为这五位诗人，讲述了五段说服自己、安顿自身的故事。

王维：在官场中的机会，与其艺术上的机会，说到底是一体的。淡漠，舍己，平静无为，反而有了另一种进取的可能。

韩愈：他从弱小如牛负重一路走来，从卑贱布衣到低级官吏，从边缘到中心，逐渐成长起来，并获得越来越多的响应。他一路风尘，始终倔强不屈地放大自己的声音，既能强词夺理，又能以理服人，可谓不畏艰难的一生。

白居易：白居易的后半生愈来愈贯彻他所说的“知足保和”的生活方式，这并不是新的发明和新的理论，而是人面临生存危机时的一种总结，属于自然而然的反应。

杜牧：杜牧并不是甘于平凡之人，庸碌对于他不可忍受。直到晚年，眼见其他事情无望实施也无力去做，才承认一个基本事实：开始面对自己的诗文及纸上事业。

李商隐：他是一个情急做事之人，而不是一个隐忍等待之人。好像仕途之上一些必要的恪守规律，在他来说还难以依从，这与唐代那些著名人物在同类职务上终得度过，然后迎来转机的情况不一样。

他们认为，挖掘个体生命的复杂，展现众多精微妙见。

谈友谊：韩愈交友不分年龄，更无文人相轻之恶习，但求人真有趣，心灵相通，喜欢自己。

谈艺术：世界上再也没有比艺术审美、艺术创造更复杂的事情了，不是非此即彼那样简单清晰，一目了然，而是具有许多难言难解的例外。

谈恐惧：恐惧和诱惑连在一起，是事物的一体两面：恐惧愈大，诱惑愈大。追逐或疏离似乎容易选择，但恐惧中的诱惑却难以抵御。

谈志向：一个人的志向和才气有关，但仍不是一回事，这二者并存，尚需要很多条件，实际上“志大”好求，“才大”却是一个复杂的问题，它不易达成。

名家推荐：“在我全部的研究、阅读与学习中，包括我半个世纪的出版活动之中，我可以毫无疑问且毫不犹豫地说，张炜先生是亚洲最杰出的、最具代表性的作家之一。”（罗伯特·帕默尔，美国索引与编目协会前主席）

我们再往细部去看，张炜在这五位诗人的人格、诗格、人文情采诸多方面都发现什么？他的独特视觉又都有一些什么新的发现？

在王维身上，张炜看到：他“在官场中的机会，与其艺术上的机会，说到底是一体的。淡漠，取消自己，平静无为，反而有了另一种进取的可能。‘禅’不是一种状态，而是一个进程，追求自我、自由的全部努力，包括最后抵达的一个一个‘总和’。如果仅将‘禅’看成一种逃避、安静、平淡是片面而简单的。我们由此可以追问诗人，只择取了整个过程的前半段，只流于某种形式之中，而没有继续向前，最后并没有抵达那种大自由，反而把它变成了另一种束缚；正是这种束缚，让他完全舍弃了反抗和追究的欲望，走向一种稍稍廉价的消极”。

张炜在论王维上，提出了“大尺度”和“小尺度”这个新鲜诗学命题，丰富了诗学审美的理论宝库。这个命题的新意在于，看一个诗人，不要用尺子把他从头顶量到脚跟。这也同时是一种反对“形而上”的定见，以至于任意拔高和贬损一个文学史上之人。

对于韩愈，张炜论道：“许多时候韩愈的确像个逞强好胜难以成熟的人，从青年到晚年，仿佛一直如此。他的痛与喊，因单纯而动人，因清新直爽而更具审美价值。他的率性使他变成一个生命的风火轮，一路燃烧疾驰而去，留下了一道烧灼的痕迹。”

张炜在韩愈身上，揭去了因那篇名垂千古的《师说》披上的法衣，还其原来是“一个毫无城府的阳光大男孩”，“他的多趣与可爱自己并不知道，而苏东坡多少是知道一点的”。张炜让我们看到了韩愈的新鲜活脱的生机所产生的多趣，一下子拉近了后世人与他的距离，让这一个鲜活的诗人在今人中重生。

张炜又说：“人性决定诗性，韩愈的急切、痛快和好辩，使他在对待一切事物，无论是情与景、人与事，都一概全力以赴，兴致勃发。他在阐述事物的进程中一直‘加速度’，有一种决战的姿态。”“为了完成这种超常的表达，他必要寻找抵达极境的一些词语，于是也就有了新奇的造句方式，无论是比喻还是描述，都要浓烈深切，绝不会浅浅划过。”张炜让我们在韩愈身上，首先看到了他之为人，其次又让我们看到了他之为父。人文情采，跃然纸上。

张炜通过白居易的《琵琶行》，谈到了诗作的“现实主义”创作能成为诗坛气候，但“知足保和”观的闲逸，未必就写出大文章。

他说：“有人甚至认为诗人由此诗（《琵琶行》）而‘掌握了现实主义创作手法’，所以更具意义和价值。听上去这种‘手法’多么高明和玄妙，以至于需要一位如此杰出的天才诗人，于四十五岁之期，经过漫长复杂的人生与艺术的磨砺之后，才能掌握。掌握类似手法的古代诗人，据说还有杜甫等人。总之在这些人眼里，只要是足够杰出者，无论中外古今，一律都需要掌握这种‘手法’。”关于“知足保和”观，张炜写道：“我们常说的一些养生之道是有代价的，这与文章之道虽然不尽冲突，但冲突仍是存在的。超然忘我的养生方式，或可引起文气的衰颓。许多时候这种超脱和纯然，也会诱发某种空寂单纯之美，但仍旧不出大文章。”张炜在这里道出了诗学审美维度的宽容，既看重那些厚重的现实主义之作，也欣赏那些淡雅的闲逸的审美之作，因为那里存在着一定的审美愉悦。

诗坛把李白与杜甫称为唐代诗人“大李杜”，把李商隐、杜牧称作“小李杜”。张炜对“小李杜”的喜爱是有他们各自的侧重点的。他对杜牧“定格于青俊”，大赞李商隐的“锦瑟华丽”。

张炜认为杜牧为相之孙的古代“太子党”身份，诗章外的那些江山社稷民生的放论就像“自家人说话的急切和直接”，“这些都让我们联想到他的出身，想到血脉的力量，他的自我认同和归属感是明显的，自青年时代就处于一种‘无位而谋’的状态”。张炜又在杜牧身上“幽”了一“默”；“仿佛上苍要故意折煞这位雄心傲气的旷世才俊，不仅为他设计了无比坎坷、充满委屈的仕途，而且还让一个同样才华四溢的弟弟年轻致盲，让其伴其左右，作为牵引。这样就可以使他的脚步愈发放缓，心气愈发放低，小心呵护，不再分离。”

张炜在李商隐身上发现了中国思想文化史上的一个新鲜话题，这就是关于“儒学”问题的新发现。

张炜非常喜爱李商隐的作品，大约是关于他作品中的忧患意识、伤感、沉郁。

“这些词章由于别具一格的果断、痛哀、敏捷和锐利，从而免除了同类诗章的感伤与呻吟。我们耳熟能详的那些呻吟之声，在李商隐这里殊为少见。”“他是一个情急做事之人，而不是一个隐忍等待之人。好像仕途之上一些必要的恪守与规律，在他来说还难以依从，这与唐代那些著名人物在同类职务上终得度过，然后迎来转机的情况大不一样。或许是诗人幕府生涯过于顺畅，两相对比之下，使他更加不能忍受。结果就是一次又一次离朝，一次又一次入幕。”李商隐年轻时发问：“孔氏于道德仁义外有何物？”张炜认为：“李商隐的得与失、长与短，命运的必然性，就多少显露出来。”

张炜指出：“就儒学与族群进步之间的关系，古今来讨论无数，特别是新文化运动以来，讨论不仅是愈加深入，而且通向了现代主义的深处和高处。在这个时候，如果不能将‘正儒’和‘伪儒’加以区别，不能发掘古老儒学中的现代因素，不能发现在几千年前诸种思想学说中，它是最能接近现代的一种思维方式，可能也是一种偏颇。”

在这里，我发现张炜又一次为东方的文艺复兴去开掘中国古老的矿藏，加进新思维的“熔炉”，提炼出中华民族的原有、今有、永有的思想滴翠和长源的江流大河。

在我们这里，对诗歌的阅读，学名叫欣赏。由于“庸俗社会学”浸淫和“热风”吹熏，人们往往在读诗和论诗的时候总是习惯地让它们去担当社会生活或社会人文主义的观察员、巡视员、记录员，愿意在古今诗的篇章里看到比笔记体记录得更短更奇妙一点的东西，这便是读书界较为普遍的惯性认识。这类诗章能被人们以为“现实主义”，就给它们身上披上云锦了。人们除了在李白这个家喻户晓的“诗仙”身上嗅到了那么一点“仙气”，便是获得了一点“浪漫主义”的生成。对一向以务实务本出名的东方人来说，有了浪漫情怀极为珍贵。因为“浪漫主义”之于东方的我们，从总体上来说，大约是茫然的、淡泊的、迷蒙的。许多人对无题诗、无标题音乐、大写意国画，像“谜语”一样难以猜度。

张炜深知这种情状，于是他下海寻珠，上天摘星，在古典诗美里，除了李白之外，他看见了另一个“浪漫主义”大师白居易。

张炜在《江上琵琶》一章里有这样妙笔生花的描写。

来到江州之后，诗人的一生就进入了一个特别时期，这个时期可以用来疗伤，总结以往，因为地处偏远，政务不多。“萧条司马宅，门巷无人过。唯对大江水，秋风朝夕波。”（《司马宅》）“自五大都督府至于上中下郡，司马之事尽去，唯员与俸在。”“无言责，无事忧。”（《江州司马厅记》）面对大江秋波无人事忧烦，此情此景前所未有。这既是不幸又是大幸。这样的一种环境将决定他的心境，让他冷寂起来。一方面生存环境变得狭促，另一方面又迎来精神上的舒阔旷敞。

与朝廷的地理距离会影响到心理距离，使诗人能够客观清晰地观望所谓政治经济文化的中心。这样的冷寂期和疏离期，恰恰是他诗作最多的时期之一，也是佳作最多的“喷发期”。引人注目、被视为一生之杰作的《琵琶行》，就是来江州第二年所作。……这只江上琵琶在一千多年的时光中的确拨动了无数的心弦。“写同痛相怜之意，恻恻动人。”（清·沈德潜《唐诗别裁集》）“感商妇之飘流，叹谪居之沦落，凄婉激昂，声能引泣。”（清·史承豫《唐贤小三昧集》）古往今来，《琵琶行》赢得了无数赞叹，传播亦远，庙堂与民间，士人与庶人，皆能共鸣。即使诗人一生只弹奏这一曲琵琶，也足以不朽。船中沉寂，江心秋月，司马洒泪，青衫尽湿。“别有幽情暗恨生，此时无声胜有声”，“东船西舫悄无言，唯见江心秋月白。”这首长诗写一位年老色衰、流落江州的长安娼女，多有评家称之为“现实主义力作”。“揭露黑暗，反映现实”，无非是此等赞誉。因为诗中主角的身份而赢得赞誉，实在有趣。如果这个主角是一个上层人物，那么《琵琶行》的艺术及意义将荡然无存，这又是多么怪异的判断标准。有人甚至认为诗人由此诗而“掌握了现实主义的创作手法”，所以更具意义和价值。听上去这种“手法”多么高明和玄妙，以至于需要一位如此杰出的天才诗人，于四十五岁之期，经过漫长复杂的人生与艺术磨砺之后，才能掌握。掌握类似手法的古代诗人，据说还有杜甫等人。总之在这些人眼里，只要是足够杰出者，无论中外古今，一律都需要掌握这种“手法”。这真是欲要胡扯，何患无辞。

……《琵琶行》展示了诗人特异的才情与飞扬的想象力，是高超的语言艺术结晶。千百年来被反复利用和列举的一些精彩段落，让人百诵不厌，从“轻拢慢捻抹复挑”到“唯见江心秋月白”，九组妙句极尽夸张和奇喻，繁华而不俗艳，既有天工神异之感，又丝丝落地，在经验和感觉上皆有着落。像“间关莺语花底滑”配“幽咽泉流冰下难”，极工整对仗，又极灵动自然，诉诸视觉、听觉、触觉：莺啼花间，清啭悦耳，柔媚娇俏；泉流冰下，泠泠呜咽，凄婉哀绝。上联清丽暄妍，下联黯然销魂，想象特异而奇妙，非大手笔而难为。这种写法很容易犯下雕琢的毛病，诗人却能在总体语境与氛围中舒畅地吟唱，那么自然传神，那么流转自如，不留痕迹。

我们习惯的那种所谓“现实主义”手法、那种写实的色调与气息，在这里根本难觅踪影。

只有被贬谪的白居易，曾有繁华京城为官的履历，对某些场所才会熟悉，掌握其中的曲折委婉，才能写出“钿头银篦击节碎，血色罗裙翻酒污”这样含蕴纷繁的句子。对这一类妙语已经不能简单地肢解，而需将汉语言的理解力运用到极致才行。这里面包含了多少故事，多少辛酸，多少不堪，已非一般字面直译能够囊括。这就是诗的高端飞翔了，最具意义的是它的方向，而不是具体的抵达。所指清晰，能指模糊，引起丰富的联想和无数场景的连缀；它们既是细节，又是破碎的场景，是剪辑，是闪跳，是一露而过，又是一次又一次的局部放大。无限的悲酸掺与其中，让人在感慨中不忍目睹：背过身去，它还要顽强地浮现出来。这是人生和命运，远不是“同情”二字所能道尽。

将这首《琵琶行》对比一下十年前同样脍炙人口的《长恨歌》，我们会感受到什么差别？一样的华丽丰腴，一样的唯美曼妙，一样写妍丽逼人的女子，留下回味和余韵却大有不同。当年诗人对神秘的爱情多有叹息，而今却是无限的悲凉和绝望；当年是一个观望者、叙述者，而今则置身于其中；同是天涯沦落，身世飘零，相逢在命运的流水之上。（张炜：《人生逆旅，草堂缘何是唐代诗人心灵的庇护所》节录，原文见《文学报》）

张炜这样细心倾情地寻找和赞美古典诗词的浪漫主义的作家作品，笔者认为他的深沉心怀仍在做着他对中国文学的伟大寄望：让中国伟大光辉的文学在今天复兴！

二、张炜的诗歌审美学说

张炜的全部文学理论著述中，见诸文字的，对诗歌写作学的文字多于小说写作学。

就张炜的全部文学文本来看，且不说那些标明的文本，就散文、小说以及一些理论著述，无不充满着和流布着诗之魂灵的游荡。

散文，在我们这里，是比诗——后来的《诗经》——资格更老的文学样式。它们应该是诗歌的爸爸妈妈、小说的爷爷奶奶。

就拿他的非虚构著作《我的原野盛宴》来说，人民文学出版社编辑评论它：“一个人的成长史和心灵史；记录一个时代，复活一段岁月。关于‘人在大地上诗意地栖居’的故事，关于勇气、哀伤、友谊、忠诚、牺牲和爱的书写。描绘了三百六十多种动植物，堪称一部半岛动植物志。文笔精湛质朴，为现代汉语写作的范本和美章。”

这部著作能获得如此充满诗意的评价，唯一的原因，因为张炜用诗笔去写散文，也用诗笔去写小说。因为文学及所有真正的艺术的生命本质是诗。

张炜的诗美本于诗心，他的诗心本于诗根。

什么是张炜的诗根、诗心、诗美呢?

他说：那是来自诗人、作家生命养成的气象生成。“它是从容的气度，是旁若无人的强大自我，是怎样独立地自信地处理个人与时代，与客观世界的关系。”（见 2021 年 6 月 24 日于鲁东大学文学馆演讲笔录）

离开诗性审美观去论张炜的作品，是寻找不到它的入门之径的。

张炜的诗歌审美学说具有宏大的史识。

这里说的宏大，系指他的诗学审美观照空间界定世界性及时间界定历史性。加上论据的相契逻辑周密，共同构成了张炜诗歌审美学的佳构特色。

1. 诗歌生发学的流变表征：“两个主义”和“三次转向”

这里说的“两个主义”，系“现实主义”和“浪漫主义”。其他的一些什么什么“主义”，大约都能从它们身上找到芽叶的生发点。

关于“现实主义”，张炜这样论述：

“很多人在写诗，其实即便不写诗，也仍要从诗的角度来理解文学，因为这是文学之核。有人认为，文学的发生就是人类对客观世界的一种呈现、描摹和回应，所以‘现实主义’的写作方法，既是唯一的上选，也必为起始和根本之选。我们谈到一些古典主义时期的文学，包括绘画等艺术领域，总要涉及创作者如何反映现实、描摹现实，考察是否深刻反映了现实，是否掌握了‘现实主义’的手法。我们这里很长的一段时间，一直在提倡和实践这种‘主义’，所以这种恪守已成理所当然，更是老生常谈。文学与现实的关系，实际上是一个最基础最古老的命题，是文学与客观世界如何发生关系的必然之议。与‘现实主义’相对应的，在当年是‘浪漫主义’，再后来就有了各种‘主义’。那两个概念都产生于西方，是‘现代主义’之前的产物。实际上无论什么‘主义’都是讲表现方法和方式，讲创作者怎样对现实世界做出表达和反映。因为每个生命的性质不同，采用的手法、表达和实现的途径就一定会有不同。那两个文学概念是研究者们提出来的，所以在他们那儿更清晰，也更受肯定。但人性及才趣是纷繁复杂的，要解释这一切，只有两种‘主义’显然不够用。理论家于是又提出更多的‘主义’。这都是为了研究的方便，因为这样一来，文学研究就变成和其他科研工作相差无几的东西，一切皆可量化。”

关于“浪漫主义”，张炜论道：

“文学创作真的有定义中的‘现代主义’吗？文学表达既然经过了作家对客观事实的淬炼，透过心灵之镜的折射中，还怎么‘忠实’地呈现？这里面想要不‘变形’不‘浪漫’都不行。凡是属于个人的想象，看来也只能趋向一个方向，就是心灵的方向。后来在法国巴黎出现了‘超现实主义’‘自动写作’‘意识流’‘主体主义’等，就是强调了心灵的无羁、自由与力量。‘超现实主义’不仅限于文学领域，还波及音乐、绘画、电影等门类，在诗歌、绘画、电影方面表现得更外在也更显著。各种‘主义’多起来，而且远离了更早的‘现实主义’，直接‘超越’它。

这些纷杂的‘主义’形象地标示和概括了从‘现实主义’到‘现代主义’，是怎么一步一步走过来的。比如诗歌艺术的发展，波德莱尔之后是瓦雷里和马拉美等人。他们越来越专注于表述自我，以至于变得晦涩之极。什么都可以写，而且不断地强化自我认知的过程。在这条路上，越是杰出有才华的诗人艺术家，就越是走得遥远。”

张炜在分析了中国古代诗人的成就之后指出：

“中国诗与文的古典传统源远流长，是雅正的传统……‘纯诗’的元素并不稀缺，这与现代自由诗完全能够打通，比如李白和杜甫的部分诗作，特别是李商隐的无题诗，都可归这类美章。不可小看中国‘纯诗’的传统。”

关于汉诗写作的第三次转向能否发生的问题，张炜论道：

“谈论这些，无非是要归结到一个预测和结论，就是汉诗写作的第三次转向可否发生。这种自觉性也许是重要的。怎样转向？路径如何？与前两次转向的关系是什么？价值、意义和缘起又在哪里？这需要总结正反两个方面的经验。就我们眼前闪过的小小窗口窥见，第一次是艾略特，第二次是保罗·策兰。前一次引出了汉诗创作中‘纯诗’边界的混乱，如过分地口语化、松散化；后次则趋向极度内向和自我，跃入词语为本体的谵妄。汉语‘纯诗’脱离了传统的土壤，有可能日益显出羸弱和萎败的衰相。一个民族的文学艺术之核是‘诗’，它是根本性与核心性的指标。从中国现代诗发展的脉络考察其隐忧，将关系整个文学的未来。

“中国现代诗第三次转向的可能，建立在根本性的忧患之上。它需要打通根脉，寻找生存和发展的基础。中国当代自由诗要与自己民族源远流长的诗歌传统相接，尽管这是一件极其困难的事业。我们总不能把那种四言、五言、七言的句式和平仄格律直接植入，那会不伦不类。这个继承和寻找到底有多难，还要上路再看，绝不能半途而废。

“今天强调写作者与读者、与时代、与传统的关系，将催生真正的‘现实主义’。其实所有杰出的文学，必然是‘先锋’‘现代’，是一个时代艺术与思想的前沿。当然这里不包括‘伪先锋’和‘伪现代’，不包括浅薄的模仿和因袭。”

（见 2021 年 6 月 24 日张炜鲁东大学文学馆演讲笔录）

张炜以如此精短的语言概括讲清中国与世界发展史的来龙去脉，提出了当代诗歌前进方向，我认为是正确的，是清晰的精准和毫不犹豫的坚定。

2. 诗歌存在美学的自我构成和彰显

我们每个热爱和从事文学艺术创作的人大体上都知道，文学和艺术的生命本质是诗。

诗，到底是个什么东西？辞典未能道尽，诗歌理论家大体上也是各说自话，每个写诗的人，各人心里都有自己心筑的诗歌殿堂，他们所谓的诗神，那模样大约跟自己的长相相差不会太远，相由心生在这里大约也起作用。

张炜说诗：

“‘诗’只在感受之中、无言之中，那往往是一闪之念，是一念之悟，所以要固定它、留住它，让它一动不动地待在原地供我们摆弄和辨析，实在是不容易甚至是不可能的事。‘诗’通过词语的形式加以固定、锁住。具体方法是写下来读出来，最好是写在纸上，以这种方法让它成形。因为凡事只要有形也就可观，可传递可交换，用心互通有无。”

张炜说作用人视觉和听觉的朗诵诗：

“最著名的叙事莫过于各民族的英雄史诗，像古希腊的《伊利亚特》《奥德赛》，英国的《宝奥武夫》，法国的《罗兰之歌》，德国的《尼伯龙根之歌》，印度的《罗摩衍那》《摩诃婆罗多》，中国的藏族史诗《格萨尔王》等。我们被曲折的故事和生动的人物吸引，同时利于韵文的朗朗上口，能增加快感，能入脑入心。”

张炜说那些深奥难解的诗：

“现代人对经史子集的陌生造成的深奥难解，但通过注解便大致可以通解。这部分诗歌数量占比大概是中国古诗的五分之三甚至更多。有少量传统古典诗词读起来会有现代自由诗那样的费解，这种晦涩与前一种难解在性质上是不同的。最典型的就是李商隐的无题诗一类。古往今来研究李商隐无题诗的文字汗牛充栋，争论了一千多年，至今尚无定论。或许有人认为这是因为年代久远、用典太多而形成的一种综合阅读困扰，实际上不是。即便在李商隐生活的晚唐，对这些诗的猜度与推测也众说纷纭，以至于诗人自己也非常苦恼，发出感慨：‘一自高唐赋成后，楚天云雨尽堪疑。’（《有感·非关宋玉有微词》）他还在《上河东公启》一文中不得不为自己做出相应的辩解：‘南国妖姬，丛台妙妓，虽有涉于篇什，实不接于风流。’因为李商隐之诗的因子，有一大部分更接近现代自由诗即‘纯诗’，所以是极其个人化的，需要类似于倾听交响乐那样的耳与心才能接近。而我们阅读，从过去到现在，仍旧还是以对待‘广义’的纪事诗、言志诗、社会诉求诗那样的心态与方式去接受的，这基本上是不对的。这就如同以欣赏通俗歌曲的方式赶赴一场交响音乐会的道理一样，常常不得其门而入。

“李白与杜甫的部分诗作也是相当个人化的，它们也接受‘纯诗’。这类诗篇像谜语一样难懂，让人多方思忖和探究。面对它们，必须充分发挥想象，依据个人生命体验加以重构与发挥。由此得出的思悟也只属于自己的认知，可以说百人百解，万人万解。”

（见 2021 年 4 月 26 日江南大学纪录稿）

请读者注意：张炜在这里，就诗的难以解读的问题，提出一个至今在我们这里仍然还是一个莫名其妙、不得其门而入的问题。这就是诗歌审美学的“接受美学”或曰“感受美学”的问题。我们中一些人惯于倾听标语口号式的所谓“诗”久矣，往往把那些根本不是诗，八竿子也打不着的那种被肢解分了行的文字给戴上了诗的花冠。我们这里竟有那么多的人，又在那么长的时间里把不是诗的当成诗，那些真正的诗只得躲在墙角抽泣。或者它们尚未感到悲哀，仍在麻木疑惑中。

诗的特有功能是感染，而不是单纯说教。

感染就是浸润，尤其渗透，就是灵性的幻化和置换，这就是重塑人的美的灵魂的圣洁工程。

张炜中国新诗的发端说及天资、心灵、生命的另一种抵达力。

张炜在举出胡适发表在《新青年》杂志上的《两只蝴蝶》《人力车夫》后论道：这就是自由诗的发端，口语化散文化，直白浅显到与“诗”无关。对传统经典极端化的反驳，意义与弊端同在。后来慢慢发展出创造社、湖畔诗人、新月派、象征派、现代派、七月派等。直到今天，中国自由诗由此向前，仍以翻译诗为范，不过更为斑驳混杂。如果比胆子，比步伐及突破的幅度，今天并没有超过胡适。但我们同时也明白，“诗”的品质与高度，从根本上讲主要还不是由胆子和步伐来决定的。天资、心灵、生命的另一种抵达力，是这些。

笔者极为看重张炜对诗的命质为“天资、心灵、生命的另一种抵达力，是这些”的判定。这不是张炜给“诗”的占卜算命，而是给予的正义女神般的“判定”。这也是我们借此看“诗”到底“姓什么”和“什么性”，有了一把他递给我们的尺子。

关于当代诗的乱象与整合，这是个世界性的话题。他是这样看的：“中国现代诗是‘五四’新文化运动的产物，西方翻译诗即为借鉴蓝本。一种完全的移植模仿，发展到今天，显出多种气象为纷繁的头绪，得失互见，无以尽言。”

“西方现代诗自有渊流，古代英雄史诗到十九世纪的经典，但丁、彼特拉克、雪莱、拜伦、雨果、兰波、里尔克、叶芝、普希金、泰戈尔一直向前，一路走到爱伦·波、波德莱尔等超现实主义。一些代表人物如马拉美、瓦雷里等人，发掘出更为复杂的源流，激动人心的悲剧、浪漫与壮美唯美，还有琐屑与平庸，龌龊与色情暴力，一切皆可入诗。这等自由与快意，无限与多元，最后通向神秘的自我，对西方传统有一场瓦解和爆破。四面八方的冲击和扩散，经典的客厅变得零乱无序且脏腻可怕，有的让人掩鼻而过。这一幕阔大而混乱的诗剧不得不予以正视，进而是反思和总结。那是一场解放和实践留下一地奔突狼藉。”

这里厘清阐释什么是真正的“诗”，张炜说有一个人是绕不过去的，这人叫艾略特。他有一篇名为《从波德莱尔到瓦雷里》的文章中这样说：“纯诗的理论目标发展到极致而陷入‘精神自恋’……对语言的过度警觉和过分关注，会因重荷的不断增加而使人类大脑和神经变得不堪忍受，最终必将土崩瓦解。”

世界上的许多事物大体上是这样：车迹所穷，迷途知返。诗，来这路口，也转了。

张炜评说道：在艾略特看来——

这些诗人认为表达什么已变得不再重要，个人的自我认定及实现过程，才是创作的首要目的。对此艾略特做了一个不祥的预言，用语甚重。他意识到“纯诗”的困境，认为它没有未来。与这种认识同步的是艾略特自己做的革命性探索，最主要成果即我们都知道的代表作《荒原》。后来还有《四个四重奏》等。西方现代诗在他那里似乎一下变得“好懂”，散文化口语化，放松自由且可以亲近。具体与日常皆可入诗，读来平易晓畅……

艾略特没有让自己貌似平易的诗句回到“广义的诗”的范畴，它们仍然属于“狭义的诗”，并且提炼得更纯。

他没有牺牲“纯诗”的品质来赢得读者，没有让“诗”涣散和丢失。这是现代自由诗之路上一次了不起的提醒和实践。

张炜就此话题论他认为的“纯诗”。

“纯诗”所言说所指向的一些东西，从内容到其他含纳，是小说、散文、戏剧和文论等所有体裁都无法替代的。只有这种样式、这样的表述，才能够接近和涉足那些复杂的、神秘的、不可言说的领域。这些只可意会无法言传的容纳指向哪里？指向“诗”。什么才是“诗”？如果说它是个人独到的感悟，瞬间迸发的灵感，对人生奥秘、对天机不小心地掀开和泄露以及其他，也还不够。这些说辞似乎只可以帮助我们理解和走近，仍然不是定义。有一点是肯定的，即“诗”包含和通向自由的极致。生命不自由的本质，无论灵魂、肉体、认知力等，都是显性的。然而“诗”就在这种持续不断的反抗和委屈中产生了。它相对于生命的“有限”，真的是追求“无限”，是奔向自由的一次次挣脱。平庸的生命对它之不可言说，就像夏虫不可与之言冰的道理一样。在生命永恒的封闭与隔膜中，“诗”用以穿凿，企图打出一个小孔，自由呼吸。呼吸的声音和谐，人们称之为“诗”。它似乎触碰了某种天机，所以让一直在人类的思索面前发笑的上苍，偶尔一怔。这就是“诗”的意义与力量。

我们由此想到了一句名言，那是美洲诗人路易斯·卡多索·阿拉贡为“诗”做出的定义：“诗是人类存在的唯一实证。”

没有“诗”，人类用什么向宇宙的主宰证明自己的存在？作为一种独立的，哪怕是拥有微小的独立的个体，只有“诗”才能提交一个证明；而且，这真的是唯一的实证。

如果有人仍然认为选择论“诗”太过虚幻，需要更加具体，那就只好回到实体的比喻。诗神奇的力量，不可言喻的似微而巨的神秘，是否可比作镭、铀、钋等放射性特质——即使是极小的体量，却有难测的巨能。是的，我们知道它的双向主力。人们都知道那位著名的物理学家居里夫人，知道她的勋绩和故事。为了研究放射性元素镭和钋，她过于接近它们，最后受到了致命的伤害，指甲全部开裂流血，生命垂危。因为这些特别的放射性物质不可如此接近和拥有，这是生命所不能承受的。人类可以发现和感知它、使用它，却不可以切近地占有。对这类物质，人类始终与其保持适当的距离，有一个恰切的安全半径。不然就意味着夺命之危。那是一种放射力，被其笼罩即等于吞噬。从绝对意义上讲所有物质都具有放射性，但须使用极敏的仪器才能读取辐射值，它们大都处于安全的范围。

如果将“诗意”喻为探测到的辐射值，那么离“诗”这种放射物质越近，其辐射度数也就越高。当探测仪的数值达到至高，发出尖利的报警声时，离我们寻找的放射源（诗）也就很近了。一般来说，没有特殊的防护措施，这种物质是无法挨近和簇拥的。对于它，只能在小心地寻觅中接近，在一个适宜和安全的最小半径内发出关联。有个刹那间、偶尔地暴露在它的射线之下，也十分危险。“诗意”饱和浓烈，抵达一个临界值，我们称之为“诗”或“纯诗”。这仅仅是一个方向和距离的问题，这种探测可以称之为“诗学”，是文学研究要解决的根本问题。

张炜拿居里夫人炼镭说诗，既通俗形象地讲清讲透了“诗”的炼晶，诗意的生发和辐射方面的学问，同时也讲清了文学和艺术的感受和接受美学方面的根本问题，张炜在用中外古今一些诗在这方面的事实之后，指出：

所有比喻都是蹩脚的。可是舍弃比喻，就难以言说："诗意"和"诗"的关系、"诗"的本质。以此推理，"广义的诗"如朗诵诗、叙事诗、讽喻谴责诗等，离那个辐射物和半径相对较大，它们一般不属于"纯诗"。我们现在讨论的是后者。

中国现代自由诗与世界接轨自"五四"开始，却没有传统可以继承。接轨意味着抛弃传统，这会造成自身的贫血，带来困惑，未来难以预测。许多关于当代自由诗怀有的忧虑与不安，也多少与此有关。有人抱怨它们当中的相当一部分越来越读不懂，简直接近"非卖品"。这种忧虑初看好像与当年的艾略特是一致的，其实区别很大。这首先是我们的自由诗还没有经历那种爬升的过程和高度，就像工业化路非同步一样。我们的忧责其实是类似于"弯道超车"时发出的嘘声。这大致是表象的、非本质的。这种忧虑严格讲是"诗"外之谈，属于社会现象，而非诗歌现象。有些"诗"再晦涩无解，也仍然貌似"纯诗"而已，除了言不及义和虚幻荒谬之外，并没有剩下太多的其他。

张炜拿古代拿外国诗人诗歌说事属意在今天。他对今天的中国诗歌现象是这样分析的。

中国自由诗从"五四"发展到今天，其主流一度离开了"纯诗"，那是实在没有办法的事：当不求甚解的"现实主义"成为唯一的美学原则时，一定会变成"诗"的瓦解剂。后来我们都知道，物极必反，至二十世纪末期，那种所谓的"诗"不再被人看重。许多人悄不择言地离开了。可是另一条道路有多么坎坷，也是始料未及的。急躁的实践和尝试让"纯诗"变得极为小众，或将失去最后一位读者。这是一个不祥的结果，只是到来得过早了一些。一种没有传统的文体发展下去，更容易慌不择食地吞咽，比如西方“纯诗”最具外部炫目特征的时段，即艾略特深忧的那“极端化”和“目标涣散”，几欲直接移植。这让人的神经真的“不可承受”。

另一方面仍然与艾略特之忧有关，即他开启的貌似“散文化”“口语化”的“直白”。可是这种艰辛与深邃更加难以理解，最终变得可怕，会在一夜之间将现代自由诗好不容易生出的稚嫩骨骼全部拆解，变成一地碎片和残渣，最后只能自己打扫。当代许多优秀诗人的探索之路十分艰辛，做出牺牲，正设法找回自己的传统。或许有人认为根本没有必要如此辛苦，因为我们没有传统。可是谁能相信“诗书之国”的“诗”，会无缘于“纯诗”？那是不可能的。李杜特别是李商隐，他们的部分作品当属于“纯诗”。还有，中国古诗的平仄与韵脚，整齐的句式、意象、畅达，这些工具箱中的物器在今天仍可一用，不然就太浪费太可惜了。没有血脉和根底，只在西方“纯诗”的废墟上徘徊，将无法维持。诗路太艰太遥，行者或不可忘记中国古典诗歌的土壤是多么肥，并需时刻仰望星辰。

即使中国古典诗章中“广义的诗”占比偏大，它们与“狭义的诗”的关系也是不可忽视的。比如那些叙事、写景、咏怀、讽喻诗，它们与“纯诗”仍有丰富的内在关联。如果李白、杜甫和李商隐、陶渊明等没有巨量的“广义的诗”为基座，他们作为杰出诗人的分量和形象也将大打折扣。然而标志他们高度的，仍然是具备更高纯度的那些篇章。这如同西方的《伊利亚特》（和我们的）《格萨尔王》，这些史诗都是貌似通俗而实质纯美，经历了广瀚的时空和无数的创造，不停地趋向完美，最终走向另一种艺术高度。这些杰出的诗章通向了纯粹的“诗”，因为它们与个体写作中“广义的诗”仍旧不同，后者不可能具有那种浩瀚时空中形成的深邃性和完美性。

请亲爱的读者注意，笔者在本书中曾多次赞誉过张炜为古老的中国的“文艺复兴”不但呐喊，而且有他的结结实实的理论根据和打开的“宝箱”教人看见。这中国新诗的前途将走向哪里？张炜的苦心已浇灌出了铺满鲜花的路。

张炜深情地告诉“诗礼大国”后代的我们，去认知、去寻找真正的“诗”：

> “诗”不是一种“额外”的精神或其他，而是一种无测的通神之力，在我们生命中穿行或停留，并一直走向高度和深处，走向更高的“我”。它在最高处俯视和游移，那是梦想的高度。它的存在，竟是为了做一次人类“存在”的“实证”。那么它本身的存在又如何自证？当它形成一种客体的时候，以可感可触的形态放在我们面前时，又该何以确证和认证？这个证明既包括了“诗”自身，也包括了“诗人”。什么是“诗”？怎样证明“诗”的存在？“诗人”又在何时何地？这需要我们回答：在心中，以无言的方式。（以上引文见张炜 2021 年 4 月 26 日于江南大学讲学时纪录稿）

3. 诗歌接受美学的思辨与递进

接受美学这个话题，据我的研究认为，这是个十分新鲜的话题。约在五年之前，北京的一位教授提到了这个话题。

张炜 2021 年 4 月 12 日在菏泽学院的讲学中，他的论题就是：《诗的接受与诠释》。“接受”二字被他大大方方地请到诗歌审美学的高度。

一切文学和艺术的创造者的原始创作意旨，大都是作者的心灵“自授”，特殊环境下不免会有“他授”。

第一件文学艺术品生产出来被人看见，自然就会变成社会的了。

当文学艺术家通过语言的符号系统的文字、画面构图色彩点染、音响旋律共振之后，便通过读者的视觉和听觉直抵心灵。这时，所有的文学艺术品便成为每个接受者“二度再造”层面的艺术品了。

张炜在这里所谓的“诠释”，就属于“二度再造”的情境，它是诗歌“接受美学”的必然构成。

张炜认为诗分两种和两个标准，即前文曾提到的“广义的诗”和“狭义的诗”，“广义”指通俗，“狭义”指“纯诗”。

张炜在列举了中国诗史上那些久负盛名的诗篇之后指出：

“广义的诗”可为耳朵负责，一听就明白。比如家喻户晓、妇孺皆知的一部分唐诗宋词。还有一些读来很有气魄、很抒情的当代诗歌，也是如此，如写高山大河、写情感热烈的社会内容，许多人对它们耳熟能详。它们没有任何阅读难度，音韵铿锵，叙事流畅，意境优美，景物、人物、情感、意象、韵律、节奏，一应俱全，是大家公认的“诗”。

“广义的诗”中优异者，也需要很高的语言技巧，叙事状物、写景抒情都要生动感人，要富有张力、意境以及深刻的思想内涵。中国传统古诗绝大多数还是“广义的诗”，讲提“诗言志，歌永言，声依永，律和声”(《尚书·尧典》)。即使《诗经》《楚辞》也带有很强的叙事、记史色彩。诗人或记事言事，或咏物抒怀，或寄情山水，或交友唱和，许多时候将其当成日记，走一路记一路。像陶渊明、李白、杜甫、韩愈、白居易、苏轼、陆游、辛弃疾等，这些大诗人无论是为官赴任途中还是贬谪流放路上，走到哪里，与谁相遇，看到什么风物，都要记上一笔，娓娓道来……

还有一些抨击社会问题的讽喻诗、揭露诗……它们揭露现实、针砭时弊、表达尖锐的思想，痛快淋漓，相对简单直接、通俗易懂，不存在费解模糊发生歧义的情况。

这类诗当然也是好诗，他们收入文学史，作为“现实主义”诗歌创作的代表篇目得到再肯定，有崇高的地位，对此没有异议。但这里面存在一个问题：如果中国古典诗歌全是这样旨意明确、道德感强烈、价值观单一的诗章，作为泱泱诗书大国，诗歌艺术未免太单薄和太单调了。

张炜在此请出了李商隐及其代表作《锦瑟》、李白的《月下独酌》、杜甫的《观公孙大娘弟子舞剑器行并序》。

张炜在品读这三人三诗之后指出："《锦瑟》是朦胧的，它大致规定了一个方向，提供了他人再创造的无限可能。"他这里说的"再创造"，就是"二度再造"，是读者应该继续完成的。

李白的《月下独酌》充满了缥缈的奇思和神秘的向往，很难确解，读者只能在他想象的空间驰骋。严沧浪曰："饮情之奇。于孤寂时，觅此伴侣，更不须下酒物。且一叹一解，若远若近，开开阖阖，极无情，极有情。如此相期，世间岂复有可'相亲'者耶？"（近藤元粹《李太白诗醇》）

杜甫的《观公孙大娘弟子舞剑器行》，"下笔超绝，出神入化，意境深妙。那种奇异独特、精异绝伦的舞境神境，把思想引向了多维与神秘"。

张炜对"纯诗"这样界定："这些古代诗作，近似于西方的'纯诗'。这个概念不包括'传动带诗'之类，也不包括一般的社会谴责诗。这是'狭义的诗'，是现代诗人的着力，平时说的现代诗学研究，一般也以这一部分为对象。'纯诗'要它成美学内涵，抵达审美目标，不可能是'广义的诗'所胜任的，也不可能用其他任何文学体裁去替代。"

衡量这两种诗的标准是什么呢？张炜在这里递给了我们一把尺子，这就是：听明白和看明白。

"广义的诗"读来易懂，好听悦耳，主题显在，语义晓畅，情绪相对单一而强烈。这类诗章有"诗意"，靠韵脚、平仄相对整齐的句式，构成一种文学书写方式，用它记事抒怀、揭露控诉，甚至纵议辩理。比如韩愈的许多诗章论辩性非常强，像《山石》《李花赠张十一署》《感春四首》《八月十五日夜赠张功曹》《谒衡岳庙遂宿岳寺题门楼》《杏花》等，这些写景状物的抒情名篇，在叙事中将议论说理穿插其中。

……（这些诗）较少阅读和理解的难度，从大的范畴上看，这一类富有诗意的韵文属于“诗”。这就是我们平时说的“诗”，指“广义的诗”。

“狭义的诗”即“纯诗”，在中国古诗中占比不大。西方现代自由诗多是这样的“纯诗”。它们意蕴复杂难解，读来似懂非懂，不是诉诸听觉而是视觉，需要面对文字去慢慢展开想象力和感悟力，充分调动联想，借助个人丰富的生命经验，将个人体悟与诗句对接，与诗中所呈现的艺术世界、那些一闪而过的意绪和悟思，发生关联，从而完成一次特异的审美体验。

张炜认定“广义的诗”和“狭义的诗”在审美评价不能混淆。

它们不是同一种质地和功用。“纯诗”需要仔细悟读。如果只是听，是听不懂的。所以“狭义的诗”不能用来朗诵，虽然听听也无妨；但要真正感受诗句的情趣意境和韵致，仅仅通过耳朵还不行。这种诗必用眼睛、用心去领悟。会意而难言，这是通常的状态。两种研究方向和标准，不能混一。“纯诗”是一种特别复杂微妙的表达方式，与其接近的有音乐，“纯音乐”。

长期以来，上述的两种诗，除了难得听到张炜的细说之外，对这两种诗的雅和俗，听得懂和看得懂分类，诗人们大体上能够分出什么是“东”，什么是“西”，而不是分不出什么东西。

可宝贵的是，张炜在这里，在诗歌审美学领域提出了诗歌界和诗评论界一个尚属新鲜的话题——“中间地带说”，这就是他论及的诗歌审美学。

有没有介于“广义的诗”与“狭义的诗”之间者？当然有。我们以古典诗章为例，像陶渊明的“采菊东篱下，悠然见南山”（《饮酒二十首·五》），王维的“大漠孤烟直，长河落日圆”（《使至塞上》），李白的“山随平野尽，江入大荒流”（《渡荆门送别》），杜甫的“无边落木萧萧下，不尽长江滚滚来”（《登高》），还有陆游的“山重水复疑无路，柳暗花明又一村”（《游山西村》）与马致远的“枯藤老树昏鸦，小桥流水人家，古道西风瘦马”（《天净沙·秋思》）等。这一类描景状物的诗句，呈现含蕴，精微邈远，静中有动，动中有静，状难写之景如眼前，含不尽之意于言外。这些诗究竟属于“广义的诗”还是“狭义的诗”？可能介于二者间：一方面具有“广义的诗”朗朗上口、通俗易懂的质地；另一方面它们所描述、绘制、构成的意境和韵味又无限开阔，诠释无尽。

想象一下“大漠孤烟直，长河落日圆”，王国维称之为“千古壮观之境界”。广袤无垠的大漠之中一缕孤烟直上云霄，横贯黄河的尽头落日浑圆，画面似乎是静止不动的，但是又分明感受到孤烟升腾之态势和落日浮水之跃动。大漠、孤烟、长河、落日所有的画面让人想象无限，将思绪引向了无边的缥缈。辽阔、雄浑、寂寥、孤独、惆怅，每一个体命运都可以参与其中，去想象，去进行再次组合和创制。所以其诗境又是费解的，甚至是晦涩的。

张炜论此，得出结论：

> 可见“诗”的分类不能直接一刀下去，这一半与那一半豁然有别。事实上再也没有比诗学问题更纠缠复杂的了。有时候以“广义的诗”和“狭义的诗”来划分，仍然显得粗率和简单。但有一点是肯定的，即二者的区别仍旧存在，而且这种界定十分重要，以至于成为诗学研究的基础。在“诗”以至于整个“文学”的写作与阅读上厘清这些，当是最起码的。

张炜为了能进一步阐释清楚他的诗歌审美感受学说，穿过了他的“中间地带”，来到了“音乐”领地。因为它们本质都是一样的、人类的，又是独特生命灵性外化的，通过自己的独特的外化表达手段得以存在。

张炜把“狭义的诗”“纯诗”与大型交响乐媲美，不是唯一也属新鲜，且结论周密，令人称赞。

张炜说交响乐：

> 是通过音阶的高低起伏、节奏的快慢、旋律的变化、乐器的调配等诸多手段来呈现和实现的，纤细或粗重，低回或高应，柔美或雄壮，明媚或阴郁，欢快或幽怨，华丽或冷寂，用这些不同的元素，用和声与群奏去规定一些场景，勾勒一种形象。聆听交响乐首要放空自己，充分调动个人的感悟力与联想力，让一个人的阅历全面修养综合参与，随旋律而抵达或部分抵达。生命对某些故事的反应是一致的，对另一些则不然。普遍的情感与生理反应是重要的，又不排除许多特异的情形。心灵状态是不同的，有的广阔有的褊狭，艺术与不同生命之间的合作极其复杂。有些旋律会带入忧郁和沉重，而明快的节奏又会让人置身于另一种情境。这里，无论是冰封大地之冷酷，还是繁花似锦之灿烂，都是通过声音去表现的。
>
> 声音有如此丰富的描绘，诉诸听觉，那就需要调动个人的生命体验、知识储备、文化修养，去想象感悟和连缀编织，完成一次综合的再创造。作曲家大致规定了一个可能方向，抵达与否，则需要依赖不同的个体生命。这是欣赏纯音乐所要具备的能力、基础和途径。

张炜先后列举了中外的名曲之后，仍旧回到他的说诗。说诗的接受美学。

> “狭义的诗”，其阅读与接受也是如此。它是和欣赏纯音乐接近的一种艺术领悟，差不多是同一种东西，只不过一个诉诸声

音，一个诉诸文学。声音更抽象、模糊，难以命名或确定；文字则不同。如果把文字和声音用线条来表达，那么声音是一些很短的线，甚至在长度上是一些可以忽略不计的“点”。这些音符可以无限弯曲、纠缠、聚焦、抛洒、跳跃，可以表达极微妙、极复杂、极曲折、极高深的思维。文字却有些别扭，它是相对明了和直接的，一句话和一个词，都是规定好的一段直线，无论怎样短促，都是线而不是点。所以创造力足够强的人，总是把这些语言和词汇的线剪裁得很短，让它们近乎粉末、近乎“点”，然后就可以随意连缀，化为绕指柔。这就可以表达出一些极复杂的微妙、曲折、深奥的事物。所以“狭义的诗”所面临的表达难度，比音乐更复杂，任务也就更艰巨。

张炜对现代汉语写“纯诗”，有担当大任的虑念并提出希望。他说：

中国当代的现代自由诗使用现代汉语中所固有的词汇、规定的语法和句式，有的就要打破常规，因为面临的任务实在太重。它要表达的是无以言说的生命隐秘、人生奥妙与特异的转瞬即逝的思悟。这就需要冲破现代汉语的一般规律，粉碎大词，重新安排词序，极致化地使用它们。

张炜对这一问题的关注和研究，其根本出发点当然是出于诗学范围的很强的学术性探索。其次的目的还是他对当代诗歌创作的一些现状——“焦煳状”的忧虑的提醒和告诫：

厘清这些，看起来是“文学初步”，却往往被许多人，甚至是诗歌研究者、文学评论家所轻视和忽略。因为这是一个貌似简单、实际上非常复杂的工作。热爱文学和专修汉语言文学专业的人必须面对这些问题，正像我们不得不面对通俗音乐与纯音乐的区别一样。因为它们不是一个东西，所以欣赏方式和评判标准也就不同。不言而喻，诗的写作更是如此，严格讲现在的许多所谓的“自由诗”和“纯诗”，实际上并没有进入自己独有的那个场域，它们仍然还是“广义的诗”，只是写得有点“焦煳”，只是对西方“纯诗”的模仿而已。

4. 张炜的诗学学说及其诗作总的旨归与堂奥，在于捍卫真正的文学

张炜对今日诗坛的成就和弊病评价，是有清醒的认识的。今日的“纯诗”大不如前，原因大体上是因为一种风气的流化被误解。

张炜沉思静想之后指出：

我们长期以来存在一种误解，以为那些顺口好懂、大众喜闻乐见的韵句就是好诗。而“狭义的诗”，连专业人士都读不懂，怎么能算好诗：艺术是一个十分复杂的问题，不能以喜闻乐见作为一个评判标准，因为大众审美还有待引导和提高。廓清高雅艺术与通俗艺术，“广义的诗”与“狭义的诗”，将现代自由诗的阅读和写作，“纯诗”与通俗叙事诗、朗诵诗作以区别，是最基本的工作。如果拎不清这些概念，就很难说理解真正意义上的“文学”，因为这既是基础，又是本质。离开了这个前提，即无法进入诗学与写作学的堂奥。

张炜在诗学上是这样说的，他在实践上也是这样做的。

一部《不践约书》，出版家认定它是“爱情之约、文学之约、历史之约”。这部“狭义的诗”“纯诗”，就是大型交响乐、无标题音乐、李商隐的无题诗，它是“迷宫”，它虽然有了七十条注疏，大约

一百个读者能够读出一千万个，列举出一千个不践约的证据。我在本书中所有关于《不践约书》认知的着点，就是它的“践约”，践踏的“践”，糟践那个“践”。

但丁，是西方文艺复兴时期的重要诗人，他以一部《神曲》名世，道出了“天堂、人间、地狱”相通相连的神思与冥想。笔者曾谒过他的故居和墓地。

张炜的《不践约书》写作与出版的时代价值，笔者往往与但丁的《神曲》比照。这当然是另外的话题了。

张炜在书中《晦涩的朴素》中说：

> 我大约是二十世纪七十年代初开始写作的。我一直认为诗是文学的最高形式，而且不分时代和种族，没有什么例外。有人认为至少在我们这里，诗的时代过去了，大行其道的应该是小说。小说的边界一直在扩大，但诗一直居于它的核心。出于这种认识，诗就成为我终生追求的目标。
>
> 没有抓住诗之核心的文学，都不可能杰出，无论获得怎样多的读者都无济于事。一般来说，阅读情状是一个陷阱，写作者摆脱它的影响是困难的。对于诗的写作来说就尤其如此。写作者的生命重心会放在诗中。有这样的认知，那么生命能量无论大小，都会集中在一个方向，这方向几十年甚至终生都不会改变。
>
> 青春期的冲决力是强大的，也更有纯度，所以诗神会眷顾。但诗还要依赖生命的觉悟力、洞察力，特别是仁慈。我这几十年来一直朝着诗的方向走去，这种意境和热情把我全部笼罩了。

张炜在这里等于说：诗就是他把自己“点”了“天灯”燃烧的火光。

张炜说《不践约书》中的一些意象是怎样创造出来的，也关乎创作与阅读的关系。如：

> 等大瘟疫过去的日子，你摆下一桌有牡蛎的盛宴，像骗子一样接待一个赌徒，像恶狗一般撕咬一位疯子。大瘟疫指新冠疫情是没问题的，但这里牵扯一些词汇和意象，比如牡蛎。牡蛎与骗子、赌徒、恶狗、疯子之间究竟有什么关系？应该怎样理解？牡蛎在这个地方代表了什么？暗示了什么？这就晦涩了。有人可能会认为，诗人想说什么就直接说好了，为什么要用牡蛎？可是如果诗人想表达的东西自己却说不清，技穷之下只好使牡蛎替代，这又怎么办？这时也只有把“牡蛎”嵌到这个语句中，以表达模糊不清的东西，许多滋味、意趣、情志、联想和思考审视，都综合在这个替代物里了。只能用它替代，因为想说的远远超出要说的一切，无法直言繁杂的难以传达的意绪。所以说现代自由诗不能听只能看，只能用心悟想。有时仿佛懂了，但仔细琢磨，又似乎觉得理解还有偏差，要通过阅读进一步品味和感受。
>
> （以上引文凡未被注明的，均见张炜 2021 年 4 月 12 日于菏泽学院的学术报告纪录稿）

张炜的如上之说，就是诗歌写作学上的“指代”。把难以说清、不便说清的意象事物及其“指认”，以此状彼。这好比大型交响乐，会听的人也会听出属于自己的声音，那是因为有了自己的生命投入和创造。

张炜对文学的投入和产出，就其总量看，小说作品大大多于诗作诗论，就其整体观照，他的作品无不都有诗意的涵盖和游荡。

张炜把诗抬到全部文学的“至尊”大位，总的是在捍卫真正的文学无论何时何地都不要降卑和沦婢，维护它与生俱来的神圣、至洁和美丽。

他是这样对诗人发出呐喊的：

诗人，你为什么不愤怒?

1

人的心理上也有个边界，所以才常常有被侵犯的感觉。这当然纯粹属于精神范畴的。现代人越来越敏感，知识界就更加敏感。我们知道要伤害一个诗人是很容易的。可是这些年我们又发现，现在的“诗人们”倒越来越宽容了，好像什么都行，怎么都行，好像真的能够“入乡随俗”了。有人可以伸出手去为污脏鼓掌，有的自己也做出一些污脏。怪不得人们开始怀疑：这些“诗人”从根本上是不是冒牌货。

也许太苛刻了，总也不合时宜总不讨人喜欢；但现在的问题是这样的人太少，跟随潮流的人又太多。“潮流”埋葬的诗人不计其数。

在那个横行无忌的年代里，不少人在用一支笔去迎合。在如今的商品经济大潮中，又有不少人用一支笔去变卖。不同的时代构成了不同的刺激，在这种刺激中，总会有人跳起来。

这也算人生一种。不过诗人的笔等于他的一颗心。我们不能变卖自己的心。

现在的好诗越来越少，是因为纯粹的诗人越来越少。这只能说诗人光荣。我们进入了一个检验和观察的时代，所以大可不必沮丧绝望。随着时光的流逝，到头来总是一个诗人的纯洁、坚定和安静令人钦佩。

现在正是好好劳作的时刻。我们今后首先要叮嘱自己：不滑脱、不松懈、始终朴素而又勤奋。这是一种自然的成长。

对流行的荒谬要有抵抗的习惯。

杰出的诗人不会太多。但我们坚信在这个任意释放和挥发的时代，在一个人口众多的民族，他们终会出现。

2

不抵抗表现在很多方面。也可能是过多的、比比皆是的侵犯使人失去了敏感，文学已经没有了发现，也没有了批判。一副慵懒的混生活的模样，只有让人怜悯。乞求怜悯的文学将是最令人讨厌的东西。

无论贫穷还是富有，一个民族在精神上应该是生气勃勃的。自我游戏，窃窃的欢喜，无病呻吟，还有更多的迁就、苟且……当污泥浊流困扰淹没的那一刻，连一声尖厉的长叫都没有，无声无息……

文学已经进入了普遍平庸的状态。在这种状态下，精神必然枯萎。

在一种麻木、无可奈何、袖手旁观的情势之下，倒是沉渣泛起。舐痔求荣者也自觉光彩地走到了大街上，得意洋洋。听到了呼唤吗？呼唤的声音尽管弱小，但它是存在的——

快振作起来，像过去一样骑上三岁快马！

他们正用恶意和嘲讽的目光盯视你。看来像是讽刺一个诗人，实际上在嘲弄一个民族。他们以为具有五千年灿烂文明的伟大民族真的会昏头昏脑，一直背沉下去。

如果能在十几亿人口中找到一万双纯美的眸子，你就幸福了。他们会把你崇高的心灵珍藏起来，代代相传。

诗人，你在哪里？

诗人，你为什么不愤怒？你还要忍耐多久？快放开喉咙，快领受原来属于你的那一份光荣吧？

我不单痴迷于你的吟哦，还要与你同行。

（见《张炜文集》第29卷，漓江出版社2019年10月版，第210—212页。转引自张期鹏、亓凤珍《张炜评传》）

第九章

张炜文学现象的生成沃壤及灵性神赐

一、“现象学”的提出

四十年的文学道路，对一个人的人生长途总量计，特别是着眼于一个人在健壮时期创造能量、收获硕果的日子，虽然尚不可称之为太久，亦不可称之为短了。

放眼张炜的文学创作总量，就目前成书的两千多万字的浩繁卷帙，在全国乃至国际获奖次数位格，整个社会认同度和荣膺的社会职务等，他是东方大国苍莽群山中的一座奇峰。

我静观沉思，在世界东方的齐鲁之地，张炜现象在前几代人中少有，但愿不要在太长的岁月成为“稀有”。

为什么要把“张炜现象”作“现象学”观呢？这一“文学现象”的生根植被的“物候学”应该如何丈量他的长阔高深呢？

张炜是时代的“应运儿”

“现象”在比较中显现。

它作为独特景观，它们在特定的时空中都是作为或时代的，或区间的“异象”而存在的。

在东方大国的20世纪70年末和80年代初，中国来到了“新时期”。

张炜是时代的“幸运儿”。他在《大有作为的年代》（1980年《人民日报》元旦社论）迈开了“大有作为”的脚步，实现了“大有作为”的想象。

如果不把张炜放在这条长河里来看待和思索，譬如把他提前十年或延后十年，他大约不会遇到这样的“春风得意”，更难有如此的“马蹄之疾”！

人太渺小。

人太无能。

人被历史和时代的框架圈囿，显得无着无奈和无可诉求。

人，又显得那么可怜！

其次，他是个辛勤的耕耘者，孜孜不倦的追求者。

试看，与张炜同代同龄的太多了，比他生活优越，比他受到名牌大学教育的人可以以百万计、千万计，为什么只张炜是“这一个”？

这就要从张炜身上去求索探究他成功的原因了。

任何人，他既生存在特定的历史时代，同时又生存在“自我”中。

研究张炜，这是决然不可忽略的重中之重，要中之要。

张炜对文学的爱，用人间任何一个美好的词语形容都不为过。

爱，在心灵学和心灵中占着非同小可的作用。

爱，与恶，与憎，与鄙夷，与不屑一顾，与唾弃，相比较而存在，相对立而显隐，相斗争而此长彼消。

张炜对文学的爱从他遥远的童年就开始了。

随着年龄的增长，素养提高，阅读视野的拓展，如实地说，中国的、东方的、西方的文学的总量和大环境都被他满揽心怀。

对于文学是什么，他能够以诗性的心灵史的高度和纯度去理解和对待。

为此他摆脱了貌似正统和法定合理的“大陆文学”的泥滞和规范。

这就是他，用文学写他的心灵记忆的生活中，摆脱了庸俗社会的狭隘规定性，坚信和终生追求宽泛广义的“普世价值”。

那就是广义上的真善美，自由平等博爱，仁者爱人，己所不欲勿施于人，洁净，坚毅，崇高，宽容，柔韧……

而这些美好，它们不止属于一个和少数几个民族，他们属于全世界人民美好心灵所结的善果，他们应该属于全世界所有承认它们的人。

真正的文学就是为了寻找和栽培这些美好的种子、幼芽和花枝，乃至于甜果的。

我的这一认识，是基于张炜开始写了什么，后来又写了什么，再以后也必然会写出什么而抽象总结出来的。

爱的极端是崇拜，崇拜的极致是信仰。

信仰的晶体是敬畏和敬虔的严肃和忠诚，以及由此得来的神性的天赋之才。

这是张炜四十年文学之路的脚步，对大地的叩响和诉说。

文学评论家无权要求一个作家应该写什么，也无权批评他为什么不写什么，而只能就他已经写了什么、怎样写作的来评价他的文学价值。

张炜对文学的敬虔进入了文学美神的神圣殿堂。

东方神圣古典老道算一家，孔孟算作智慧学，尚不得称之为宗教。

佛禅引进和中国化共有八万六千法门，可概括三个字：戒、定、慧。要求结善果是要人活明白。

宗教，是属灵的信仰团体，不属于社会上的血气之人，作为一个具有宏大视角、宏大社会人文历史的作家来说，人类的信仰史、心灵史是必然应该通晓的。因为它是“人学”的总体构成的重要组成部分。

张炜对文学书籍的阅读量直接关系到他的写作量，他总是在自己的文学生涯把阅读放在第一位，把行走（生活）放在第二位，然后才是伏案执笔写作。

文艺复兴时期的大家、俄罗斯文学作家群，以及美洲当代作家的作品，许多名家名著如托尔斯泰的《复活》《安娜·卡列尼娜》，雨果的《悲惨世界》和《巴黎圣母院》，以及福克纳和博尔赫斯的一些作品，特别是薄伽丘的《十日谈》和但丁的《神曲》，无不直接和间接地写到了人的“原罪”和“救赎”，而得生命的“永恒”和崇高的真善美。

一个作家，无论是东方的还是西方的，他对人类的思想史和心灵史，是不能不做宏观大度的思考和炼净集萃的，以使自己的作品放射出至高至圣至善至美至真的美妙光辉。

一个作家可以不去直写宗教和信仰，但他绝对不可忽略全部人类经历了什么，思考了什么，留下了什么？

我相信张炜的阅读量要超过他的写作量一百倍乃至一千倍。

想想看，一些作家虽然也写了一些作品，参加了什么协会，得了个什么奖，比比看，他却走得不远，不只步履走得不远，视野和思想境界也走得不远，说他囿于农家的狭小藩篱似乎苛刻，就他读的书，对世界大文化、文明史、心灵史的阅读和感受，都是严重的问题。且不说他生来就是单为某种狭义的价值观和取向而放歌的，他们的速成必然速朽。

文学的永恒，永恒的文学。在于一个作家在他作品中，在思想价值的取向里肯定了什么，赞美了什么，推波助澜了什么？更由于这种波澜洗涤了什么，充盈了什么，昭示了什么，引领了什么？

我把张炜的文学之路和所获得的成就放到神圣的国度，神学和心灵光洁的高度，不是凭虚御空的捕捉，乃是确有实据的推导。

他对一代文学大师福克纳“为了抵挡人类永恒的烦恼，他在一个角落里，嘴角轻嚼，倾诉，喃喃之音惊动了整个世界”，他对那些为了艺术，为了打开心门悟道而常年在寂静山房“悟道”之人，是倾心赞美的。

张炜所追求的这些思想神圣，不止于来自东方神秘主义的儒佛道禅，也来自西方的神圣，由此方成大千世界，万千气象。

西方神学告诉：神学亦存在“量子力学”。光波理论是量子力学的外化。信仰，属心灵范畴的敬畏，仰望、信靠、认罪、忏悔。其核心是信、望、爱三个词。

心，亦称心海，当它受到撼动的时候，光的潋滟和波的涟漪是其中应有波光之兆。

西方文明，人文史、心灵史的第一笔是“两河文明”（底格里斯河和幼发拉底河）。

两河文明又以古希伯来文的一些著作为基准，以“阿拉法·俄美戛”，即原有、永有创造万有的上苍为核心内容，以埃及金字塔前狮身人面长跪像——斯芬克斯之谜为实体，那个“早晨四条腿走路，中午两条腿走路，下午三条腿走路的动物”千万年之谜，人由生到必死的“人是什么”，让人类花费千万年、被魔性吞噬无计其数的生命代价才认识一点“自我”。在这个问题上，又以大卫王“人是什么？”的质询激为光波点，又以之后的苏格拉底“知人无知”的告诉为永疑存在。告诉人“知无涯”。这一点又与东方古典哲学“天人合一”相碰撞，成为光波交融点。

这一时期的文明认为，人类始祖辜负了神造人代替神管理这地方的愿望，犯下了不听神的话的“原罪”，罪的代价和毒钩是“必死”。诺亚方舟是第一次对人类的惩罚和救赎，但这个仍然还是不行。这个时期的文明，西方人认为是人类文明的晨曦时期。

第二个时期为“希腊文明”。这个时期的代表人物有苏格拉底、柏拉图和亚里士多德。他们在古典哲学、数学、几何学、天文学、艺术和雕塑领域，在人类的早晨，写下来灿烂的篇章。“希腊文明”，也是最早接受“两河文明”而最早让它跨越地中海而生根开花的。

第三个时期是“基督文明”。这一文明的核心内容，以耶稣道成肉身，天父上帝授意由童贞女玛利亚所生，他作为人神合一，圣父圣子圣灵三位一体，被钉十字架为世人赎罪救恩。人类历史由此产生了“原罪”“拯救”“救赎”等等词语。在这之前的旧约时期，人类文明史和心灵史，世界上著名的神学家考证，“救赎”两个字，是基督的降生和重回天家而留下的上苍的恩典。

后来的“罗马文明”，凯撒东征，中世纪的政教合一，西方社会一度进入黑暗的杀戮时期。

再后来英国大宪章的产生，基督教从天主教分离，分别为圣。东正教东去俄罗斯，英国清教徒乘“五月花号”轮船在北美登陆。独立战争，美国建立，把“我们敬爱上帝”印在钱币上，一部宪法保留了二百四十年，分立三权，制约了人的原罪外泄，从而避免了产生“绝对的权力绝对的腐败”的社会生成和凭借。可惜，“三权分立”并不可以避免他们的腐败和罪恶。

“救赎”灵魂和被拯救，“必死”的命运得赦免，给予“永生”的应许。这是自古未有的大音希声。

“基督文明”西方化和普世化，它的核心内容是：因信称义，信实为圣，因圣得救，得以从“必死”的终极渊薮获得救拔，而获得“生命的永恒”。

“基督文明”产生“认罪悔改”，自觉忏悔便成为他的信徒心甘情愿的顺服行为。因而产生了像奥古斯丁《忏悔录》那样的世界文学名著。奥古斯丁其人，信主以前吃喝嫖赌放浪形骸，无恶不作。皈依基督之后，忏悔认罪，成为作家和神学家。

“基督文明”给世界带来的灵魂救赎，向善的呼召，平安祥和世态的促成，是赫然如泰山兀立于人前的。

“基督文明”向他的信徒要求对他的教义要信、望、爱、顺服。

做到“尽心、尽意、尽性、尽力”，“尽”是全部彻底的意涵。

东方的信仰史有自己的开天辟地说、补天说、女娲造人说，也是为了敬天畏地、君权神授、知天命、心存善、不作恶。

长期以来，从张炜当年初期那时的比较密切的接触，以至将近二十年的相望，笔者对张炜，对文学的爱、追求、不知疲倦为何物的执着、虔诚和敬业的“度”，我千思百虑，只能把他的这个和这些的“度”放在对文学女神信仰的层面去作灵圣和敬虔的推导和置换。

我离休后的二十年，也翻了几本名著，游历了世界不少有名的地方，也看过了世界的一些著名的人文和自然景观，我把张炜的“文学现象”，在他对待文学的态度和层面上，我搜肠刮肚找不出能对他比拟和形容更为贴切而至味的名词，只能笨拙地形容他——

他对文学的忠诚达到了信仰的高度和纯度。

“一个没有信仰的群体，任何人都收获不到，也享受不到好的岁月。”

“人的恶无边的繁衍，这与心中无神存在很大的关系，包括我们的文学呈现出大面积的溃败状态，也与这个有关。我们缺乏一个心里有神的群体，很难约束人的恶，生活没有底线，到了让人始料不及的程度，我们可以随处遇到毫无忌惮放肆地亵渎神灵的行为，这会让一个文明社会感到恐惧。”

“因为对神的敬畏，他才有了巨大的创造力。”

这句话可以当作张伟文学创作获得如此巨大硕果的思想之源的灵性喷涌，来自神的恩典赐予。

在“高度”鸟瞰处，他避免了世俗的目眩

在济南，有四里山的高度，千佛山的高度；在胶东有昆嵛山的高度；在山东有泰山一览众山小的高度；在上海外滩有东方明珠的高度；在巴黎有埃菲尔铁塔的高度；在纽约有帝国大厦的高度。本人有

幸都尝试了它们的高度。文学在张炜眼里，他看中国和西方的文学史，他看到了高度，他渴望企及的高度，但他在自己浩繁的卷帙面前，金光闪烁的奖章面前，只不过看到昨日攀登的高度，那些位格如果说是高度，那也是身后的高度，脚下的高度。

对张炜来说，他总是认为高度永远留在过去时，高度不存在现在进行时。高度，它唯一的含义只在与生相伴始终的未来时。

在世界末日尚未到来的日子里，高度这一词语就永远不是被人固态化的“死海”。

时至今日，张炜文学创作量可谓等身，在一片赞美声中，他出乎意料地平静乃至于冷凝。因为他心中铺展着一条连他自己也望不到尽头的路。

我认为，那里就是连他今天尚未完全一目了然的、属于他自己一人的“张家界”。

张炜对世界文学史上彪炳千秋人物的创作总量如数家珍：“海德格尔一生写了一百二十九卷作品，每卷三十五万字；歌德一生写了三千多万字；托尔斯泰一生也写了一百卷作品，平均每卷三十五万至四十万字。”

“伟大的作家往往是伟大的劳动者，这些世界文豪的勤奋一直激励着自己。”

他觉得自己从来就不是一个“大家”，只是个爱文学、爱写作的质朴诚实的走自己的文学之路的劳动者。

“人们其实是不愿意去尝试一下他们究竟能够承受多少艰难和贫穷，他们不需要弄清楚自己是多么坚韧，没有东西可以摧毁好作家，唯一能改变他的是死亡。好作家，没有工夫去考虑成名或发财。”

张炜在他的文学成就面前，避免了我们司空见惯的志得意满，小家子气，生怕人家不知道的自我张扬气，“人一阔脸就变”的卑陋之习。

张炜在自己的文学高度面前没有目眩，因为他心中清清楚楚地知道，中外古今文学达到的高度，避免那种由于无知的妄自尊大。

在世界的大文学面前，他懂得并学会了谦卑，这是大家气质的必备品格。

在山东，本人是20世纪50年代初期就从事新闻和文学事业的人。在山东文坛，虽然本人不才，却观览了山东文坛这方水土，也结识了一些名声显赫的大家，也知道一些人的文学家当的仓廪奁盒和真正的玛瑙珍珠几许。

张炜是独树一帜的。

必然要把它放在“现象学”作述。

这独特的靓丽，就是张炜对世界文学审美值的认同和选取是高境界高标准的。

世界上所有的美、美的创造、不朽的文学经典，以及所有的经典艺术品，都是人类道法、智慧和情感的外化生成的恒定创造。创造他们的人虽然都离开了这个世界，但他们的作品都让他们永远活着。

世界上最神奇美妙而又具有跨时空、跨人性丑恶的东西，就是美。二战期间法西斯德国和日本侵略者他们所到之地，疯狂聚敛各国艺术精品，就是确据。在他们眼中，这大约也是艺术精品所含的金价的缘故。

的确，每个时代也有知识渊博但却焚琴煮鹤的异人，也当然更有胼手胝足却驻足嗅花的常人。钟子期是个不识字的樵夫，却听懂了伯牙这个卓越演奏家的琴音，在审美学上称为千古美谈。

一件美的文学和艺术作品问世，他们的存在不只是让读者看到了，作者看到了什么，以及自己看到和领会了什么，而且他们还有另外的不容易被常人看出和作家艺术家说清楚的，但已被当代美学家提示的那些看不见的限制。

当代的审美历程，在世界的许多地方来到丑恶卑俗的天地或曰坊间，展示和批评共同来到了鲍鱼之肆久而不闻其臭。审美在这里竟然遭到了如此的冷遇和不公，这是世界性的通病，这就是患了对真正美的色盲闭塞和壅阻，今天真正的美学家以及创造美的作家艺术家，在回归和重新开拓和创造美的路上，所遇到的围堵和戕害是强大的，而且是隐蔽的、狡黠的。

这就是被美学家公认的专制主义、工业主义和媚俗主义。

专制主义审美：“专制”本是政治术语，指君主独断专行，为所欲为。美是什么？在专制主义语境下，就其定义、规定、制造都要由统治者说了算，并强制执行。这在生活中司空见惯。甲方审美、头人审美就是。这类创造和摧毁成千上万。拿破仑执政的时候，看不惯巴黎圣母院哥特式拱门建筑，下令拆毁。

专制主义审美的本质，就是我可以使用手中的权力为自我意志服务，用一己的人格取代他人或多人的人格。专制主义审美，不仅垄断“美德、智慧、自由、艺术”等美好的事物，最终必将毁灭一切美物。这一切正如孟德斯鸠所说：“世间只允许一种美存在，那它一定是丑。”

工业主义审美：其根本特色是工业化，统一标准，千篇一律，缺乏个性，这种工业化审美已司空见惯。

东方的北方一个大城市有个画家，雇一群童男童女，对他的画作进行工业“生产线”上的流水作业，这样就把可能是“灵性化”的艺术品降格而成“纯物质”。在此，物质的轻贱浸淫便污秽践踏了神圣的艺术美。

工业主义的别名就是批量生产和重复生产。在今天的文坛上被我们司空见惯的仿造的文学艺术作品大都“相似乃尔”。跟风，一窝蜂往上涌，主题故事，人物形象，美术作品画面真是做到了江山一笼统。

黑格尔关于美曾说：“第一个把美女比作鲜花的是天才，第二个重复这一比喻的是庸才，第三个重复这一比喻的是蠢材。”由此推导下去，那些不断重复和复制别人和自己作品的“工业主义”审美，不少人已陷入泥沼而不自拔的现象，几乎举目可见。

迄今为止，试看世界上所有永葆艺术生命的杰作，无一不是在当初是创新的，方能获得他们各自的“唯一的”永恒。

媚俗主义审美：是指普通大众最肤浅的快餐式审美，网络游戏、哈哈笑小情趣等都属于媚俗范畴。

最早关注这一问题的思想家托克维尔，他在《论美国的民主》一文中指出：“由于他们能够用于文学的时间很少，娱乐选择却很多，于是他们偏爱那些无需深度思考就能很快理解的书……习惯了生活的单调，他们需要激烈的情感，惊人的情节……作者们的目标是耸人听闻，而非使人悦乐，是搅动情感，而非陶冶趣味，这也就是用最少量的努力，获取最大量的刺激，以此来填补空虚的时间。”

媚俗主义与真正的审美相去十万八千里。翁贝托艾克在《美的历史》中说：“因为事物本身之故而欣赏之，而无关我们是否拥有此一事物，它让我们静观欣赏，而不会产生占有的欲望。”这正如我们欣赏西方裸女油画，她们的灵性之美，属于造物主的大能，决然不同于那些把动物性的欲望进行美化、合理化，直到把人类导引到欲望囚徒的禁地，那是一种自杀式的审美误区。

张炜文学现象的出岫，最为闪耀的光点，成为东方文学的煊然，是因为他和“它们”远离了上述的那三条套上真正大文学脖子上的绞索。

张炜的可贵之处，就在于他自觉地认识了以上那三个主义是误区，是陷阱，是绞索，所以他做到了主动规避那三个必然由短命到速朽的文学雷池。历史必将证明，张炜的这一自觉的规避和远离，是永远正确的。

细检和放眼他所有问世的作品，让我们看到：

一、他的作品没有一篇是为古今中外的任何一个掌权者，甚至一个企业的“甲方”歌功颂德的，称“好”的亦无。

二、他的作品没有一篇效仿别人和重复自己的工业化产出，在这两千多万字的大量产出里，半点工业化的痕迹杳然无迹，堪称奇迹。

三、他的作品从芦青河系列开始，就一直沿着洁净的诗思审美追求下来，他极力摆脱了那种貌似具有社会撞击力的辉煌诱惑，而始终坚持着被生命意愿恒定的审美选取——

这一切都丰富了张炜文学“现象学”的坚实内容。要问：张炜文学现象学的成因，我们唯一的探寻途径，仍然还是在他自身寻找——

他富有才华却从不自矜自恃，却虚怀若谷，恭谨勤劳。他常说：“对于灵感，我一无所知，因为我不知道灵感是什么，我听说过它，但从未亲眼所见。”“如果一个人是一流作家，那就什么也不能伤害他的写作；如果一个人不是一流作家，那就什么也帮不了他多少忙，写作如此做其他事亦然。”

张伟在荣誉和声誉面前的冷眼向洋看世界的风采，更是张炜文学“现象学”的妙境——

卡夫卡把读别人的书，自己创作的书，都当成是“必须是用来凿破人们心中冰封海洋的一把斧子”。

张炜也是这样。他的凿破人心冰封海洋的“斧子”就是爱心，温暖如春风的爱心，它能凿开人心冰封的海洋，更能呼唤春天的一切美好回归的热心。

二、张炜对生存时代的看顾和超越

从中外古今的文学史看，特别是在现当代诺贝尔文学奖得主来看，每个作家的人文情怀和他们秉笔所赋的文学作品，无不打上作家生存时代的烙刻。

一个人是渺小的，历史的框架是巨大的。

社会的大恶往往能把全体老百姓卷入浪涛滚滚的洪流，至善的美好则被击碎冲卷而去。

真善美的无奈和叹息几乎成为人们日常生活的长伴，人生周边的假恶丑成为人生百态的不可或缺。

人们的生存年代有宏观、微观之分。每个人的人生起步的时间、地点和生活点是他们的微观小环境。

宏观，泛指则指为纪年的世纪，全球范围每个人生活着的国度。

本文属意一直是把张炜置放到世界、世纪的宏观大世界的舞台上去看的。正好，诺贝尔文学奖的兴起和发轫亦在19世纪初。

19世纪以降的一百多年，被世界历史学家称为动乱的20世纪、罪恶的20世纪、迷乱的20世纪、探索和寻找光明的20世纪。

两次世界大战。

德国纳粹希特勒屠杀犹太人。

日本军国主义入侵中国，国共合作抗日。

苏维埃政权的建立及其覆水，带给世界深刻的反思。

这正如哈耶克在《科学的反革命——理性滥用之研究》一书中所说："人类及其社会，是演化的产物，绝非人类理性设计的产物。妄图构建人间天堂的一切努力，都是理性的自负，终将带来匮乏、奴役和巨大的灾难。"

希特勒妄图以自诩优化人种的日耳曼民族人种代替人类的未来，首先要斩尽身边的犹太人，视他们的生命如草芥。

日本军国主义以"大东亚共荣"的弥天大谎侵占中国和东南亚，疯狂屠杀无辜善良者，掠夺了这一地区的财富。

文学、哲学、社会学、社会心理学已取得世界性的共识：人类社会经济生活的改变，集约经济和城市、大城市的出现，与改变人类人性恶，并没有直接的因果效应。

人性恶及其存在，是先于任何政党存在及其所施行的政治制度之先的很久以前就存在的。

这是文艺复兴之后启蒙运动的伟大发现和被精辟揭穿和通透阐述的核心内容之一。

这就是孟德斯鸠的《论十恶》：

第一恶：没有人性的政治

政治给人冷冰冰的感觉，实际上一旦失去人性，那就成为恶的象征。它最终存在的目的，应该以维护人民的根本利益为前提，从而获得长治久安，确保国家的稳定繁荣发展。如果仅仅把统治者的利益放在首位，而不顾民众的利益和受法律保护的权益，那么，结果终将前功尽弃，事与愿违。如果人类社会的政治活动没有人性，甚至连兽性不如，那只会让人类退化到丛林野蛮状态，这是值得警醒的一恶。

第二恶：没有思想的崇拜

对某人某种思想的崇拜或赞誉，首先要确保本身具有智慧，他的思想产出是为了大众服务。假如他本身就是恶的化身，是靠权威逼迫人民的崇拜，那就得唾弃。否则只能助长恶的繁衍，给自己给社会造成无穷无尽的危害。

第三恶：没有人文的科学

人文是指人类社会的各种文化现象，是体现符合人性特点的文化现象。科学发明创造离不开人文，否则将会祸及人类自身。而科学发现也是为了提升人文思想及价值，更好地促进社会文明架构的建成。

第四恶：没有道德的商业

商业虽然是以盈利为主导，但必须建立在诚信的基础上，确保人们在消费过程中的安全性和稳妥性，便捷高效的商业活动，依然是以人为本，而不是以不择手段的盈利为目的。一旦道德失范，那么带来的就是社会的互害模式，纵使经济呈现出一时的繁荣，也难以避免商业信誉的毁灭，从而得不偿失，连锁效应导致人人自危。

第五恶：没有良知的知识

人类学习知识的目的和经商类似，而且经商也需要知识的支撑。但是，一旦知识为没有良知的人所掌握，那么就如同豺狼增加了双翼，格外可怕。所以，知识本身没有方向，而良知的方向就是知识产生正义或邪恶的方向，因此，一个人的良知和知识到底带来什么有着直接的联系。

第六恶：没有真实的历史

人类以往的历史，有很大一部分是被人为篡改过了的，也就是常说的伪史。人类发展需要不断地总结历史经验和教训，如果没有真实的历史，就谈不上总结经验和教训，那么就无法搞清楚自己的长处和短处，也就无法进步；不进则退。当历史不能成为前车之鉴时，历史就失去了存在的意义。任何企图修改篡改历史的人，其目的都是不可告人的。

第七恶：没有独立的精神

精神是一种无形的存在，也是一种无形的价值。而个体的不同，其精神表现形式也各色各样，不可能千篇一律或千人一面，否则就无法形成思想的多面性，唯有精神在碰撞和争议中才能愈加接近真理。

第八恶：没有自由的幸福

自由也是幸福的一种体验方式。在宪法或法律框架之内的自由是人的权益，不可无端剥夺。任何生命都是崇尚自由的个体，我们既没有夺取别人自由的权利，也应该为自己的自由而奋起保护。一只关在笼子里的鸟儿，就是锦衣玉食，也无法替代在外面日子清贫却随意飞翔的快乐。

第九恶：没有劳动的富裕

通过自己的勤奋劳作，过上富裕而有尊严的生活，是我们劳动的理想方式。一旦有人勤奋劳作却食不果腹衣不蔽体，那么，这里一定出了问题，那就是有些人不劳动却获得无可计算的财富，这就是剥削和被剥削的关系形成。如果不劳而获，大多是通过不正当的手段得到的。当然，不排除赠予，而赠予只限于前人生前的自主意愿；而靠掠夺他人劳动成果富裕起来的现象占据主导地位时，人类社会就远离了文明。

第十恶：没有制约的权力

权力欲望人皆有之，权力有无限扩张的自然属性，可以说欲壑难填，所以，必须借助约束机制加以约束，不能任其泛滥成洪水猛兽，伤及社会，继而也让权力者自我毁灭。公权力尤其如此。公权力恣意妄为的社会一定是非常可怕的社会。

回望整个世界，这百多年的整个人间所上演的，总是悲剧大于喜剧，黑暗多于光明，这被法国人道主义作家、诺贝尔文学奖得主雨果命意为《悲惨世界》。他认为，之所以有这样的时代，这样的人间，是因为时间总改变不了这样的人心。

“释放无限光明的是人心，制造无边黑暗的也是人心，光明和黑暗交织着，厮杀着，这就是我们为之眷恋而又万般无奈的人世间。”

总观这百多年来世界文学大观，每一部真正的大文学，部部作品无一不是直指人心。因为这正是文学即人学的人心——

人心的微观缜密探测，诊断和疗救人心的癌，从黑暗中救拔出来，走向光明。

张炜的深明大义在于他知道自己身处的时代、国度、生存环境。他的可爱和宝贵之处在于做到像《麦田里的守望者》作者塞林格所说的那样：“记住该记住的，忘记该忘记的。改变能改变的，接受不能改变的。”

这是无奈中的毅然和坚韧，也是每个成为历史骄子必备的人性人格之美。

我的论主张炜，对于他所处的时代——东方大国所处的这百多年及当代所处的环境，它在当今世界大格局中特殊境况是有清醒的认知的。

他指出：“在现代视听技术的推动下，某一种思潮既可以迅猛掠过，又会在许多人毫无预料的情形下一夜之间变得陈旧。时髦成为一个永恒而频变的话题。对事物的判断不再审慎，因为既缺乏时间和空间条件，也不再具有那种判断所必需的心境。众所周知，作为一个真正的、对于时代而言不可或缺的文学家，不但应是一个意志坚定的执着思想者，而且还须是一个对完美的终生追求者。可惜，形成和支持这一切的外部条件正在逐步失去。”（见张炜《当代文学的精神走向》，《天涯》1999 年第 1 期）

但他对所处的时代具有清醒的认识，他能够从时代中深悟世道人心这就像一场森林大火之后，它会留下大量的“腐殖酸”在土壤中，而这恰恰是枯木逢春、春风吹又生的好地方。

这一观念的确立极为重要，它符合人类有识的文学家必备的宏观体现。

百年来的现当代的世界是动乱的、罪恶的。这个世界，是指人类存在体——这个蓝色的星球。不是单指南方北方，东方西方，而是四面八方，按佛家说是“十方”，因为天空和土壤都被污染糟践得一塌糊涂了。

张炜人生的第一步，在父亲的胸膛，在海涛和林啸的伴奏下，走在滨海的村落小路，那里的山水田狗牛羊大山小石一草一木陪伴着他到小学识字成人。

他的故乡是美丽的，那里蕴藏着古老的智慧和勇敢、光明和公义、道德和良善。

但，这绝不是一片与大世界天各一方的“世外桃源”。

胶东半岛有个荣成县，荣成县有个地方叫“天尽头”。

林黛玉叹惋自己悲凉的身世，祈愿能够“质本洁来还洁去”“随花飞到天尽头”，她转念又想：“天尽头，何处有香丘？”罢了，“未若锦囊收艳骨，一抔净土掩风流”。

上文提到的“天尽头”跟林小姐的词无关。在借用、说明：天底下根本没有香丘，没有一方净土，因为凡有人的地方就有罪恶，这里只有大小之分，隐显之分，小至无端诅咒，大至杀人放火，都可视之为“罪”。

我非常看重张炜新近发表在《十月》（2020年第11期）上的中篇小说《爱的川流不息》。

张炜以第一人称，描写了一大堆猫猫狗狗的可爱处和被人爱，亦如他心灵开凿的芦青河，像斯美塔那交响诗《伏尔塔瓦河》流淌的旋律那样，涟漪跌宕，写出了那么美的不息的川流……

作家的千呼万唤是为了“请”出它们的凶神、“黑煞”和“悍妖”。因为这些披着人皮的怪物离开血腥就不能过日子。

“我”的外祖父是名悬壶济世的老中医，虔诚的基督徒，曾为当年的战争做过很多基于人道主义的救死扶伤的工作。他的人道主义关怀扩而大之豢养各种小动物。他任劳任怨，对自己的所作所为都是在践约他对神的承诺，对自己的践行甘之如饴。但是，他却不明不白地遭到了暗杀。他是一名东方“殉道者”。

“我”的父亲曾经是个英雄，却不明不白地被关进了牢房，不明不白地被放了出来，又不明不白地被放逐到南山水利工地监督劳动改造，给劳动光荣、劳动神圣的荣名美誉烙刻上“羞辱”铭记。

“我”的外祖母自从外祖父被暗杀之后，独居在林边的茅草屋里，过着孤寂苦寒的日子。

“我”的母亲在园艺场做工，她仁慈宽厚，除了料理家务，还用丰盛的爱意温暖着树林边茅屋中的外祖母。

“我”从外祖父那里遗传的基因，也特别喜欢收养小动物，大约是在六十年代的生活困难时期，“我”与“小獾胡”流浪中不期相遇，带到家中，似乎觉得家中没什么吃的，不辞而别。不久，“我”又从看守葡萄园的老人那里抱来“花虎”，不久随之而来“打狗运动”（这也是东方人的独创），后来，它不知所往。外祖母压低着嗓子说，咱这样的人家不该养它们呀！

离“我”家不远的那片森林，不大不小。虽然没有大型凶猛的野兽伤人。“我”的“小獾胡”“花虎”，不是林子中的野兽，因狼也在

1950年代死在猎人的枪口下了，大点儿的也只有獾和狐狸，而它俩脾性还好，心眼多，一般不会去伤人。蛇和毒蜘蛛是可怕的，只要进了林子小心点，被伤着的可能性也不大。林子里往日曾闹过“妖怪”，一般的妖怪，说穿了都是人闹出来的，恶作剧，戏弄人，徒给松散的乡村生活添调味品。妖怪们，十之八九都是有滋有味的家伙，个个都挺幽默。

残忍的是什么？是披着人皮用两条腿走路的“悍妖”。是毫无人性的“黑煞”。

“我”的外祖母说，黑煞是坏人的头儿，他和同伙在林子里胡窜，坏事做尽，坏事做绝。是他恶狠狠地威胁外祖母交出“小獾胡”，他为保持獾皮的鲜活亮色，活剥了它的皮给自个儿做了顶獾皮帽子。

张炜在这部优秀的中篇小说中展现了他对普世价值的认同：山川大地，江河湖海，森林草原，是人类和万物共同的生命存在载体，人与万物，共存共荣，既是人道也是“物道”。所有虐杀、荼毒、戕害，都是不人道的。所谓“大德曰生”（康熙大帝给泰山岱庙题匾），“厚德载物”，都是对生命热爱珍贵的赞美！

谴责非人道的行为，所有不善待人和物的行为都是非人道的，违背人类良知的丑恶歹行。

因为这一切恰如本节文章前边所引法国人道主义作家雨果所说：“释放无限光明的是人心，制造无边黑暗的也是人心，光明和黑暗交织着、厮杀着，这就是我们为之眷恋而又万般无奈的人世间。”张炜笔下的那“黑煞”“悍妖”，其歹毒胜过虺蛇毒蜂，这种毒害和邪恶与社会制度、时间烙印虽然有关系，但关系不是根本意义上的，而是人性本罪使然，凡有人群的地方，都将必然产生。这类事件，不止于西方，东方也有，有时则更为残酷。作为良知在胸的张炜，他的笔触必然要光顾这一重大的领域，因为他要倾心赞美光明，光明正是在与黑暗的对比中显露出来。

优秀的作家，那些被世界公认的优秀作家，无一不是优秀的艺术文学审美的艺术家，更是深沉的对社会人生、人类终极生命的关怀者，深刻乃至严肃的思想家。

张炜撰文说：

> “文学对完美的渴求、向善、批判与揭示、怀念与忠诚，这当然不仅仅是一种古典情怀。这是与人类历史共生的主题，我们现在开始告别未免太早。这种告别，无疑是灾难的征兆……
>
> “天空可能一时充满流云，去了，又有新的流云出现，但山脉是静静的，不动，长存。
>
> ……
>
> “山脉式的作家在世界的对应中，在自己的立场上，发现了时代的危机。他们在独守独立的思索中向置身的这个世界发言，吐出了逆耳之言。环境问题，民主内容，人类技能的提高与精神萎缩的后果……他们正冲破伦理的困惑，努力提高历史的理解力。
>
> ……
>
> “体现文学本质的也许始终是这样几个词，这就是：‘批判’‘底层’，还有‘纯粹’……是的，是这些品质决定了它的挑战性，并因此而维持了自己强大的生命力。”
>
> （见张炜《当代文学的精神走向》，《天涯》1999 年第 1 期）

“山脉式的作家”，他们体现了“文学的本质”，因为它的根基是扎在“底层”，它或许可能被雾霾、浮云遮掩，那只不过是暂时的，因为世界文学的良知永远属于“纯粹”的价值取向，它的颂赞和“批判”的品格是文学之美的永恒的命意。

张炜文学对时代的超越，可以简略抽出这几样来：

一、他不像许多同代作家，去写那些没有经过沉淀的生活，那些“不平凡”的平凡世界。张炜对这些过往不远尚在进行中的生活表现得雍容大度，故他能大大方方地把这些燃烧火旺的题材让度给当代社会学家尚在迷惑中的火热生活。他能静如处子，躺在胶东一隅寻旧觅古，在古旧中探宝，这大约就是他所谓的“底层”和“纯粹”吧？

二、张炜笔底的丑恶、暗杀、迫害、残忍，皆出于人性的丑恶。全球各地，凡有人群的地方都有这种事件。但它们的存在也是有限的，暂时的，因为人有向好的一面，有放下屠刀立地成佛的宗教训诲，有道路、真理、生命的神圣教义的指引。

看看 1959 年诺贝尔文学奖获得者萨尔瓦托雷·奎西莫多对组成世界、时代的核心——人，是怎样锐目看穿的：

这个世界，
是一个黑暗残酷的地方。
现在我明白了：
唯一黑暗和残酷的，
是像你这样的人。

你别认为你自己多么清高、洁净，人人心中都有被封闭的阴暗的角落。世界的黑暗和残酷，极而言之，藏在每个尚活着的人的心里。

1950 年诺贝尔文学奖得主伯特兰·罗素说：

这个世界的问题是：
笨蛋都很有自信；
而聪明人却
充满疑问。

1934 年诺贝尔文学奖得主路伊吉·皮兰德娄说：

生活，
充满了奇怪的荒谬。

奇怪的是这些荒谬，
甚至不需看似可信，
因为它们是真实的。

张炜作为中国当代最优秀的作家之一，他对身处的当代世界，以纪年为载体的20世纪中后期和21世纪初，以人群为结合体的普罗大众，以及以各自为政的对世界人群的管理方式，特别是人类从古至今那些睿智的先行者所悟得的哲思和理想在当代的被冷漠、被困顿，是心知肚明的。

张炜的可贵之处在于，父母给了他两只眼，是为了看清父母兄弟姐妹亲朋山川田园大海林木花草。造物主又给他安装上了第三只眼——那是诗性的审美之眼。

作家的根本天职的神圣性，是让他来到世间寻找美和善良真诚的。张炜已用他手写的两千多万言的讴心著作，证实了他对真美的串联。

张炜的可贵之处还在于，他能像世界上众多优秀作家那样，一个拿笔的人能力有限，充其量也就是个点灯的人、往灯里添油的人，尽量不让风把灯吹灭的人。而这灯盏的作用也有限，不是照亮人们前行的路，而是用自己的文学照见人们的心。因为心比天大，人人心中又都有别人所看不见的荫蔽的角落，企望能够通过心血浸润的文字变成灯盏，即使是为豆之烛光，亦可照明人心的阴暗角落，注进真善美的人性之美的灵性汁液。

张炜在这一点上，做到了像《麦田里的守望者》作者塞林格所说的："记住该记住的，忘记该忘记的。改变能改变的，接受不能改变的。"

这无奈中的坚韧，不失为达观。

诗、文学，在世界文学史上存在着它的永恒的价值通则。它也是东方古典诗学（文学）的审美通则。这就是诗（文学）的"可兴性"，引起和触发人的兴味；"可观性"，对人的思想情怀的审美感染和浸润；“可群性”，系指能使更多的对人间的美好有一种总体真善美和假恶丑的宏观观照；“可怨性”，对人间和社会的丑恶、不平可以发泄愤懑和怨怼的声音。

东方古老的《诗经》中，不但有令男人艳羡“好逑”的美好倩影款款，也有《伐檀》《硕鼠》对那些不劳而获的贵族的怨恨。质问他们“不稼不穑，胡（为什么）取禾三百廛兮；不狩不猎，胡（为什么）瞻尔庭有县貆兮（呢）？”发出“彼君子兮，不素餐兮”的谴责！他们对不劳而获的剥削者视为偷盗的大老鼠，给予痛恨和怨骂。

屈子的全部文学生涯可以概括为悲天悯人，令他“长太息以掩涕兮，哀民生之多艰”。

司马迁的史笔赋出了无韵的《离骚》。

杜甫的《三吏》《三别》成为半部唐代的历史。

生于忧患，死于安乐。

忧患意识，是中外古今文学的优秀传统。

世人都具有美好的天性一面，而许多的美好的东西又被邪恶的丑行所毁坏。

把美好的东西损毁了给人看，就成了悲剧的铁定命意。

作家的悲剧情怀由善美追求美而萌发，而生长，而旺长，是发展文学的必须。

文人手里有什么？

不就是那支笔吗？

就是那支笔能流出人的脑血的笔，它能记下人性的美和丑恶，教人记住那些人类命运的终极关怀。

忘记那些平庸的琐屑。

作家能改变的，或许只限于人的灵性启悟抑或心灵的疗救和滋补。

别无他能。

中华民族的文学长河，有个优良的传统，那就是对人民大众生活痛痒的关注。

从先秦文学的《诗经》《伐檀》《硕鼠》，到屈子的《天问》《离骚》；从汉代的司马史笔到唐朝的杜甫《三吏》《三别》；从关汉卿的杂剧到明清一些小说到民国时期的鲁迅，他们对人民的苦难、生灵的涂炭，总是出于仁爱、厚德、慈爱、悲悯、体恤的情怀，寄予“深广的忧愤”，“长太息以掩涕兮，哀民生之多艰”，又不惜“我以我血荐轩辕”。

在山东文学界，本人认识不少老作家，也结识了一些新成长起来的作家。其中，张炜是最敏于感知、精明、凌厉、驾驭文字能力最强的一个。

最近，他借赞美文学的细节描写，实则是讴歌人的爱憎分明，一个热爱真理的人，在是非面前，绝不掩饰和掩埋自己的观点。他是这样来介绍俄国大文学家赫尔岑写批评家别林斯基的。

> “若无争论之事，除非动怒，否则他木讷寡言；但一旦他觉得受伤，一旦他最珍惜的信念受到触碰而双颊肌肉开始抽搐，开始厉声发言——你真该看看他这时候的样子：他会像一只豹，扑向他的牺牲品，将它片片撕碎，使他狼狈可笑，凄惨可怜。同时，他以人的力量与诗意，展开自己的思想。辩论往往是由这位病人喉咙喷涌而出结束；他脸色死白，声气哽噎，双目盯紧说话的对象，颤抖的手举起手帕捂嘴，打住——形容委顿，体力不继而崩溃。每逢这些时刻，我对他真是既爱又怜！”
>
> （见张炜：《文学随笔》，《文艺争鸣》2020 年第 11 期）

文学大家赫尔岑对当年俄罗斯文学三大泰斗（别、车、杜）之首别林斯基的情态细节描写不是在由衷赞美别林斯基对光明和正义的拼出老命捍卫吗？！

张炜，对中华民族优秀的文学传统的继承，他是把手中的接力棒攥得紧紧的……

张炜的这一文学贯注和追求，也是符合国际的最高标准的。

希腊诗人、诺贝尔文学奖得主埃利蒂斯在《疯狂的石榴树》获奖之后说：“诗即站在理性主义弃械的地方，继续在禁地向前推进，证明它最不为磨损所挫败，它尽职地捍卫生命成为一件看得见的作品的永久据点。”

著名学者荷尔德林接着追问道：“在一个贫瘠的年代里，诗人有什么用呢？”他所指的贫瘠并不是指技术科学或物质的贫瘠（如希特勒德国——引者注），而是指物质的增值与人的生命贬值的贫瘠。在这种贫瘠和苍白中，只有诗是富有的和充满活力的。

物质财富的占有，并不等于和证明精神富有。何况又有在贫穷的地方干出缺乏人文道德丑行的，充满诗性的活力就显得双重重要了。

张炜在特定年代对社会人文诗思的看顾和超越，在他的同代人中是出类拔萃的。

代 跋

张炜文学文本主义的自由行与牛马走

在张炜四十多年的文学生涯中，笔者是较早关注并且是最早的评论者之一。

十余年来，由于客居异国，对张炜的作品，虽不得挤入最早的读者群，但其间归里二度，每每都有张炜书赠。

时空虽有阻滞，但从来不影响我对张炜创作成果的总体关注，是一种不被人看见的隐形情牵吧，那种由衷的兴味，从来未减当年的成色。这也是别样的“不忘初心”的置换吧。

感谢信息社会的馈予，张炜在今天的信息社会里，也就是在弹指间就呼之欲出。他的无所不在无时不在并没有因为没有谋面而生分疏离。

由于张炜对文学语言的特殊使用，决定了他的文学写作文本样式都是别具一格的。

他的散文在形式上总是天上行云，地上流水，草原上信马由缰。

张炜的小说，除去“已经有的”之外，在“可能有的”更为广阔的时空，他驰骋想象所派生的那些人和事，在叙述、描写、刻画的情感，语境、语式上，你根本看不到在小说的体式上对古典、对现当代某些个别小说作的依傍和投影，淡淡的影子也没有。他的全部作品无不打上鲜明的个人个性化的张炜戳记。

张炜的散文、小说充满着诗思的流韵荡漾自不必说，就纯诗的样式面世的《不践约书》，他写出了别于其他的叙事长诗，别具一格的诗。

《不践约书》只能依它这种古雅的“春秋笔法”，方能凝重的贮藏前文所葆有的旷世的智策意蕴。

张炜文本的诗思丰满配之以文体的自由行走，如同马踏飞燕，他经营出了思想和形式的双重自由度。

两千多万字的浩繁卷帙，其中不少是他站着写出来的。

张炜写作不用电脑，好像电脑那冰凉的东西出不了有血有温度的东西。

他用一笔一画的书写，流淌出那么多瑰丽的美文，共同建构了他生命的光华！

他如牛那般在田畴躬耕，使我看到列宾的《伏尔加河上的纤夫》行列中，有张炜的身牵躬行。

“做山脉式的作家”是张炜的文学的凝重和肃然，也是他的诗论、诗作之外的全部散文和小说叙事文本的总体浑然构成。

山的脉冲脉动，根基雄厚，恒定坚实。不慕求与天公试比高低，却能够葱茏、绵亘、逶迤、宕荡千万里，那让人看不到的山根和脉络却让位给了大江长河、纵横如织的公路和田林。那不被人看见的山的根脉却是紧紧连在一起的。

放眼看今天张炜的全部作品，他让人看到他在作品所展现的全部文学审美，既有作品形式的山脉那般起伏的浑然之美，也让读者似能隐隐地觉察到它们内在的浑然一体。

穹隆之说，则是作者认为的张炜作品所达到的高度。

我在这里要特别指出的，是主要指他的诗思诗论，论诗人和以诗歌文本面世的诗作《不践约书》。

高度都是在比较中获得价值的。

张炜作品在国内外获得那么多文学奖项就是明证。

我眼中的穹隆，系指认张炜对人性、文学是人学的这个根本的认识所达的穹隆之高渺和高妙。

这些年来，叶芝的这段话一直在我脑中萦回："随时间而来的真理虽然枝条很多，根却只有一条。穿过青春我所有说谎的日子，在阳光下抖落我的枝条和花朵，我现在可以枯萎而进入真理。"

本人 1953 年调任《大众日报》记者，几年之后去编文艺副刊，打总的算起，在山东文艺界摸爬滚打，包括离休后的观察已经将近七十年了。

我年轻时期为人为文，也有像叶芝所说的那样"穿过青春我所有说谎的日子"，也"在阳光下抖落"掉了"我的枝条和花朵"了，自然而然地来到了老迈之年。但内里情感：虽然已谢去了当年的芳华，能像叶芝所说的那样"我现在可以枯萎而进入真理"吗？

枯萎，是每个人的必然。

而进入真理则是终身至盼。

而众说纷纭则为常态。

在本书所写的每一个字自信都是诚实的。许多的事或亲身经历，或感同身受。在此可以诚恳宣称：

我摒弃了青春时期，所有说谎的日子。

渴望：

"我现在可以枯萎而进入真理。"

感谢张期鹏、亓凤珍《张炜评传》的案头摆放，给我提供阅读和走近张炜后二十年作品的方便。

2020 年 4 月草成

2022 年 4 月修定

温哥华枫树岭

济南松下庵